国家社科基金
后期资助项目

赵柔柔——著

托邦倒影：
世纪反乌托邦叙事的
与扩散

文化艺术出版社
Culture and Art Publishing House

图书在版编目（CIP）数据

乌托邦倒影：20世纪反乌托邦叙事的诞生与扩散／
赵柔柔著． — 北京：文化艺术出版社，2024.7．
ISBN 978-7-5039-7684-1

Ⅰ．I106

中国国家版本馆CIP数据核字第2024XZ6974号

乌托邦倒影：20世纪反乌托邦叙事的诞生与扩散

著　　者	赵柔柔
责任编辑	贾　茜
责任校对	董　斌
书籍设计	赵　蠢
出版发行	文化藝術出版社
地　　址	北京市东城区东四八条52号（100700）
网　　址	www.caaph.com
电子邮箱	s@caaph.com
电　　话	（010）84057666（总编室）　84057667（办公室） 　　　　　84057696—84057699（发行部）
传　　真	（010）84057660（总编室）　84057670（办公室） 　　　　　84057690（发行部）
经　　销	新华书店
印　　刷	国英印务有限公司
版　　次	2024年7月第1版
印　　次	2024年7月第1次印刷
开　　本	710毫米×1000毫米　1/16
印　　张	15.5
字　　数	260千字
书　　号	ISBN 978-7-5039-7684-1
定　　价	78.00元

版权所有，侵权必究。如有印装错误，随时调换。

国家社科基金后期资助项目
出版说明

　　后期资助项目是国家社科基金设立的一类重要项目,旨在鼓励广大社科研究者潜心治学,支持基础研究,多出优秀成果。它是经过严格评审,从接近完成的科研成果中遴选立项的。为扩大后期资助项目的影响,更好地推动学术发展,促进成果转化,全国哲学社会科学工作办公室按照"统一设计、统一标识、统一版式、形成系列"的总体要求,组织出版国家社科基金后期资助项目成果。

全国哲学社会科学工作办公室

此时彼地，或此地彼时

乌托邦想象与写作，并非未来书写的特权或特许领地。乌托邦，这一特殊的理想国飞地，事实上可以放置在线性历史想象的任一端。尽管，在欧美历史脉络中，将乌托邦想象放置在既往或未来，已确认了叙事的两种迥异甚或对立的叙述基调乃至政治选择。

乌托邦书写，固然可以追溯到上古或更久远的人类历史，但基本上可以确定为某种携带着充裕的现代性的书写与想象形式。作为这一现代文类的欧洲端点，莫尔的《乌托邦》并非偶然地坐落在现代历史的起始处。这与其说是作为一种虚构的文学样式，不如说更接近于某种非/超政治学的政治著作。相对于想象力的飞扬，乌托邦更是对理想社会的政治架构与组织形态的蓝图。或许可以说，乌托邦书写事实上充当着支撑起今天之未来视野的思想廊柱。在现代世界的感知结构中，未来，从不是单纯的时间表述，而是"明天会更好"或"明天必须更好"的信念所在。

因此，一如赵柔柔在这部厚重的专著中的主题和探讨，反面乌托邦（恶托邦？敌托邦？）并非乌托邦的对称偶句、暗箱反像或镜像逆转，而更像是某种偶遇、误称或历史的扭结。鲜有例外，反面乌托邦锁定着未来，但此处的"未来"已尽失进步信念或上升承诺的灵氛。这种集中涌现于20世纪的文类，较之乌托邦写作，十足文学，却较少"虚构"。不错，反面乌托邦的写作，或可视作20世纪——这一"极端的年代"撕裂的、鲜血淋漓的现实创口，那间或是移往彼时的此地，是伪托未来的历史。但这份幽暗未来的镜像，与其说源自乌托邦构想的破产，或实践乌托邦构想的失败，不如说是出于现代人信念系统在20世纪前半叶、世界大战的巨型屠场上的撕裂甚或坍塌。事实上，与反面乌托邦写作同期出现的，比后者远为蓬勃恣肆的，是20世纪后半叶几乎覆盖全球的、源自乌托邦冲动的社会行动。今日回望，那也是一次对人类累积数百年的乌托邦动能的集体挥洒与消耗。这也是本书言说基点：反面乌托邦的书写并非对乌托邦的悲悼或埋葬，而是某种卡珊德拉——文明预警者的姿态与位置，也是文明飓风过后，历史废墟中的拾荒者的角色。

或许正是出自反面乌托邦书写中的、幽暗的未来维度，这一横亘且悬置在历史与未来、政治与文学、史笔与虚构之间的文类，遭遇或曰重叠了20世纪专属的通俗文类：科幻写作。或需赘言，在中文世界里，这本新著无疑是较早地将乌托邦、反面乌托邦及科幻小说的探究组合为某种思想史议题的著作中的一部。借此，论题延展并往返于思想与学术、经典与流行、文本与历史之间，在文本与思想的探究中，将某种知识的考掘摆渡到现实与此地间。

作为同样全面勃兴于"二战"后的欧美通俗文类与电影类型，科幻的迷人，固然由于其作为景观社会里无处不在的"幻想的瘟疫"；但作为一个特殊的幻想类型，科幻书写却不只是想象的跑马场，而且是现代逻辑的沉思地；不仅是梦幻的天际线，也是空间政治经济学的实验室。曾经深刻地内在于冷战政治，并充当着冷战政治的特殊纹饰与铭写。科幻是在危机重重、毁灭一触即至的时代，撑起现代之象征秩序的有效努力，也是借重彼地彼时的勾勒反诘、质询此地此时的哲思场域。或许正是科幻之为魅人梦魇的特质，令其叠加着、缠绕着反面乌托邦书写，成为某种思想与文化政治的重要语料。尽管与此相关的历史事实远不是文学、文化政治，甚或思想史议题所可能悉数覆盖的。

当冷战结束，"20世纪"先于纪年转换而终结，新世纪在又一轮来势凶猛的技术革命中异彩纷呈且摇摇欲坠。21世纪，定位、讨论乌托邦、反面乌托邦、科幻类型的参数与坐标均遭到改变。在这个未来已至的年代，未来——充满召唤的或幽暗可怖的——均前所未有地闪烁不定、暧昧含混。此时，此书捡拾起历史的素材与全新的文本，将其再度安放在新的思想坐标中的努力，便格外生动而重要。这本新的学术著作的意义，或许正在于坐标的重建，在于由理论到文本的穿行，在于历史的新编与未来的考古。赵柔柔的长项与本书特点，或许正是感知的敏锐与思想的细密；在缠绕中深入，在考掘中前行，在流连风景之时编织思想的经纬。也许，更为宝贵的是，在梳理乌托邦与反面乌托邦之经纬的同时，填补了性别的维度与视野，努力窥见并揭示希望的空间之所在。

为自己昔日学生的学术新著作序，是一份欣悦的体验。因为其中铭撰着某些同处共度的岁月，某些共享发现、倾听思考、共同释疑、反诘辩护的时刻。岁月的流逝毕竟也是见证成长的过程。白驹过隙，薪火相传。以执教为业，是青年学者的奖牌、磨难与修行。这一次，我笃定地向未来的读者推荐这部新著。希望这会是一次再起航。乌托邦冲动或希望的空间，于今天，无疑弥足珍贵。

戴锦华
2024 年夏修订

目 录

第一部分　反乌托邦叙事中的历史与现实

第一章　反乌托邦叙事与冷战历史 ································· 3
　　第一节　反乌托邦的命名与接受 ······························· 3
　　第二节　反乌托邦与冷战历史：以乔治·奥威尔的《一九八四》
　　　　　　为中心 ··· 17
　　第三节　集体性色彩的转变：冷战与集权主义 ············· 33
第二章　反乌托邦叙事与现实批判 ································· 58
　　第一节　套层叙事与批判位置 ································· 59
　　第二节　讽刺文学与否定性 ····································· 70
　　第三节　现实倒影：反乌托邦叙事的流放者主体与现代性命题 ······ 81

第二部分　反乌托邦叙事中的身体与社会

第三章　作为乌托邦剩余物的身体 ································ 111
　　第一节　恩斯特·布洛赫的"希望哲学"与乌托邦冲动 ······ 111
　　第二节　女性主义乌托邦与反乌托邦 ························ 130
　　第三节　具身性：后人类主义中的身体维度 ················ 149

第四章　反乌托邦叙事中的身体 161
　第一节　威尔斯的"两个火星" 161
　第二节　三大反乌托邦小说中的身体 172
　第三节　20世纪下半叶反乌托邦叙事中的身体 182
第五章　新世纪的反乌托邦叙事的扩张与社会维度的消解 195
　第一节　孱弱的反抗：新世纪反乌托邦叙事的社会想象 196
　第二节　现实倒影：新世纪反乌托邦叙事的批判视野 202
　第三节　废土想象：新世纪反乌托邦叙事的景观化倾向 209

参考文献 221
后　记 234

第一部分

反乌托邦叙事中的历史与现实

第一章　反乌托邦叙事与冷战历史

第一节　反乌托邦的命名与接受

当奥斯卡·王尔德（Oscar Wilde）于1891年在《社会主义下的人的灵魂》(*The Soul of Man under Socialism*) 中声称"一张不包含乌托邦的世界地图甚至不值得一顾"时，他或许并未预料到20世纪的世界地图将对乌托邦有怎样的吸纳与排斥；而当他继续说到"进步就是乌托邦的不断实现"时，亦未能预见到奥威尔与赫胥黎笔下的"乌托邦"如何走向进步的反面。[①] 可以说，在20世纪世界历史的风云际变当中，"乌托邦"无论是作为一个概念、一种精神还是一类实践，其色彩变化之大与内涵的暧昧性，都是19世纪热情书写乌托邦的人所始料未及的，更非托马斯·莫尔（Thomas More）《乌托邦》(*Utopia*) 的原义。如何搭建合适的坐标系，以有效地探讨反乌托邦的意义和可能，显然是内在于乌托邦研究的重要问题之一。

在这个命题之中，存在着一个清晰可辨、无法回避的现象：21世纪初期，一度兴盛的乌托邦写作已然步履艰难，鲜少出现具有影响力的文本，相反，一种被命名为"反乌托邦"的写作传统开始形成，并且衍生至今。[②] 尽管乌托邦研究者莱曼·托尔·萨金特（Lyman Tower Sargent）认为，"当反乌托邦成为20世纪一个强有力的文学形式时，乌托邦并没有被取代。在20世纪上半叶反乌托邦巨著出版的同时，也同样有许多乌托邦作品问世，而尤其在30年代的大萧条期间，乌托邦运动开始蓬勃发展起来"[③]，但他仍然不得不承认，随着时间的推移，在今日"乌托邦文

[①] Oscar Wilde, *The Complete Works of Oscar Wilde*, London: Collins, 2003, p.1185.

[②] 参见莱曼·托尔·萨金特《乌托邦思想的必要性：一个跨民族的视角》，载［德］约恩·吕森主编《思考乌托邦》，张文涛、甄小东、王邵励译，山东大学出版社2010年版，第8页。

[③] Lyman Tower Sargent, *Utopianism: A Very Short Introduction*, Oxford: Oxford University Press, 2010, p.29.

学已几乎转向了反乌托邦"[1]。更多研究者则直接指出，在 20 世纪，乌托邦的生命力已远远不如反乌托邦。如在《要求不可能之事》(Demand the Impossible)的导言中，汤姆·莫伊伦（Tom Moylan）指出，尽管"萨金特阐明在这个世纪的每一年都有乌托邦小说出版，但是特别是在战后的工业社会当中，总体印象是乌托邦现在变得不可能了——要么是因为在日常生活中已实现了乌托邦，要么是因为它表征着一种难以企及的梦"[2]。进一步来说，乌托邦变成了"一种残余的文学形式"，而反乌托邦则证明了"乌托邦欲求的无用"。[3] 然而，这种整体判断并不意味着 20 世纪乌托邦向反乌托邦的过渡是一个匀质的运动过程。20 世纪 60 年代的乌托邦在萨金特看来显然具有特殊的意义——随着社会空间裂隙的出现以及乌托邦社群的实践行为，"乌托邦文学"也迎来了一个高潮，不过它是"一种内含着差异性的文学，一种知道很难到达更好社会的、受到惩戒的文学"[4]。比如，厄休拉·勒奎恩（Ursula K. Le Guin）的《一无所有》(The Dispossessed: An Ambiguous Utopia)便以"一个含混的乌托邦"作为其副标题。萨金特将这类作品命名为"有缺陷的乌托邦"，以说明它们"展现了看起来是乌托邦，而事实上可能是反乌托邦的东西"。[5] 与此相似，莫伊伦则将 60 年代社会运动中出现的乌托邦作品称为"批判的乌托邦"，认为它们消解了 20 世纪上半叶那种"无力的乌托邦与令人沮丧的反乌托邦的僵化对立"。在他看来，这个时期的乌托邦注意到了传统乌托邦的局限性，因此它们"拒绝乌托邦蓝图，将乌托邦维持在'梦'的层面上"。[6] 不管怎样，萨金特指出，在 20 世纪末期，这个乌托邦的短暂繁荣也日渐消退了。除了"以生态、环境为主题的乌托邦"和"女性主义乌托邦"以外，大部分的乌托邦都转向了反乌托邦，而女性主义乌托邦所遗留下来的也大多是"女同性恋乌托邦"。[7]

在以上描述中，"反乌托邦"常常被看作一个乌托邦的后继者、反作

---

[1] Lyman Tower Sargent, *Utopianism: A Very Short Introduction*, Oxford: Oxford University Press, 2010, p.31.
[2] Tom Moylan, *Demand the Impossible*, New York and London: Methuen, 1986, p.9.
[3] Tom Moylan, *Demand the Impossible*, New York and London: Methuen, 1986, p.9.
[4] Lyman Tower Sargent, *Utopianism: A Very Short Introduction*, Oxford: Oxford University Press, 2010, p.30.
[5] Lyman Tower Sargent, *Utopianism: A Very Short Introduction*, Oxford: Oxford University Press, 2010, p.30.
[6] Tom Moylan, *Demand the Impossible*, New York and London: Methuen, 1986, p.11.
[7] Lyman Tower Sargent, *Utopianism: A Very Short Introduction*, Oxford: Oxford University Press, 2010, p.31.

用力或变体。不过，这仅仅给予了反乌托邦一条时间线索，或者说，一个与乌托邦相关的单维度定位。需要注意的是，"乌托邦逐渐为反乌托邦所替代"的平滑描述暗含着一个将反乌托邦本质化、去历史化的假定，即乌托邦和反乌托邦是彼此对立、彼此消解的两种对等叙事，因此反乌托邦的兴盛必然意味着对乌托邦的审判和否定。这一方面令"反乌托邦"被抽象成了一个理念，从而失去了其具体文本在复杂历史地形中的巨大差异性；另一方面似乎也令乌托邦论述陷入了同义反复的怪圈——反乌托邦的兴起否定、消解了乌托邦，然而反乌托邦的命名本身不就是在乌托邦的基础上发展而来的吗？这个几近语词游戏的表述提醒我们注意，在常识系统中，反乌托邦概念是过度依赖乌托邦概念的。因此，若要重新思考被命名为"反乌托邦"的一系列文本，重新确立它们与乌托邦之间的关系，讨论它们所携带的历时性问题，就需要首先问题化"反乌托邦"的概念，将它放回到历史语境与具体文本中。这样，才有可能绕开字面意义的阐释陷阱，从而打开更为广阔和更具思辨性的论述空间。

一、反乌托邦的命名

"反乌托邦"作为一类文本的指称，在英语世界中最为常见的对应词是"dystopia"。不过，值得注意的是，"dystopia"的使用最初仅仅具有修辞性，通过戏仿"utopia"一词而指称"糟糕得不切实际"的地方[1]。而与20世纪的反乌托邦叙事直接关联的用法，被认为得自J.马克斯·帕特里克（J. Max Patrick）所编纂的《追寻乌托邦：想象社会选集》(*The Quest for Utopia*: *An Anthology of Imaginary Societies*)。其中，反乌托邦这个词被用来指认20世纪上半期出现的带有讽刺意味的乌托邦，将它们看作"理想社会的对立面"[2]。正如萨金特在《乌托邦主义》一书中所说，"尽管'反乌托邦'这个词的第一次使用是在18世纪中叶，而英国哲学家约翰·斯图亚特·穆勒在1868年的议会演说中用到它，但是用这个词来描述特定文学类型则直到20世纪才开始"[3]。正是在20世纪的一系列灾难当中，如第一次世界大战、第二次世界大战、大萧条、朝鲜战

---

[1] [美]拉塞尔·雅各比：《不完美的图像：反乌托邦时代的乌托邦思想》，姚建彬等译，新星出版社2007年版，第9页。

[2] J. Max Patrick, *The Quest for Utopia*: *An Anthology of Imaginary Societies*, New York: H. Schuman, 1952, p.298.

[3] Lyman Tower Sargent, *Utopianism*: *A Very Short Introduction*, Oxford: Oxford University Press, 2010, p.27.

争、越南战争等，反乌托邦"成为乌托邦文学的主流"①。

需要注意的是，汉语中反乌托邦一词的使用，必须加以界定，因为它从构词上来说，似乎更接近于英语中的"anti-utopia"而非"dystopia"："dystopia"的词根"dys-"意为"坏的、艰难的"，因此"恶托邦"和"敌托邦"的译法较合适，而"anti-utopia"的否定前缀"anti-"则更多带有"反"的意味。不过，长期以来，无论是"dystopia"还是"anti-utopia"，二者基本上指的是相同的一些文本，且构词与含义都与乌托邦（utopia）相对。因此，它们总是并行使用，彼此界限并不清楚。如克里斯安·库马尔（Krishan Kumar）在《现代的乌托邦与反—乌托邦》（*Utopia and Anti-Utopia in Modern Times*）一书中，以"anti-utopia"来概括（Aldous Huxley）的《美妙的新世界》（*Brave New World*，又译《美丽新世界》）、乔治·奥威尔（George Orwell）的《一九八四》（*Nineteen Eighty-Four*），同时也用它来指称阿瑟·库斯勒（Arthur Koestler）的《正午的黑暗》（*Darkness at Noon*）等文本。这样的并列暗示出了他的研究框架，即将这些文本统一看作对乌托邦的否定与消解。② 较早集中讨论反乌托邦叙事的研究者马克·R. 希莱加斯（Mark R. Hillegas）在其著作《噩梦般的未来：H.G. 威尔斯与反—乌托邦》（*The Future as Nightmare: H. G. Wells and the Anti-utopians*）中，也认为"dystopia"可以直接等同于"anti-utopia"："尽管有时候会用'dystopias'或是'cacotopias'来称呼这些作品，但是它们更多地被称为'anti-utopias'，因为它们看起来是向人类由来已久的对一个有计划的、理想且完美的社会的梦想——在柏拉图《理想国》、莫尔《乌托邦》、安德里亚《基督城》和贝拉米《回顾》中，它是那么崇高——的悲伤告别。"③

与此相对，一些乌托邦研究者注意到，二者的混用实际上遮蔽了这种叙事的内在复杂性，特别是它们与乌托邦的纠缠。萨金特则试图区分指涉"反乌托邦"的一系列概念，指出"anti-utopia"将前缀"anti-"加在"utopia"前面，带有较强的判断性，意在对乌托邦主义或者某种特定的乌托邦进行批评，而"dystopia"比较偏向于中性描述，可看作专

---

① Lyman Tower Sargent, *Utopianism: A Very Short Introduction*, Oxford: Oxford University Press, 2010, p.36.
② Krishan Kumar, *Utopia and Anti-Utopia in Modern Times*, New York: Basil Blackwell, 1987.
③ Mark R. Hillegas, *The Future as Nightmare: H. G. Wells and the Anti-utopians*, New York: Oxford University Press, 1967, pp.3-4.

有名词，特指 20 世纪开始流行起来的一种消极的、意在展示比现实更加糟糕的社会的叙事类型。或者可以说，自从"乌托邦"思想出现以来，就一直存在着一种否定乌托邦（anti-utopia）的传统，然而，特定的反乌托邦（dystopia）叙事，是在 20 世纪初期才开始出现的。这个区分在一定程度上被沿用下来，成为一些研究者分享的前提。如莫伊伦在《纯净天空的碎片：科幻小说、乌托邦、反乌托邦》（*Scraps of the Untainted Sky*：*Science Fiction*，*Utopia*，*Dystopia*）中，将反乌托邦（dystopia）看作一个"开放的形式"，连接着两个对立阵营，即乌托邦阵营（Party of Utopia）和否定乌托邦的阵营（Party of Anti-Utopia）。[①] 在卡罗伊·平特（Karoly Pinter）的《乌托邦的解剖：莫尔、威尔斯、赫胥黎与克拉克作品中的叙事、陌生化与含混》（*The Anatomy of Utopia*：*Narration*，*Estrangement and Ambiguity in More*，*Wells*，*Huxley and Clarke*）中，这二者的区分更偏向于描述性。其中，"anti-utopia"指一个极大地劣于作者经验的社会，而"dystopia"这个"在英语世界中被最广泛地接受的术语"，则指一个相对于优托邦（eutopia）的"坏地方"[②]。相较于萨金特，这里的区分虽然更为具体、细致，却欠缺明晰的分辨——"劣于作者经验的社会"与"坏地方"都过于依赖主观判断，因此很难区分，也就很难成为鉴别两类文本的条件。

在笔者看来，萨金特的区分至关重要，因为它凸显出一个长时间遭到忽视的问题，即"乌托邦"本身是具有"乌托邦主义/乌托邦思想"与"乌托邦叙事"两个层面的。而正如乌托邦叙事并不一定仅仅是乌托邦主义的传声筒——前者与英国文学的讽喻传统更为接近，立意在于现实批判，反乌托邦（dystopia）叙事也并非意在消解乌托邦思想，它与"anti-utopia"所携带的感情色彩并不一致。需要说明的是，在很长的一段时间里，国内研究者并未关注到反乌托邦概念的内在层级，对相关概念如"恶托邦""敌托邦""反乌托邦"的使用往往未经界定或者界定较为模糊。近几年来，逐渐出现了一些概念辨析的讨论，尝试从命名上加以限定和区隔。如谢江平的《反面乌托邦与反乌托邦》一文基本沿用了萨金特的区分，并试图将"dystopia"译为"反面乌托邦"，与"具体的乌托邦构想"相对应，而将"anti-utopia"译为"反乌托邦"，意指"反乌

[①] Tom Moylan, *Scraps of the Untainted Sky*: *Science Fiction*, *Utopia*, *Dystopia*, Westview Press, 2000, p.13.

[②] Karoly Pinter, *The Anatomy of Utopia*: *Narration*, *Estrangement and Ambiguity in More*, *Wells*, *Huxley and Clarke*, Mcfarland & Company, 2010, p.137.

托邦思想",对应着"乌托邦赖以建立的那些根本的思想原则或者哲学基础"。①此外,也有学者主张以"恶托邦"来对应"dystopia",以区别"反乌托邦"(dystopia)。对于译名的辨别和区分,一方面是十分必要且有意义的,但是,另一方面却在某种程度上也有它自身的困境,如在早期的研究文章中,"反面乌托邦"和"反乌托邦"往往混用,无法直观识别其不同,而在关键词检索中,很容易看到"反乌托邦"的使用频率要远远高于"恶托邦",几乎已经形成了指涉固定的术语。鉴于以上情况,本书仍旧沿用"反乌托邦"来指涉"dystopia",一方面是将已经形成的使用惯例纳入考量,同时也不希望将这一术语构建的讨论空间让渡给意在消解与否定乌托邦的"anti-utopia",转而寻求其他的命名方式;另一方面是在辨明词语含义之中保持词语自身的张力,尤其是"dystopia"在20年代中后期被命名和使用时所携带的冷战记忆和现实指向。同时,为了凸显"anti-utopia"的特殊性及其与"dystopia"的区别,而将它译为"反—乌托邦",以直观地再现其构词形式以及与乌托邦之间的对应关系。

二、反乌托邦的乌托邦参考轴

当然,对于乌托邦研究者来说,"anti-utopia"与"dystopia"的区分开启了更为广阔的讨论空间,能够弥补20世纪乌托邦叙事的缺失。但笔者尝试强调,这也引发了另一个关键性的分离,即令反乌托邦脱离了与乌托邦的"正—反"之结,从而能够形成一个有独立指涉和独特语境的范畴。事实上,命名上的纠缠暗示出,反乌托邦与乌托邦之间存在着复杂的、需要厘清的关联。与汗牛充栋的乌托邦研究相比,反乌托邦的研究专著可谓寥寥。反乌托邦问题的讨论往往依附于一些其他的问题上,其中很多都延续自乌托邦研究。萨金特编撰的资料汇编《英国与美国的乌托邦文学(1516—1975):文献目录与注释》(*British and American Utopian Literature, 1516-1975: An Annotated Bibliography*)以"乌托邦"为关键词,收录了从莫尔的《乌托邦》开始直至1975年的英、美两国的乌托邦作品,而"反乌托邦"则被视作乌托邦的一个分支。在序言中,萨金特对自己的选择做了说明。他将"乌托邦"的概念回溯到"乌有之地"的层面,认为"乌托邦"(utopia)一词可以看作"乌托邦文学"(utopia

---

① 谢江平:《反面乌托邦与反乌托邦》,《南华大学学报(社会科学版)》2006年第5期。

literature）的统称，其下至少有三个有效类别，即"优托邦"（eutopia）、"反乌托邦"（dystopia）和"讽刺的乌托邦"（satirical utopia）："优托邦——尽管这个词很不幸地渐渐不受欢迎了——或者积极的乌托邦，是对好的地方的再现。反乌托邦或消极的乌托邦，是对坏的地方的再现。讽刺性的乌托邦指的是那些以讽刺为重心的作品。"[1]而在进一步谈到判断标准时，他提出了三个参考条件："1. 作者是否有意地构建乌托邦？2. 如果他意在写其他的东西，那么他是否在事实上构建了乌托邦？ 3. 如果前两个问题中的任何一个答案为是的话，这个作品是否描述了一个好的地方或是一个坏的地方？"[2]从萨金特的归纳当中可以看到，通过回到乌托邦在词源上的本意"乌有之地"，乌托邦便被抽象为了一个没有褒贬色彩的中性概念。反乌托邦与优托邦同样描述了不存在的地方，只是褒贬色彩有别，因而成为代表"坏的地方"与"好的地方"的两个彼此对立的并列子类型。在2010年出版的《乌托邦主义》一书中，萨金特再度梳理了乌托邦/乌托邦主义的流变，并将"反乌托邦"看作乌托邦在20世纪的变奏，一种与乌托邦共存的叙事类型，并与乌托邦呈此消彼长的趋势。

这种"无力的乌托邦"和"令人沮丧的反乌托邦"对立的僵局，在汤姆·莫伊伦看来并没有那么清晰。他在出版于20世纪80年代的著作《要求不可能之事》当中，集中处理了20世纪60年代至70年代出现的一系列有乌托邦色彩的作品，将这些文本称为"批判性的乌托邦"（critical utopia），以区别于"传统的乌托邦"，如乔安娜·鲁斯（Joanna Russ）的《阴性的男人》（*The Female Man*）、厄休拉·勒奎恩的《一无所有》、马吉·佩尔西（Marge Piercy）的《时代边缘的妇女》（*Woman on the Edge of Time*）和萨缪尔·蒂兰尼（Samuel R. Delany）的《特里同》（*Triton*）等。他这样描述乌托邦进入20世纪后发生的巨大变化："乌托邦在20世纪突然经历了艰难时刻。在世界大战、极权主义统治、大屠杀、大众工业/消费社会的更加细致的控制中，乌托邦至少是失去了声音。一方面，乌托邦被一些肯定性的意识形态——斯大林主义的俄罗斯、纳粹的德国和公司式的美国——吸收了……另一方面，当社会主义国家和消费社会都声称已经实现了乌托邦时，那种促成了乌托邦的、更为激

---

[1] Lyman Tower Sargent, *British and American Utopian Literature, 1516–1975: An Annotated Bibliography*, G. K. Hall, 1979, p.11.

[2] Lyman Tower Sargent, *British and American Utopian Literature, 1516–1975: An Annotated Bibliography*, G. K. Hall, 1979, p.18.

进的批评却躲入了重重的否定性中，并呈现为反乌托邦，即构想比现实情况更糟糕的社会的一种叙事。"①显然，对于莫伊伦来说，反乌托邦叙事一方面证明了"乌托邦欲求的无用"，另一方面却也继承了乌托邦所特有的"激进的批评"，只不过是用否定的方式"构想出比现有社会更糟糕的社会"来实现的。克里斯安·库马尔的《现代的乌托邦与反—乌托邦》将讨论范围限制在19世纪80年代到20世纪50年代的乌托邦与反—乌托邦文本上，然而无论是章节设置还是论述重心，都是围绕着乌托邦问题展开的。在他看来，反—乌托邦作为"一种与乌托邦相关，但又有别于传统乌托邦的样式"进入讨论，"本质上，反—乌托邦是相对晚近的发明，在很大程度上是对19世纪的社会主义乌托邦和20世纪特定的乌托邦实践的反动"。②与萨金特不同，库马尔并未区分"反乌托邦"与"反—乌托邦"，而是用"反—乌托邦"来统称《美妙的新世界》《一九八四》《正午的黑暗》等文本，并凸显出它们否定乌托邦的一面。最后的总结道出了他真正关心的问题："是否如那个常见的断言所说的，至少如21世纪上半叶显现出来的那样，乌托邦已经死了？或者说，它在反—乌托邦的不断撞击中存活了下来？它的现今形态是什么，以及它在当今西方或世界的社会未来的思考中占据了怎样的地位？"③

"乌托邦—反乌托邦"的轴线提供了一条颇为"自然"的解读路径——反乌托邦小说正因为处在乌托邦的相对位置上而获得命名。然而可以看到，只有将研究对象局限在20世纪上半叶的反乌托邦叙事中，这种解读才是有效的。自20世纪60年代以来，无论是"批判的乌托邦""有缺陷的乌托邦"还是继承了乌托邦批判性的"批判的反乌托邦"，在叙事上不再刻意仿照或延续传统的乌托邦，甚至也与《我们》《美妙的新世界》和《一九八四》这些"经典反乌托邦"有所不同。如勒奎恩的《一无所有》构建的世界被一分为二，形成两个意识形态对立的国家"乌拉斯"和"阿纳瑞斯"，其中，秉承"奥多主义"而建立的阿纳瑞斯具有较强的乌托邦色彩，同时在对立的"乌拉斯"看来又是十足的反乌托邦。而在穿行于两个世界之间的主人公谢维克的视角当中，这个乌托邦/反乌托邦的对立变得模糊、暧昧了——他无法把任何一方作为坚实的地基

---

① Tom Moylan, *Demand the Impossible*, New York and London: Methuen, 1986, pp.8-9.
② Krishan Kumar, *Utopia and Anti-Utopia in Modern Times*, New York: Basil Blackwell, 1987, p.8.
③ Krishan Kumar, *Utopia and Anti-Utopia in Modern Times*, New York: Basil Blackwell, 1987, p.9.

来进行批判、选择。

与上述一些松动、分辨乌托邦/反乌托邦/反—乌托邦之间关系的尝试有所不同，拉塞尔·雅各比（Russel Jacoby）更为坚定地令反乌托邦彻底脱离乌托邦/反—乌托邦的二元对立。在《不完美的图像：反乌托邦时代的乌托邦思想》(*Picture Imperfect: Utopian Thought for an Anti-Utopian Age*) 和《乌托邦之死：冷漠时代的政治与文化》(*The End of Utopia: Politics and Culture in An Age of Apathy*) 中，他从说明三大反乌托邦著作并非反共产主义文本入手，认为"20世纪著名的敌托邦小说都不是反乌托邦（anti-utopia）的"，甚至"乌托邦无情地导致了敌托邦这一观念"[①] 也需要被质疑和解构。因为正是由于苏联解体、"认为乌托邦主义者同极权主义者没有任何区别"的流行观念，以及"西方想像力的日益枯竭"[②]，才使得乌托邦理想、极权主义和纳粹主义总是被放置在一起，反乌托邦才被看作乌托邦的必然结果。他梳理了20世纪的反乌托邦思想的历史与思想脉络，指出其根基是已经深深地渗透进我们常识系统的、"二战"后开始兴盛的自由主义。在这个脉络的源头处，是一系列将极权主义与乌托邦主义并置的文本，如科恩的《追寻千禧年》(*The Pursuit of the Millennium: Revolutionary Millenarians and Mystical Anarchists of the Middle Ages*, 1951)、卡尔·波普尔（Karl Popper）的《开放社会及其敌人》(*The Open Society and Its Enemies*, 1945)、汉娜·阿伦特（Hannah Arendt）的《极权主义的起源》(*The Origins of Totalitarianism*, 1951) 和以赛亚·柏林（Isaiah Berlin）写于20世纪50年代的一些论文等。雅各比的切入角度赋予了乌托邦问题以历史维度，同时，乌托邦/反—乌托邦的讨论也得以与常识系统拉开距离，脱离了本质化的、概念性的纠缠。不过，值得注意的是，拉塞尔·雅各比真正关注的，仍然是乌托邦思想这个"已经变得索然无味"的问题，因而仅仅将反乌托邦小说抽离出来，但未进行更细致的辨析或系统的讨论。

可以看出，当讨论到具体的文本，尤其是20世纪下半叶的大量反乌托邦文本时，乌托邦与反乌托邦命名上的对立就有些令人困惑了。一些乌托邦研究者尝试做二元对立式的区分，另一些研究者则试图彻底打破这样的连接，将作为一种叙事的反乌托邦文本抽离出来不予讨论。不

[①] ［美］拉塞尔·雅各比：《不完美的图像：反乌托邦时代的乌托邦思想》，姚建彬等译，新星出版社2007年版，第17页。

[②] ［美］拉塞尔·雅各比：《不完美的图像：反乌托邦时代的乌托邦思想》，姚建彬等译，新星出版社2007年版，第7页。

过，尤为关注反乌托邦的研究者基思·布克尔（M. Keith Booker）提出了一个新的理解方式。他在《反乌托邦文学：一种理论与研究的导读》（*Dystopian Literature*: *A Theory and Research Guide*）中写道："乌托邦与反乌托邦视野并不一定截然对立。这不仅是因为一个人的乌托邦是另一个人的反乌托邦，而关于理想社会的乌托邦天然地暗示着对现存的、不理想的事物秩序的批评，反之，警示着危险的、'坏'乌托邦的反乌托邦也仍然涉及'好'乌托邦的存在可能。此外，除非可以想象一个更好的体系，不然反乌托邦对于现存秩序的批判就会毫无意义了。"[①] 换句话说，他认为"反乌托邦冲动"便是一种社会批判的冲动，而其必然包孕着一种"好"乌托邦的构想。

显然，尽管反乌托邦明确地指涉着一些具体文本，却很少有讨论将它看作自足的概念。甚至，它的内涵也并不清晰，凡是涉及它的研究都不得不从概念辨析开始，而这些辨析之间往往并不一致且无法脱离乌托邦的轴线。当然，这很容易理解：通过添加否定前缀而形成的概念，很难摆脱二元对立的定位，而随着反乌托邦文本越来越多，其不同的历史语境也令这个概念变得宽泛而分裂了。在今天，应该从起点重新思考它的提出与确定，将它从长期隶属于乌托邦问题的限制中解脱开来，打开反乌托邦与乌托邦之间更为复杂、辩证的关联。或者可以说，反乌托邦有如倒影一般，虽映射着某种理想国想象，却含混、暧昧得多。

三、反乌托邦叙事的诞生

20世纪上半叶，在"反乌托邦叙事"起始处的三部小说——《我们》《美妙的新世界》与《一九八四》之间的文本关联十分值得注意。写于1920年的《我们》在当时未能获得在苏联出版的机会，而是以手抄本的形式流传，其英译本于1924年在美国出版，并很快出版了法文译本等——作者扎米亚金也多少因此而"获罪"，不得不离开苏联定居巴黎，并于1937年病逝，其作品则长时间在苏联被封禁，直到1986年才开始重新获得关注，《我们》也在1988年被苏联杂志《旗》连载。[②] 奥威尔对《我们》非常感兴趣，他自述曾坚持寻找《我们》的英译本而未得，最终借到了一本法文本，并评价说"在这焚书的年代里，这是文学珍品之

---

① M. Keith Booker, *Dystopian Literature*: *A Theory and Research Guide*, London: Greenwood Press, 1994, p.15.
② 参见李毓榛《扎米亚京重返苏联文坛》，《文艺争鸣》1990年第1期。

一""这并不是一本第一流的书,但是它肯定是一本不同寻常的书"。[1] 而在1948年,已因结核病而卧病在床的奥威尔仍不忘写信给格莱伯·斯特鲁福,说明自己"计划等《我们》的英文译本出版后,为它写个书评"[2]。尽管奥威尔最终未能如愿为英国出版社出版的《我们》著文推介,不过仅借由他在1946年为法文本所写的那篇评论文章,也约略可以看到"反乌托邦三部曲"之间的内在连接,以及他在写作《一九八四》时的倾向性。

最先引起奥威尔注意的,恰恰是《美丽新世界》中所显露出的《我们》的影子,他敏锐地感到两部小说的"气氛都相似","描写的社会是同一种社会",并由此断定:"关于此书,任何人会注意到的第一点是——我相信从来没有人指出过——阿尔都斯·赫胥黎的《美妙的新世界》有一部分一定是取材于此的。两本书写的都是人的纯朴自然精神对一个理性化的、机械化的、无痛楚的世界的反叛,两个故事都假定发生在六百年以后。"[3] 不过,奥威尔更关注的是二者的区别,他认为,相比之下,扎米亚京的书"同我们自己的处境更加有关",正是"这种对极权主义的非理性一面——把人当作祭祀的牺牲,把残忍作为目的本身,对一个赋有神的属性的领袖的崇拜——的直觉掌握使得扎米亚金的书优于赫胥黎的书"。[4] 这显然极大地影响了奥威尔著于两年之后的《一九八四》——它更多地继承了《我们》当中对极权主义逻辑自身的洞察。此外,奥威尔也多次以《美丽新世界》的预言为例,谈论历史转折与现实困境,如在1940年发表的《行记》中,指出"奥尔德斯·赫胥黎先生的《美丽新世界》是对享乐主义的乌托邦进行嘲讽的优秀作品,在希特勒出现之前,享乐主义式的乌托邦似乎是有可能实现的,甚至似乎就要到来了,但它并没有解释现实中的未来。当前我们正在迈进的方向更像是西班牙的宗教法庭,而且拜无线电和秘密警察所赐,可能比它更加糟糕"[5]。

这种批评也引发了赫胥黎的注意——对于他来说,"一本关于未来的

---

[1] [英]乔治·奥威尔:《英国式谋杀的衰落》,董乐山译,上海译文出版社2007年版,第161页。
[2] [英]乔治·奥威尔:《奥威尔书信选》,甘险峰译,贵州人民出版社2001年版,第434页。
[3] [英]乔治·奥威尔:《英国式谋杀的衰落》,董乐山译,上海译文出版社2007年版,第161—162页。
[4] [英]乔治·奥威尔:《英国式谋杀的衰落》,董乐山译,上海译文出版社2007年版,第163—164页。
[5] [英]乔治·奥威尔:《行记》,载《奥威尔杂文全集》(下),陈超译,上海译文出版社2018年版,第887—888页。

书只有它的预言有可能实现才能引起我们的兴趣"①。奥威尔在《一九八四》出版之后通过出版社寄送了一本给赫胥黎,后者做了简短的回复,对《一九八四》的想象并不赞同,并同样表达了对哪一种"预言"更为真实的看法。随后,迁居美国的赫胥黎在1958年出版了著作《重返美丽新世界》(*Brave New World Revisited*),细致分辨了自己与奥威尔的不同,指出其根源在于两人所面对的历史阶段的差异:"乔治·奥威尔写作《一九八四》,将当时所见的斯大林主义和刚刚过去的纳粹主义合并为一,放大之,于是推测出未来社会;我写作《美丽新世界》,却在希特勒攫取德国最高权力之前","因此,我描述的未来的独裁世界尚显温和,远不如奥威尔如此出色描绘的未来的独裁世界那般残酷无情"。②但是,赫胥黎判断,核威胁以及1956年苏联政治情势的变化使得暴君式的统治终会结束,而一种建立在科技发展之上的、高效的"更时髦的专政体制"③将取而代之,换句话说,"未来社会走势,或更靠近《美丽新世界》里的世界,而非《一九八四》的世界"④。

在奥威尔和赫胥黎的争辩中,显影出某种时代性的紧张与焦虑。马克·R.希莱加斯在《噩梦般的未来》的开篇中说道,"不言而喻,我们时代焦虑的最具启示性的标志之一,便是如扎米亚金的《我们》、赫胥黎的《美妙的新世界》、奥威尔的《一九八四》这类著作的大量涌现。它们共同具有的令人恐惧之处是,它们都描绘了噩梦般的国度,在其中,人们居于屈从状态,自由被抹除了,而个体性也被碾碎了;在其中,过去被系统性地破坏掉了,而人们也远离了自然;在其中,科学与技术并非用来丰富人类的生活,而是用来维持国家对其奴隶公民的监视与控制"⑤。在这里,希莱加斯试图表明,反乌托邦叙事诞生于历史重压,文本中"自由""个体性""传统""自然"遭到"破坏",标识着现代社会的断裂和危机。而这也提示着作为一种叙事类型,"反乌托邦"与现实的紧密关联以及清晰的

---

① Aldous Huxley, "Forword", in *Breve New World and Brave New World Revisted*, New York: Harper & Brothers, Publishers, 1960, p.19.
② [英]阿道司·赫胥黎:《重返美丽新世界》,庄蝶庵译,北京时代华文书局2020年版,第4—5页。
③ [英]阿道司·赫胥黎:《重返美丽新世界》,庄蝶庵译,北京时代华文书局2020年版,第6页。
④ [英]阿道司·赫胥黎:《重返美丽新世界》,庄蝶庵译,北京时代华文书局2020年版,第5页。
⑤ Mark R. Hillegas, *The Future as Nightmare: H. G. Wells and the Anti-utopians*, New York: Oxford University Press, 1967, p.3.

阶段性：可以看到，20世纪上半叶，伴随着十月革命、两次世界大战所促发的历史转折，以《我们》《美丽新世界》与《一九八四》三部小说的对话性与延续性为中心，出现了一种以蓝图式乌托邦为摹本的、书写噩梦般未来的叙事类型，而冷战的开启令它们获得了"反乌托邦"的命名以及极大的影响力，随后，从20世纪下半叶至今，它们的想象方式、叙事模式等被不断地、广泛地模仿，逐渐形成了一种特定的叙事类型。

本书的结构以此作为参照，以文化研究为视角，从历史、文本、理论三个维度探讨了20世纪反乌托邦叙事的诞生与流变。在结构上以时间为线索分为两个部分，第一部分以20世纪上半叶的三大反乌托邦小说的出现为核心，通过呈现它们与历史、文学传统、乌托邦之间的对话，来立体化地探讨"反乌托邦的诞生"这一问题；第二部分集中在20世纪下半叶至今的反乌托邦叙事变化，以"身体性"作为理论切入口，探讨恩斯特·布洛赫的乌托邦理论、女性主义、后人类主义等理论命题中具有乌托邦特质的身体场域，进而讨论其与反乌托邦叙事之间的关联，以及身体维度的增强与社会想象的削弱所显现的现实问题。

第一部分包括两个章节，第一章以扎米亚京的《我们》、奥尔德斯·赫胥黎的《美丽新世界》以及奥威尔的《一九八四》三部反乌托邦小说作为核心，探讨了反乌托邦的诞生、命名与20世纪上半叶历史，特别是冷战历史之间的关联。第一节以乌托邦与反乌托邦的关系入手，通过辨析反乌托邦作为一种叙事类型、一种修辞和一种思想的意义层级的区别，试图松动它与乌托邦之间的反—正关系，认为将否定与审判乌托邦的意义赋予反乌托邦这种叙事类型的倾向，恰恰是经由冷战历史而发生的。在此基础上，进而以三部反乌托邦小说之间的内在关联性以及命名为切入点，说明本书的论述聚焦于作为叙事类型的反乌托邦的诞生与发展。第二节以《一九八四》为中心，通过呈现冷战时期来自不同立场的批评与讨论，即50年代初英国左翼对它的批判、雷蒙德·威廉斯"文学与社会"视角的讨论以及续作《1985》所显现的意识形态武器色彩，显影了历史对反乌托邦叙事的影响与限定。第三节选取了"集体性"这一在乌托邦与反乌托邦的文本层面最具张力的叙事要素，通过辨析其中的差异和联系，探讨"集体性"话语如何在20世纪的历史中演变为"集权主义"。

第二章同样以三大反乌托邦小说为核心，在第一章辨析反乌托邦概念的不同层级以及反思冷战意识形态对其内涵的窄化的基础上，试图重新思考它与20世纪历史之间的关联，以及它所承载的情感结构与社会功能。论述首先从乌托邦与反乌托邦的文体特征与叙事结构的不同入手，分析其中携带的批判位置，进而将二者回溯到英国讽刺文学传统，指出它们在讽喻功能上的一致性与连贯性，并借用弗雷德里克·詹姆逊的"否定性"概念，探讨反乌托邦叙事对乌托邦功能的继承。最后将文本放置到具体的历史语境之中，一方面通过比较赫胥黎、奥威尔等与威尔斯之间的差异，试图呈现两次世界大战和英帝国的衰落对于英国中产阶级作家的影响：相对于威尔斯的乐观与以英国为中心，20世纪20年代之后的作家需要在更为广阔的世界图景中确认自身的位置，如奥威尔在面对殖民地和帝国主义时的矛盾情感等，这令他们多少如雷蒙德·威廉斯所说具有"流放者"的特质，而这种悲观、不确定和中间状态，在很大程度上形成了反乌托邦中的叙事视角与叙事模式，如疏离的姿态与反抗的失败等。另一方面结合苏联工业诗人加斯捷夫的观念与对《我们》的影响，以及对读《美丽新世界》与《重返美丽新世界》，探讨了现代科技与现代工业作为另外一重现实压力对反乌托邦叙事的影响。

第二部分第三章以20世纪至今的乌托邦写作困境为问题，探讨如何思考乌托邦在当下的存在形态及其意义。论述选取了三个较为清晰、有代表性的理论脉络为例，认为乌托邦在20世纪由一种蓝图式的社会想象变为具有身体性的"乌托邦冲动"。如恩斯特·布洛赫在《希望的原理》中，借用弗洛伊德与夜梦相对的白日梦概念，以一种"尚未"（not-yet）到来的希望维度来重新确认乌托邦的意义，而在其中最为重要的是召唤未来的"乌托邦冲动"。而女性主义理论对于身体性的强调，也与以性别反思为主题的社会想象相应和。以厄休拉·勒奎恩与玛格丽特·阿特伍德为例，可以看出这些社会想象无论是具有乌托邦色彩的，抑或是以反乌托邦为导向的，都显现出对身体场域的争夺。身体同样在兴盛于20世纪晚期的"后人类主义"理论脉络中带有乌托邦色彩：在凯瑟琳·海勒的《我们何以成为后人类》中，面对生物、科技、网络的新发展，"具身性"成为人在人文主义话语逐渐失效的情况下仍然能够讲述自身、与机器相区分的重要场域。

第四章在第三章对理论的辨析基础上，探讨乌托邦与反乌托邦叙事中所包蕴的、带有身体性的乌托邦冲动，在论述上以时间为线索分为三节，第一节以对比威尔斯在第一次世界大战前后的两部关于"火星"想象的小说为导引，分析在20世纪初的历史压力下，在乌托邦想象中一种建立于身体变革的新人想象对社会想象的替代。这种带有消极色彩的想象，同样成为三大反乌托邦小说中带有希望色彩的乌托邦支点。第二节的讨论通过文本细读指出，《我们》中"毛茸茸的自我""眉间的未知的

X"，《美丽新世界》中"被滴入酒精的培养皿""一克索麻"，《一九八四》中"无产者多产的肚皮""脑中的几厘米"等，都显现出对于身体作为抵抗支点的模糊而暧昧的希冀。在20世纪下半叶，这种模糊的希冀逐渐具体化为科幻式的多种身体想象，如赛博格（cyborg）、虚拟身份、人工生命等，并逐渐与后人类理论相呼应。而以经过身体变革的新人为主体的社会想象，往往借用20世纪上半叶反乌托邦叙事的基本模式与基本元素，因此在某种程度上形成了反乌托邦叙事的发展与扩散。第三节以这类反乌托邦叙事为对象，讨论了其主题的变化、叙事上的延续与变奏等。

第五章聚焦于20世纪末至今大众文化领域对反乌托邦叙事要素更为宽泛的借用，以此尝试显影在第三章和第四章中未能充分展开的问题，亦即，当乌托邦由社会维度转入身体维度后，它是否还能延续在20世纪以前曾经具有的社会功能与未来视野？本章以问题为导向，选取了两类文本作为研究重心，一类是以呈现晦暗未来为基本文本特征、常被贴上"反乌托邦"标签的电影与电视剧等，如《地下理想国》《V字仇杀队》《重生男人》《云图》等，通过比较可以看到，它们借用了封闭而压抑的未来社会、个人的反抗与陷落等反乌托邦的基本叙事模式，然而却大多在社会整体想象方面显得十分薄弱，而"反抗"更多地变为一种仪式性的叙事规则，很少负载清晰的时代压力，也缺乏现实批判性的指向。另一类文本以末日或废土想象为关键词，特别是纳入近年来的中国网络小说与动画电影，尝试指出：尽管宽泛而言，它们同样将故事放置于黑暗的未来图景之中，与反乌托邦有相似之处，在叙事上也有借用的痕迹，但相比于反乌托邦停滞、封闭的蓝图式社会想象，它们更多地指向了秩序的崩解，并将丛林法则视为最为合理且直接的想象来源。

在本书中，通过强调反乌托邦叙事诞生与流变的历史语境，避免将它本质化，而探讨它作为一种文化现象和症候，携带着怎样的情感结构和对现实问题的回应。同时，结合文本细读以及对理论脉络的分析，对其在20世纪下半叶至今的繁盛提出辨析与批判。

第二节　反乌托邦与冷战历史：以乔治·奥威尔的《一九八四》为中心

一、噩梦般的怪物：20世纪50年代左翼批评场域中的《一九八四》

正如波兰思想家伊萨克·多伊彻（Issac Deutscher）写于1954年的

著名批评文章《"1984"——神秘主义式的残暴》("1984": The Mysticism of Cruelty）开篇所说，这个时代里很少有小说如奥威尔的《一九八四》那般流行和对政治产生影响。[1] 这种影响显然并未停止于20世纪50年代，而是一直绵延至今，其想象细节一次次作为寓言/预言在不同语境中回响。无疑，冷战的开启是促成这种影响的重要因素，给予了奥威尔以始料未及的声誉——他写于20世纪30年代的现实主义风格小说并未引发广泛关注，影响力甚至远不及其同时期纪实与评论作品，而20世纪40年代的两部政治寓言小说《动物农场》和《一九八四》却获得了极为庞大多元的读者群。同时，冷战也将奥威尔及其创作缩减为一种单一的政治立场或文化符码，赋予了强烈的意识形态功用。伊萨克·多伊彻谈及自己的亲身经历：奥威尔去世几周后，他在纽约时遇到别人向他推销《一九八四》，对方称读了这本书便能理解"为什么应该向苏联共产党投掷原子弹"[2]。他进而指出，《一九八四》的影响力并不来自文学上的成就——事实上，伟大的文学作品往往因为过于复杂和隐晦而难以被简化为一种政治口号，而《一九八四》的独特写法恰恰迎合了冷战所创造的需求："冷战创造了这样一种对意识形态武器的'社会需求'，就像它创造了那些对实体超级武器的需求一样……一本像《一九八四》这样的书的用途很可能和作者的设想无关。"[3] 同样地，在雷蒙德·威廉斯写于20世纪70年代的一本评述奥威尔的小册子中，也描述了《动物农场》和《一九八四》所遭遇的讽刺性情境："奥威尔在1943年11月开始写作《动物农场》，并于三个月后将其完成。一些出版商拒绝出版它，有的是基于政治考量。具有讽刺意味的是，十八个月后当政治情境发生变化时，这本对抗主流大众观念的书才出版，并被急切地用于日渐凸显的冷战中。《动物农场》在很长一段时间里都无法脱离这种讽刺性的政治语境。左翼对奥威尔的描述是'一路尖叫着奔向了资本主义出版商的怀抱'，而这显然不是他自己在那时的感受（'我很难为这本书找到出版商，尽管一般而言我在出版自己著述上并无困难'）。与此同时，当《一九八四》紧接着被出版之后，《动物农场》毫无疑问是被一些奥威尔完全不赞同的人们利

---

[1] Issac Deutscher, "'1984': The Mysticism of Cruelty", in *Heretics and Renegades*, Indianapolis and New York: The Bobs-Merrill Company, 1969, p.35.

[2] Issac Deutscher, "'1984': The Mysticism of Cruelty", in *Heretics and Renegades*, Indianapolis and New York: The Bobs-Merrill Company, 1969, p.50.

[3] Issac Deutscher, "'1984': The Mysticism of Cruelty", in *Heretics and Renegades*, Indianapolis and New York: The Bobs-Merrill Company, 1969, pp.35-36.

用了。而利用《一九八四》的情况更为频繁，因其证实了一种关于奥威尔的说法——至少他自己认为这种说法是误导。"①

经由冷战政治语境的选择与放大，奥威尔的思想和写作被简单化了，被《一九八四》这部写于他生命历程最后阶段的作品概括，这两者之间的复杂关联也在某种程度上被遮蔽了。不难看出，奥威尔的写作实践大多直接来自他的现实经历，以纪实性为突出特点，如出版于20世纪30年代的几部影响较大的纪实作品《巴黎伦敦落魄记》(Down and Out in Paris and London, 1933)、《通往维根码头之路》(The Road to Wigan Pier, 1937)、《向加泰罗尼亚致敬》(Homage to Catalonia, 1938)中，极具细节性地记述了他在后厨帮工、摘啤酒花、深入矿工生活、参加西班牙内战的经历，并以笔法冷静、客观著称。而在30年代所著的几部自然主义小说中，也几乎与他的经历见闻同步，每一部小说都被加入了大量同时期的所见所感，如1934年出版的《缅甸岁月》(Burmese Days)作为其第一部长篇小说，背景来源于20世纪20年代他在缅甸任皇家印度警察部队的警官的生活经历，有着明显的自传色彩。有时他对现实经验的偏好甚至会干预叙事的流畅性，如《牧师的女儿》(A Clergyman's Daughter, 1935)这部在他自己看来并不成功的作品中，叙事明显存在着断层：外层由乡村牧师女儿多萝西循规蹈矩、干涸枯燥的生活构成，而内层则是她从既定轨道上"跌落"后，与流浪汉一同在收容所之间流浪、摘啤酒花的生活。两层之间的衔接极为生硬、充满戏剧性——在某日睡醒后，她发现自己毫无缘由地失忆且身无分文地倒在伦敦的街上——这显然仅仅是为了容纳奥威尔伦敦底层生活中流浪和摘啤酒花等细节而刻意铺设。相应地，《一九八四》与奥威尔经验的相关性似乎是不言而喻的——这种关联并不能仅仅理解为对斯大林的揭露与控诉，事实上，《一九八四》的想象来源十分驳杂，并非某一现实政权的直接投射，如"新话"或许是对英美新闻业的"电报略语"(cablese)的讽刺，而小说中虚构的国家也混杂着苏联和英国工党等成分，"就像每一场噩梦一样，奥威尔眼中的怪物，是由许多种熟悉或不熟悉的面孔、特征和形状构成"②。

"噩梦般的怪物"提示着，奥威尔笔下的反乌托邦并非面目单一的政治讽喻，而是多重历史地层的叠合。《一九八四》出版后不久，伊萨

---

① Raymond Williams, *Orwell*, London: Collins & Co., Ltd., 1971, p.69.
② Issac Deutscher, "'1984': The Mysticism of Cruelty", in *Heretics and Renegades*, Indianapolis and New York: The Bobs-Merrill Company, 1969, p.43.

克·多伊彻便关注到其引发的阅读热潮，并警觉到它在冷战中的政治效力。但是，作为与奥威尔分享着相似的时代压力、同为《观察家报》驻德国的记者甚至曾共处一室①的批评家，多伊彻并不认同那种摒弃《一九八四》仅仅是"政治恐怖漫画"的充满敌意的审判，认为奥威尔的小说在思想和情感上都更复杂一些。②在他看来，奥威尔写作《一九八四》的目的在于提出一种警示，然而"无边的绝望"使得它被自己击溃，最终变成了一声尖叫。③多伊彻把这种绝望归因于奥威尔的个人经验以及"对政治缺乏历史感和理论洞察力"④：一方面，奥威尔在经历第二次世界大战时逐渐执着于"阴谋论"，悲观地坚信雅尔塔会议将带来《一九八四》式的利益分配与权力集中；另一方面，"如大多数英国社会主义者一样，奥威尔从来不是一个马克思主义者"，多伊彻分辨道，"马克思主义"不同于纯粹的"理性主义"——"马克思主义不会假设说，人类通常会被理性动机驱使，可以依靠理性被说服接受社会主义……就像马克思所描述的，阶级斗争也绝不是一个在理性上进行的进程"，而奥威尔的简单和直率让他更倾向于选择依靠理性进行判断，因为"唯物辩证法对于他来说太深奥了"。⑤在这个意义上，未获得马克思主义视野的奥威尔并不能充分理解自己的处境，而他也无法安于舒适的、自我欺骗的思想，因此，当面对理性难以解释的危机（如斯大林的大清洗）时，他便只能绝望地陷于一种"令人尊敬的困扰"⑥，如同《一九八四》中温斯顿·史密斯所言，"我懂得方法：我不懂得原因"⑦。当然，这种"令人尊敬的困扰"绝非无害，它令《一九八四》中的警示变为尖叫，变成了一种"神秘主义式的残暴"，而"这尖叫被我们时代的'大众媒介'放大，吓坏了千百万人。然而这并没有帮助他们更好地理解世界所要解决的问

---

① Issac Deutscher, "'1984': The Mysticism of Cruelty", in *Heretics and Renegrades*, Indianapolis and New York: The Bobs-Merrill Company, 1969, p.48.
② Issac Deutscher, "'1984': The Mysticism of Cruelty", in *Heretics and Renegrades*, Indianapolis and New York: The Bobs-Merrill Company, 1969, p.36.
③ Issac Deutscher, "'1984': The Mysticism of Cruelty", in *Heretics and Renegrades*, Indianapolis and New York: The Bobs-Merrill Company, 1969, p.49.
④ Issac Deutscher, "'1984': The Mysticism of Cruelty", in *Heretics and Renegrades*, Indianapolis and New York: The Bobs-Merrill Company, 1969, p.48.
⑤ Issac Deutscher, "'1984': The Mysticism of Cruelty", in *Heretics and Renegrades*, Indianapolis and New York: The Bobs-Merrill Company, 1969, pp.44-45.
⑥ Issac Deutscher, "'1984': The Mysticism of Cruelty", in *Heretics and Renegrades*, Indianapolis and New York: The Bobs-Merrill Company, 1969, p.45.
⑦ [英]乔治·奥威尔：《一九八四·动物农场》，董乐山、傅惟慈译，上海译文出版社2003年版，第79页。

题"。① 而更为严重的是，它转移了人们的注意力，从而掩盖了冷战中的真正危机：在核威胁带来的恐惧氛围中，人们避而不谈自己应该担负的人类命运，却将愤怒与绝望发泄在奥威尔《一九八四》所提供的那个怪物兼替罪羊（Bogy-cum-Scapegoat）身上。②

多伊彻的批评很快引发了左翼知识分子的回应：1956年1月号的《马克思主义季刊》(*Marxist Quarterly*) 上刊载了一篇题名为《乔治·奥威尔》(*George Orwell*) 的文章，作者詹姆斯·沃尔什（James Walsh）明显受到了多伊彻的影响和启发。文章直接引述了《"1984"——神秘主义式的残暴》中的大量论证和观点，如对扎米亚金的《我们》的借鉴、在冷战中充当意识形态武器的负面影响等。但是，相对而言，沃尔什的批评措辞更为严厉和简单化。比如，将奥威尔最具症候性的幻灭感归结为他正代表着小资产阶级（petit-bourgeoisie）的傲慢与无知——这个群体"夹在资产阶级与工人阶级之间，把我们社会的丑恶人性发挥到了顶点"③。又如，他认为《动物农场》的最大问题在于缺乏现实性，其中对于领导者和普通人的两极化塑造，一方面显示了对无产阶级的不信任和侮辱，认为他们没有能力分辨对错，因而"无法进行统治"④；另一方面则通过领导者的无耻将一般意义上的政治污名化，"人们从他们的资本主义经验中得知政治是一场肮脏的游戏，而《动物农场》让这场游戏更脏了"⑤。在他看来，这种"对人民、对工人阶级、对共产主义的无知"⑥在《一九八四》中达到了顶点，其中关于二加二等于五的规训情节尤其暴露出奥威尔的偏见，即"在有技巧的宣传中，普通人十足愚蠢、十足软弱，以至于要拒绝自己的经验、不相信自己的眼睛"⑦。

沃尔什的批评代表着冷战时期一类来自左翼的批评立场，尽管承袭了多伊彻的主要观点，却变得单薄和刻板，以单一的审判与否定代替对文本和语境的细察。这种简单化的归因，引发了雷蒙德·威廉斯的质疑。在1958年出版的《文化与社会：1780—1950》中，威廉斯多次引用沃尔

---

① Issac Deutscher, "'1984': The Mysticism of Cruelty", in *Heretics and Renegades*, Indianapolis and New York: The Bobs-Merrill Company, 1969, p.49.
② Issac Deutscher, "'1984': The Mysticism of Cruelty", in *Heretics and Renegades*, Indianapolis and New York: The Bobs-Merrill Company, 1969, p.50.
③ James Walsh, "George Orwell", *Marxist Quarterly*, January 1956, p.26.
④ James Walsh, "George Orwell", *Marxist Quarterly*, January 1956, p.32.
⑤ James Walsh, "George Orwell", *Marxist Quarterly*, January 1956, p.32.
⑥ James Walsh, "George Orwell", *Marxist Quarterly*, January 1956, p.33.
⑦ James Walsh, "George Orwell", *Marxist Quarterly*, January 1956, p.34

什的文章,明确指出"这种苛责既傲慢又粗鲁"①,强调"不能简单地用某些阶级原罪来诠释一个人"②,因此不能简单将奥威尔判定为"小资产阶级"。在威廉斯看来,对于奥威尔个人的审判与嘲讽并不能提供一种有效的解释路径,与此相比,更重要的是如何理解作为文化征候的奥威尔:在埃里克·布莱尔(Eric Blair,奥威尔的原名)选择成为"奥威尔"后,他便逐渐变为一个特定的形象,携带着一种不断被人借用的写作样式、介入态度和生活方式。③ 真正令威廉斯感兴趣的,恰是这样一个被时代塑成的、承载着特定情感结构的文化表征的"巨大膨胀的奥威尔形象":"在 1950 年代的英国,沿着你前进的每一条道路,奥威尔的形象似乎都在那里静候。如果你尝试发展一种新的大众文化分析,奥威尔在那里;如果你想要记录工作或者日常生活,奥威尔在那里;如果你参与了对任何一种社会主义的论证,一个巨大膨胀的奥威尔形象在那里发出回头的警告。"④ 因此,尽管经受着重重的误解,威廉斯仍旧试图声明他希望讨论的,"不是奥威尔的书写,而是什么书写了奥威尔"⑤。

二、从《一九八四》到《1985》:冷战中作为意识形态武器的奥威尔

冷战中被用作意识形态武器的境遇,令《一九八四》的阐释被极大地缩减甚至是偏移了。这种偏移和缩减的印记,在《一九八四》和它的续书《1985》的比较中尤为清晰。20 世纪 70 年代末期,当匈牙利作家道洛什·久尔吉开始被西方接受时,他"决定续写《一九八四》,继承奥威尔的精神财富,用我的语言讲述东欧人的现实生活"⑥。《1985》完成于 1981 年,并在 1982 年由西柏林的洛特巴赫出版社翻译出版,"引起轰动,很快译成多种语言在日本、丹麦、瑞典、美国、英国、法国、土

---

① [英]雷蒙·威廉斯:《文化与社会:1780—1950》,高晓玲译,吉林出版集团有限责任公司 2011 年版,第 310 页。
② [英]雷蒙·威廉斯:《文化与社会:1780—1950》,高晓玲译,吉林出版集团有限责任公司 2011 年版,第 308 页。
③ Raymond Williams, *Orwell*, London: Collins & Co., Ltd, 1971, p.85.
④ [英]雷蒙德·威廉斯:《政治与文学》,樊柯、王卫芬译,河南大学出版社 2010 年版,第 398 页。
⑤ [英]雷蒙德·威廉斯:《政治与文学》,樊柯、王卫芬译,河南大学出版社 2010 年版,第 403 页。
⑥ [匈牙利]道洛什·久尔吉:《1985》"译后记",余泽民译,上海人民出版社 2012 年版,第 159 页。

耳其等国出版"①。而在东欧剧变之后的1990年,这部小说才在匈牙利出版。作为一部颇有分量的续书②,《1985》在某种程度上可以显影出《一九八四》的一种主流解读路径,而二者之间的差异也十分具有症候性。《1985》以欧亚国历史学家的口吻,分别以奥勃良、温斯顿、裘莉亚三个人的视角记述了大洋国在1985年年初的政变和覆灭。即便不考虑几位主角基本设定的彻底转变(温斯顿未被说服和杀害,反而被奥勃良选中担任了《时代》文学副刊的编辑;裘莉亚从一个以性爱为抵抗方式的"下半身的叛逆",转变为一个声讨温斯顿淫乱的妒妇;奥勃良也不再与集权合谋,而成了反叛、分裂的幕后推手),小说也完全推翻了《一九八四》最为核心的集权逻辑和颇有张力的反讽。正如《1985》在开篇处所写的:

  当时,世界上有三大帝国鼎足而立……它们之间总是烽烟不断。1985年初,大洋国遭到欧亚国沉重的军事打击,从而丧失了大国地位。从那以后,大洋国的主权只能朝昔日的大不列颠和北爱尔兰地区扩张。这样一来,世界上只剩下了两大帝国:我们的欧亚国与东亚国。③

"大洋国丧失了大国地位"成为统治者权力崩塌的前提,而"烽烟不断"是引发这个结果的必要手段和促发因素,亦即,持续不断的战争改变了三大国之间的力量对比。以一段历史的结束为开端,《1985》获得了一个外在而"客观"的评判位置,从而将倒叙伪装成"历史记载"。然而,可以看到,"战争"的功能在此处显然发生了决定性的转变。因为在《一九八四》中,"战争即和平"是维持集权统治的三个口号之一,在一段"书中书"中揭露了它的本质:

  这三个超级国家永远是拉一个打一个,与这个结盟,与那个交战,过去二十五年以来一直如此……战争从来没有真正超出争夺地区的边缘……现代战争的重要目的是尽量用完机器的产品而不提高一般的生活水平……战争必须永远持续下去而不能有胜利……战争

---

① [匈牙利]道洛什·久尔吉:《1985》"译后记",余泽民译,上海人民出版社2012年版,第159页。
② 参见《1985》"译后记",译者认为《1985》继承了《一九八四》的思想性、批判性、语言和悲喜剧风格,并且"吃透了集权的逻辑"。
③ [匈牙利]道洛什·久尔吉:《1985》,余泽民译,上海人民出版社2012年版,第3页。

既然持续不断，就从根本上改变了自己的性质……它耗尽了剩余消费品，这就能够保持等级社会所需要的特殊心理气氛。下文就要说到，战争现在纯粹成了内政。①

尽管都是"持续不断的战争"，但在《一九八四》中，战争的性质已经完全脱离了旧式的、侵略性的战争，而变成以耗尽剩余消费品来控制低下的生活水平的战争，其目的在于保证集权统治的稳固与意识形态的存续。奥威尔的"战争"无疑是对战争的讽刺与悖谬，它包含着在本国领土投掷炸弹以造成敌人侵犯的战争假象，虚假、可以随时更改的结盟与敌对关系等。这种极具机巧性的"动态"战争的目的并不在于输赢，而在于其自身——通过耗散掉多余的力量和保持战争动员，它保证了一种停滞而饱和的状态，亦即永存不变的现实秩序与封闭的意识形态。如前所述，这种想象在一定程度上来自奥威尔对雅尔塔会议的悲观判断与谴责，他从中看到了一种"施虐狂般的权力欲"[2]。与此对照，《1985》显然并不分享相似的历史经验，它轻而易举地颠覆了这个基本逻辑，将战争定位为一种以吞并或覆灭为目的的旧式手段——战争成为一个外在的决定性力量，能够终结意识形态并推动历史向前发展。这个前提性的更动，预示了在《1985》当中对集权逻辑的再现出现了本质性的变化，而在对"老大哥"或统治者的描述上，可以更为清晰地看到这种差异。《一九八四》中的老大哥"一贯正确"，占据社会结构的制高点，但是没有人见过他：

> 他是标语牌上的一张脸，电幕上的一个声音。我们可以相当有把握地说，他是永远不会死的，至于他究竟是哪一年生的，现在也已经有相当多的人感到没有把握了。老大哥是党用来给世人看到的自己的一个伪装。③

"老大哥存在吗？"
"当然存在。有党存在，就有老大哥存在，他是党的化身。"

---

① ［英］乔治·奥威尔：《一九八四·动物农场》，董乐山、傅惟慈译，上海译文出版社2003年版，第182—194页。
② Issac Deutscher, "'1984': The Mysticism of Cruelty", in *Heretics and Renegrades*, Indianapolis and New York: The Bobs–Merrill Company, 1969, p.48.
③ ［英］乔治·奥威尔：《一九八四·动物农场》，董乐山、傅惟慈译，上海译文出版社2003年版，第203页。

"他也像我那样存在吗?"

"你不存在。"奥勃良说。①

"我认为我是存在的,"他懒懒地说,"我意识到我自己的存在。我生了下来,我还会死去。我有胳膊有腿。我占据一定的空间。没有别的实在东西能够同时占据我所占据的空间。在这个意义上,老大哥存在吗?"

"这无关重要。他存在。"

"老大哥会死吗?"

"当然不会。他怎么会死?下一个问题。"②

从以上几处引文可以看到,《一九八四》中的"老大哥"并不具备生物性特征:他并非"某个人",而仅仅是一个象征符号。从第二段与第三段对话中可以看出,温斯顿与老大哥之间形成了一组我—他的对立:"我"因"占据一定的空间"而宣告自我的主体性,却被告知这种主体性是虚无的,仅仅是被"他"赋予的;"他"是否具有生物性的特质"无关重要",因为"他"以一种更为深层的方式存在着,亦即"他"便是象征秩序本身。奥勃良的一句回答几乎以隐喻的方式重述着当代西方的主体性理论——老大哥"存在"而你"不存在"。奥威尔敏锐地指出,老大哥的这种存在方式,即一个没有实体的符号,保证了一种能够长久维持的、超越一般性世袭独裁的统治:"寡头政体的关键不是父子相传,而是死人加于活人身上的一种世界观,一种生活方式的延续。一个统治集团只要能够指定它的接班人就是一个统治集团。"③显然,"接班人"是谁不重要,重要的是他是否能保证"生活方式的延续",这是"死人"对"活人"的统治,实际上也是"非人"对"人"的统治。推到极端的集权逻辑,令内在于它自身之中的结构性空位显现出来。这种体认或许来自对斯大林主义的思考,然而,它显然又超出了对现实中的某个实际存在物或特定统治者的隐喻。相比之下,《1985》中的"老大哥"显然是完全不同的存在:

---

① [英]乔治·奥威尔:《一九八四·动物农场》,董乐山、傅惟慈译,上海译文出版社2003年版,第255页。

② [英]乔治·奥威尔:《一九八四·动物农场》,董乐山、傅惟慈译,上海译文出版社2003年版,第256页。

③ [英]乔治·奥威尔:《一九八四·动物农场》,董乐山、傅惟慈译,上海译文出版社2003年版,第205页。

1. 关于老大哥死亡的官方医学报告

伦敦，1985年1月3日。负责老大哥疾病抢救工作的国家医疗特别委员会报告：去年12月2日，老大哥的身体突感不适，经过检查发现，是由几个重要脏器的功能紊乱造成的。为了改善病情，国家医疗特别委员会临时对患者的右手和左脚进行了截肢。同时采取措施，摘除了左肾。

……

在接受了左手的紧急截肢之后，老大哥作了为时三分钟的广播讲话……12月9日国家医疗特别委员会经过一致投票表决，决定为老大哥的左手做截肢手术。

12月10日零时32分，老大哥的病情突然恶化，由于伤风流涕，不幸病逝。①

"老大哥"此时被赋予生物性，降落为"占据一定的空间"的存在，甚至在后文中还提到了他的遗孀"老大姐"。更为重要的是，"老大哥"之死实际上是《1985》中所写的变革得以发生的决定性前提——统治者的死亡导致了统治秩序的崩溃，这为之后的变革打开了裂隙。道洛什·久尔吉同样令奥勃良道出了《1985》的统治逻辑："在这一点上——我没有必要否认——老大哥也犯了错误。他不该忽视寻找自己的接班人。在生命的黄昏，当他的老年动脉硬化症一天比一天加重时，他并没有意识到，在他身边只剩下了一个小圈子，而这些人只在一件事上达成了共识：希望他尽快从这个地球上消失，死得越早越好。他刚一咽气，大分裂便随之开始了。"② 与《一九八四》形成鲜明对立，这个有血有肉的老大哥成为整个集权统治的唯一的支点和压迫力量，而统治的持续也是依靠肉体上的延续和继承的；在核心党内部只有貌合神离的谋权者，而仅仅是老大哥的死亡，便可以引发一场从上到下的社会变革。很明显，奥威尔所提供的那个深层结构在这里被抹平了，而换成了一个类似于《动物农场》式的隐喻："老大哥""老大姐"等，在现实中都似乎可以找到其所指，而变革自身也带有现实逻辑再现的意味。事实上，《一九八四》与《动物农场》《1985》的内在层次并不相同，前者虽然也带有后者所属的政治讽喻的特征，但又远远不止于此。这似乎提示出反乌托邦叙事的一个特别之处：它借"乌有之地"的乌托邦形态，形成了一种并非刻板

---

① ［匈牙利］道洛什·久尔吉：《1985》，余泽民译，上海人民出版社2012年版，第6—7页。
② ［匈牙利］道洛什·久尔吉：《1985》，余泽民译，上海人民出版社2012年版，第19页。

的复现或完全的隐喻的现实批判。

在上述引证的段落中，一处细节似乎包含着另外的面向。在"老大哥死亡的官方医学报告"里，叙述者借历史学家之笔填上了一个注解："由此看来，老大哥有两只左手。"① 这个注解无疑是要以嘲讽性的口吻来凸显集权逻辑自身的虚假性与欺骗性，同时"只有左手没有右手"也暗含着政治上"左与右"的文字游戏，然而，它所突出的是一种生物性的不合常理——拥有两只左手的老大哥如同一个非人的怪物，而不是超人般的统治者。与《一九八四》当中既存在又不存在的自我悖反性所导致的、挑战常规逻辑系统的荒诞感不同，"两只左手"实际形成的效果，更多的是一种令人啼笑皆非的荒谬感。

从"荒诞"到"荒谬"的转向，所勾画出的恰恰是冷战意识形态对抗逐渐清晰的过程。可以看到，正是一个外在于"大洋国"集权统治的位置，才令叙述者轻易指认集权、嘲讽老大哥"两只左手"成为可能，而这也是作者道洛什·久尔吉所占据的位置。长期不能在匈牙利出版作品的道洛什转向了西方的读者，如前所述，《1985》的写作也是为了向西方读者"讲述东欧人的现实生活"。冷战两大阵营的意识形态对立在《1985》中清晰可辨：《一九八四》中的三个政体相同、意识形态近似的国家，在此处变成了欧亚国和大洋国所代表的民主与集权之间的对立（东亚国的政体和情况并未被纳入叙述）。当奥勃良邀请温斯顿做《时代》文艺副刊的编辑时，提到要将刊物送给欧亚国，目的是"让我们昔日的敌人看看，大洋国不再是他们认为的那样野蛮暴政，让他们看看，我们是民主政权——其实，我们自始至终都很民主"②。在记叙欧亚国的和平代表团访问改革后的大洋国时，温斯顿的内心活动也为我们提供了一个颇有意味的细节：他看到了欧亚国的发达科技，便"目瞪口呆地愣在原地，对大洋国技术优势的最后幻想也破灭了"③，最后，女记者送了他一支"可以当体温计、收音机、表和睫毛刷使用"的圆珠笔，他"将圆珠笔揣在紧贴心区的内侧兜里，它在我身上唤起了一股更高尚、更自由、

---

① ［匈牙利］道洛什·久尔吉：《1985》，余泽民译，上海人民出版社2012年版，第7页。
② ［匈牙利］道洛什·久尔吉：《1985》，余泽民译，上海人民出版社2012年版，第13—14页。
③ ［匈牙利］道洛什·久尔吉：《1985》，余泽民译，上海人民出版社2012年版，第81页。

更美好并且从未感受过的新感觉"。① 在《1985》的世界中，所谓的西方"民主"是唯一的正面价值——欧亚国是真正的民主，大洋国则是装作民主的专制；体制的"优越"也天然地与科技发达、物质丰富同构，"拥有真正民主"的欧亚国或资本主义阵营，则远远胜过了"装作民主实则专制"的大洋国或社会主义阵营。温斯顿从圆珠笔上得到的"更高尚、更自由、更美好并且从未感受过的新感觉"中直白显露的价值判断，更是显而易见地迎合着冷战中资本主义阵营对自身意识形态性的表述。

由上可知，《1985》作为《一九八四》的重要续书所延续下来的，除了三个国家和几个关键人物的名字之外，就仅仅是对集权的拒绝这个立场而已。正如威廉斯所说，《一九八四》写作的"一个先决条件是"，它"必须写自一个前社会主义者之手，而且这个人必须分享了这代人的挫折：一个已经变成狂热资本主义者的前社会主义者不可能产生同样的影响"②。这也是奥威尔所显现出来的幻灭感的来由，它无法被冷战中非此即彼的二元结构简化和支撑。相反，在道洛什·久尔吉的《1985》中，我们可以看到冷战结构已被完全内化，其建构性力量甚至令作者可以轻易地改写、颠覆《一九八四》中的集权逻辑。失去了奥威尔所占据的那个暧昧位置和历史语境，纵深结构看起来也不再是必要的了：对冷战一边的批判只要站在相反的位置上、认同另外一边所提供的价值与意识形态，便可以宣告完成。因此，《1985》的全部力量，都落在了对现实再现的层面，回归政治讽喻文体，以大声嘲弄的方式来令对方变得荒谬、可笑。

三、流放者的悖论："文化与社会"批评视野下的奥威尔现象

与这种经由冷战历史而被简化的阐释不同，雷蒙德·威廉斯对奥威尔的复杂与矛盾有着持续性的关注。继《文化与社会：1780—1950》辟专章讨论"奥威尔"之后，1971年，他再次写作了关于奥威尔生平与创作的专论《奥威尔》，进一步深化了讨论。值得注意的是，在这两部著作中，都以"悖论"（paradox）作为描述奥威尔的核心关键词，讨论了他在写作、文学趣味、政治信念等方面的自我矛盾：在写作中，奥威尔批评语言滥用现象，但"他自己却实践了对语言的几种主要的和典型的滥

---

① ［匈牙利］道洛什·久尔吉：《1985》，余泽民译，上海人民出版社2012年版，第86页。
② ［英］雷蒙德·威廉斯：《政治与文学》，樊柯、王卫芬译，河南大学出版社2010年版，第405页。

用"[1]；他强调经验，以客观详尽记录自己在西班牙、在维根码头、在伦敦和巴黎下层社会中的真实体验著称，但也常常"犯下貌似有理实则徒有其表的过分概括化毛病"[2]；他的文学趣味较为复杂，对乔伊斯等当代作家十分推崇，而他自己则一直偏好现实主义式的写作风格。[3]在政治信念上，他信仰社会主义却又对其进行了"严厉苛责的批评"，同时，他相信平等，却"在晚期作品中假设了一种天生的不平等和无可逃避的阶级差别"[4]。

这种悖论性使得奥威尔的阐释中充满矛盾和疑虑，然而在威廉斯看来，这种"悖论"的出现并不简单因为奥威尔作为作家个体的内在矛盾，而更应该反思我们自身的批评立场与时代压力[5]——或许正因为我们仍然与奥威尔分享着相似的东西，即"一种特定的历史重压，一种特定的反应模式和那些需要回应的失败"[6]，奥威尔对我们来说才是充满了悖论性的。威廉斯尝试在警惕自身批评立场和时代压力的前提下，来理解奥威尔的悖论性，进而理解形成奥威尔形象的历史语境。

首先，奥威尔的悖论性来自他始终对抗着自己所受到的教育与所处的阶级，"不断寻找新的社会身份认同"[7]。他在缅甸担任皇家印度警察部队的警官，但很快因憎恶帝国主义的恶劣行径而辞职离开缅甸；在巴黎和伦敦有一段采啤酒花、酒店后厨帮工的落魄经历；为了记录矿工生活而深入维根码头；奔赴西班牙参加反法西斯战争……奥威尔始终不安于自己的既定阶层，尝试身体性地介入被奴役和剥削的底层生活之中，以直接经验作为素材书写和记录。在威廉斯看来，甚至他选择写作本身也是一种突围的尝试，因为"对于奥威尔的年代与所属阶层来说，写作是可疑的""不切实际的"，而成为一个"写作者"（writer）——仅仅写作而不是以事业或者商业成功为目的的作家（author）——则多少意味着"脱

---

[1] ［英］雷蒙·威廉斯：《文化与社会：1780—1950》，高晓玲译，吉林出版集团有限责任公司2011年版，第301页。
[2] ［英］雷蒙·威廉斯：《文化与社会：1780—1950》，高晓玲译，吉林出版集团有限责任公司2011年版，第301页。
[3] Raymond Williams, *Orwell*, London: Collins & Co., Ltd., 1971, p.38.
[4] ［英］雷蒙·威廉斯：《文化与社会：1780—1950》，高晓玲译，吉林出版集团有限责任公司2011年版，第301页。
[5] 参见［英］雷蒙·威廉斯《文化与社会：1780—1950》，高晓玲译，吉林出版集团有限责任公司2011年版，第309页。
[6] Raymond Williams, *Orwell*, London: Collins & Co., Ltd., 1971, p.87.
[7] Raymond Williams, *Orwell*, London: Collins & Co., Ltd., 1971, p.88.

离社会生活"①，故此，写作"在一定意义上，也是一种突围的可能"②。这种对弱势社会群体的关注，对既定角色的拒绝，对所谓的成功的摒弃，文章中自我剖白的直率坦诚，使奥威尔形象获得了"冷峻的良心"的指认。③但是对于威廉斯来说，更重要的是奥威尔与其同时代人（如奥尔德斯·赫胥黎、W.H.奥登、格雷厄姆·格林等）所共享的某种情感结构。这种情感结构比济慈所说的"消极能力"（negative capability）更为"尖锐且狭窄"，意指"通过不断变化的拒绝来体认到他者的生活，特别是他者的信念、态度和情绪"。④虽然这种"冷峻"或许也携带着某种冷漠，对他者的体认带有抽象性和局限性，但是它也让奥威尔不再仅仅是一个"消极形象"，而是带有清晰社会意图的积极介入，"步入那个决定了他的历史中心，从而有可能获得另外的经验和决定性"⑤。

其次，奥威尔不断变动的身份认同和难以理论地、全局地理解时代，固然是其悖论的重要成因，但同样重要的是他所身处的20世纪30年代与40年代的欧洲历史语境。威廉斯指出，在20世纪30年代的大萧条中，资本主义民主和法西斯之间的共谋是清晰的，它不可能用于对抗法西斯主义、消除贫穷和解放殖民地。然而在几年后，1939年的《苏德互不侵犯条约》以及反法西斯战争的爆发，使得资本主义民主被赋予了不一样的色彩，成为在奥威尔处境的人不得不做的选择——它恰恰处在"超越了旧的矛盾和幻想"而"新的矛盾和幻想仍不可觉察"⑥的时期。在这一过程中，尤其是在冷战中对于共产主义的敌意使得"民主"的概念被进一步抽离了具体语境，与"资本主义"的想象性结合越来越紧密，而帝国主义的后果则日益被忽视。相对于欧洲其他国家，这一情况在英国尤甚——它历史上"未因旧秩序与法西斯主义的勾结而进行过必要的抵抗"⑦，对资本主义民主仍然保有期待。在这个历史齿轮咬合的时刻，奥威尔及其创作恰好出现，应和并且强化了这种联结，而他身份认同的丧失、信念的幻灭也成为重重政治矛盾之下的具有代表性的知识分子

---

① Raymond Williams, *Orwell*, London: Collins & Co., Ltd., 1971, p.31.
② Raymond Williams, *Orwell*, London: Collins & Co., Ltd., 1971, p.40.
③ 参见［美］杰弗里·迈耶斯《奥威尔传：冷峻的良心》，孙仲旭译，新星出版社2016年版。
④ Raymond Williams, *Orwell*, London: Collins & Co., Ltd., 1971, p.89.
⑤ Raymond Williams, *Orwell*, London: Collins & Co., Ltd., 1971, p.90.
⑥ Raymond Williams, *Orwell*, London: Collins & Co., Ltd., 1971, p.91.
⑦ Raymond Williams, *Orwell*, London: Collins & Co., Ltd., 1971, p.92.

可以看到，在《奥威尔》中，威廉斯对奥威尔抱持着一种有保留的同情。对于"悖论"的强调，摆脱了奥威尔批评中较为常见的以道德品行或政治立场为基础的导向，同时也是对抗批评者自身所面对的"时代压力"的尝试。他在结尾处肯定了奥威尔的"直率、能量和介入的意愿"以及一种"必要的强硬"，认为"我们应该阅读他的作品和他的历史，但不模仿他"，通过他带着"对一段历史的尊重和记忆前行"。[②] 不过，几年之后《新左派评论》对威廉斯进行了访谈，其间双方曾围绕着如何看待奥威尔有过一段有趣的辩论。采访者质疑威廉斯对奥威尔发出的悲悯与同情，坚持奥威尔"总体影响基本上是非常反动的"，因为一方面他助长了冷战时期的反共产主义情绪，另一方面是他在"二战"时从一个革命的社会主义者转向了一个纯粹的爱国主义者，而这种转变并不能用他的个人遭际来解释，因为其很多同时代人"并未如此轻易转变立场"。[③] 在回应中，威廉斯不断重述此前的讨论，说明自己真正想回答的是究竟什么写作了奥威尔的问题，然而，最终他承认特别是《一九八四》"十分武断和不适当地把丑陋与仇恨投射到革命或者政治变革的困难之上，似乎开启了一个真正颓废的资产阶级写作时期，人类的整体状况在这种作品中被简化了"，而《奥威尔》一书是他"由表示怀疑的尊重所构成的某种认识"的"最后的舞台"。[④] 尽管如此，从对话中仍然可以看到，威廉斯的转变和对奥威尔的否定在很大程度上是基于与采访者相同的政治立场，以及某种对奥威尔在人格上是否真诚的怀疑，这并没有消解《奥威尔》一书中卓有洞见的分析。事实上，采访者因憎恶而论断"《1984》在1984年将会成为古董"[⑤] 并未发生，与此相对，《一九八四》在冷战结束后的几十年中仍然被一再重读，而它所代表的反乌托邦叙事在20世纪后期受到了广泛的模仿，被用来承载更为复杂和多元的想象。

值得注意的是，特里·伊格尔顿在其出版于1970年的著作《流放者与流亡者：现代文学研究》(*Exiles and Émigrés: Studies in Modern*

---

① Raymond Williams, *Orwell*, London: Collins & Co., Ltd., 1971, p.94.
② Raymond Williams, *Orwell*, London: Collins & Co., Ltd., 1971, p.94.
③ ［英］雷蒙德·威廉斯：《政治与文学》，樊柯、王卫芬译，河南大学出版社2010年版，第399、400页。
④ ［英］雷蒙德·威廉斯：《政治与文学》，樊柯、王卫芬译，河南大学出版社2010年版，第407—408页。
⑤ ［英］雷蒙德·威廉斯：《政治与文学》，樊柯、王卫芬译，河南大学出版社2010年版，第401页。

Literature）中，延续了威廉斯的研究框架，并将奥威尔放置在 20 世纪英语文学中进行讨论。伊格尔顿选择了"社会阶层"的切入视角，认为正是 20 世纪的作家所选取的社会态度，使他们不能像 19 世纪的重要作家那样把个人的具体生活融入文化整体。[①] 由此，他区分了两个不同的作家群体：其一是上层阶级（upper-class），以 E.M. 福斯特、弗吉尼亚·伍尔芙等为代表，受到过较好的教育，聚焦在某些"尖锐但有限的、经严格筛选的特定生活和价值"上，对伦理学、美学、形而上学感兴趣，基本意识形态为自由主义；其二是中产阶级下层（lower middle-class），以萧伯纳、威尔斯等为代表，强调自然主义，以琐碎细节和冷峻笔调书写"生活原貌"，热衷谈论科学、政治和社会组织形态，基本意识形态是费边主义。二者都对主流正统观念有对抗性，前者致力于对抗平庸，后者则通过暴露社会现实攻击伪善的资产阶级习俗；同时，二者对他们所共同批判的社会，都既无法认同也无法超越。[②]

同属于中产阶级下层作家序列、写作时间稍晚的奥威尔，就其经历与创作而言十分典型：虽然曾经就读于伊顿公学，但他很快有意识地批判它，厌弃主流社会所给予他的位置，同时，对工人阶级有某种抽象的赞赏，但也无法真正委以信任；虽然文学趣味较为多元，对亨利·米勒、詹姆斯·乔伊斯等都颇为推崇，但他写作时着意选择了自然主义创作风格，前期作品以冷峻、敏锐地描写社会下层现实细节著称，"我要写的，是自然主义风格的鸿篇巨制，以悲剧为结局，而且要有语出惊人的譬喻和细致入微的描写"[③]。值得注意的是，关于奥威尔在写作风格上的选择，威廉斯用 20 世纪 30 年代的文化趋向来解释，认为有别于 20 年代对形式和语言的强调，奥威尔选择成为强调内容和经验的"社会意识作家"，是因为"30 年代的苦涩之处在于没有一个正派人能够免于暴露在社会与政治的现实之中"[④]。相对而言，伊格尔顿的阐释虽然与阶级性更为相关，但同时又对阶级决定论倾向保持警惕，拒绝某种简单的归因。他将奥威尔放置在了"英国自然主义"的创作脉络中，认为不同于欧洲自然主义普遍"用暴露社会潜在真实的方式冲击虚伪的社会规则与美学规则"，19

[①] Terry Eagleton, *Exiles and Émigrés: Studies in Modern Literature*, London: Chatto & Windus, 1970, p.12.

[②] Terry Eagleton, *Exiles and Émigrés: Studies in Modern Literature*, London: Chatto & Windus, 1970, pp.13-14.

[③] ［英］乔治·奥威尔：《我为何写作》，载《奥威尔杂文全集》（下），陈超译，上海译文出版社 2018 年版，第 1225 页。

[④] Raymond Williams, *Orwell*, London: Collins & Co., Ltd., 1971, pp.32-33.

世纪晚期开始出现的英国自然主义仅仅是"略带激进色彩的社会现实主义",缺乏前者所具有的"对社会的系统批判"。①它与其说是一种文学类型,不如说是与特定社会阶层的经验有关:"英国自然主义小说在总体趋势上,诞生于中产阶级下层的缺乏安全感的脆弱状态中——他们痛苦地楔在工人阶级和社会主流阶级之间,对两者都无法认同。"②因此,这类小说既拒绝当下的经验,也拒绝总体性的理解;既无法完全接受社会,也无法彻底抛弃它;既批判日常生活,也批判其可能的替代方案,最终仅仅剩下了一种幻灭感。③这种悖谬与幻灭尤为清晰地呈现在了奥威尔的《一九八四》当中。

第三节 集体性色彩的转变:冷战与集权主义

一、反乌托邦叙事中的集体性

因此我决定仅仅记录下我所看到、想到的事物,或者更精确地讲,毋宁说是<u>我们</u>所看到、想到的事物。是的,"<u>我们</u>";这才是我要表达的意思。那么就用《<u>我们</u>》作为这份笔记的标题吧。(下划线为笔者所加,下同)

——扎米亚金《我们》,"笔记之一"

在这段摘自《我们》开篇处的文字中,叙事者显然着意强调了一处重要的分裂或差异,即"我"与"我们"。当"我所看到、想到的事物"不再属于"我",而属于"我们"时,显影出来的,便是集体经验对个人经验的同化甚至吞并。在《我们》中,叙事者屡次变换"我"和"我们"的使用,提示着这种颇具疏离感的经验:"我只热爱——我可以说我们只热爱——今天这样的天空"④,"如果是我哪位曾留着长发的祖先在1000年以前写这份笔记,他没准会用那个好笑的词称呼她:我的"⑤。事实上,

---

① Terry Eagleton, *Exiles and Émigrés: Studies in Modern Literature*, London: Chatto & Windus, 1970, pp.71–72.
② Terry Eagleton, *Exiles and Émigrés: Studies in Modern Literature*, London: Chatto & Windus, 1970, p.72.
③ Terry Eagleton, *Exiles and Émigrés: Studies in Modern Literature*, London: Chatto & Windus, 1970, p.107.
④ [俄]尤金·扎米亚金:《我们》,殷杲译,漓江出版社2013年版,第4页。
⑤ [俄]尤金·扎米亚金:《我们》,殷杲译,漓江出版社2013年版,第6页。

"我"在最初对"联众国"的认同,首先是对"最大胜利"的认同,即"整体针对单一,全体针对个人的胜利"①。然而,当"我"开始爱上反叛者I-330时,"我们"与"我"之间的连接便被打断了。尽管"我"不断地试图通过回到认同"我们"来摆脱诱惑,宣称"对于自身存在的意识是一种疾病"②,但当"我"最终加入反叛者组织魔非的反抗活动时,仍然喊出了"'我们'是谁?我是谁?"③的疑问。只是,当反叛活动被击败时,"我"的疑惑也随之消解,最终以回到"我们"作结:"我希望我们获胜。不止如此;我坚信我们终将获胜。"④可以看到,《我们》的叙事几乎是在"我"与"我们"之间的摆动中推进的。当然,"我"试图用基督教来解释这种集体经验,指出"古代人中的基督徒想必也有过这种感觉;他们是我们唯一的、尽管是极其不完美的直系祖先。他们知道'羊群的教会'的伟大意义。他们知道顺从是美德,骄傲是邪恶;'我们'源自上帝,'我'源自'魔鬼'"⑤。但是,《我们》的叙事显然并非建立于某种宗教信仰——正如被简化为数字的个人、细胞的譬喻等,提及基督教也只是一种对集体经验的尝试性描述。

叙事也恰恰在"我"与"我们"之间发生了断裂。虽然高度认同联众国的"我"从开始便强调只有"我们"而不存在"我",然而在"我"的描述中,并没有出现真正的"我们"视点,相反,"我"自觉地占据着第一人称单数的位置,始终将焦点放置在"我"自身。这个悖谬形态在"我"面对《我们》这份笔记手稿时清晰地显现出来:

> 因此我决定仅仅记录下我所看到、想到的事物,或者更精确地讲,毋宁说是我们所看到、想到的事物。是的,"我们";这才是我要表达的意思。⑥(笔记之一)

> 而且我也实在无法下狠心毁掉这份令我激动不安、甚至觉得亲切无比的文件,它可记载着我的自我啊……⑦(笔记之二十八)

在两份笔记的并置中可以清晰地看到,"我"虽然用"我们"作为笔记的题名,并认为"我所看到、想到的事物"就是"我们所看到、想到

---

① [俄]尤金·扎米亚金:《我们》,殷杲译,漓江出版社2013年版,第55页。
② [俄]尤金·扎米亚金:《我们》,殷杲译,漓江出版社2013年版,第156页。
③ [俄]尤金·扎米亚金:《我们》,殷杲译,漓江出版社2013年版,第269页。
④ [俄]尤金·扎米亚金:《我们》,殷杲译,漓江出版社2013年版,第287页。
⑤ [俄]尤金·扎米亚金:《我们》,殷杲译,漓江出版社2013年版,第156页。
⑥ [俄]尤金·扎米亚金:《我们》,殷杲译,漓江出版社2013年版,第2—3页。
⑦ [俄]尤金·扎米亚金:《我们》,殷杲译,漓江出版社2013年版,第204页。

的事物",但很快便下意识地说出这份笔记真正记载的,是"我的自我"。"自我"对"我们"的替代,构成了对《我们》标题的反讽,撕裂了文本表层的"我们"与"我"的统一,将个人凸显出来并放置在集体的对立面上。这个文本细节极具象征性地标记出了反乌托邦叙事的一个重要层面,即自我的觉醒,或者说个人与集体的对抗。正如詹姆逊所指出的"(资产阶级)个人性的丧失,无疑是一个重要的反—乌托邦小说主题"①,并且,"所有现代反—乌托邦小说的基本前提是,系统在显露出自我保存的本能,并无情地消灭任何可能危及其存续的东西时,并未考虑到个人的生活"②。不难看出,在反乌托邦叙事中,不管构想出的社会有怎样的具体形态,都暗含着一个平均化、压制性的集体生活噩梦,而个人则诞生于其内部的断裂处。如《美妙的新世界》中,以"社会,本分,稳定"③(Community, Identity, Stability)为标语的"世界国"奉行的基本理念是"没有社会的稳定就没有文明。没有社会的稳定就没有个人的安定"④,在其中,每一个人从出生前便被赋予了固定的社会等级身份,并且无意识地以既定的生活轨道汇入社会整体。颇有意味的是,扰动了新世界秩序的两个中心人物,恰都出现于秩序的裂隙当中。新世界最初的不和谐音来自伯纳·马克思,"代血剂中加了酒精"的错误令他身为"阿尔法加"却有着"伽马"的外貌,而这令他带有一定程度的他者性,无法安于命中注定的等级身份。在莫名的叛逆冲动中,他做出了自己最为逾矩的行为,即抛开人群拥挤的享乐活动,与列宁娜一同前去"野蛮人保留地"。旅途中,他向列宁娜道出一段"亵渎的话":

  "那叫我感到好像……"他犹豫了一下,搜寻着话语来表达自己的意思,"更像是我自己了,你要是懂得我的意思的话。更像是由自己做主,不完全属于别人的了,不光是一个社会集体的细胞了。你有这种感觉没有,列宁娜?"

  可是列宁娜已经叫了起来。"太可怕了,太可怕了,"她反复大

---

① Frederic Jameson, *Archaeologies of the Future: The Desire Called Utopia and Other Science Fictions*, New York: Verso, 2007, p.7.
② Frederic Jameson, *Archaeologies of the Future: The Desire Called Utopia and Other Science Fictions*, New York: Verso, 2007, p.205.
③ [英]阿道斯·伦纳德·赫胥黎:《美妙的新世界》,孙法理译,译林出版社2008年版,第1页。
④ [英]阿道斯·伦纳德·赫胥黎:《美妙的新世界》,孙法理译,译林出版社2008年版,第33页。

叫,"你怎么能够说那样的话,不愿意做社会集体的一部分?我们毕竟是人人为我,我为人人的。没有别人我们是不行的。就连伊普西龙……"

"是的,我懂。"伯纳嗤之以鼻,"'就连伊普西龙也有用处',我也有用处。可我他妈的真恨不得没有用处!"①

在这里,伯纳获得了一种不同的感受,然而作为被新世界"生产""培育"出来的人,他很难定位这种"更像是我自己"的感受,最终只得将之描述为"不完全属于别人""不光是一个社会集体的细胞"。与此相对照,新世界之外的"印第安村"也以原始部落的形式承载着另外一种集体性,放逐了野蛮人约翰,使他成为"个人"。先后出现的两个主角,即伯纳和约翰,是被"孤独"联系在一起的:

"孤独,永远孤独。"小伙子说。

那话在伯纳心里引起了一种凄凉的反响。孤独,孤独……"我也孤独,"他情不自禁说了句体己话,"孤独得可怕。"

"你也孤独吗?"约翰露出一脸惊讶,"我还以为在那边……我是说琳达总说那边的人从来不会孤独。"

伯纳忸怩地涨红了脸。"你看,"他嘟哝说,眼睛望着别处,"我估计,我跟我那儿的人很不相同。如果一个人换瓶时就有了不同……"②

"孤独"确认了"集体—个人"的对立的存在,并令分属"这边"和"那边"的伯纳与约翰分享了同一相对位置,也因此,小说前后视角的转换显得并不突兀。同样的"孤独"主题也出现在《一九八四》的温斯顿身上,"两分钟仇恨"场景最为集中地呈现出了个人与集体对他的撕扯:"两分钟仇恨所以可怕,不是你必须参加表演,而是要避不参加是不可能的",在发泄仇恨的疯狂中,"温斯顿的头脑曾经有过片刻的清醒,他发现自己也同大家一起在喊叫,用鞋后跟使劲地踢着椅子腿",令他感到恐惧的是"这是一种本能的反应"。③而被记录下的"那一次仇恨"的重要性在于,他在"野兽般的'B—B!……B—B!'的叫喊"中"暴

---

① [英]阿道斯·伦纳德·赫胥黎:《美妙的新世界》,孙法理译,译林出版社 2008 年版,第 72—73 页。

② [英]阿道斯·伦纳德·赫胥黎:《美妙的新世界》,孙法理译,译林出版社 2008 年版,第 107—108 页。

③ [英]乔治·奥威尔:《一九八四·动物农场》,董乐山、傅惟慈译,上海译文出版社 2003 年版,第 16、19 页。

露了他自己"——"他同奥勃良忽然目光相遇","两人之间交换了一个无可置疑的信息",即奥勃良"全都知道"并站在他的"一边"。这个真实的误解对他来说意义重大,因为"在这样自我隔绝的孤独的生活环境(locked loneliness)中",它证实了温斯顿并不是"孤身一人"(alone),不再是个生活在"孤独的时代"(the age of solitude)中的"孤独的鬼魂"(a lonely ghost),而正因此,他才真正开始面对自己的"与众不同",试图进行抗争。① 而在那本伪书,即果尔德施坦因所著的《寡头政治集体主义的理论与实践》中,集体主义更是被看作统治的基础:"他们早已认识到,寡头政体的唯一可靠基础是集体主义。财富和特权如为共同所有,则最容易保卫。在本世纪中叶出现的所谓'取消私有制',实际上意味着把财产集中到比以前更少得多的一批人手中;不同的只是:新主人是一个集团,而不是一批个人。"②

二、乌托邦叙事中的集体与个人

这种对孤独的体认和对集体性的排斥,在反乌托邦叙事中极为清晰,也是它对乌托邦叙事的戏仿最为凸显之处——集体性往往是后者的重要特征。莫尔的《乌托邦》第二部以复数的"乌托邦人"为主语,这对应着其对私有制的拒绝与批判——"私有制存在一天,人类中绝大的一部分也是最优秀的一部分将始终背上沉重而甩不掉的贫困灾难担子"③。在由上至下的宏观描述中,《乌托邦》所呈现的几乎都是公共场所,在其中,"人人相互帮助"④,共同就餐、劳作、讨论学术、决定一切事务。尽管这种集体生活带有农村与农民生活的印痕与记忆,如"乌托邦人不分男女都以务农为业"⑤ "乌托邦人给至善下的定义是:符合于自然的生活"⑥ 等,但是它仍然提供了一个超越私有制的想象空间。詹姆逊在《未来考古学:乌托邦欲望及其他科幻小说》中借用《圣经》阐释的四个意

---

① [英]乔治·奥威尔:《一九八四·动物农场》,董乐山、傅惟慈译,上海译文出版社2003年版,第19—20页。而在这一部分的末尾,"孤独"(alone)一词多次出现,如"孤身一人""孤独的鬼魂"等。
② [英]乔治·奥威尔:《一九八四·动物农场》,董乐山、傅惟慈译,上海译文出版社2003年版,第201页。这本"书中书"集中说明了"大洋国"集权统治运行的方式,名义上由老大哥的"敌人"果尔德施坦因所著,后来奥勃良承认事实上自己和其他一些核心党成员才是作者。
③ [英]托马斯·莫尔:《乌托邦》,戴镏龄译,商务印书馆1982年版,第44页。
④ [英]托马斯·莫尔:《乌托邦》,戴镏龄译,商务印书馆1982年版,第74页。
⑤ [英]托马斯·莫尔:《乌托邦》,戴镏龄译,商务印书馆1982年版,第55页。
⑥ [英]托马斯·莫尔:《乌托邦》,戴镏龄译,商务印书馆1982年版,第73页。

义层级来划分"乌托邦冲动"的层级,将"集体性"(the collective)放在了最深层的奥秘意义(anagogical sense)上①,认为它是乌托邦叙事模式的内在成分。②可以看到,《乌托邦》的细节设计很少被此后的乌托邦想象沿用——《基督城》在基督教精神的强调上已然对它有所偏离,更不必说傅立叶注重享乐的乌托邦构想或《乌有乡消息》的中世纪情怀——然而不管这些具体乌托邦蓝图的细节怎样不同,"集体性"的特征无疑作为重要"遗产"被延续下来。

"集体性"首先提示着对农耕文明的记忆。《乌托邦》第一部中,莫尔借航海者拉斐尔之口,描述了英国在纺织业的发展需求下,大量耕地被强行划作饲养羊的草场,而佃民被迫离开土地卖出一切甚至不得不去乞讨与抢劫的现状——这便是后来被马克思征引的、描述早期资本积累过程的"羊吃人"譬喻。对此,拉斐尔的建议是"用法律规定,凡破坏农庄和乡村者须亲自加以恢复,或将其转交给愿意加以恢复并乐于从事建设的人……振兴农业。恢复织布,让它成为光荣的职业"③。这种由一个异乡人提供的批判立场与解决方法,也构成了《乌托邦》第二部想象的基本立足点,如在"关于职业"的描述中,首先便指出"乌托邦人不分男女都以务农为业"④。在此,将《乌托邦》第一部纳入讨论是必要的,因为如果仅仅从第二部来看,乌托邦对农业的执着和对"毫无实用的多余的行业"的否定,似乎很容易被解读为一种单纯的倒退或怀旧,然而第一部对工业化的反思与拒绝,则提供了一个建构农业理想国的支点。

《乌有乡消息》也分享着相似的立场:当"我"在睡梦中来到乌托邦时,最初看到的景象是"那肥皂厂和它的吐着浓烟的烟囱不见了;机械厂不见了;制铅工厂不见了;西风也不再由桑奈克罗弗特造船厂那边传来钉打锤击的声响了"⑤。在这个乌托邦中,尽管工业仍然存在,但是比例已下降到保证日常所需的最低限度,相反,农业以及农业集体劳作场

---

① See Frederic Jameson, *Archaeologies of the Future: The Desire Called Utopia and Other Science Fictions*, New York: Verso, 2007, p.9. 詹姆逊借用了《圣经》阐释的意义结构,即首先表层是"literal sense",与之相对的"spiritual sense"包括三层——"allegorical sense""moral sense"以及"anagogical sense",以此来阐释乌托邦,而在其中,对应着最为深层的"anagogical sense"的是"集体性"。

② See Frederic Jameson, *Archaeologies of the Future: The Desire Called Utopia and Other Science Fictions*, New York: Verso, 2007, p.85.

③ [英]托马斯·莫尔:《乌托邦》,戴镏龄译,商务印书馆1982年版,第23页。

④ [英]托马斯·莫尔:《乌托邦》,戴镏龄译,商务印书馆1982年版,第55页。

⑤ [英]威廉·莫里斯:《乌有乡消息》,黄嘉德译,商务印书馆1981年版,第9页。

景则被极力强调。与此相关,由于"人们可怕的贫困"造成了"工业区"的堕落,因此对市镇的拯救是依靠乡村来完成的——在"城市侵入农村"后,农村开始反过来同化城市且与城市的差距日渐缩小。[①]莫里斯的想象和选择,在很大程度上与贝拉米的《回顾——公元2000—1887年》(以下简称《回顾》)有关。《回顾》将人人平等的乌托邦蓝图建立在了一个宏观的经济计划上,即通过资本的不断集中,最终使得整个国家成为一个巨型的垄断企业,进而自然而然地形成新的秩序。在贝拉米看来,尽管资本高度集中的进程伴随着巨大的压力,但由于它"大大提高了全国各种工业部门的生产效率,而且由于管理的集中和组织的统一,也大大地节省了费用"[②],因此是合理而必然的,"只要把这种过程的合理进展加以完成,就会替人类开辟一个光明灿烂的前途"[③]。显然,贝拉米对乌托邦的信心来自对工业生产自身的信心,认为在效率的重要标准要求下,制度最终会完成自我更新,从自由资本主义过渡到带有社会主义色彩的国家资本主义,而乌托邦也可以借此实现。

《回顾》所给出的乌托邦前景令莫里斯大为不满,他开始着手在《乌有乡消息》中构建自己的乌托邦蓝图,并在3年之后出版。两个文本之间的互文对理解《乌有乡消息》十分重要,因为正是试图否定《回顾》中矛盾与含混的乐观,才令莫里斯对19世纪的拒绝显得如此彻底和全面。如他在自己的乌托邦中甚至放逐了"十九世纪的科学",因为"十九世纪的科学基本上是商业制度的一种附属物"[④],而这种拒绝的结果是,他最终回到了中世纪——不仅建筑、衣着等的风格充满了中世纪气息,而且连"我们的人生观"也比较接近于"中世纪的精神"[⑤]。《乌有乡消息》与《回顾》所构建乌托邦之间的巨大差异,首先提示着英美传统的不同。雷蒙德·威廉斯认为在讨论乡村与城市问题时,英国经验非常重要,因为"工业革命不仅改造了城市和乡村,其基础也是一种高度发达的农业资本主义",而"尽管经历了这一转变过程,英国人对乡村的态度,以及对乡村生活的态度,却一直不变,其韧性不同反响",甚至于

[①] 参见[英]威廉·莫里斯《乌有乡消息》,黄嘉德译,商务印书馆1981年版,第86页。
[②] [美]爱德华·贝拉米:《回顾——公元2000—1887年》,林天斗、张自谋译,商务印书馆1963年版,第44页。
[③] [美]爱德华·贝拉米:《回顾——公元2000—1887年》,林天斗、张自谋译,商务印书馆1963年版,第45页。
[④] [英]威廉·莫里斯:《乌有乡消息》,黄嘉德译,商务印书馆1981年版,第163页。
[⑤] [英]威廉·莫里斯:《乌有乡消息》,黄嘉德译,商务印书馆1981年版,第163页。

"直到整个英国社会已经绝对城市化以后,在整整一代人的时间里,英国文学主要还是乡村文学。即便是到了 20 世纪,在这个城市化、工业化的国度里,一些以前的观念和经验仍有影响"。[①] 与此相对,在某种意义上正是现代资本主义海外扩张结果的美国,其历史缺失了前资本主义的农业时期,并更多地以典型的现代机械化大农业和高度发达的现代工业为其主要特征。因此可以说,莫里斯根源于英国田园牧歌式的怀旧写作传统的乌托邦,是以美国资本主义危机为思考出发点的贝拉米难以直接体认和想象的——他显然对工业化发展抱有更多的信心,认为随着资本与生产的集中,社会等级结构所引发的病症会不治而愈。

雷蒙·威廉斯在《乡村与城市》中批判了两种反资本主义的城市—乡村观念:一种"激进态度"针对"新的金钱秩序之粗鄙和狭隘",它"承载人道主义情感,但是通常又将这些情感附着于一个前资本主义的,因此是无法挽回的世界"。威廉斯认为这种将希望寄托于乡村与田园的态度是值得怀疑的,因为它很容易成为"对某些制度、某些社会阶层和道德稳定性的辩护"。[②] 另一种类型是"城市社会主义者",他们对乡村状况一无所知,对城市则带有一种矛盾的、混乱的情感,而"进步"成为他们反复使用的形容词:"马克思主义之后,在某些语境下,人们常会谈到资本主义的进步性,以及资本主义社会中都市化和社会现代化的进步性。在某种历史图解中,既有对资本主义以及对资本主义社会中工厂和城镇长期的悲惨生活进行的强烈指控,但同时也有心甘情愿地对相同事件反复使用'进步的'这一形容词。"[③] 在这一价值取向中,社会主义的合法性也来自它能"进一步提高生产效率,更有效地控制自然"[④]。可以看到,这两种"城市—乡村"图景恰好是支撑莫里斯与贝拉米二人不同的乌托邦想象的内在逻辑。值得注意的是,威廉斯指出,这两种想象都忽视了真实发生的历史过程:一方面,对英国而言,"乡村"的"田园性"是被建构起来的,因为"英国由乡村向城市转变的过程内涵丰富",而同时,英国很早就发展起来了农业资本主义,农村经济

---

① [英]雷蒙·威廉斯:《乡村与城市》,韩子满、刘戈、徐珊珊译,商务印书馆 2013 年版,第 2 页。
② [英]雷蒙·威廉斯:《乡村与城市》,韩子满、刘戈、徐珊珊译,商务印书馆 2013 年版,第 3 页。
③ [英]雷蒙·威廉斯:《乡村与城市》,韩子满、刘戈、徐珊珊译,商务印书馆 2013 年版,第 4 页。
④ [英]雷蒙·威廉斯:《乡村与城市》,韩子满、刘戈、徐珊珊译,商务印书馆 2013 年版,第 4 页。

的性质也发生了变化，其结果是英国"对国内农业的依赖程度降到了很低，经济上活跃的人只有不到百分之四从事农业"。[①] 另一方面，城市的"进步性"也同样来自一种建构，其根源是资本主义现代工业化当中蕴含的发展主义倾向。因此，在威廉斯看来，乡村与城市之间的对立在根本上是虚假的，因为忽视了它们都从属于整个资本主义进程，或者反过来说，正是资本主义发展进程分离了二者，而赋予城市和工业以进步性，并将农业边缘化。

威廉斯的批判视野，提供了反思莫里斯和贝拉米的两种乌托邦想象的路径。亦即，作为某种政治蓝图的乌托邦想象的确有其历史局限性，也因宣传观念的迫切而显得十分急躁和刻板。但是，应该看到，作为一种叙事的乌托邦并不仅仅是一种观念或规划，更重要的是它们批判性地想象另类选择的冲动。在这个意义上，《乌有乡消息》的田园生活与《回顾》的现代工业和资本集中都只是手段而非目的，是构建一个不同于现实社会的理想社会形态时借用的素材。值得注意的是，尽管这两个具体的乌托邦想象在细节和来源上截然不同，甚至有意形成了某种对立，但是对"集体性"的强调却又十分清晰和一致。相较于《乌有乡消息》以农业社会为集体性的蓝本，《回顾》也批判了现实社会中的个人化倾向——"人们一旦开始过共同生活，即使在组成最低级的社会组织的时候，自给自足也就变为不可能了……人类相互依赖的必要性决定了互相帮助的义务和保证；你们那时候没有这样做，这就是你们制度的最残酷、最不合理的地方"[②]，同时，强调20世纪之所以不同于19世纪，是因为它导向"豪华的公共集体生活和朴素的私人家庭生活"[③]，并想象在新的社会中私有制将消失、个人平等地享有权利，"一个人之所以有权利享受国家的供应，就因为他是一个人"[④]。

对集体性寄予的期待，潜在地应和着让-雅克·卢梭等对于自然人性的论述。在《论人类不平等的起源和基础》中，卢梭认为"人与人之间本来都是平等的……实际上是有一些人完善化了或者变坏了，

---

① ［英］雷蒙·威廉斯：《乡村与城市》，韩子满、刘戈、徐珊珊译，商务印书馆2013年版，第2页。
② ［美］爱德华·贝拉米：《回顾——公元2000—1887年》，林天斗、张自谋译，商务印书馆1963年版，第98页。
③ ［美］爱德华·贝拉米：《回顾——公元2000—1887年》，林天斗、张自谋译，商务印书馆1963年版，第117页。
④ ［美］爱德华·贝拉米：《回顾——公元2000—1887年》，林天斗、张自谋译，商务印书馆1963年版，第98页。

他们并获得了一些不属于原来天性的，好的或坏的性质，而另一些人则比较长期的停留在他们的原始状态。这就是人与人之间不平等的起源"①。他进一步将不平等划分为两种，一种是"自然的或生理上的不平等"，另一种是起因于一种协议的、精神上的不平等，"包括某一些人由于损害别人而得以享受的各种特权"。②在这个意义上，乌托邦正是以"集体性"来对抗第二种不平等。同时，这种集体性伴随着无政府主义式的朴素政治理念，如《乌有乡消息》认为，"政府本身只不过是过去时代的冷酷无情、漫无目的的专制政治的必然结果；政府只不过是专制政治的机器。现在专制政治已经消灭，因此我们就不再需要这种机器了"③。

在《乌托邦》中，也时常可见建立在自然人性论上的集体性与某种意义上的权力中心之间的张力。例如，尽管乌托邦人信奉"一神教"，但又强调他们"信仰不一"，只在一点上意见一致，即"只有一个至高的神，是全世界的创造者和真主宰，在本国语言中一致称为'密特拉'"，然而这个"神"仅仅是自然的代称，"不管这个至高的神指谁，他是自然本身，由于其无比的力量和威严，任何民族都承认，万物的总和才形成"。④又如，乌托邦的创始者和法令制定者"乌托"，似乎成为凌驾于乌托邦之上的力量：张沛在其研究《乌托邦的诞生》中指出，莫尔与乌托的重合正是对柏拉图的"哲人王"构想的实践，因此不得不面对"哲人如何为王"的问题，而《乌托邦》中的回答——军事征服——则为它自身设下了一个合法性的陷阱。⑤莫尔曾写信给伊拉斯莫斯，想象"我的乌托邦国民已经推举我做他们的永恒君主"⑥，此时他似乎与乌托的形象重叠了——不管《乌托邦》在后世引发了怎样的政治思想与实践，它都首先是一部个人想象、设计之作，而作为"作者"的莫尔则处在乌托邦与现实之间的连接处，成为自我封闭的乌托邦的"缺口"。詹姆逊在《未来考古学》中同样指出，《乌托邦》第一部与第二部之间，不仅是"英国社会及其矛盾令人恐惧的图景"与"一些聪

---

① ［法］让-雅克·卢梭：《论人类不平等的起源和基础》"序言"，高煜译，高毅校，广西师范大学出版社 2009 年版。
② ［法］让-雅克·卢梭：《论人类不平等的起源和基础》"序言"，高煜译，高毅校，广西师范大学出版社 2009 年版。
③ ［英］威廉·莫里斯：《乌有乡消息》，黄嘉德译，商务印书馆 1981 年版，第 99 页。
④ ［英］托马斯·莫尔：《乌托邦》，戴镏龄译，商务印书馆 1982 年版，第 103、104 页。
⑤ 参见张沛《乌托邦的诞生》，《外国文学评论》2010 年第 4 期。
⑥ ［英］托马斯·莫尔：《乌托邦》，戴镏龄译，商务印书馆 1982 年版，第 122 页。

明且看似可能的解决方案"的关系，而且有"集体性价值"与莫尔"个人的规划"之间的张力。①只是，个人规划层面同样"意指着某种集体性的现实"，因为"作者"这种个人形态的凸显，来自"一种社会与知识运动的所谓人文主义"。②尽管如此，以《乌托邦》的结构为切入口可以看到，乌托/莫尔作为某种缺口实际上置身于"乌托邦"之外，也就是说，它被隔离在了《乌托邦》第一部当中，而描述"乌托邦"主体部分的《乌托邦》第二部却对它是封闭的。乌托为乌托邦人提供了一个抹除他自身的社会结构后便"消失"了，并未构成如《一九八四》中"老大哥"般的权力中心。

在莫尔的《乌托邦》中，值得注意的是，伴随着"乌托邦人……他们……"的句式以及"完全""所有""任何"等修饰词，与"集体性"同时出现的是一种均质化"个人"的想象。乌托邦人"不分男女都以务农为业"，"每一座城及其附近地区中凡年龄体力适合于劳动的男女都要参加劳动"③，而他们的服饰也是如此——"至于服装，全岛几百年来是同一式样，只是男女有别，已婚未婚有别"④，"外套颜色全岛一律，乃是羊毛的本色"，并且"在乌托邦，只一件外套就使人称心满意，一般用上两年"。⑤至于风俗、家庭、饮食等方面，同样充斥着以"一般""所有"等词汇引出的规定性说明。相似的情形贯穿了乌托邦社会的各个层面，甚至连城市也不能例外："我们只要熟悉其中一个城市，也就熟悉全部城市了，因为在地形所许可的范围内，这些城市一模一样。"⑥这种"一律"性一方面简化了构想社会整体的难度，但另一方面也形成了某种负面效果，成为一些反—乌托邦思想最为重要的质疑：乌托邦的集体性是不是以消弭人与人之间的差别为代价的？

最具有代表性的观点之一，是伯特兰·罗素（Bertrand Russell）在论及《乌托邦》时的一段感叹："可是必须承认，莫尔的乌托邦里的生活也好像大部分其它乌托邦里的生活，会简单枯燥得受不了。参差多样，对幸福来讲是命脉，在乌托邦中几乎丝毫见不到。这点是一切计划性社

---

① See Frederic Jameson, *Archaeologies of the Future*: *The Desire Called Utopia and Other Science Fictions*, New York: Verso, 2007, p.42.
② See Frederic Jameson, *Archaeologies of the Future*: *The Desire Called Utopia and Other Science Fictions*, New York: Verso, 2007, p.42.
③ ［英］托马斯·莫尔:《乌托邦》，戴镏龄译，商务印书馆1982年版，第58页。
④ ［英］托马斯·莫尔:《乌托邦》，戴镏龄译，商务印书馆1982年版，第56页。
⑤ ［英］托马斯·莫尔:《乌托邦》，戴镏龄译，商务印书馆1982年版，第59—60页。
⑥ ［英］托马斯·莫尔:《乌托邦》，戴镏龄译，商务印书馆1982年版，第52页。

会制度的缺陷，空想的制度如此，现实的也一样。"①结合罗素对莫尔的评价，可以看到，他否定乌托邦的最重要原因，便是其忽视、压抑"参差多样"。同样地，在反乌托邦叙事中，当个人占据叙事主体时，也多通过压制差异性来表现其所在社会的暴力性。比如，"大洋国"的暴力通过一个细节而得以具象化：患了静脉曲张的温斯顿难以应付每日的早操，然而电幕上的监督者女教练却不为所动——

> "这样，同志们，我要看到你们都这样做。再看我来一遍。我已经三十九岁了，有四个孩子。可是瞧。"她又弯下身去。"你们看到，我的膝盖没有弯。你们只要有决心都能做到，"她一边说一边直起腰来。"四十五岁以下的人都能碰到脚趾。"②

"四十五岁以下的人都能碰到脚趾"的说明，显然回应着上述乌托邦叙事中的常用句式，以一种均质化的"人"来抹除个人化的差异，而这种直接作用于温斯顿躯体上的暴力，也使他获得了最初的自我意识。与此相应，裘莉亚反抗同一化身份的方式则表现为以性别身份对抗"党员身份"——在一次与温斯顿的私会中，她化了妆、擦了香水，并以此宣告"我要穿丝袜，高跟鞋！在这间屋子里我要做一个女人，不做党员同志"③。在一段对党员生活的思考中，温斯顿发觉"党所树立的理想却是一种庞大、可怕、闪闪发光的东西，到处是一片钢筋水泥、庞大机器和可怕武器，个个是骁勇的战士和狂热的信徒，团结一致地前进，大家都思想一致、口号一致，始终不懈地在努力工作、战斗、取胜、迫害——三亿人民都是一张脸孔"④。如果转向《美妙的新世界》，会发现最终激怒了"野蛮人"约翰，令他与新世界决裂的，是"多生子"所带有的夸张的集体性隐喻："那些面孔，那些老是重复的面孔——那么多人却只有一张脸——一模一样的鼻孔，一模一样的灰色大眼，像哈巴狗一样瞪着，转动着"⑤，"他厌恶那日日夜夜反复出现的热病，那些拥来拥去千篇一律

---

① ［英］罗素：《西方哲学史》下卷，马元德译，商务印书馆1976年版，第40页。
② ［英］乔治·奥威尔：《一九八四·动物农场》，董乐山、傅惟慈译，上海译文出版社2003年版，第39页。
③ ［英］乔治·奥威尔：《一九八四·动物农场》，董乐山、傅惟慈译，上海译文出版社2003年版，第141页。
④ ［英］乔治·奥威尔：《一九八四·动物农场》，董乐山、傅惟慈译，上海译文出版社2003年版，第74页。
⑤ ［英］阿道斯·伦纳德·赫胥黎：《美妙的新世界》，孙法理译，译林出版社2008年版，第161—162页。

的面孔所造成的梦魇。多生子，多生子……他们像蛆虫一样在琳达死亡的神秘里亵渎地拱来拱去"①。而在《我们》中，I-330 用"我"的科学家逻辑解释再次革命的必要："啊，'均匀地'！'各处'！这就是要点所在，均衡！心理上的均衡！作为一个数学家，你还不清楚吗？只有差异——只有差异——只有温度差异才能促成生命出现！因此，要是整个世界到处都分布着均匀的温暖或者寒冷，那么我们就必须改变它！……这样才能有火焰有爆炸！我们要推动变化！……"②

然而，一个文本层面的事实是，尽管以均质化的集体性为社会想象的基础，但这并不意味着乌托邦叙事中去除掉了"差异性"，只不过这是以另外的方式呈现的。《乌托邦》规定集体、高效的劳动，目的在于"有尽可能充裕的时间用于精神上的自由及开拓，他们认为这才是人生的快乐"③，每人学习自己专门的手艺，而在工作之外的空隙，则"由每人自己掌握使用"，"按各人爱好搞些业余活动"。④ 在 19 世纪后期的乌托邦叙事中，不乏为差异性辩护的细节。在《乌有乡消息》中，面对"我"关于民族多样性的质疑，乌托邦人感到愤怒："你横渡海峡去看看。你会看到很多多样性的例证：风景、建筑物、食品、娱乐，一切都是多样化的。男女在思想习惯上和外貌上都不相同，服装的多样化比在商业化时代更加显著。"⑤ 而当"我"提到"同一社会中的一般意见分歧"时，乌托邦人则说明，一方面"不影响社会福利的纯粹私人问题——比如一个人应当穿什么衣服，吃什么东西，饮什么酒，写作和阅读哪一类书籍等等——的意见分歧是不存在的，每个人都可以随意行动"⑥，另一方面在公众事务上，则采取"少数服从多数"的"很像民主制度"的方式。有趣的是，在文本中，对话双方都意识到了这种方式的"专制"迹象，"老头儿"甚至反问道："我们的共产主义是一种可怕的专制制度，是不是？"⑦对此，莫里斯通过乌托邦人的回答解释说，少数派一般"以友好的态度放弃自己的主张"，这是因为"在我们的社会里，没有一个人会因为自己不能无视整个社会、要干什么就干什么而怨天尤人，因为大家都知道不

---

① [英]阿道斯·伦纳德·赫胥黎：《美妙的新世界》，孙法理译，译林出版社 2008 年版，第 168 页。
② [俄]尤金·扎米亚金：《我们》，殷杲译，漓江出版社 2013 年版，第 213—214 页。
③ [英]托马斯·莫尔：《乌托邦》，戴镏龄译，商务印书馆 1982 年版，第 60 页。
④ [英]托马斯·莫尔：《乌托邦》，戴镏龄译，商务印书馆 1982 年版，第 57 页。
⑤ [英]威廉·莫里斯：《乌有乡消息》，黄嘉德译，商务印书馆 1981 年版，第 108 页。
⑥ [英]威廉·莫里斯：《乌有乡消息》，黄嘉德译，商务印书馆 1981 年版，第 110 页。
⑦ [英]威廉·莫里斯：《乌有乡消息》，黄嘉德译，商务印书馆 1981 年版，第 113 页。

能那样为所欲为"。①

应该说,反乌托邦叙事与乌托邦叙事之间存在的张力,并非简单的个人与集体的张力,而是两种"个人"之间的张力,即乌托邦当中对抗私有制的"个人"与以私有制为基础的资本主义"个人"。不过,当我们将这种对立等同于一律性和差异性的对立,并进一步做出价值评判时,我们便不得不警惕自身立场,因其可能会压制它们各自不同的历史语境,并且抹除不同社会构想的紧张感。可以看到,乌托邦"个人"显露出了一个关键性特质,即主动认同社会或集体、自觉选择不"为所欲为"。换句话说,乌托邦对于理想制度的热情,召唤着一种新的主体或曰理想的人。值得注意的是,当资本主义内在的矛盾日益显影,而工人运动或社会主义运动开始履行乌托邦的职能——废除私有制——之后,乌托邦越来越多地被指认为一种新的国家、制度想象,而其本身清晰的人文主义(humanism)面向也被遮蔽和忽视了。实际上,回到《乌托邦》的文本中会发现,"乌托邦人"既是复数的、集体性的,同时也是大写的、专有的——它更多地意在提供一种关于大写的"人"和"自然人性"的设想,而非一种制度的设想。务农、穿同样的羊毛衣服、盖同样的房子……这些一律性的特征并不仅仅是为了建设高效率、少浪费的社会,更是服务于莫尔心中至善的标准——"符合于自然的生活"②:"自然号召人人相互帮助以达到更愉快的生活。(它这样号召无疑有充分理由,因为没有一个人会比任何人都更幸运,成为得到自然照顾的唯一对象。自然对赋予同样形体的一切人们是一视同仁的。)"③ 在这个诉求之下,从《乌托邦》社会生活的几乎所有细节中都可以看到,莫尔之所以想象乌托邦,根源在于他要拒绝以私有制为基础的"人性",而探寻到一种"更合乎自然的""人性"。

相信存在着一种不同于现实的、更符合自然的真实人性,这成为乌托邦叙事得以成立并延续的基本要素。莫里斯让乌有乡"老头儿"道出:"人类天性!什么人类天性?是穷人的天性、奴隶的天性、奴隶主的天性、还是富有的自由民的天性?你指的是哪一种?来吧,请你告诉我!"④ 贝拉米在《回顾》中声称人类的本性在乌托邦中并没有改变,反

---

① [英]威廉·莫里斯:《乌有乡消息》,黄嘉德译,商务印书馆1981年版,第112页。
② [英]托马斯·莫尔:《乌托邦》,戴镏龄译,商务印书馆1982年版,第73页。
③ [英]托马斯·莫尔:《乌托邦》,戴镏龄译,商务印书馆1982年版,第74页。
④ [英]威廉·莫里斯:《乌有乡消息》,黄嘉德译,商务印书馆1981年版,第109—110页。

过来质疑"难道你真以为人类的本性就是害怕贫困和喜爱奢侈，而对任何其他刺激都毫无反应了吗？"①，并且指出在乌托邦服务"与其说是强迫，不如说是理应如此"，"人们认为这是极其自然而合理的，所以强迫的想法早就不存在了"②，而"我们的整个社会秩序的建立和发展，几乎完全依据这一点"③。在这些乌托邦叙事中，"社会秩序"与"个人"是高度同一的，也就是说，乌托邦叙事并没有在"集体—个人"二元对立中偏向"集体"一方，而是试图消除这个对立式中间的横线，进一步将它们合二为一。

反乌托邦叙事中所凸显出来的，恰恰是这组关系的彻底断裂。在《美妙的新世界》的开头处，一群学生随着"孵化与条件设置中心"主任参观培育各个社会等级的人的部门。随着他们的行进，设置伊普西龙的"换瓶伤害"、令德尔塔恐惧书与花朵的巴甫洛夫训练以及使贝塔安于自己社会等级的"眠育法"依次展现，然而，就在他们要走入阿尔法的培育室之际，新世界总统突然出现打断了叙事，紧接下来伯纳、总统、列宁娜三个不同位置平行叙述的交叉，又令伯纳很快占据了主要视角，因此阿尔法的特征和设置部分被巧妙地回避了。相较于对前三种低等阶级意图明确详尽、功能化的描写，这种空白或者避让显得颇为不自然，也间接说明了尽管文本内部以"个人"形象出现的角色——伯纳、总统、诗人等大都是"阿尔法们"，然而这个阶级本身以及设置它的条件是难以描述和想象的。换个角度来说，尽管阿尔法们也是经过基因工程培育而来的，但他们却留存有未被外力压抑的、最大限度的"人性"。那么这种"人性"是什么呢？穆斯塔法总统为了解释新世界等级社会的合理性，向约翰讲述了"塞浦路斯实验"，或称"换瓶实验"：

> 是从福帝纪元473年开始的。总统清除了塞浦路斯岛上的全体居民，让两万两千个专门准备的阿尔法住了进去，给了他们一切工农业设备，让他们自己管理自己。结果跟所有的理论预计完全吻合。土地耕种不当，工厂全闹罢工，法纪废弛，号令不行。指令做一段时间低级工作的人总搞阴谋，要换成高级工种。而做高级工作的人

---

① ［美］爱德华·贝拉米：《回顾——公元2000—1887年》，林天斗、张自谋译，商务印书馆1963年版，第73页。
② ［美］爱德华·贝拉米：《回顾——公元2000—1887年》，林天斗、张自谋译，商务印书馆1963年版，第50页。
③ ［美］爱德华·贝拉米：《回顾——公元2000—1887年》，林天斗、张自谋译，商务印书馆1963年版，第50页。

则不惜一切代价串联回击，要保住现有职位。不到六年工夫就打起了最高级的内战。等到二十二万人死掉十九万，幸存者们就向总统们送上了请愿书，要求恢复对岛屿的统治。他们接受了。世界上出现过的唯一全阿尔法社会便这样结束了。①

这段简单直白的转述，是小说中最为清晰地反写乌托邦的段落："全阿尔法社会"的失败为新世界的等级社会提供了合法性，但其中包括了一个似乎无须言明的前提，即"人性"必然是以个人为中心趋利避害、自私排他的，个人与社会之间的矛盾是绝对的，进而，任何一种社会形态都会在等级制方向趋向极端化，最终导致暴力集权，而促使社会稳定的唯一手段是自然化、固化社会等级。显然，支撑《美妙的新世界》叙事逻辑的预设自身已然与莫尔的人文主义形成了对抗。新世界尊奉"福帝"②以代替上帝，高效的流水线生产提供了一种新的乌托邦愿景并且造就了相应的主体位置。正如《李尔王》中的爱德蒙若在新世界便不会遭到惩罚，而是"坐在气垫椅里，搂着姑娘的腰，嚼着性激素口香糖，看着感官电影，且"作为一个快乐、勤奋、消费着商品的公民，这个爱德蒙无懈可击"，也不会有人因为寻欢作乐而被"儿子的情妇剜去双眼"。③现代文明与人文主义之间显露出一个清晰的断裂："上帝跟机器、科学医药和普遍的幸福是格格不入的。你必须做出选择"，而"既然我们已经获得了社会秩序，为什么还需要追求永恒呢？"④这个断裂也曾经隐含在贝拉米的《回顾》当中——它将乌托邦的抵达描述为资本集中到国家，进而形成国家资本主义的过程，然而在国家资本主义和乌托邦的等式中，一个无法回避的问题出现了，即国家资本主义如何能够自我消解内在的权力结构，从而完成彻底的平等？为了处理这个问题，贝拉米回到了《乌托邦》的人文主义基底上，用一种不同于"害怕贫穷和喜爱奢侈"的"人性"来解释其合法性，称"未来国度"中人们工作的动机不再是"害怕贫穷和喜爱奢侈"的低级动机，而是"更崇高"的"爱国心

---

① ［英］阿道斯·伦纳德·赫胥黎：《美妙的新世界》，孙法理译，译林出版社2008年版，第179页。
② 即借汽车大亨福特"Ford"与上帝"Lord"在词形上的相似而设置的语词游戏。
③ ［英］阿道斯·伦纳德·赫胥黎：《美妙的新世界》，孙法理译，译林出版社2008年版，第190页。
④ ［英］阿道斯·伦纳德·赫胥黎：《美妙的新世界》，孙法理译，译林出版社2008年版，第188—189页。

和人道热情"。①

三、从集体性到集权想象

值得注意的是，反乌托邦叙事中的集权想象所坐落的地方，恰是乌托/莫尔与乌托邦之间的距离与张力消失之处：它们否认了"乌托"消失的可能，认为权力结构自身具有永恒性，不可被摒除。而权力中心的添加，使得乌托邦中的无政府主义式的集体性演变为集权主义。需要注意的是，"集体性"与"集权主义"这种"不言自明"的结合，在冷战时期的相关讨论中并不鲜见，如汉娜·阿伦特在《极权主义的起源》中，选择以"集权主义运动"如何动员"群众"为基点，将集权主义的"生机"归结为"群众的渴望"："他们生来倾向于各种意识形态，因为他们将事实解释为只是一般规律的一个具体例子，否定事物的巧合，发明了一种适应一切的万能解释，假设它是一切偶然事物的根本。"②由此，群众便成为集权的必要前提，"纳粹极权主义从群众组织开始起步，后来渐渐地被精英组织控制，而布尔什维克却从精英组织开始起步，然后组织群众。两者的结果是一样的"③。不过，此处的"群众"是被本质化、泛化为"生来倾向于各种意识形态"的人群，一种与独裁者和精英组织相对的、匀质的人群，而并未获得具体的、历史性的指称。

乌托邦的集体性构想与反乌托邦的集权想象之间距离的消失，构成了某种内在于特定历史阶段的征候。20 世纪初期的社会主义实践构成了扎米亚金集体想象的重要来源：1917 年仍在英国的扎米亚金并未亲身参与十月革命，但是在革命爆发后不久，他便回国与高尔基等进行文化建设工作，并在一篇散文中表示自己很遗憾与革命失之交臂，"这就好像从未恋爱过，有天早晨猛然醒来却发现自己已经结婚十多年了"④。曾经以写作讽刺小说见长的扎米亚金很快写下了《我们》，试图以夸张、讽喻的方式呈现平均化的社会压制表象与平等的社会主义革命诉求的落差。与此不同，赫胥黎笔下新世界的集体性则是对现代工业生产中的机械化劳动的再现，与他在 20 世纪 30 年代前后在美国的游历不无关联。至于

---

① ［美］爱德华·贝拉米：《回顾——公元 2000—1887 年》，林天斗、张自谋译，商务印书馆 1963 年版，第 73 页。
② ［美］汉娜·阿伦特：《极权主义的起源》，林骧华译，生活·读书·新知三联书店 2008 年版，第 452 页。
③ ［美］汉娜·阿伦特：《极权主义的起源》，林骧华译，生活·读书·新知三联书店 2008 年版，第 484 页。
④ Yevgeny Zamyatin, *A Soviet Heretic*, Evanston: Northwestern University Press, 1992.

《一九八四》中的"集体"则更多折射了英国30年代知识界的论题之一："有关集体活动的思想观点是30年代知识界关注的焦点之一。作家们忙着调和自己生活中的公共范畴和私人领域，为寻找两者的契合点，他们创造了一个大众前沿，又通过投身苏联模式的集体安全建立起对抗法西斯的安全防线。在20世纪30年代，人们'试图彻底否定个人知识与个体观察的合理性'"，而与之相对，奥威尔则对集体性抱有不同的看法，"长期以来，他都在为此而孤军奋战"。①

需要注意的是，尽管这三部重要的反乌托邦小说以戏仿、讽喻的方式消解了乌托邦中积极的集体性，但是相对于冷战时期西方阵营的"集权反思"来说，它们要更为复杂和开放。奥威尔的《一九八四》常常被放置在"集权反思"的脉络当中，看作"那一代饱受战乱之苦的知识分子对极权政权和乌托邦思想的主要反思成果"②，与汉娜·阿伦特、卡尔·波普尔等发表于20世纪40年代至50年代的一系列著述所开启的"集权主义"研究相一致——后者试图以"极权主义统治的两种正式形式"，即"1938年后的国家社会主义专政和1930年以后的布尔什维克党专政"③为核心引证材料，总结"集权主义"的特征和运行机制。然而可以看到，这类集权主义研究被冷战历史赋予了强烈的现实指向，倾向于以"集权"为界将世界划分为"集权国家"和"非集权国家"，由此进一步用"集权"指认、批判冷战另一侧的社会主义政权。斯拉沃热·齐泽克在《有人说过集权主义吗？》中曾对此进行了反思，认为"集权主义从其发端伊始就是并且现在仍然是一个权宜之计"④，因为"它非但不能使我们开动脑筋思考，迫使我们获得一种新的洞察力来分析它所描述的历史现实，反而免除了我们思考的义务，甚至主动阻止我们去思考"⑤。具体来说，这个在冷战历史中逐渐固化为"意识形态斗争的主要武器"的概念，在后冷战的今天，随着资本主义阵营在世界范围内的不战而胜，

---

① ［美］杰弗里·迈耶斯：《奥威尔：生活与艺术》，马特、王敏、仲夏译，经济科学出版社2013年版，第188页。此处杰弗里·迈耶斯引用了一位20世纪30年代研究者朱利安·西蒙斯（Julian Symons）的著作《三十年代：一场回转的梦》（*The Thirties: A Dream Revolved*）作为佐证。

② 参见前面引述的《极权主义的起源》封底介绍文字。

③ ［美］汉娜·阿伦特：《极权主义的起源》，林骧华译，生活·读书·新知三联书店2008年版，第526页。

④ ［斯洛文尼亚］斯拉沃热·齐泽克：《有人说过集权主义吗？》"序言"，宋文伟、侯萍译，江苏人民出版社2005年版，第1页。

⑤ ［斯洛文尼亚］斯拉沃热·齐泽克：《有人说过集权主义吗？》"序言"，宋文伟、侯萍译，江苏人民出版社2005年版，第3页。

更是成为某种"禁忌"——它天然携带着无可置疑的价值评断,而对它的使用只能是修辞性的,没有讨论或者辩论的空间。在齐泽克看来,这恰恰形成了陷阱:"你接受'集权主义'的概念之时,你就被牢牢地定位于自由主义的—民主的范围之内了。"①这个在某种程度上带有了"元话语"意味的能指正在被持任何政治立场、任何理论资源的人使用,如它既是新自由主义否定"任何激进的解放的政治计划"的理由之一,同时也被保守主义者与后现代主义者用来否定现代主义,而"在最近一次认识主义的强烈冲击中,后现代文化研究被指责为'集权主义的'",更甚于,"黑格尔的理性总体性被看作哲学中最大的集权大厦"。②这种倾向的危害在于,"集权主义"逐渐退变为一种令秩序得以良好运转的"意识形态抗氧化剂"③,亦即通过给任何一种变革性的思想打上"有集权主义危险"的印记,就可以彻底地拒绝它。

那么是否可以松动对"集权主义"的本质化使用,将之恢复为一个可讨论的概念,一种历史性的命名呢?齐泽克的建议——"无所畏惧地违反这些自由主义的禁忌"④——或许也是我们重新思考反乌托邦叙事的历史性与复杂性的起点:它们对于集权的再现,更多是一种对"无法解释的历史"的解释,对"难以命名的灾难"的命名。首先,一处值得注意的文本细节是,奥威尔在《一九八四》中不断借用温斯顿或奥勃良之口进行评述,令叙事被一再延宕,不止如此,他更是有意打断小说文体自身的结构和连续性,突兀地内嵌入一篇较为完整的政论文,即"老大哥敌人"果尔德施坦因所写《寡头政治集体主义的理论与实践》。有趣的是,其中有一段以未来世界为视点的重写历史——这种重写也几乎存在于任何一部乌托邦或反乌托邦的文本当中——是针对"社会主义运动"的:

> 社会主义这种理论是在十九世纪初期出现的,是一条可以回溯到古代奴隶造反的思想锁链中的最后一个环节,它仍受到历代乌托

---

① [斯洛文尼亚] 斯拉沃热·齐泽克:《有人说过集权主义吗?》"序言",宋文伟、侯萍译,江苏人民出版社2005年版,第3页。
② [斯洛文尼亚] 斯拉沃热·齐泽克:《有人说过集权主义吗?》"序言",宋文伟、侯萍译,江苏人民出版社2005年版,第6页。
③ [斯洛文尼亚] 斯拉沃热·齐泽克:《有人说过集权主义吗?》"序言",宋文伟、侯萍译,江苏人民出版社2005年版,第1页。
④ [斯洛文尼亚] 斯拉沃热·齐泽克:《有人说过集权主义吗?》"序言",宋文伟、侯萍译,江苏人民出版社2005年版,第3页。

邦主义的深深影响。但从一九〇〇年开始出现了各色各样的社会主义，每一种都越来越公开放弃了要实现自由平等的目标。在本世纪中叶出现的新的社会主义运动，在大洋国称为英社，在欧亚国称为新布尔什维主义，在东亚国一般称为崇死，其明确目标都是要实现不自由和不平等。当然，这种新运动产生于老运动，往往保持了老运动原来的招牌，而对于它们的意识形态只是嘴上说得好听而已。①

这段极端简略的"历史描述"浅白地传达了奥威尔的观点，即出现在乌托邦主义、社会主义理论、社会主义运动维度的交织点上的《一九八四》，所针对的是"本世纪中叶"的"新社会主义运动"对"老运动"之诉求的背叛。这与冷战时的判定不同，奥威尔强调斯大林时期的集权主义是一次偏移，而《一九八四》一方面是对20世纪30年代的"记录"②，另一方面也是警示——"如果我们要振兴社会主义运动，打破苏联神话是必要的"③。这本"说出真相的伪书"尝试从历史中抽取出在这种背叛之下产生的"集体主义"：它并未实践它表层含义当中的集体劳动、平均分配，而是以此为名义，"把财产集中到比以前更少得多的一批人手中"，只不过这个新主人"是一个集团，而不是一批个人"，结果是，"它在事实上执行了社会主义纲领中的主要一个项目，其结果是把经济不平等永久化了"。④换句话说，《一九八四》的问题核心在于"集体主义"能指与所指分离，变为了以集体主义为名的新私有制。而正是在这样的意义上，反乌托邦叙事将"集权主义"与"集体主义"合二为一，进而将乌托邦叙事中对抗私有制的集体主义转变为自身的反面。

其次，相对于冷战时期对"集权"的指认和审判，反乌托邦小说似乎更倾向于捕捉和摹画一种新的权力形式。代表权力中心的形象似乎是最清晰可辨的，如《我们》当中的无所不能者、《美丽新世界》的福帝，以及《一九八四》的老大哥等，但是正如《一九八四》和《1985》的对比中显现出来的，反乌托邦叙事的特殊之处在于它们并不仅仅是以嘲讽

---

① ［英］乔治·奥威尔：《一九八四·动物农场》，董乐山、傅惟慈译，上海译文出版社2003年版，第198—199页。
② 参见［美］杰弗里·迈耶斯《奥威尔：生活与艺术》，马特、王敏、仲夏译，经济科学出版社2013年版。
③ ［英］乔治·奥威尔：《我为什么要写作》，董乐山译，上海译文出版社2007年版，第113页。
④ ［英］乔治·奥威尔：《一九八四·动物农场》，董乐山、傅惟慈译，上海译文出版社2003年版，第201、202页。

的方式揭露出"某个独裁者"的荒谬。另以卓别林的著名反法西斯电影《大独裁者》为例,当无辜却有着独裁者相貌的理发师查理在片尾演讲中说到"独裁者会死去,他们从人民手里夺去的权利即将归还人民"时,支撑他的信念与《1985》中表现出来的信念相同,即独裁者的肉身死亡便可以宣告集权的终结。而《一九八四》并不认可这种乐观信念,相反,老大哥"是永远不会死的",他只是"一个伪装"。① 奥威尔曾对《大独裁者》颇感兴趣,并写下影评文章赞颂其中的宣传意义或意识形态功用:"如果我们的政府能稍微再聪明一点,就应该大力资助《大独裁者》,并想方设法要让它流通到德国去……凡是看过这部影片的人,都不会再那么垂涎权力的诱惑。"② 然而,尽管与《大独裁者》分享着相似的关注点,《一九八四》却显然比它走得更远也更为悲观,或者说,二者的再现层面并不一致。

实际上,在反乌托邦文本中,占据了集权制高点的无所不能者——福帝与老大哥,往往不再是"某个人"而更像是一个功能性的位置——他们复合着"非人""反人"和"超人"的他者身份,建构着"人"的对立面。在《我们》和《一九八四》中都着力描写了一个恐慌的时刻:在《我们》中,这个时刻发生在"一致同意节"的选举上——当全体"号码"被预期"一致同意"选举无所不能者做统治者时,反叛者开始了他们最初的反叛,即举手投了否决票。"一致同意节"无疑是对"联众国"民主选举虚伪性的嘲弄,然而这一自我暴露的、很快招致镇压的反抗比起实际功用而言更具象征性。对此,《一九八四》提供了一个十分清晰的注脚。在"思想罪"是"包含一切其他罪行的根本大罪"的世界里,温斯顿的反抗形式是写日记,因为"一切行动的后果都包括在行动本身里面",而"不是由于你的话有人听到了,而是由于你保持清醒的理智,你就继承了人类的传统"。③ 由此,《一九八四》的最终冲突与惩戒的高潮,并不在于死亡和服从,而在于"你必须爱老大哥":

"你有了进步。从思想上来说,你已没有什么问题了。只是感情上你没有什么进步。告诉我,温斯顿——而且要记住,不许说谎;

---

① [英]乔治·奥威尔:《一九八四·动物农场》,董乐山、傅惟慈译,上海译文出版社 2003 年版,第 203 页。
② [美]杰弗里·迈耶斯:《奥威尔:生活与艺术》,马特、王敏、仲夏译,经济科学出版社 2013 年版,第 129 页。
③ [英]乔治·奥威尔:《一九八四·动物农场》,董乐山、傅惟慈译,上海译文出版社 2003 年版,第 30 页。

你知道我总是能够觉察你究竟是不是在说谎的——告诉我，你对老大哥的真实感情是什么？"

"我恨他。"

"你恨他，那很好，那么现在是你走最后一步的时候了。你必须爱老大哥。服从他还不够；你必须爱他。"

他把温斯顿向警察轻轻一推。

"101号房，"他说。①

"你必须爱他"回应着温斯顿的困惑：当奥勃良声称"后代根本不会知道有你这样一个人。你在历史的长河中消失得一干二净"时，温斯顿感到"一阵怨恨"——"那么为什么要拷打我呢？"② 他得到的回答是，"我们并不因为异端分子抗拒我们才毁灭他；只要他抗拒一天，我们就不毁灭他。我们要改造他，争取他的内心，使他脱胎换骨……我们在杀死他之前也要把他改造成为我们的人"③。在此，统治的关键不在于它对"个体"的消灭，而是获得"个体"的臣服。奥威尔选择的呈现方式是有意为之的，正如他在文本中区别了三种专制，"以前的专制暴政的告诫是'你干不得'。集权主义的告诫是'你得干'。我们则是'你得是'"④。显然，"你必须爱他"是完成"你得是"的必要步骤，换句话说，获得主体身份的前提，是毫无保留地认同"老大哥"，相对地，统治的前提则是暴力建构出一个主体位置，而无关于个体的生死存亡。同样，《我们》中具有象征性地宣告"我不同意"也才构成了某种想象性的拒绝。

在此，我们似乎可以辨认出一个阿尔都塞式"主体"概念。在1970年发表的研究笔记《意识形态和意识形态国家机器（研究笔记）》中，阿尔都塞强调意识形态的讨论最为关键的问题在于它的功能是"把具体的个人呼唤或传唤为具体的主体"⑤，而"个人被传唤为（自由的）主体，

---

① [英]乔治·奥威尔：《一九八四·动物农场》，董乐山、傅惟慈译，上海译文出版社2003年版，第277页。
② [英]乔治·奥威尔：《一九八四·动物农场》，董乐山、傅惟慈译，上海译文出版社2003年版，第250—251页。
③ [英]乔治·奥威尔：《一九八四·动物农场》，董乐山、傅惟慈译，上海译文出版社2003年版，第251页。
④ [英]乔治·奥威尔：《一九八四·动物农场》，董乐山、傅惟慈译，上海译文出版社2003年版，第251页。
⑤ [法]阿尔都塞：《意识形态和意识形态国家机器（研究笔记）》，载阿尔都塞著，陈越编译《哲学与政治：阿尔都塞读本》，吉林人民出版社2003年版，第364页。

为的是能够自由地服从<u>主体</u>①的诫命，也就是说，为的是能够（自由地）接受这种臣服的地位，也就是说，为的是能够'全靠自己'做出臣服的表示和行为"②。"全靠自己"的臣服在《一九八四》中的表述，便是"你必须爱老大哥"：老大哥无疑占据了那个"独一的、中心的、作为他者的"主体的位置，而奥勃良对温斯顿从"服从"到"爱"的要求，也是对他下达了"你得是"的命令，即令他（自由地）接受臣服的地位，占据那个（自由的）主体位置——这也是"老大哥存在而你不存在"的真实含义。或者可以说，早于《意识形态和意识形态国家机器》20多年发表的《一九八四》以一种近乎漫画像的方式，呈现出了以压制性国家机器的暴力行为完成意识形态国家机器"传唤"主体的过程。值得补充的是，《美妙的新世界》中新世界的价值体系与社会秩序基础的代表者"福帝"（Ford）更是赤裸地占据了"上帝"（Lord）的位置，并用象征着流水线生产的"T型车"之"T"，代替了耶稣献祭的十字架——在阿尔都塞的论述中，"上帝"是最有解释力的、最经典的大写<u>主体</u>。意识形态的功能在《美妙的新世界》的想象中被具象化为直接作用于潜意识的"眠育法"，即通过在睡眠时不断重复的意识形态话语令各个阶层认同并接受自己被先天给定的主体位置，以及一系列相配套的行为准则。有趣的是，它区分了"科学教育"和"道德教育"，指出眠育法虽然不能授人以知识，却可以进行"道德教育"，因为"在任何情况下道德教育都是不能够诉诸理智的"③。"孵化中心主任"进一步感叹道：

> 结果是：孩子们心里只有这些暗示，而这些暗示就成了孩子们的心灵。还不仅是孩子们的心灵，也还是成年后的心灵——终生的心灵，那产生判断和欲望并做出决定的心灵都是由这些暗示构成的。可是这一切暗示都是我们的暗示！④

这些"暗示"在书中随处可见，而作为这段话的佐证出现的，是一

---

① 在《意识形态和意识形态国家机器（研究笔记）》当中，阿尔都塞区分性地使用了两种主体，此处由于中文难以显示大写的"主体"，故而用加下划线的方式代指，以区分于小写的"主体"。
② ［法］阿尔都塞：《意识形态和意识形态国家机器（研究笔记）》，载阿尔都塞著，陈越编译《哲学与政治：阿尔都塞读本》，吉林人民出版社2003年版，第372页。
③ ［英］阿道斯·伦纳德·赫胥黎：《美妙的新世界》，孙法理译，译林出版社2008年版，第20页。
④ ［英］阿道斯·伦纳德·赫胥黎：《美妙的新世界》，孙法理译，译林出版社2008年版，第22页。

段灌输给贝塔们的《阶级意识发凡》中的意识形态话语："阿尔法儿童穿灰色。他们的工作要比我们辛苦得多，因为他们聪明得吓人。我因为自己是贝塔而非常高兴，因为我用不着做那么辛苦的工作。何况我们也比伽马们和德尔塔们要好得多。"① 与《一九八四》相似，《美妙的新世界》同样以漫画像的方式再现了意识形态的"传唤"功能。二者都试图构想出实现永恒统治或永恒社会等级秩序的方式，即将压制性国家机器焊接在意识形态国家机器上，固定为唯一的"某个"意识形态，同时也赋予它"没有历史的""永恒"的表象。相对来说，这一点在《我们》中虽然并不清晰，但是仍然能够辨认出，"无所不能者"与其说是一个尘世君王，不如说是对上帝的替代。他以"铸铁之手"给予人们"真正的、符合几何学的爱"②，而处刑场上诗人对他的歌颂更是指明他代表着科学之神和理性之神："……用机器和钢铁／他驾御着熊熊烈火／用法则束缚住混沌……"③

在这个意义上，在反乌托邦中一再借用的集权主义统治形式，实际上溢出了历史中特定的集权形态，因为其权力制高点仅仅被再现为一个大写的"主体"。奥勃良声称，个人和世袭制无法保证权力的永恒，"老大哥"所代表的权力结构已经超出了集权主义所能想象的范围，而它依靠的是"老大哥"的非生非死。一个超于肉身的空位一方面令权力中心"隐形"，无法被触碰或者颠覆，另一方面也令权力中心无所不在，覆盖了整个象征秩序。实际上，无所不在的老大哥形象，可以被看作象征秩序的拟人化——他并非拥有权力，他便是权力自身。在这样一种对永恒权力结构的理解中，完全的"社会平等"便不再是可以想象的可能，而乌托邦实现平等社会所倚仗的"集体主义"也同样转变了色彩。

如前所述，在乌托邦与反乌托邦叙事中，"集体性"色彩转变是极为突然的：乌托邦当中赖以实现平等的、超越私有制的"集体性"，在反乌托邦中却直接地转变为集权主义的载体。在这里，独裁者的悬置，展示了一种尚未被冷战的意识形态战争限制和简化的感知与再现方式。其中，占据叙事中心的与其说是主体间的对抗，不如说是处境尴尬的中产阶级主体的自我确认。也就是说，通过将集权的描述从独裁转变为集体性的、无所不在的权力结构，一种植根于20世纪上半叶历史的、来自社会中层

---

① ［英］阿道斯·伦纳德·赫胥黎：《美妙的新世界》，孙法理译，译林出版社2008年版，第21页。
② ［俄］尤金·扎米亚金：《我们》，殷杲译，漓江出版社2013年版，第263页。
③ ［俄］尤金·扎米亚金：《我们》，殷杲译，漓江出版社2013年版，第57页。

"普通人"的特定现实感知得到了具象化的呈现,即在面目不清的敌人和孱弱无力的同盟中,一个清醒、孤独、绝望的个体的突围与失败。《一九八四》虽然与奥威尔早期的自然主义风格相去甚远,但讲述一个出身社会中下层的人的跌落与回归的情节模式则显然是一致的。《美妙的新世界》中,伯纳与野人约翰也是游荡在社会中层与底层之间的角色,有着或被动或主动的反抗性,与他们相对立的并非某个独裁者,而是自觉接受新世界规则、毫无反思能力的"庸众"。可以看到,为这个主体塑像是小说的重要叙事动力之一,这也显影了反乌托邦的症候性——它标示着曾经支撑着乌托邦叙事的人文主义话语的失效。

第二章　反乌托邦叙事与现实批判

以《一九八四》的续写为线索，可以窥见冷战语境对它的接受以及对反乌托邦概念的影响。也就是说，冷战的开启令《一九八四》原本游移不定的位置固定下来，在很大程度上简化为对乌托邦，尤其是对苏联这个"实践中的乌托邦"的否定与消解。同时，"反乌托邦"的命名因此获得了历史契机，与《一九八四》关系密切的《我们》和《美丽新世界》也得以被指认为"反乌托邦"。也因此，20世纪反乌托邦叙事的兴盛往往被看作对19世纪乌托邦的否定、替代或延续。例如，对于克里斯安·库马尔来说，反乌托邦是"对19世纪的社会主义乌托邦和20世纪特定的乌托邦实践的一个反作用力"[1]，而汤姆·莫伊伦认为"乌托邦在20世纪突然经历了艰难时刻。在世界大战、集权主义统治、大屠杀、大众工业或消费社会的更加细致的控制中，乌托邦话语至少说是被消音了"[2]，并指出乌托邦消逝、溶解在了两种力量当中，即"肯定性的意识形态——斯大林的苏联、纳粹的德国和公司式的美国"，以及"反乌托邦"[3]。显然，因果关系的凸显令作为一种文学现象的反乌托邦在很大程度上成为乌托邦的附属品或衍生物，甚或"尸体"——反乌托邦正是以其自身作为一种叙事类型的出现，标志着乌托邦叙事的衰落。

这种延续自冷战时期的定位，封闭了反乌托邦的阐释空间——如果反乌托邦只是乌托邦的衍生物或"尸体"，那么它很难说出比印证、提示乌托邦更多的内容。如前文论述，这一方面削弱了反乌托邦叙事的复杂性与历史性，忽视了它作为20世纪初出现的叙事类型所希望回应的历史语境；另一方面也无法解释在后冷战时期反乌托邦叙事在大众文化场域的繁盛——它们既清晰地显现出三大反乌托邦小说，特别是《一九八四》的影响印记，又尝试以此承载远为广阔和复杂的主题。那么，如

---

[1] Krishan Kumar, *Utopia and Anti-Utopia in Modern Times*, New York: Basil Blackwell, 1987, p.8.

[2] Tom Moylan, *Demand the Impossible*, New York and London: Methuen, 1986, p.8.

[3] Tom Moylan, *Demand the Impossible*, New York and London: Methuen, 1986, pp.8-9.

何松动反乌托邦这一在冷战中被确认和强化的概念，将之作为一个应答着重重历史与现实问题的特定文类进行理解呢？在此，笔者尝试将乌托邦与反乌托邦的叙事特征作为切入口，分析反乌托邦如何在乌托邦的范式之下获得批判位置，并借助讽刺文学的传统与詹姆逊的"否定性"概念，辩证性地探讨反乌托邦的否定与讽刺中所具有的积极面向。以此为前提，本节的最后希望通过展示反乌托邦三部曲的叙事及其回应的具体历史语境，来进一步阐发它在冷战历史的限定之外所承载的更为广阔深远的命题。

第一节　套层叙事与批判位置

在重新思考乌托邦与反乌托邦的关系时，或许应该首先考虑二者的文体差异。相较于常被划归为通俗文类的反乌托邦文本，乌托邦文本显得颇有些"不像小说"。作为"乌托邦"的开山之作，莫尔的《乌托邦》提供了一个被后人不断重复的写作样本——航海家偶然造访了一处未知之地，并深为其社会的理想状态所动，故而详述它的方方面面。从康帕内拉的《太阳城》、安德里亚的《基督城》等著名的乌托邦作品中，可以看到很明显的模仿痕迹。这些乌托邦所依凭的理念、建构的细节、地理位置甚至叙述者到达的方式或许彼此相去甚远，然而一些写作手法却明显被模式化地传承下来。尤其在早期乌托邦作品中，一个最为引人注目的叙事结构是热奈特所谈到的"叙事分层"[①]：文本的第一层级往往由一个误闯乌托邦并回到现实中的讲述者与现实听众的对话构成，而第二层级，同时也是文本的主体部分，则是这个讲述者对乌托邦的描述。这个结构悬置了"乌托邦"，令它成为一个被现实包裹着却具有异质性的存在。这种异质性更为具象性的表达，是早期的乌托邦在空间上的隔离性，即地理上的"孤岛"。正如詹姆逊指出的，诞生于社会空间差异性的乌托邦必然是一处"飞地"（enclave）："乌托邦空间是在现实社会空间内部的一处想象的飞地，换句话说，乌托邦空间之所以可能，本质上的原因就是空间与社会中的差异性。"[②] 在《乌托邦》中，尽管对于"乌托邦是位置

[①] 参见［法］热拉尔·热奈特《叙事话语　新叙事话语》，王文融译，中国社会科学出版社1990年版。

[②] Frederic Jameson, *Archaeologies of the Future: The Desire Called Utopia and Other Science Fictions*, New York: Verso, 2007, p.15.

于新世界哪一部分","我们忘记问,他又未交代",①但是它在地理上的孤立却被十分详细地记录下来:

> 港口出入处甚是险要,布满浅滩和暗礁。约当正中,有岩石矗立,清楚可见,因而不造成危险,其上筑有堡垒,由一支卫戍部队据守。此外是水底暗礁,因而令人难以提防。只有本国人熟知各条水道。外人不经乌托邦人领航,很难进入海湾……岛的外侧也是港湾重重。可是到处天然的或工程的防御极佳,少数守兵可以阻遏强敌近岸……乌托普一登上本岛,就取得胜利。然后他下令在本岛联接大陆的一面掘开十五哩,让海水流入,将岛围住。②

乌托邦的孤立一方面固然是社会、空间差异性的具象化,但是在另一方面,与世隔绝的特性也令乌托邦挣脱了"历史"的维度。不难发现,虽然提到了"乌托普国王"作为征服者,"使岛上未开化的淳朴居民成为高度有文化和教养的人"③,但是对于这段征服的历史却语焉不详,只以一句"乌托普一登上本岛,就取得胜利"约略带过,同时,其未来维度也是空白的,似乎乌托邦自身既没有过去也不存在未来,而是永恒地停留在当下。以此为参照,不难看到,《乌托邦》第二部几乎完全是共时性的描写,从社交生活、官员、职业、奴隶、战争、宗教、旅行等方面对乌托邦进行全景图式的展现,其中并没有时间的延展。此时,《乌托邦》的文体就有些暧昧性了:若抛开第一层叙事仅仅以第二层为中心,那么这个故事时间几乎为零的部分,尽管在虚构和散文体层面仍可以被看作"小说"(fiction),但至少从叙事上恐怕与一般意义上的"小说"(novel)④有很大的区别。

选择并突出《乌托邦》的第二层叙事并非随意而为,事实上,就写作顺序来说,第二部分反而是首先写出的。詹姆逊认为《乌托邦》的两部分之间彼此相对立,具有张力,而选择突出二者中的不同面向会导致对乌托邦类别的不同阐释路径,"进一步说,对这个文本整体的类别说明基本上很大程度依赖于我们将哪一个部分作为优先的、提供了基本阐释

---

① [英]托马斯·莫尔:《乌托邦》,戴镏龄译,商务印书馆1982年版,第5页。
② [英]托马斯·莫尔:《乌托邦》,戴镏龄译,商务印书馆1982年版,第48、50页。
③ [英]托马斯·莫尔:《乌托邦》,戴镏龄译,商务印书馆1982年版,第50页。
④ 参见[美]M. H. 艾布拉姆斯《文学术语辞典》,吴松江等译,北京大学出版社2009年版,"小说"等条目。

之匙的部分"[1],即《乌托邦》第一部将之接续到讽刺文学的脉络中,而第二部则形成了讽刺文学的某种变奏,具有了独特的类型特征。[2]同样也可以看到,在《基督城》《太阳城》等中,尽管保留了双层叙事的结构,但是它们的第一层叙事被极大地削减了,甚至有时仅被减缩为一段话,以此作为进入第二层叙事的引子,而与此相对,对"乌托邦"共时性的描绘却几乎占据了全部的篇幅。

此后的乌托邦作品,也保留了强调共时性和双层叙事结构的固定模式。在《回顾》《乌有乡消息》等19世纪下半叶出现的乌托邦文本中,一个叙事细节上的明显变化,是"未来梦"对"飞地"的替代。地理上的孤立性不再是乌托邦的必要条件,相反,想象异质性社会的方式变成了"梦见未来",即主人公"我"在某天醒来时发现自己置身于亦梦亦真的未来当中,面对完全不同的新世界带来的震惊体验,以对比的方式来呈现新世界的一切。这个变化赋予了乌托邦一个新的维度,即与现实具有接续性的时间维度——未来。在汤姆·莫伊伦看来,"未来梦"替代"飞地"意味着另类选择的失落,亦即在资本主义受到巩固的历史语境中想象一个彻底改变的世界的不可能:"在1848年到1850年资本主义巩固之前,系统化的乌托邦至少提供了一个希望,即世界自身可以从结构上发生变化。而在1850年之后,探索性的乌托邦所提供的幻象的力量在于试图从内部颠覆,或至少是改革现代经济和政治的秩序。莫里斯、爱德华·贝拉米、H.G.威尔斯、夏洛特·珀金斯·吉尔玛、杰克·伦敦以及其他人的著作都与现实存在的事物相对抗,然而他们不再能够诉诸一个现实中的另类选择。处在一个岛上的乌托邦变得不可能了。"[3]莫伊伦对19世纪下半叶的乌托邦文本的敏锐洞察,展开了在新的历史语境下乌托邦写作之变的一个面向,即社会空间的日渐封闭令乌托邦想象变得局限且在很大程度上缺失了系统性,最为外显的征候是,乌托邦从同时代的岛屿变成了纵向维度的未来。

然而,不可否认的是,此时的乌托邦仍然是断裂开的,"未来"面向的出现并未令通向乌托邦的路变得更清晰。"梦"或"催眠"的媒介显然无法提供一条有效的路径,来连接"过去"与"未来";而无论是《乌

---

[1] Frederic Jameson, *Archaeologies of the Future*: *The Desire Called Utopia and Other Science Fictions*, New York: Verso, 2007, p.23.

[2] Frederic Jameson, *Archaeologies of the Future*: *The Desire Called Utopia and Other Science Fictions*, New York: Verso, 2007, p.23.

[3] Tom Moylan, *Demand the Impossible*, New York and London: Methuen, 1986, p.6.

有乡消息》当中的"罢工的结果",还是《回顾》中提到的"资本集中到国家",也远不足以解释"现实"和"乌托邦"之间的巨大断裂。比如,在贝拉米的《回顾》当中,叙述者叩访21世纪的方式是通过一次催眠完成的,尽管地点仍然是在波士顿,尽管"那个遥远的年代的东风,跟现时公元2000年的东风是同样凛冽刺骨的"①,但是"在人类历史上,几千年的变化也没有这段时间的变化这么惊人"②,这种走入新世界的经历,仿佛"转瞬间从人世被送上天堂或投入地狱"③。而《乌有乡消息》更为简略,主人公只以一句"我醒了",便步入了"许多东西使我惊讶不止"④、充满奇观的未来伦敦。可以看出,叙述者所要强调的,仍然是断裂而非接续,对历史过程的简单交代也只充当手段而非目的,最终是为了过渡到极富热情的"共时性"或者"系统性"的社会场景展示上,以寄托某种对社会的总体性想象。

与此相对,可以看到在反乌托邦写作中形成了一些不同的叙事惯例。首先,抵达"反乌托邦"的方式不再被呈现。文本的开端往往就设置了怪异、悖谬、充满恐怖气息的异样情境,相应地,乌托邦写作中那种带有震惊体验的疏离感和共时性的描述也消失了。比如《一九八四》的开篇:"四月间,天气寒冷晴朗,钟敲了十三下。温斯顿·史密斯为了要躲寒风,紧缩着脖子,很快溜进了胜利大厦的玻璃门,不过动作不够迅速,没有能够防止一阵沙土跟着他刮进了门。"⑤违背逻辑的"敲了十三下"的钟与充满了冷寂和严酷的"四月""寒风""紧跟身后的沙土"等意象,很快建构起一个扭曲、荒诞的世界。需要注意的是,由于没有使用乌托邦写作中常见的双层结构,那种与"乌有之地"互为他者的现实参照系便未在文本内部形成。

詹姆逊对乌托邦叙事结构上的分辨,显示出某种重新激活乌托邦概念的期待,而这也是20世纪乌托邦研究者所共享的研究起点。作为20世纪最具影响力的乌托邦研究者之一,德国哲学家恩斯特·布洛赫

---

① [美]爱德华·贝拉米:《回顾——公元2000—1887年》,林天斗、张自谋译,商务印书馆1963年版,第13页。
② [美]爱德华·贝拉米:《回顾——公元2000—1887年》,林天斗、张自谋译,商务印书馆1963年版,第34页。
③ [美]爱德华·贝拉米:《回顾——公元2000—1887年》,林天斗、张自谋译,商务印书馆1963年版,第35页。
④ [英]威廉·莫里斯:《乌有乡消息》,黄嘉德译,商务印书馆1981年版,第9页。
⑤ [英]乔治·奥威尔:《一九八四·动物农场》,董乐山、傅惟慈译,上海译文出版社2003年版,第5页。

(Ernst Bloch)始终保持着对乌托邦的思考,并以半生的精力著成《乌托邦的精神》和三卷本巨著《希望的原理》,试图系统性地探讨"希望"的哲学,以此来对抗两次世界大战之后处于虚无主义的、封闭的"无希望状态"的"贫困的哲学"。正如他的墓志铭"思维就意味着超越"所示,他认为哲学应该超越"既定存在"产生出新的东西,成为"明天的良心和代表未来的党性"[①],而乌托邦恰好带有着这样的未来维度。他抽离出一种无所不在的"乌托邦冲动"以区别于莫尔《乌托邦》等"国家小说",认为在人类生活的许多方面——如音乐、舞蹈、童话、广告等——都有尚未进入意识的、不同于夜梦的"白日梦",或者说是对美好事物的幻想,而乌托邦冲动便广泛存在于"白日梦"当中。不过,需要补充的是,对于布洛赫而言,乌托邦冲动并不是全部答案,他更为关心的是如何放置马克思主义这个具有未来指向的理论——只有在马克思主义里,乌托邦冲动才得以具象化,并与现实相联系,进入了实践领域。在《希望的原理》第一卷第二部分中,他把马克思主义"与乌托邦主义以及抽象的乌托邦思维区别开来",称它为"具体的乌托邦",将其看作"由于资产者而丧失名誉的'已知的希望'(docta spes)"。具体的乌托邦不同于19世纪空想社会主义或现代在乌托邦名义之下的革命,是"真正的乌托邦",意指"代表新事物的方法论的构件,即将到来的东西的客观集合体"。[②] 这个区分把"即将到来"视作分界的节点,换句话说,马克思主义之所以是"真正的乌托邦",正是由于它提供了一个通向"乌托邦"的途径,而使乌托邦脱离了"飞地"的空想性,成为与现实衔接的未来。

"乌托邦冲动"的提出打破了乌托邦研究的僵局:一方面,乌托邦理想、集权主义、纳粹主义的缝合令既有的乌托邦想象变得无法讨论,而另一方面,审判乌托邦的思潮也同样无法彻底取消乌托邦所提供的未来视野。在这个两难情境当中,"乌托邦冲动"通过回到意识、潜意识和身体等个体性和本源性的层面,撇开了乌托邦的实践问题而直接赋予了它必然性。不难看到,这种划分产生了很大的影响,为乌托邦的讨论开辟了新的路径。例如,詹姆逊在《未来考古学》的开篇处即指出,布洛赫的重要性在于他"提醒我们乌托邦的意义远远超过了在它名下的一系列

---

① 参见[德]恩斯特·布洛赫《希望的原理》第一卷"前言",梦海译,上海译文出版社2012年版。
② [德]恩斯特·布洛赫:《希望的原理》第一卷,梦海译,上海译文出版社2012年版,第177—178页。

文本的总和"①，而他阐释中最为有效的部分，是"揭示了乌托邦在一些意料之外的，甚至它在其中受到压抑的地方的活动"②。对于另一位研究者拉塞尔·雅各比来说，布洛赫的区分几乎构成了他的立论基石。在论著《不完美的图像》中，他说明自己"希望拯救乌托邦主义的精神，而不是乌托邦主义的字面意义"，并由此将乌托邦思想划分为"蓝图派的乌托邦主义传统"（the blue print tradition）和"反偶像崇拜的乌托邦主义传统"（the iconoclastic tradition）③——前者往往提供了乌托邦的"精确的尺寸"，以极具细节性的描绘对乌托邦应该如何加以说明；后者则以布洛赫的《乌托邦的精神》为经典，强调的是"乌托邦式的精神"。雅各比认为，蓝图式的乌托邦必然带有历史局限性——"历史不可避免地遮蔽或嘲笑了最大胆的规划"，同时，过分规划表现出的也更多的是"对支配而不是对自由的愿望"。④因此，更为安全可靠的，是一种"反偶像崇拜"的乌托邦，也就是拒绝提供细节规划而指向未来的完满的乌托邦精神。他进一步指出，"传统的蓝图派乌托邦主义也许会耗尽，而反偶像崇拜的乌托邦主义则是不可或缺的"，因为后者"抵制现代图像的引诱"。⑤

不过，雅各比所放大的那部分布洛赫的乌托邦理论，詹姆逊却试图与之保持距离。雅各比做了这样的描述："反偶像崇拜的乌托邦主义者却绝少提供可以把握的具体东西；他们既不讲述关于明天的故事，也不提供有关明天的图画。他们看起来几乎就像他们实际上一样不可言喻。他们消失在乌托邦主义的边缘了。布洛赫的《乌托邦的精神》开篇很神秘：'我存在。我们存在。这就足够了。现在我们不得不开始了。'"⑥可以明显看到，失去了布洛赫通向"具体的乌托邦"马克思主义的导向性，"乌托邦的精神"在此只剩下了一些神秘的、模糊且不可言说的东西，而这也潜在地取消了乌托邦进入实践领域和意识领域的可能。詹姆逊对"乌

---

① Frederic Jameson, *Archaeologies of the Future: The Desire Called Utopia and Other Science Fictions*, New York: Verso, 2007, p.2.
② Frederic Jameson, *Archaeologies of the Future: The Desire Called Utopia and Other Science Fictions*, New York: Verso, 2007, p.3.
③ ［美］拉塞尔·雅各比：《不完美的图像：反乌托邦时代的乌托邦思想》"前言"，姚建彬等译，新星出版社2007年版，第8页。
④ ［美］拉塞尔·雅各比：《不完美的图像：反乌托邦时代的乌托邦思想》"前言"，姚建彬等译，新星出版社2007年版，第7—8页。
⑤ ［美］拉塞尔·雅各比：《不完美的图像：反乌托邦时代的乌托邦思想》"前言"，姚建彬等译，新星出版社2007年版，第9—10页。
⑥ ［美］拉塞尔·雅各比：《不完美的图像：反乌托邦时代的乌托邦思想》"前言"，姚建彬等译，新星出版社2007年版，第9页。

托邦冲动"的疑虑便也在此。在《未来考古学》中，他指出布洛赫的理论当中存在着一个"阐释学问题"，即他太过强调尚未进入意识的乌托邦冲动，而悬置了那种完全有意的、经过精心策划的乌托邦规划。于是，一些问题接踵而至："如何解释完全有意的、经过精心策划的乌托邦规划呢？它们也同样是某种更深层、更原始的东西的无意识表达吗？对于不需要进行解码和再阐释的未来而言，布洛赫的哲学和阐释又会如何呢？"[1] 他将布洛赫的阐释方式比作弗洛伊德的释梦——对后者来说，所有的梦几乎都有性的意味，可是一个直白的性梦却又意味着别的东西了。与雅各比等研究者不同，詹姆逊一方面继承了布洛赫对乌托邦冲动的阐释，另一方面也将布洛赫着意避开的乌托邦规划纳入讨论。这体现在他对自莫尔以来的"乌托邦"所作的区分上，即一条线索为实践乌托邦规划的意图，以建立一个完整的新社会为目的，包含了革命性的政治实践，常常具有封闭性和系统性。另一条线索是模糊却无所不在的乌托邦冲动，甚至包括广告的白日梦——乌托邦在其中仅仅充当着"意识形态的诱饵"。显然，詹姆逊并不满足于一种朦胧的、带有神秘性的本源冲动，而认为那种充满细节的整体社会规划与现实中不断开展的乌托邦实践也同样需要面对，不可回避。这大概是他在《未来考古学》中着重将论述回溯至莫尔《乌托邦》的原因。

可以看到，这些研究者都带有相似的立场，即试图从对乌托邦的审判中开辟出一条新的路径来继续讨论它，因为乌托邦之于他们，是携带着无法替代的未来面向的，失去了它便会必然导致意识形态的封闭。由此，他们试图通过分层的方式重新定义乌托邦，并把它接续到另外的脉络中——这一做法或多或少地拓宽了乌托邦的讨论空间。同时，不管使用怎样的名称和具体描述，都常常预设了这样一个基本的分层，而这在本书当中也同样重要：首先是从托马斯·莫尔所著《乌托邦》中获得命名的一类文本，它们有清晰的影响脉络和相似的叙事模式，布洛赫的"国家小说"与雅各比的"蓝图性乌托邦"均属于此。另一个层面是所谓的"乌托邦思想"，即一种超越性的思想，往往是关于社会总体想象的。由此，"乌托邦"有时被上溯至柏拉图的《理想国》，有时发散至尚未意识到的"向前"冲动，而此时"乌托邦"或者"乌托邦性"的使用在很大程度上是较为暧昧的，它们带有更多的修辞性而不是界分性。

---

[1] Frederic Jameson, *Archaeologies of the Future: The Desire Called Utopia and Other Science Fictions*, New York: Verso, 2007, p.3.

乌托邦讨论当中最为混杂的分歧大多发生在第二个层面上。当乌托邦叙事仅仅是延续自《乌托邦》的文本时,其批判位置往往是由一个中间者,即到访乌托邦的"我"提供的,以至于乌托邦场景展示便被限制在了第一人称视角之内。也因此,尽管许多研究者都提到,莫尔的《乌托邦》所设想的细节在现代读者看来反而更像是反乌托邦——如奴隶制、过度规范的生活等——但是这仍然无法否定它作为乌托邦经典文本的位置,因为对于莫尔所处的社会而言,他所尝试描绘的社会的确构成了一个外部的、超越性的另类选择,而他作为作者也高度认同"乌托邦"。不过,历史视野的局限也在文本表层上令这一类乌托邦非常易于受到质疑、否定和摈弃,甚至随着历史语境的变化,它们之间会互相否定、消解。因此,更为急迫的问题,似乎变成了如何提取一种超越具体文本的"乌托邦性",即令乌托邦得以跨越时代不断涌现的东西。但是,在第二个层面上,当"乌托邦"开始被界定为一种超越性的理念时,便不得不面对它所涉及的文本自身包含的一系列对立与矛盾:首先,尽管"乌托邦"无疑寄寓着肯定性的社会理想,然而表层含义"不存在的地方"却悬置了其肯定性描述,使之先在地包含了对自身的"否定"。当然,这种否定并不是彻底的消解,而是更近似于修辞学上的"似非而是"(paradox),即用看似不合理的、悖谬的表达来说明作者实际上认同的观点。但有趣的是,许多对乌托邦的批判论述都潜在地倒置了这个逻辑,将它最为外在的预设——"空想"或"乌有"——反过来看作它的罪证,并借此取消了它的意义。换句话说,在对"不存在"这一特性的强调中,乌托邦被赋予了消极、否定的色彩,问题的重心从"是否虽超出了现实逻辑却仍值得向往"转变成了"是否因为无法到达就并不值得想象"。其次,对"乌有"的强调以及叙事的分层,令乌托邦被抽离出历史坐标成为一处飞地的同时,也获得了某种具有绝对性的、超历史的形而上内涵,但是这又与每一个具体乌托邦蓝图所显露的清晰现实指向形成了错动。于是,詹姆逊对布洛赫的疑问引出了这样一些问题,即无论是乌托邦的支持者还是反对者都不得不首先做出选择:乌托邦究竟是一个具体的规划,还是一种永恒的冲动?究竟是超越性的、难以到达的彼岸,还是呼唤着与它相联系的实践?究竟是历史的停滞和断裂,还是另一种全新的历史感的生成?不同的立场选择往往导致完全不同,甚至彼此对立的解释路径,然而事实上,这些悖谬性的立场恰是乌托邦自身提供的。

在笔者看来,任何一种选择都可能导向用乌托邦的一部分来反对它的另一部分,从而令讨论陷入自相矛盾的阐释怪圈。因此,或许较为合适的方法是，一方面分辨乌托邦内部的层次，如乌托邦的具体文本，乌托邦冲动或者乌托邦主义，以及历史进程当中的乌托邦实践等；另一方面接受其不同层面之间的错动甚至矛盾，但并不因此过快地通过选择其中一个层面来为乌托邦重新划定界限。实际上，"不同的乌托邦"的显影也同样为思考反乌托邦开辟了路径。在前文对于反乌托邦概念的形成与讨论中可以看到，正是它的不清晰和矛盾性为进一步的分析与阐释设置了困难。这种不清晰在文本上的一处表征是，反乌托邦中既未提供外在于"乌有之地"的坚定批判、反抗位置，更未像乌托邦那样，有一个完全认同于乌托邦的两个世界中间的位置。开辟了反乌托邦叙事的《我们》，所记录的仅仅是一场新世界"联众国"的风波：它以"数字式完美生活"为始，以"临时高压电墙"的竖起与"理性必胜"为结，尽管秩序受到了扰动，但最终也随着反叛者被消灭而弥合裂隙、重归平静。作为叙述者，"我"虽然曾为反叛者 I-330 所诱惑和引导，走向"绿墙"之外，甚至试图摧毁自己所建造的、代表联众国精神的"积分号"，但是这种反叛却又十分暧昧——"我"似乎始终未能消解对新世界逻辑的认同，仅有的一些"不合规矩"的举动几乎都来自对 I-330 的爱情或欲望。另外，"绿墙"成为分开联众国与"外部"的界限，而绿墙之外也成为 200 年前被隔离开的、反叛者组织"魔非"的聚集地。然而，这个"外部"显然并不清晰，充斥着怪异的树与退化成原始人的"人类"，其象征意味远大于任何意义上的替代选择意味，甚至它的细节也是难以描绘的："不知名的朋友们，我知道我有责任给你们提供更多细节，详细描述那个昨天对我敞开的始料未及的奇特世界。不过，现在我暂时还不能回到这个话题。"①

同样，在《一九八四》和《美妙的新世界》当中，可以找到相似功能的"外部"。《一九八四》的"核心党—普通党员—无产者"结构，令底层的"无产者"充当了庞大的"外部"。不满于"老大哥"的普通党员温斯顿把目光投向了"无产者"，不仅一再地犯险走入无产者的世界，夹杂着鄙夷与赞叹地描写他们琐碎、庸俗的低贱生活，还屡屡在日记中写下"如果有希望的话，希望在无产者身上"②。卖旧物的杂货铺楼上出租的卧室，成为温斯顿安放叛逆自我的"世外桃源"，而一枚镶嵌着珊瑚

---

① [俄]尤金·扎米亚金：《我们》，殷杲译，漓江出版社 2013 年版，第 196 页。
② [英]乔治·奥威尔：《一九八四·动物农场》，董乐山、傅惟慈译，上海译文出版社 2003 年版，第 70 页。

的、廉价的玻璃镇纸，也因它与"过去"的联系让他分外着迷。然而，正是"无产者""记忆""独立思想"等看似游离在秩序之外的疆域的最终消解，才令"老大哥"的统治变得彻底、无懈可击：无产者杂货店出租房间里面的监视器，证明了所谓的"外部"不过是化装成了外部的内部；核心党所消灭的不只是文字的材料和口径，更是人们的"记忆"，甚至连亲身经历过"党前历史"的无产者老人，也仅仅剩下了零碎的感触和可疑的记忆残片；当然，对"个人性"独立思想的消除构成了秩序的最终弥合仪式——在 101 号房面前，温斯顿留给"自我"的最后一片圣地，即对裘莉亚的爱，也被彻底粉碎了。在此，似乎出现了一个与《我们》十分相似的封闭叙事结构：荒诞而又稳定的秩序—反叛者质疑并试图打破秩序—反叛者被消灭，秩序被加固。在《美妙的新世界》中，世界被一分为二，一边是科技高度发达、高度工业化的"美妙的新世界"，而被隔离在外的另一边，则是茹毛饮血的、颇似原始部落的野蛮之地。新世界图景从两个"例外"之人的视野中展开，一位是伯纳，他因培养皿被误滴入了酒精而变成严格等级秩序的中间者——从各方面素质来说，他都是"阿尔法加"，而身高的不足却令他看上去属于更低的等级。对这种差异的敏感使他与新世界有所疏离，然而最终在"流放荒岛"的惩处面前，他放弃了仅有且可疑的批判位置而彻底回归到正常秩序当中。另一位是"野蛮人"，即出生在野蛮地却又有新世界的血统，并且同时接触到了野蛮地与新世界双重文化表象与惯例的"中间人"。野蛮人的出现无疑给新世界带来了扰动，他不仅成为外在于新世界的异质批评声音，而且这种批评也产生了一些实际的影响和效果。然而，面对两个选择——新世界和野蛮之地——野蛮人显然完全无法做出选择，在借助自我流放的苦修仍然无法逃离新世界的情况下，他只得以结束自己的生命告终。

显然，批判位置的模糊，使那种稳定—扰动—闭合的叙事结构在这三个文本中变得无法避免。在反乌托邦的基本叙事结构中，突围的可能性彻底丧失，而着力强调某种挟制一切的异化力量，这常常被看作对 20 世纪上半叶的战争、革命、屠杀引发的绝望情绪的表征。这一叙事特征也成为凝结反乌托邦文本的最可辨识的基因，在许多具有互文性的写作实践中形成了特定的叙事传统，用以描述某种无可逃脱的现实困境。换句话说，与乌托邦叙事不同，这些封闭的"乌有之地"实际上并不在乎"外部"的入侵——所谓的"外部"被证明根本不构成威胁，也不具备替代性。同时，叙述者几乎都处在游移不定的"中间"状态，一方面对置身其间的社会有所疏离，另一方面反抗的意图和方式又是模糊的。可以看到，他们充满了情绪化的愤慨、躁动与不安，但寻找到的"希望"——"绿墙"之外的原始生活（《我们》）、莎士比亚所代表的文明（《美妙的新世界》）、无产者（《一九八四》）——则大都非常单薄和可疑。

从某种意义上来说，反乌托邦叙事与其说是对乌托邦的否定，不如说是辩证地包蕴着某种未被耗尽的乌托邦热情。这首先体现在叙事层面，相较于乌托邦对作者观念与理想的直接而透明的承载，反乌托邦中叙事者始终与作者相区隔，并非对"反—乌托邦"思想的简单具象。其次与乌托邦的"飞地"特性不同，反乌托邦有着某种"必然性"——其叙事得以推进的重要内在张力之一，正存在于相信噩梦式的社会图景的必然到来与保存着拒绝这个未来的希望之间。如奥威尔在为乌克兰文版的《动物农场》作的序言中说道："我一直坚信，如果我们要振兴社会主义运动，打破苏联神话是必要的。我从西班牙回来后，就想用一个故事来揭露苏联神话，它要能够为几乎每个人所容易了解而又可以容易地译成其他语言。"① 而在 1947 年再版《美妙的新世界》时，赫胥黎因惋惜小说的不足而为它写了"再版前言"。在其中，他一方面反思了小说"预言"的不确切，特别是忽视了核威胁对于政治的巨大影响，另一方面也不满于野蛮人约翰的叙事视角下的选择。可以看到，小说结尾处，当熟读莎士比亚的野蛮人既不能见容于他成长的野蛮区，又无法认同新世界对"人性"的完全否定时，他只得选择自残式的苦修生活，最终因无处可逃而自尽。这显现出了赫胥黎的某种困惑——在面对前现代的技术落后与现代工业对人的异化时，他无法在二者中做出选择，并为看不到有希望的未来、看不到第三条路的可能性而深深不安。然而在"再版前言"中，赫胥黎却似乎摆脱了这种犹疑，笃定地认为"故事最严重的缺点"，是"只给了野蛮人两种选择：在乌托邦过混沌的日子或是在印第安村过原始的生活"，而如果能够重写本书的话，"我会给野蛮人第三个选择：在他那乌托邦与原始生活的两难选择之外再给他一个可能性：清醒"，他"先得有机会直接了解到一些由追求清醒的人自由合作组成的一个社会；明白了它的性质，然后才被送到乌托邦去"。② 关于这个清醒的、乌托邦式的"第三种选择"，赫胥黎做了细致的构想：

---

① ［英］乔治·奥威尔：《我为什么要写作》，董乐山译，上海译文出版社 2007 年版，第 113 页。

② Aldous Huxley, "Forword", in *Breve New World and Brave New World Revisted*, New York: Harper & Brothers, Publishers, 1960, p.xvii.

此种可能性已经在某种程度上实现了，它是在美丽新世界的保留地中，由流放者与逃难者组成的社区，经济上是分散的、亨利·乔治式的，政治上是互助的、克鲁泡特金式的。科学与技术就像安息日一样，是为了人制造和使用的，而不是像现在（在美丽新世界中更为严重）那样，由人来适应它们、受它们的奴役。他们的宗教是对于人类终极目的（final end）的理智而有意识的追求，对内在的"道"（tao）和"逻各斯"（logos）、对超越性的上帝与婆罗门的整合认知。他们的主流生活哲学是某种更高级的利己主义，在其中，最高的幸福原则仅次于人类终极目的的原则——他们的日常生活中，首先被问到、被回答的问题往往是："这种想法和行为，在人类终极目标的问题上，是怎样有助于或有损于我及其他大部分人的？"①

这种无政府主义式的、以人类总体价值为根基的社会想象，带有强烈的乌托邦色彩，显现出了赫胥黎蕴藏在悲观态度中的某种希冀，也显现出了《美妙的新世界》的噩梦图景背后，仍有着某种意义上的乌托邦作为支撑。相应地，在《重返美丽新世界》中，赫胥黎也谈到，写作《美妙的新世界》时"相信留给未来的时间还有一大把"，幻想存在一段过渡时光，造出除了"泛滥的自由主义和过分完美的秩序与高效"之外的"第三种社会模式"。而尽管现实的迫近让他比当时"更觉悲观"，但在这部20世纪50年代后期写成的著作中，他仍努力揭示不同种类的"宣传术"，寄希望于"残留一些自由的火种"，强调"只要一息尚存，我们仍需尽一身之责，竭尽所能，抵抗到底"②。

第二节 讽刺文学与否定性

在进一步分析反乌托邦对乌托邦的延续时，福柯在《词与物》《不同的空间》等著述中构建的"异托邦"（heterotopia）③概念提供了一个具有启发性的切入角度。从构词来看，"异托邦"无疑是由"乌托邦"而来，

---

① Aldous Huxley, "Forword", in *Breve New World and Brave New World Revisted*, New York: Harper & Brothers, Publishers, 1960, pp.18-19.
② ［英］阿道司·赫胥黎：《重返美丽新世界》，庄蝶庵译，北京时代华文书局2020年版，第122页。
③ 在不同译者那里，这个词的译法并不一致。《词与物》中译为"异位移植"，《不同的空间》中译为"异位"。本书统一选择了更贴近词法构成的译法，即"异托邦"。

福柯在 1966 年出版的《词与物》的前言中如此描述：

> 乌托邦提供了安慰：尽管它们没有真正的所在地，但是，还是存在一个它们可以在其中展露自身的奇异的、平静的区域；它们开发了拥有康庄大道和优美花园的城市，展现了生活轻松自如的国家，虽然通向这些城市和国家的道路是虚幻的。异位移植（les hétérotopies，即异托邦——引者注）是扰乱人心的，可能是因为它们秘密地损害了语言，是因为它们阻碍了命名这和那，是因为粉碎或混淆了共同的名词，是因为它们事先摧毁了"句法"，不仅有我们用以构建句子的句法，而且还有促使词（les mots）与物（les choses）"结成一体"（一个接着另一个地，还有相互对立地）的不太明显的句法。这就是为什么乌托邦允许寓言和话语：因为乌托邦是处于语言的经纬方向的，并且是处在寓言（la fabula）的基本维度中的；异位移植（诸如我们通常在博尔赫斯那里发现的那些异位移植）使言语枯竭，使词停滞于自身，并怀疑语法起源的所有可能性；异位移植解开了我们的神话，并使我们的语句的抒情性枯燥无味。①

通过博尔赫斯的"中国某部百科全书"所引发的笑声，福柯表明了提出异托邦这个概念的意义，即存在着某种"扰乱人心的""摧毁了'句法'"的错动之处，它在现实空间之中，却令表面光滑的现实秩序显影出不同的地貌。它"解开了我们的神话"。对福柯而言，这样的存在本身是颠覆性的，相比之下，乌托邦并不如此，它"提供了安慰"，在"奇异的、平静的区域"展示自身，即便通向它的道路是虚幻的，但是它仍然可以被想象。这组概念在福柯 1967 年的演讲《不同的空间》中得到了更为细致的辨析与思考：

> 第一种类型是乌托邦。乌托邦也就是非真实的位所。这些位所直接类似或颠倒地类似于社会的真实空间，它们是完美的社会，或者说是社会的颠倒，但是，不管怎么说，这些乌托邦本质上或基本上都是非现实的空间。
>
> 在任何文化中，在任何文明中，都存在着真实的场所和现实的场所。它们被设计成为社会的体制以及各种实际上实现了的乌托邦。在其中，某些真实的位所，在文化中可以发现所有其他真实位所，

---

① ［法］米歇尔·福柯：《词与物——人文科学考古学》，莫伟民译，上海三联书店 2001 年版，第 5 页。

它们同时呈现出来,引起争议,甚至被颠倒过来,进而形成一些外在于所有场所的场所类型,尽管它们实际上是局部化的。因为它们全然不同于它们所意指或反映的各种位所,所以我将把这些位所称之为"异位"(即异托邦——引者注)。①

福柯在这篇文章中赋予异托邦以更具体的内容,如墓地、图书馆、博物馆、妓院等"真实的位所",它们虽然是局部化的,但又外在于所有场所,也不同于"它们所意指或反映的各种位所"。而乌托邦则被安置在现实的轴线两侧:一方面它在现实中并不存在,另一方面它又"直接类似或颠倒地类似于社会的真实空间"。福柯的描述凸显出了乌托邦的一个重要的层面,即它与现实之间的矛盾关系。

在《乌托邦》中,"乌托邦"被设置在一个隔离现实的孤岛之上——甚至唯一与大陆相连的地方也被人工水渠隔断——但这个理想社会却时时显现出现实的镜像。比如,在谈及"黄金"时,莫尔铺设了一段独特的情节,打破了乌托邦的孤岛状态并且极具戏剧性,即乌托邦人对穿戴黄金饰物的外邦使节大加嘲弄,并感叹:"我们如此重视黄金,如此小心翼翼地保护它,因此那个办法和我们的制度绝无相同之处,除身历其境者外,也无人相信。原来乌托邦人饮食是用陶器及玻璃器皿,制作考究而值钱无几;至于公共厅馆和私人住宅等地的粪桶溺盆之类的用具倒是由金银铸成。再则套在奴隶身上的链铐也是取材于金银。最后,因犯罪而成为可耻的人都戴着金耳环、金戒指、金项圈以及一顶金冠。乌托邦人就是这样用尽心力使金银成为可耻的标记。"②此处,莫尔对资本主义早期的原始积累表达了一种朴素的拒绝姿态,即借助颠倒的价值观念来讽刺对金银的占有:被"我们"看成财富象征的金银,在"他们"那里仅仅是"可耻的标记"。这正如福柯所说,"乌托邦"仿若一面镜子,"它使我在我所不在的那个地方看到了我自己"③。詹姆逊在《未来考古学》中也指出,"乌托邦的五十四个城市正是伦敦五十四个区的复制"④。同样,伊莱恩·肖瓦尔特在其研究英国女性文学的专著《她们自己的文学:

---

① [法]米歇尔·福柯:《不同的空间》,载《激进的美学锋芒》,周宪译,中国人民大学出版社 2003 年版,第 22 页。
② [英]托马斯·莫尔:《乌托邦》,戴镏龄译,商务印书馆 1982 年版,第 68 页。
③ [法]米歇尔·福柯:《不同的空间》,载《激进的美学锋芒》,周宪译,中国人民大学出版社 2003 年版,第 22 页。
④ Frederic Jameson, *Archaeologies of the Future: The Desire Called Utopia and Other Science Fictions*, New York: Verso, 2007, p.33.

英国女小说家：从勃朗特到莱辛》中也描述了相似的情形，"种种女权主义的乌托邦都不是对于原初女人那种自由界说自己的本性和文化的构想，而只是从男人的世界遁入了一种与男性传统作对的文化"①。

"现实的牢笼"对《乌有乡消息》的束缚更为明显，威廉·莫里斯描绘乌有乡的建筑和风土人情时，屡屡提到它们并不"现代化"："更多的房屋是以木材和灰泥为原料的，其建筑的式样很象中世纪的同类房屋，使我简直觉得好象生活在十四世纪似的。"②在乌有乡人的自述中，常常将"中世纪"和"十九世纪"进行比较，指出"中世纪的人依照他们的良心行事……在另一方面，十九世纪的人是伪善者"，"讲到十九世纪的大进步，我倒看不出来"，③甚至认为"我们的人生观比较接近于中世纪的精神"④。此处，对放置在"未来"的乌托邦的描述不免令人困惑——它否定"十九世纪"时所选取的参数在很大程度上是"过去"的中世纪。然而需要指出的是，如果从此推论出乌托邦只是一种怀旧的想象的话，就不免失之偏颇了。事实上，《乌有乡消息》的"回到中世纪"不过是激活了一个经常与乌托邦有所重合的脉络，即基督教的"千禧年"，然而这并不意味着莫里斯希望以"中世纪"代替"十九世纪"，因为对"乌有乡"社会的描绘所依赖的根基并非中世纪神学，而是社会变革与"共产主义社会"的实现。但是，《乌有乡消息》的"回到过去"与《乌托邦》的"倒置现实"，都提示着乌托邦的一种内在悖论：如何才能想象一个超出我们自身的逻辑和视域限制的新世界？

前文提到，为了回避这个悖论，拉塞尔·雅各比规避了具象化乌托邦，用"反偶像崇拜的乌托邦"来强调区别于乌托邦蓝图的"乌托邦冲动"。同样，在处理这个内在矛盾上，詹姆逊认为"用积极正面的预期来考虑乌托邦是错误的"，"乌托邦式的补救办法首先必然是彻底否定性的，并化身为铲除所有罪恶之源的一声号角"。⑤他分辨了蓝图式乌托邦中描绘田园牧歌式生活与摈除产生剥削、贫困等的罪恶根源这两个不同的层面，并且指出后者才具有乌托邦动能，而前者——"正面设立理想社会的准则"——则更多的是"从洛克到罗尔斯等自由主义政治学家的

---

① ［美］伊莱恩·肖瓦尔特：《她们自己的文学：英国女小说家：从勃朗特到莱辛》，韩敏中译，浙江大学出版社2012年版，第2页。
② ［英］威廉·莫里斯：《乌有乡消息》，黄嘉德译，商务印书馆1981年版，第28页。
③ ［英］威廉·莫里斯：《乌有乡消息》，黄嘉德译，商务印书馆1981年版，第54页。
④ ［英］威廉·莫里斯：《乌有乡消息》，黄嘉德译，商务印书馆1981年版，第163页。
⑤ Frederic Jameson, *Archaeologies of the Future*: *The Desire Called Utopia and Other Science Fictions*, New York: Verso, 2007, p.12.

特征"。这是因为，乌托邦"就像那些伟大的革命一样，总是以消除或缓解剥削与苦难之源作为自己的目的，而不是想要为资产阶级的舒适生活勾画蓝图"。① 从否定性而非肯定性的角度来思考乌托邦，使得它不再仅具有抚慰性，仅提供颠倒现实的美好幻象，更重要的是，它未能构想一个全然异质的选择，却暴露、凸显了现实的不自然和断裂之处，令我们"回到自身，并再次开始将眼睛转向我自己"②。同样，在卡尔·曼海姆将"意识形态"和"乌托邦"看作一组对应概念时，凸显的也正是乌托邦的否定性功能："'乌托邦'这一概念反映了政治斗争中相反的发现，即某些受压迫的群体在理智上如此强烈地对摧毁和改变特定的社会条件感兴趣，以致于他们自觉地在局势中仅仅看到那些倾向于否定它的因素。"③

从某种意义上来说，反乌托邦恰恰占据了乌托邦的功能位置。反乌托邦叙事所描绘的噩梦都延续自现实的某个面向，如基因工程、生态环境、网络空间等。这些现实面向无疑寄寓着泛化的"乌托邦性"，包蕴着对未来的许诺，而反乌托邦在对它们的逻辑推衍之下，将其内在未曾言明的悖谬及其可能带来的灾难加以图示化。在肯定性的面向上，二者都有蓝图式的社会构想，但同时也都有强烈的时代印痕以及意识形态效果，以《乌托邦》为例，它将奴隶制视作构成乌托邦社会的重要地基，这对于每一个试图构建乌托邦的现代人而言都是不可想象的，但其又是令这个乌托邦能够在16世纪被想象并被读者接受的重要因素之一。而以《一九八四》为例，可以看到，当冷战意识形态成为占绝对优势的主流意识形态时，塑成这部作品的矛盾情境便消失了，留下的仅仅是它被放大的表面价值，即揭露、否定斯大林，进而否定苏联与社会主义阵营。而以否定性为切入角度，则在某种程度上可以从表面的正反关系深入更为辩证和深层的关联中。仍以《一九八四》为例，反乌托邦在否定性的层面上接续着乌托邦的批判功能——二者都是现实的镜像，只是如果说乌托邦是左右倒置的镜像，那么反乌托邦则是悖谬性的"正位镜像"，显露出怪诞和反常。同样，二者都未能建立真正的异质想象，但是也都与现实

---

① Frederic Jameson, *Archaeologies of the Future: The Desire Called Utopia and Other Science Fictions*, New York: Verso, 2007, p.12.
② [法]米歇尔·福柯:《不同的空间》，载《激进的美学锋芒》，周宪译，中国人民大学出版社2003年版，第22页。
③ [德]卡尔·曼海姆:《意识形态与乌托邦》，黎鸣、李书崇译，周纪荣、周琪校，商务印书馆2000年版，第41页。

保持了某种批判距离。

"否定性"提示着反乌托邦叙事的另一条脉络：讽刺文学（satire）。[①] 如吉尔伯特·海厄特在《讽刺的解剖》中所说，"讽刺并不是最重要的文学类型……不过它仍是最富创造力和挑战性、最值得铭记的文学形式之一"[②]。这一贯穿着贺拉斯、阿里斯托芬、伏尔泰、拉伯雷、斯威夫特、乔叟、勃朗宁等人的写作传统，在乌托邦与反乌托邦的文本中有着清晰的印记，甚至在一些研究者的论述中，会将阿里斯托芬或者斯威夫特等写下的讽刺性著作追认命名为"乌托邦"或者"反乌托邦"。詹姆逊也提示我们，应该将《乌托邦》看作讽刺文学而不是叙述性游记。[③] 乌托邦叙事上的套层结构，令其中的"未来""飞地"时时处在一个观察者的视角当中，从而隐含一重讽喻的维度，如《乌托邦》中"羊吃人"与"黄金镣铐"的讽刺与社会蓝图的构想彼此呼应。

反乌托邦叙事中的讽喻维度更为清晰直观，一方面体现在对乌托邦的讽刺性戏仿[④]中——这并非污蔑和敌视，"单纯的歪曲并不是讽刺"[⑤]。诺思罗普·弗莱（Northrop Frye）在其著作《批评的解剖》的"冬季的叙事结构：嘲弄和讽刺"一节中也表达了相似的看法，"Satire（讽刺）一词看来起始于古希腊词 silloi，是在现代科学尚未出现以前对迷信的攻击"[⑥]，它与"嘲弄"（irony）不同，有着很高的、明确的道德规范，相比之下更"咄咄逼人"，"为衡量古怪和荒唐的事情规定一系列标准"[⑦]。也就是说，讽刺并不是"个人的怄气"或"单纯的指斥"，而是具有幽默

---

① 参见 M. H. 艾布拉姆斯的《文学术语词典》中对于讽刺的定义："讽刺可以称为一门文学艺术，用来使某一主题显得荒谬可笑，引起读者对这一主体产生乐趣、鄙夷、愤慨或蔑视的态度，并以此来贬低这一主体。"
② [美]吉尔伯特·海厄特：《讽刺的解剖》"导论"，张沛译，商务印书馆 2021 年版，第 1 页。
③ Frederic Jameson, *Archaeologies of the Future: The Desire Called Utopia and Other Science Fictions*, New York: Verso, 2007, p.33.
④ 参见[美]吉尔伯特·海厄特《讽刺的解剖》，张沛译，商务印书馆 2021 年版，第 74 页。
⑤ [美]吉尔伯特·海厄特：《讽刺的解剖》，张沛译，商务印书馆 2021 年版，第 74 页。
⑥ [加]诺思罗普·弗莱：《批评的解剖》，陈慧、袁宪军、吴伟仁译，吴持哲校译，百花文艺出版社 2006 年版，第 337 页。
⑦ [加]诺思罗普·弗莱：《批评的解剖》，陈慧、袁宪军、吴伟仁译，吴持哲校译，百花文艺出版社 2006 年版，第 325 页。

性的、具有道德原则的攻击。另一方面体现在对现实的"扭曲的镜像"①上：吉尔伯特·海厄特将讽刺的形式区分为三类，即独白、戏仿和叙事，而《一九八四》与《美妙的新世界》等无疑是第三类"主体倾向为讽刺"的叙事的核心文本，是现实"扭曲的镜像"："讽刺和现实的关系构成了讽刺的核心问题。讽刺希望揭露、批判和羞臊人类生活，但它假装是在讲述真实发生的事情，而且只是真实发生的事情。"②尽管在《一九八四》中，"读者几乎通篇感受不到任何讽刺所应激起的苦笑和油然而生的蔑视"，但"许多伴随而来的悖谬与自相矛盾极具讽刺意味"。③

讽刺文学研究者对于讽刺和嘲讽、歪曲的区分，提示着在讽刺中并不仅仅是否定或者消解，还蕴含着某种积极的面向。这一点在对比《一九八四》与奥威尔写于同一时期（即20世纪40年代后期）的政论文与评述时，会尤为明显。在此，需要首先关注《一九八四》中一处较为游离和隐蔽的文本细节，即附录"新话的原则"。这个部分显得有些冗余，常常仅被当作正文的注释：首先，它并非正文情节上的延续或补充，而是以严肃客观的笔调交代了"新话"的运作方式及其对于大洋国统治的必要性；其次，正文的叙事已经封闭，新话作为一处细节在小说的叙事中业已得到了较为清晰的说明，此时它再次以附录形式出现，而似乎未承担其他的功能，也没有得到进一步的深化或反转。因此，在"等待已久的子弹穿进了他的脑袋"，并确认了"他热爱老大哥"之后④，再读到"新话的原则"便有些重复和冗余了。显然，这种"冗余感"彰示着，奥威尔并不满足新话的从属位置，而急于强调它的重要性，希望以"论文"的形式展示新话问题的全貌。

新话的功用在正文中由编辑新话词典的语言学家、"新话专家"赛麦道出："你难道不明白，新话的全部目的是要缩小思想的范围？最后我们要使得大家在实际上不可能犯任何思想罪，因为将来没有词汇可

---

① ［美］吉尔伯特·海厄特：《讽刺的解剖》，张沛译，商务印书馆2021年版，第171页。
② ［美］吉尔伯特·海厄特：《讽刺的解剖》，张沛译，商务印书馆2021年版，第182页。
③ ［美］吉尔伯特·海厄特：《讽刺的解剖》，张沛译，商务印书馆2021年版，第196页。
④ ［英］乔治·奥威尔：《一九八四·动物农场》，董乐山、傅惟慈译，上海译文出版社2003年版，第292页。

以表达。"① 由此，他的工作便是"消灭词汇"，令新话的词汇量逐年减少，而不是创造新词——"语言完善之时，即革命完成之日。新话即英社，英社即新话"②。赛麦热情揭示的新话之原理，无疑触及了大洋国的一处"统治秘密"，以致不仅温斯顿马上意识到赛麦会因为洞悉了这一点而"化为乌有"，而且奥勃良也很快轻描淡写地将他称为"非人"，确证了他已被"抹去"。与此相应，在附录中，奥威尔虚构了一种"满足英社意识形态上的需要"的语言改革方案，并指出，新话之所以重要，正是在于人的思想是依赖于字句与语言的，而新话提供了"一种表达世界观和思想习惯的合适的手段"，只要忘掉老话，"异端的思想，也就是违背英社原则的思想，就根本无法思想"。③ 以此为目的，新话的方向便是简略化和套话化，以"缩小思想的范围"。如"新话的语法"，首先是"不同词类几乎可以完全互换"，其次是"规则性"，所有的不规则变位全部被舍弃。与此相应，语音也被加以规范，为的是达成"一种机械单调的说话腔调"，这样可以使得"说话尽可能脱离意识"。④ 而当语词之间的模糊地带、语词的多义性和变化性被彻底摈除，语言秩序完成了自我的封闭时，溢出现实秩序的思想也就不可能了。比如，"自由""平等"等词语在新话中被缩减为符合"英社"意识形态的单一语义，而"以新话为其唯一语言而教养成人的人不会知道'平等'曾经有过'政治平等'的旁义，或者'自由'曾是'思想自由'的意思"⑤。语言的变革也直接服务于对历史的舍弃——历史被彻底重写，任何来自过去的文字记录都变得很难读懂、很难翻译了。在此，奥威尔敏锐地指出，统治结构的绝对确立以及社会秩序的彻底封闭的最后环节，是语言的封闭。

不难看到，奥威尔对语言问题的执着与他的政治反思与实践有直接关联——在写作《一九八四》的两年前，他发表了一篇讨论英语语言和政治关系的文章《政治与英语》(*Politics and the English Language*)。其

---

① [英]乔治·奥威尔：《一九八四·动物农场》，董乐山、傅惟慈译，上海译文出版社 2003 年版，第 53 页。
② [英]乔治·奥威尔：《一九八四·动物农场》，董乐山、傅惟慈译，上海译文出版社 2003 年版，第 54 页。
③ [英]乔治·奥威尔：《一九八四·动物农场》，董乐山、傅惟慈译，上海译文出版社 2003 年版，第 293 页。
④ [英]乔治·奥威尔：《一九八四·动物农场》，董乐山、傅惟慈译，上海译文出版社 2003 年版，第 300 页。
⑤ [英]乔治·奥威尔：《一九八四·动物农场》，董乐山、傅惟慈译，上海译文出版社 2003 年版，第 302 页。

中，奥威尔以五段摘自不同媒介的文章段落为例，批评了大量使用陈词滥调的现代英语写作的死板、装腔作势、不知所云。相信"思想能够弄糟语言，语言同样也能混淆思想"①的奥威尔谈论的显然"不是文学语言的运用问题，而仅仅是谈论怎样把语言当作表意工具"②的问题，因为，"必须承认，当前政治上的混乱局面与语言的败坏确实有关，而且我们或许能够从语言这方面入手来实现某种改进。如果你使用单纯朴实的英语，你就能够从正统政治的荒谬愚蠢中解放出来，不会说出那些人人必说的套话"③。政治文章当中机械的、层层模仿的套话，其危害在于"替你构思文句"，甚至"替你思考"，以至于"掩盖你的某个甚至连你自己都还不完全清楚的意思"。④相应地，一些具体的图景被抽空的词语概括了，比如"毫无防护的村庄遭到空袭，居民被赶到野外，牲畜被机枪扫射，农舍被燃烧弹焚毁"⑤这些细节，被"绥靖"（pacification）这样的描述加以定性，从而依靠含混和闪烁其词阻止人想象具体的情形，令人失去判断和思考的能力。针对这种情况，奥威尔认为解决方案是使用"新鲜活泼、单纯朴实的语言"⑥，并提出了六条非常具体的原则，如不使用书刊中频繁出现的比喻、"能用短词的地方绝不要用长词"、"能用主动句的地方绝不用被动句"⑦、不必要的词尽量删掉等。简言之，他希望通过去除意义含混的政治套话来恢复人们对现实生活的知觉。

对于奥威尔来说，《一九八四》在某种程度上也承担着相似的功能。这可以说体现在三个层面上：首先，它为"新话"——代表着极端的拙劣政治语言——提供了虚构场域，使之得以具体而讽刺性地呈现出来；其次，《一九八四》整体上践行着《政治与英语》中提出的语言原则，让

---

① ［英］乔治·奥威尔：《政治与英语》，郭妍俪译，江苏教育出版社2006年版，第21页。
② ［英］乔治·奥威尔：《政治与英语》，郭妍俪译，江苏教育出版社2006年版，第23页。
③ ［英］乔治·奥威尔：《政治与英语》，郭妍俪译，江苏教育出版社2006年版，第27页。
④ ［英］乔治·奥威尔：《政治与英语》，郭妍俪译，江苏教育出版社2006年版，第19页。
⑤ ［英］乔治·奥威尔：《政治与英语》，郭妍俪译，江苏教育出版社2006年版，第21页。
⑥ ［英］乔治·奥威尔：《政治与英语》，郭妍俪译，江苏教育出版社2006年版，第19页。
⑦ ［英］乔治·奥威尔：《政治与英语》，郭妍俪译，江苏教育出版社2006年版，第25页。

陈腐的套话"在嘲讽声中自惭形秽"①，亦即通过反讽的方式依照此时此地来构建一个似非而是的"未来"，从而截断定型化的政治语言，恢复人们对其所处现实的感知；最后，它与"新话"形成了相反的力量——"新话"抹除历史、封闭语言，而它恰恰反其道而行之，以"记录"打破封闭，尝试提供连接过去与未来的通路。需要注意的是，前两点相对清晰，第三点则包含了一个套层结构。在外层，是《一九八四》对斯大林时期的苏联以及西班牙内战经历等的"记录"；而这一点也叠入了文本内层，显现为叙事上的一处征候，亦即温斯顿最初的，同时也是最具意识的反抗行为——"记日记"。事实上，温斯顿从一开始便留意到了这个行为所带有的悖谬性："他突然想到，他是在为谁写日记呀？为将来，为后代……你怎么能够同未来联系呢？从其性质来说，这样做就是不可能的。只有两种情况，要是未来同现在一样，在这样的情况下未来就不会听他的，要是未来同现在不一样，他的处境也就没有任何意义了。"②显然，"记日记"的意义，在叙事逻辑中是无法得到解释的——它既不能假设读者，同时作为一种反抗也不能是自言自语。于是，在这个疑惑第二次出现时，温斯顿给出了颇为神秘的、超越性的回答：

  他又开始想，究竟是在为谁写日记。为未来，为过去——为一个可能出于想象幻觉的年代。而在他面前等待着的不是死而是消灭。日记会化为灰烬，他自己会化为乌有。只有思想警察会读他写的东西，然后把它从存在中和记忆中除掉。你自己，甚至在一张纸上写的一句匿名的话尚且没有痕迹存留，你怎么能够向未来呼吁呢？
  ……
  他是个孤独的鬼魂，说了一句没人听到的真话。但是只要他说出来了，不知怎么的，连续性就没有打断。不是由于你的话有人听到了，而是由于你保持清醒的理智，你就继承了人类的传统。③

很明显，合理性问题被"不知怎么的"（in some obscure way）说法一笔带过，相应地，"只要他说出来了"就"继承了人类的传统"这句判

---

① ［英］乔治·奥威尔：《政治与英语》，郭妍俪译，江苏教育出版社2006年版，第23页。
② ［英］乔治·奥威尔：《一九八四·动物农场》，董乐山、傅惟慈译，上海译文出版社2003年版，第10页。
③ ［英］乔治·奥威尔：《一九八四·动物农场》，董乐山、傅惟慈译，上海译文出版社2003年版，第29—30页。

断被仓促提升到了不证自明的公理高度，从而赋予"记录"一个越过文本并外在于叙事的意义。这种含混的处理，大概只有在前文所提供的坐标系中才可以获得解释——"记日记"与"写作《一九八四》"两个行为构成了彼此呼应的内外结构，共同支撑着奥威尔的信念，即"清醒的记录"是保持历史连续性以及打开封闭秩序的出路。事实上，"记日记"以保持清醒的信念，正是奥威尔在1946年发表的一篇短评《就在你的鼻子底下》的核心观点。针对当时"精神分裂"的思维方式——比如报刊中将彼此矛盾的两个事实同时刊出，或者"当我们最终被证明错了的时候，我们就肆意地扭曲事实以证明我们是对的"[1]——奥威尔认为我们必须不断地挣扎，才能够对抗这种荒诞现状，而"有一件事情会有帮助，那就是写日记，或以某种方式记录下你对重大事件的看法"[2]。如果从这个角度切入，可以看到《一九八四》颇为悖谬的位置：它在叙事层面上最终宣告了反抗行为的无效，描述了彻底无出路的绝望情境，但这并不能说明它的内核是虚无主义，试图消极地否定一切可能。相反，它的"被书写"本身便承载着某种意义，带有"希望"的维度，尽管这种意义是"无法言明的"（in some obscure way）。小说家大卫·布林（David Brin）在他的文章《带有"自身阻断性"的预言》中将奥威尔描绘为一个"反卡珊德拉预言家"，认为《一九八四》式的预言"一旦引起广泛关注，就会自我阻断"，进而"反乌托邦噩梦的恐惧"很可能"比对乌托邦的希望更能有效地促使人类进步"。[3] 这在弗洛伊德的《超越快乐原则》中也可以找到一个具有解释力的比喻，正如小男孩"消失—出现"游戏是对不能控制母亲消失和出现的一种补偿一样，游戏的真正目的在于"出现"的快乐，但"离开"是这种快乐的必要前奏，而通过游戏，男孩从被动变为了主动，"他最初处在一种被动的境地——他被这种体验所压倒；但是，通过重复这个过程，尽管还是不快乐的，作为一个游戏，他却扮演了一个主动的角色"，而这归结于"一种获得控制的本能"。[4] 从某种意义上说，反乌托邦叙事也带有相似的功能：以文本为界限建构起来的一个

---

[1] ［英］乔治·奥威尔：《奥威尔杂文全集》（下），陈超译，上海译文出版社2018年版，第1205页。
[2] ［英］乔治·奥威尔：《奥威尔杂文全集》（下），陈超译，上海译文出版社2018年版，第1206页。
[3] ［美］阿博特·格里森、杰克·戈德史密斯、玛莎·努斯鲍姆编：《〈一九八四〉与我们的未来》，董晓洁、侯玮萍译，法律出版社2013年版，第224页。
[4] ［奥］弗洛伊德：《超越快乐原则》，杨韶刚译，高申春校，杨韶刚修订，载车文博主编《弗洛伊德文集》第六卷《自我与本我》，长春出版社2004年版，第12页。

可能的恐怖未来，多少令处于被动承受位置的作者和读者获得了一种暂时的、想象性的控制，似乎可以由此对抗引向这种未来的现实的压迫与紧张感，从而扮演主动的角色。

第三节　现实倒影：反乌托邦叙事的流放者主体与现代性命题

一、"重新发现欧洲"：反乌托邦叙事的英国文学印记

"乌有之地"的预设，令乌托邦与反乌托邦在某种程度上脱离了民族性。一方面在叙事中或者是模糊的异域，或者是带有普世性的晦暗未来；另一方面，它们日益成为具有世界性的叙事类型，特别是在大众文化文本中，支撑着跨文化、跨民族的想象。不过，追溯到三大反乌托邦小说，却可以看到其与英国文学脉络的接续关系，以及或隐或显的英国印记。这不仅体现在由《乌托邦》开启的包括斯威夫特《格列佛游记》等在内的一种虚构异世界以批判现实的讽刺传统，也体现在三者的互文性以及共同的影响源头上。曾在英国留学的扎米亚金无疑在很大程度上受到了英国文学的影响："《我们》的源头是多重的。其未来乌托邦的许多细节（大一统王国）挪用了 H.G. 威尔斯。杰罗姆·克拉普卡·杰罗姆（Jerome Klapka Jerome）也被认为是其源头之一。"[1] 前文曾提到，赫胥黎极力否认奥威尔的判断，即《美妙的新世界》是在《我们》的影响下写成的，坚持自己并未读过《我们》。因此，在许多研究者看来，二者之间的相似性更多地在于它们的同源。例如，发表于 1973 年的文章《扎米亚金小说〈我们〉的一个被人忽视的源头》中指出，"杰罗姆的《新乌托邦》以及在《梦》中提到的'空气中的思想'或许也为《我们》与《美妙的新世界》之间的相似性提供了一个解释"[2]。活跃于 19 世纪末 20 世纪初的英国幽默作家杰罗姆·克拉普卡·杰罗姆于 1891 年出版了著作《朝圣日记》[Diary of a Pilgrimage (and Six Essays)]，在其第一篇散文《梦》中，构想了一个一切由电力驱动的世界，而在另一篇《新乌托邦》所描绘的未来世界中，所有人都被编码，吃、睡、工作、休息以及性、生育，

---

[1] Patricia Carden, "Utopia and Anti-Utopia: Aleksei Gastev and Evgeny Zamyatin", *The Russian Review*, Vol. 46, No.1, 1987, p.3.

[2] Elizabeth Stenbock-Fermor, "A Neglected Source of Zamiatin's Novel 'We'", *The Russian Review*, Vol.32, No.2, 1973, p.188.

都被严格地计划和控制,"扎米亚金小说的所有特征都在这部作品中出现了",而赫胥黎"也许也曾读过《朝圣日记》"。[①] 相较之下,H.G. 威尔斯对三部反乌托邦小说的影响更为清晰和直接:不独"《我们》的未来乌托邦的许多细节(大一统王国)挪用了 H.G. 韦尔斯",奥威尔和赫胥黎无疑也对这位当时极为活跃的作家表示出了兴趣,或针对他的观点写下评论文字,或与之对话和交往,而威尔斯在其早期小说中关于"现代乌托邦"的设计等,也在《一九八四》和《美妙的新世界》中可以找到清晰的印记,关于这一点,已有许多研究者注意到并做了较为详尽的阐释,如希莱加斯的《噩梦般的未来》等。

不过,奥威尔在一篇发表于 1942 年的文章《重新发现欧洲》中,曾经强调第一次世界大战引发了作家群体的明显断裂,而威尔斯属于第一次世界大战之前的一代作家,不关注英国之外的世界——托马斯·哈代和赫伯特·乔治·威尔斯这些区别非常大的作家之间的共通之处在于"他们对当时英国之外的事情完全没有察觉"[②],而"1918 年之后,你再也不能像在大不列颠统治海洋和市场的时代那样生活在那么一个狭窄而舒适的世界里"[③]。事实上,在第一次世界大战之后,威尔斯也不再延续早期的科幻小说写作,"和平素小说读者永久地告别了",甚至认为如果此时再写一部小说的话,也一定会"被视为一本奇怪的书,加以另眼看待,而不会把它收进'小说'一类里面去的"[④]。而写作关于公众教育、社会改革以及世界局势的作品开始占据了他几乎全部的精力。由于坚信科学发展与社会进步,威尔斯始终向往一个美好的乌托邦式的未来,因而对引导大众的前进有着强烈的使命感。在自传中,他写道:"我在国际联盟协会中所得到的经验,已经加强了我的确信,为了在世界上建立一种新的秩序,必须要有一种新的教育,为了创造一种真实的世界文化,对于普通观念必须要有一种共同的基础的认识,那就是说,必须要有一种

---

① Elizabeth Stenbock-Fermor, "A Neglected Source of Zamiatin's Novel 'We'", *The Russian Review*, Vol.32, No.2, 1973, p.188.

② [英]乔治·奥威尔:《重新发现欧洲》,载《奥威尔杂文全集》(下),陈超译,上海译文出版社 2018 年版,第 949 页。

③ [英]乔治·奥威尔:《重新发现欧洲》,载《奥威尔杂文全集》(下),陈超译,上海译文出版社 2018 年版,第 956—957 页。

④ [英]H.G. 韦尔斯:《韦尔斯自传》(下),方土人、林淡秋译,光明书局 1936 年版,第 950 页。

对于现实表示着同样看法的，普及全世界的公共学校教育。"① 毁灭性的战争使得重建世界秩序的要求被广泛地讨论，而在韦尔斯看来，平等与和平的基础首先是全世界的人们必须通过共同的教育建立共同的认知。因此，他离开了通俗作品的创作，开始着手进行改造普通读者认知的宏伟计划，亦即塑造"一种世界公民的意识形态"②。正是在这种启蒙的愿望之下，威尔斯开始着手写作意在教育大众的历史大纲、生物学大纲和社会经济学大纲，亦即《世界史纲》(The Outline of History)、《生命之科学》(The Science of Life) 和《人类的工作、财富和幸福》(The Work, Wealth and Happiness of Mankind)。然而，奥威尔却认为写作《世界史纲》恰恰暴露了威尔斯对历史不感兴趣——"虽然赫伯特·乔治·威尔斯后来准备创作一部世界史，他看待历史时那种惊诧而厌恶的态度却像一个文明人看待食人族部落一样"③。的确如此，尽管《世界史纲》流行一时、不断再版④，但是征史不确、以欧洲历史为主线的拣选与重构，令它始终遭受着质疑⑤，而在 20 世纪 20 年代译为中文版后，它也很快受到了刚从美国留学归来的中国历史学家雷海宗的批判："最好也不过成为前有四不像之长序中间被无关之事所掺杂的一本西洋史。"⑥

奥威尔将第一次世界大战引发的这种变化，描述为"摆脱了一潭死水，回到了历史中"——新的现实让古老的文学主题，如复仇、背叛等获得了新的内容和真切的感知，而在这种背景下写作的新一代作家"打破了笼罩英国将近一个世纪的文化圈子"，英国"重新建立了与欧洲的

---

① ［英］H.G. 韦尔斯:《韦尔斯自传》(下)，方土人、林淡秋译，光明书局 1936 年版，第 954 页。
② ［英］H.G. 韦尔斯:《韦尔斯自传》(下)，方土人、林淡秋译，光明书局 1936 年版，第 954 页。
③ ［英］H.G. 韦尔斯:《韦尔斯自传》(下)，方土人、林淡秋译，光明书局 1936 年版，第 950 页。
④ 韦尔斯于 1934 年的自传中说:"大众的感应，在英美两方面，都来得意想不到的踊跃。在大西洋两岸，一版又一版地畅销着。它为我造成了一种新的，更加远播的名望，而且给我赚了一笔很可观的版税。一九一九年以来，《世界史纲》在英国已销去了二百万部以上，它已经被译成了大多数文学的语言，只是不曾被译成意大利文……销路还是继续不断地扩大着。"
⑤ See Carl Becker, "Mr. Wells and the New History", *The American History Review*, Vol.7, 1921.
⑥ 雷海宗:《评汉译韦尔斯著〈世界史纲〉》，国立中央大学历史学系文学院编《史学》1930 年第 1 期，光华书局 1930 年版。

联系，带回了对历史的感觉和悲剧的可能性"。①20世纪20年代末到30年代初，席卷西方资本主义世界的经济大萧条以及欧洲经过民主选举而产生的法西斯政权加重了这一趋势，许多英国作家尝试借英国之外的世界获得反思与批判的立场，有着溢出英国经验的、更为广阔的视野，同时也对英帝国的衰落有着更为敏锐的感知和悲观的态度。例如，赫胥黎在20世纪20年代写下的故事，大多是"英国国内政治以外的大部分世界被删除的故事"，并具有较强烈的精英主义色彩。然而在1930年前后，他曾对苏联的计划经济表示出兴趣，从巴黎回到英国，以观察者的身份发表了一系列关于英国中部和北部地区的工人阶级生活的文章，记录了他在英国贫穷小矿村中的所见，不断抨击亨利·福特的流水线"机械化"生产对人的异化。②几乎在同一时期，即1931年的4月至5月前后，奥威尔也发表了一些关于巴黎、伦敦下层人生活状态的纪实文章，后被发展为《巴黎伦敦落魄记》。赫胥黎以1930年前后的经历和思考为基础所创作的《美妙的新世界》，实际上是对他所感知到的危机情境的某种应答：在他看来，经济危机的发生肇因于生产过剩和"秩序太少"的矛盾，而最为直接的解决方法、最可能的发展方向是通过一些控制手段逐渐加固秩序，以便于生产效率最大化的同时使更多产品得到消费。同时矿村所见使他直观感受到了英国社会严重的阶级分化及其对现存秩序的冲击，对工人艰苦的生活、没有闲暇的工作与极少的受教育机会充满同情。不过对他来说无产阶级革命显然不是必选项或首选项，相反，他悲观地认为更为绝望而"合理"的现实，是社会秩序自我修复并以更严酷的方式延续。在这样的立场上，他将统治自我进化、自我巩固的关键归结为"幸福"的问题，即如何才能使被统治者心甘情愿地接受统治或者对统治不自知。因此，赫胥黎的"乌托邦"是一种危机应对形态，一种资本主义秩序在危机的挑战中不断自我调整之后，所能给出的最终许诺。

值得注意的是，在《美妙的新世界》中，这种审视和反思是借助一个外在于现代文明的、"高贵的野蛮人"的视角完成的。不难看出，《美妙的新世界》在叙事上是从中部断裂开的。前半部是以"伯纳"为叙事视角，并赋予了他一个"局外人"的位置。因为偶然事故而导致身高与社会等级不符，这令伯纳无法将自身安置在新世界既有的社会秩序当中，

---

① ［英］乔治·奥威尔：《重新发现欧洲》，载《奥威尔杂文全集》（下），陈超译，上海译文出版社2018年版，第957页。
② 参见［英］N.默里《赫胥黎传》，夏平、吴远恒译，文汇出版社2007年版。

而"心理局"的"睡眠教育专家"身份,也使他深知眠育法①的基本原理,并对它有所批判和疏离。然而,当他在野蛮人居留区见到约翰,并将后者带回新世界后,他也同样交还了自己之前占据的主体位置:"日子一天天过去,成功在伯纳的脑袋里嘶嘶地响,让他跟那个他一向不满的世界和解了,其效果犹如一杯美酒。只要这个社会承认他是个重要人物,一切秩序都是好的。"②伯纳与秩序的和解如此迅速,几乎在某种程度上破坏了之前的叙述逻辑,这显然是为了转入另一个视角,即"野蛮人"约翰。在这里,赫胥黎似乎借用了"高贵的野蛮人"的文学形象:这个与殖民历史伴生的形象,也是西方文明经由殖民地自我生成的批判位置——正是在殖民者的话语中,一个未经现代文明浸染的、充满了原始而自然的力量的野蛮人他者形象才得以构想出来,并在让-雅克·卢梭笔下成为"自然人性"的象征,在浪漫主义作家笔下成为批判现代工业、反思现代文明的支点。而与赫胥黎同时代的英国作家显然也承袭了这一批判路径,如与他来往甚密的好友戴维·赫伯特·劳伦斯(David Herbert Lawrence)的《查泰莱夫人的情人》(*Lady Chatterley's Lover*),以及威廉·萨默塞特·毛姆(William Somerset Maugham)的《月亮和六便士》(*The Moon and Sixpence*)等小说中都有其印记。

  野蛮人约翰无疑是"新世界"的他者:这来自《美妙的新世界》中的未来世界想象——它简化为一个没有民族国家的区隔、仅仅由高度组织化的新世界与毫无文明印记的野蛮人居留地的二极组成的世界。出生于野蛮人居留区的约翰真诚纯朴,保留着最大限度的自然人性,对母亲无意识念出的新世界意识形态歌谣毫无认知,唯一接受的人文教育,是一套偶然获得的、用来当作识字读本的《威廉·莎士比亚全集》,从此莎士比亚的语句成为他理解世界和描述自我感受的一切来源。值得一提的是,在19世纪末的乌托邦与20世纪上半叶的反乌托邦写作当中,符号化的"莎士比亚"的名字时常出现,而莎士比亚的剧作也成为重要的互文本。如在《乌有乡消息》中,"莎士比亚"提供了批评19世纪的价值立足点:"人们对于十九世纪曾经说过那么夸大的话,可是在这个读过莎士比亚的作品而且没有忘掉中世纪的人的记忆中,十九世纪是毫无价值

---

① 《美妙的新世界》中的教育基本方法就是"眠育法",也就是通过给睡眠中的人强加心理暗示,而让他们获得一套意识形态。
② [英]阿道斯·伦纳德·赫胥黎:《美妙的新世界》,孙法理译,译林出版社2008年版,第124页。

的。"①当《回顾》中的伊蒂丝为了让"我"排遣孤独而送给"我"的一系列书籍中,"莎士比亚"是这个序列的第一个名字。《一九八四》中,温斯顿"嘴唇上挂着'莎士比亚'这个名字醒了过来"②,而《美妙的新世界》的题名更是来自莎士比亚晚期剧作《暴风雨》:当米兰达见到遭遇暴风雨而漂流到海岛上的斐迪南时,感慨说"我简直要说他是个神;因为我从来不曾见过宇宙中有这样出色的人物",随后,在她与斐迪南相爱并准备随之离开岛屿时,再次情不自禁地喊道"这儿有多少美好的人!人是多么美丽!啊!美妙的新世界"③。

当约翰见到列宁娜、并决定前往新世界时,他不由得欣喜地重复了这句话。此时,他显然占据了米兰达的位置——他由流落在野蛮人留居地的母亲琳达独自抚育,因爱上"神一般"的列宁娜而走入新世界。所不同的是,《暴风雨》终止在了米兰达从魔法小岛回归理性世界之前,但这种"回归"在《美妙的新世界》中则开启了一场悲剧。《暴风雨》中对"人"的经典颂扬之辞,在约翰口中反复出现并不断变奏,形成了叙事的节点。当他被引领参观新世界的"波坎诺夫斯基组"④、看到几十个长得一模一样的人在一起工作时,他"由于某种记忆里的恶意……发现自己在背诵着米兰达的话"⑤。而在他遭遇爱情、亲情破灭的双重打击时,米兰达的话再次出现,只不过这一次是彻底的嘲讽与挑战:

> 野蛮人站在那儿望着。"啊,美妙的新世界……"他心里的歌似乎改变了调子。在他的痛苦和悔恨的时刻,那歌词以多么恶毒的讪笑嘲弄着他!它像魔鬼一样大笑,让那噩梦似的肮脏与令人作呕的丑陋继续折磨着他。到了此时,那歌词突然变成了召唤他拿起武器的号角。"啊,美妙的新世界!"米兰达在宣布获得美好的可能,甚至噩梦也可能变成美好高贵的东西,"啊!美妙的新世界!"那是一

---

① [英]威廉·莫里斯:《乌有乡消息》,黄嘉德译,商务印书馆1981年版,第61页。
② [英]乔治·奥威尔:《一九八四·动物农场》,董乐山、傅惟慈译,上海译文出版社2003年版,第34页。
③ [英]莎士比亚:《暴风雨》,载《莎士比亚全集》(一),朱生豪等译,人民文学出版社1994年版,第79页。
④ 《美妙的新世界》中的基因工程设想,也是社会的最重要技术基础,即通过卵子萌蘖而使受精卵从一个分裂成几十个,由此可以造出几十个一模一样的"多生子"。这种技术是"稳定社会的一种重要手段",因为"批量生产的标准化男性与女性",使得"一个小工厂的人员全部由一个经过波坎诺夫斯基程序处理的卵子产生"。
⑤ [英]阿道斯·伦纳德·赫胥黎:《美妙的新世界》,孙法理译,译林出版社2008年版,第126页。

种挑战，一种命令。①

在这个"挑战"或"命令"的召唤下，约翰彻底与新世界决裂了——他冲进了分发迷幻剂"索麻"的队伍中，试图说服人们放弃"损害灵魂和身体的双重毒品"，并高声质询"你们就不想自由，不想做人吗？你们就连什么叫人、什么叫自由都不知道吗？"。②可以看到，约翰的反抗位置是得自《暴风雨》中的"美妙的新世界"，正如米兰达对斐迪南的爱恋带有一种对大写的"人"的赞美与爱恋一样，约翰也象征着"美妙的新世界"中的"高贵的人"。同时，在以后殖民视角对《暴风雨》的解读中，普洛斯彼罗、爱丽儿与凯列班之间的关系恰好是宗主国与殖民地之间的权力结构的寓言，而凯列班的那段经典控诉几乎再现了殖民历史的最初情境。在这个意义上，《美妙的新世界》与《暴风雨》的高度互文性，也显影了其未来社会的英帝国印记，也就是说，它的社会结构想象，即科技发达的现代文明与蒙昧无知的野蛮人居留地的对立，在很大程度上映射着帝国与殖民地的二元结构，而象征人文主义的约翰也未脱出"高贵的野蛮人"的文学形象序列。只是，对英国之外世界的关注，特别是对美国及现代工业生产的关注，以及在祖父托马斯·赫胥黎影响下对生物学问题的关注，令他笔下的"新世界"溢出了英国经验，指涉着更为广泛的现代文明。在其中，普洛斯彼罗与凯列班之间的等级秩序不再需要法术或者任何后天的暴力，经由生物技术而获得的先天的设定已然规定好了完全固定的可以精确计算的"人性等级"。因而，新世界的危机来源于内部而非外部——获悉这一切的约翰只能说，"我吃了文明。……我中毒了；受了污染。而且……我吞下了自己的邪恶"③。

这一时期英帝国主义与殖民地之间的紧张关系，对曾在缅甸任皇家印度警察部队的警官的奥威尔的影响要更为直接。如前所述，奥威尔在20世纪20年代至30年代以纪实性文章闻名，着意详尽细腻地记录自己的见闻与经历，"希望了解历史的真相，探究事实，保存好历史的原貌

---

① ［英］阿道斯·伦纳德·赫胥黎：《美妙的新世界》，孙法理译，译林出版社2008年版，第168页。
② ［英］阿道斯·伦纳德·赫胥黎：《美妙的新世界》，孙法理译，译林出版社2008年版，第169、171页。
③ ［英］阿道斯·伦纳德·赫胥黎：《美妙的新世界》，孙法理译，译林出版社2008年版，第194页。

供后人参考"①，可以看到，这种选择也极大地影响了他的小说写作——一个有趣的现象是，他在每一篇小说发表的前后，几乎都曾写下过与之题材一致、以同一段经历为蓝本的散文或评论。例如，在殖民地任警官的经历，被他先后写入了散文《射象》与小说《缅甸岁月》之中。发表于1936年的散文《射象》记述了一段在缅甸的毛淡棉市发生的、"以迂回曲折的方式"显现出"帝国主义的真实本质"的事件：一头发狂的大象闯入了巴扎集市，破坏了房屋和水果摊，甚至踩死了一个当地人，不过当身为警官的奥威尔持枪赶到时，大象已经恢复了平静。然而，尽管"射杀干活的大象是很严重的事情"，并且对此奥威尔认为既无必要也无意愿，但当地人的围观却迫使他不得不开了枪。这令他"第一次体会到那种空虚感：白种人在东方的统治全是一场空……当一个白人变成暴虐的统治者时，他也摧毁了自己的自由"。②这种经历使他在面对殖民地时有着复杂的情感：一方面"已经知道帝国主义邪恶透顶"，"仇恨我所服务的大英帝国"，"理论上……全身心支持缅甸人，反对他们的压迫者"③，但另一方面"又痛恨那些不怀好意的缅甸家伙""挣扎在这两种恨意之间"。④

挣扎在两种恨意之间的矛盾情感，在小说《缅甸岁月》中尤为清晰：英国木材商人弗洛里在缅甸夹在彼此隔绝的殖民者和当地人中间，处境尴尬。他已在缅甸生活10年，虽然渴望回到英国，但又无法认同那些欧洲人俱乐部中的傲慢短视的白人，因此受到排挤；他对当地人有亲近友好的愿望，却在交往中无法摆脱英国人的身份——医生朋友希冀他的帮助，而地方法官吴波金则视他为障碍。在几次尝试突破壁垒的努力——选举医生为俱乐部成员、改变女友伊丽莎白的偏见等——均遭失败后，他最终在失意和绝望中开枪自杀。小说浸满了对欧洲殖民者的厌恶，而集中体现着奥威尔"自我厌憎的罪恶感和犹疑不定"⑤的弗洛里，不得不

---

① ［英］乔治·奥威尔:《我为何写作》，载《奥威尔杂文全集》(下)，陈超译，上海译文出版社2018年版，第1227页。
② ［英］乔治·奥威尔:《射象》，载《奥威尔杂文全集》(下)，陈超译，上海译文出版社2018年版，第760—761页。
③ ［英］乔治·奥威尔:《射象》，载《奥威尔杂文全集》(下)，陈超译，上海译文出版社2018年版，第757—758页。
④ ［英］乔治·奥威尔:《射象》，载《奥威尔杂文全集》(下)，陈超译，上海译文出版社2018年版，第758页。
⑤ Terry Eagleton, *Exiles and Émigrés: Studies in Modern Literature*, London: Chatto & Windus, 1970, p.82.

身处在焦躁、内疚和无力中。可以看到，正是这种无力感让奥威尔很快离开缅甸，但又在此后持续影响着他，生活上促使他舍弃舒适、不断在苦行中赎罪，在写作上则凝成了他小说中反复出现的对抗与失败，以及一个充满矛盾和挣扎的形象，即威廉斯所说的"奥威尔形象"（Orwell figure），或是伊格尔顿所说的"典型中产阶级下层主角"（the archetypal lower middle-class hero）[①]：这个身处于中产阶级下层的角色带有着作者的生命印记，清醒地意识到自己的处境、与周围环境格格不入，做出种种努力逃离但最终失败、不得不回归原来的生活。

在《让叶兰继续飘扬》中，承载"奥威尔形象"的角色是困于窘迫生活的广告公司文员戈登。为了完成长诗《伦敦之乐》的创作，他决心辞职，改在一家小书店中做店员。然而进一步缩减的薪资使他更无法专心写作，无望而乏味的挣扎求存最终耗尽了他的热情——在得知女友意外怀孕后，他放弃了抵抗，重新接受了广告公司小职员的卑微工作。同样，《上来透口气》中的"我"厌烦了看似稳定实则乏味的中年生活，渴望童年曾经瞥见的隐秘而丰饶的池塘。一次彩票中奖让"我"的生活有了一次喘息的机会，得以偷闲离开家庭与工作，计划回到记忆中的池塘边钓鱼。然而"我"最终发现故土早已物是人非，只得在疲惫和幻灭中再度返回了自己的生活。《动物农场》是唯一一部缺失了"奥威尔形象"的小说，但威廉斯指出其中也包含着一个相似的集体形象，即那群"解放了自己却又在暴力和欺骗中重新被奴役"[②]的动物们。而个人化的主观意图的缺失，也令《动物农场》更为简单化、更为直接地显现出奥威尔形象的功能。[③]

这些角色相似的脱轨历程，叠合成"奥威尔形象"的重要特质。他们重述着一场场相似的抵抗，但是又坦率地记录着一次次抵抗的无力与失败。威廉斯将其命名为"流放者的悖论"：它来自一种英国传统，即放弃"世代相传的稳定生活方式或信仰"，选择"随遇而安的生活、独立自主的主张"。[④]这种立场因为缺乏"实质性的共同体"，因而显得十分脆弱，态度强硬却又深感无力。在这里，威廉斯区分了"流放"（exile）和

---

① Terry Eagleton, *Exiles and Émigrés: Studies in Modern Literature*, London: Chatto & Windus, 1970, p.76.
② Raymond Williams, *Orwell*, London: Collins & Co., Ltd., 1971, p.73.
③ Raymond Williams, *Orwell*, London: Collins & Co., Ltd., 1971, p.70.
④ ［英］雷蒙·威廉斯:《文化与社会：1780—1950》，高晓玲译，吉林出版集团有限责任公司2011年版，第305页。

"流浪"（vagrancy）——"流放通常有个原则（principle），而流浪一般只有松懈（relaxation）"①，当奥威尔是个流浪者的时候，他以记者的敏锐提供了有洞察力的报道，但是彻底的拒绝和全面的理解需要某种原则的支撑，因此他又选择了"社会主义"作为他捍卫的原则。当然，如威廉斯指出的，奥威尔并没有清晰地理解他的选择，而只是出于他的某种朴素的信念，即"为那些可以避免或补救的穷困疾苦所触动，他深信补救的措施关涉各种社会手段，涉及信念、结社，甚至有时候他相信自己也应该投入其中"，但是流放者的立场又让他无法信任任何一种社会形态，"只能求助于一种原子式的社会概念"。②

"流放"同样是伊格尔顿《流放者与流亡者》中的关键词之一，提示着20世纪英国文学的重要线索："除了D.H.劳伦斯以外，现代英国文学的最高成就一度为外来者与侨居异地者所占据——康拉德、詹姆斯、艾略特、庞德、叶慈、乔伊斯。"③而劳伦斯的工人阶级经验也提供了双重的效果，即一方面有着外来者的批判视域，另一方面又以当地人身份熟知英国真正的问题。④对于伊格尔顿而言，英国文化在两次世界大战期间受到根本性冲击，而或许正是文化内部出现的异质成分——如英国化的马克思主义——促发了此时的文学与艺术创作，也就是说在这个时期，"伟大的艺术并非产生于某种简单的、可能的替代性选择，而是产生于记忆与真实、潜在与实存、整合与剥夺、流放与投身之间微妙复杂的张力之中"⑤。如前所述，奥威尔的每一部小说都浸润着这种张力，由放逐/自我放逐的主角的经历具象化。在写作于"二战"前的四部自然主义小说中，可以看到一种逐渐"失控"的趋势：在《缅甸岁月》和《牧师的女儿》中那种琐碎但精确的社会现实细节，逐渐让位给了抽象概括与修辞性的描写，而作者和角色之间的批判距离也在逐渐缩短，角色在某种意义上成为作家政治与社会理念的传声筒，也越来越清晰地映射出中产阶

---

① [英]雷蒙·威廉斯：《文化与社会：1780—1950》，高晓玲译，吉林出版集团有限责任公司2011年版，第305页。
② [英]雷蒙·威廉斯：《文化与社会：1780—1950》，高晓玲译，吉林出版集团有限责任公司2011年版，第307页。
③ Terry Eagleton, *Exiles and Émigrés: Studies in Modern Literature*, London: Chatto & Windus, 1970, p.9.
④ Terry Eagleton, *Exiles and Émigrés: Studies in Modern Literature*, London: Chatto & Windus, 1970, p.17.
⑤ Terry Eagleton, *Exiles and Émigrés: Studies in Modern Literature*, London: Chatto & Windus, 1970, p.18.

级下层游移在社会主流内外的困境，即"太清楚自身的贫困，无法赞同那些保守正统观念或是激进不同意见中的脱离现实的种种教条，又太明白自身的挫败，无法不加思考地承认他这个角色恰是那个令人厌恶的环境所塑成的"①。或许可以说，《一九八四》正是这个抽象化过程的结果：小说中社会的种种细节想象来自奥威尔不同生命阶段经验的拼贴，而"未来"的时间指向也凸显了其虚构和抽象的特征。相应地，温斯顿·史密斯无疑是一个更为清晰的奥威尔形象：他处于社会的中层，既清醒意识到种种规则与制定的问题，试图"自我流放"，但又绝望于秩序的不可更动，最终落回现实；被代表着"上层"的奥勃良背叛、落入后者设下的陷阱，对"下层"无产者有着某种模糊而抽象的希冀——"如果有希望的话，希望在无产者身上"②——却无法言明这种希望以什么方式实现、无产者以什么形式组织起来。

威廉斯和伊格尔顿所选择的批评视角，将奥威尔显影为一个活跃在"二战"前后英国历史场景中的、充满"悖论"的"流放者"。相对于冷战中色彩鲜明的"自由主义斗士"或是"傲慢的小资产阶级"的标签，"流放者"更为清晰地提示着一种20世纪历史中难以挣脱的知识分子困境。在某种意义上，这种困境也构成了以《一九八四》为代表的反乌托邦文学类型的重要叙事动力。如奥尔德斯·赫胥黎在《美妙的新世界》中同样以流放者为主角：不论是培养皿中被滴了酒精的伯纳德，还是母亲来自新世界、阅读并热爱莎士比亚的野蛮人，都遭到了新世界和野蛮地的双重拒绝。可以看到，在20世纪后半叶越来越多地被贴上"反乌托邦"标签的文本中，"未来社会"的具体表征与对话对象等不尽相同，但相对稳定的叙事元素，是大多数身处中产阶级的主人公对流放者身份的选择。如J.G.巴拉德（J.G.Ballard）的《摩天楼》（*High-Rise*，1975）中隐喻虚伪、空虚的中产阶级的摩天大楼以及主人公的冷静旁观。《摩天楼》是巴拉德"都市灾难三部曲"（即《撞车》《混凝土岛》《摩天楼》）的最后一部。小说中，高达40层的摩天楼仿若一座垂直的小城，游泳池、超市、餐厅、学校、儿童乐园等一应俱全，提供了便利而私密的生活，使住客不必走出大楼便可获得所有的生活所需。然而，正如第一章标题"临界"所示，小说开始于大楼将倾之际——一次突然而莫名的供电故

---

① Terry Eagleton, *Exiles and Émigrés: Studies in Modern Literature*, London: Chatto & Windus, 1970, p.107.
② ［英］乔治·奥威尔：《一九八四·动物农场》，董乐山、傅惟慈译，上海译文出版社2003年版，第70页。

障,如一块倒下的多米诺骨牌一样,引发了一系列的连锁事件。上层贵妇的阿富汗猎犬被人不乏恶意地溺死在游泳池中,继而,游泳池和电梯等公共空间开始被部分人占领,成为排他性的私人所属物。居住在顶层的珠宝商的突然坠楼死亡,拨动了大楼的崩溃之弦,令所有人开始走向疯狂。随着暴力的不断升级,既有的秩序、文明的面纱被破坏殆尽,摩天楼变成一个巨大的旋涡,每个人都被裹挟进来、无从逃逸。在小说的结尾处,与摩天楼相邻的另一座摩天楼突发临时停电,这显然有意喻示,这里发生的一切并非偶然,而是人类社会的一般真实。

颇有意味的是,巴拉德在提取这个一般性的社会模型时,特意选取了"阶级"这一维度。摩天楼的2000名住客最初都是富有的专业人士,品位和兴趣极度相似,但这种表层的一致并没有维持多久,在最后的一间公寓也迎来了它的住户时,他们便自然分成了三个典型的社会群体:下等阶层是10层以下由空姐和电影技术员组成的"无产阶级",中等阶层是10层至35层由自私自利但本质温顺的各行业人士组成的"中产阶级",而上等阶层是最上面5层由小富豪、企业家与女演员等组成的"寡头集团"。正是三个阶层之间的矛盾构成了小说的叙事动力——上层宠物狗的溺死与下层儿童的吵闹等琐碎小事引发的不满情绪不断发酵,从窃窃私语与匿名破坏上升为毫无原则的报复与暴力冲突,而最终,在象征反叛的怀尔德与象征秩序的罗亚尔之间的对决中,等级结构轰然倒塌,代之出现的是建立在"安全、食物和性"之上的新社会秩序。巴拉德敏锐地指出,摩天楼的力量并非来自上层对下层的压制,而是下层对于等级结构的充分内化。不过,这种过度图示化的等级,并没有真正通向社会层面,仅仅用来扯掉虚伪而脆弱的中产阶级外壳,揭开人性的潘多拉魔盒。

巴拉德并非全然以构想反乌托邦的方式来写作《摩天楼》。与反乌托邦凸显社会对个人的压制与同化不同,无疑,巴拉德相信,现代社会这个缺乏弹性的混凝土大厦,既压抑着人的原始冲动,同时又驱使人走向疯狂,最终会引发一场大崩溃。换句话说,在巴拉德的小说中,"疯狂"始终是主角,它以非理性、无序对抗着僵死、克制的现代社会。同样,疯狂也代表着人的原始欲望,是野蛮的,但也是本真的。《摩天楼》中,住客们一方面抱怨设计缺陷和服务的停滞,满腔怨气;另一方面却无法举步离开大楼,并日渐痴迷于彼此的暴力交锋,越来越不在乎所谓文明传统的东西。正是在冲突之中,大楼设计者罗亚尔才悟出自己建造大楼的深层意愿:解救这些与自己的财物一起困在"衬了皮草的囚笼"中的人们，给他们一个逃往新生活的手段。而受到袭击的精神科医生塔尔博特将这些邻居们的暴行归结为"后弗洛伊德时代的并非无罪的自我"，他们都有被溺爱的快乐童年，但反而积蓄了无从发泄的愤懑，所怨恨的或许是"从没有机会堕落过"。以摩天楼作为文明的制高点，巴拉德书写了一个逆向的社会发展历程，即从文明社会开始，经由等级社会，最终回归于氏族部落式的原始社会。与这种"逆写"相应和的是，在情节上，大楼的住客几乎都分享着一种回归母体的强烈冲动。小说在结构上分为了三条线索，即分别通过代表底层的电视制作人怀尔德、代表中层的医学院讲师莱恩以及代表顶层的罗亚尔的视角来并行推进叙事。最终，怀尔德一路向上攀登，一步步褪下了文明的伪装，在枪击（暴动中唯一一次枪声）了罗亚尔后，裸体走上了大楼顶层，迎向"一个个新的母亲"；负伤的罗亚尔挣扎着向下走到位于 10 层的泳池，尝试在浅水区为自己找到一处"墓地"——显然，漂浮着浊物的泳池仿如羊水几近干涸的子宫；至于莱恩，则终于在仿如母亲的姐姐艾丽斯身上找到了一直渴求却从未真正拥有过的生活，即充满施虐与受虐的、半情欲半亲情的亲密关系。

  巴拉德曾反思同时期的科幻小说，认为如阿西莫夫、阿瑟·克拉克等人将视野投向外太空实际上已经偏离了科幻的本意。在他看来，科幻小说不可放弃它的现实维度，应当挖掘现实生活中人们的内心深度。这一立场在《摩天楼》中十分清晰：摩天楼显然隐喻着由现代科技打造、令人与人相隔绝的现代社会，表面坚固但实则脆弱，仅仅是简单的技术故障便可以使之倾颓，而人内心之深邃、原始欲望之强大，难以被现代文明的华丽牢笼禁锢，最终会令现实重组为一种新的秩序——当然，巴拉德的"新秩序"令人疑窦丛生，它似乎更指向遥远的、前现代的过去，而非真正指向未来。小说中的一处细节为这样的"未来"提供了注脚，令它显现出了末日的图景：在支撑大楼运行的现代科技系统崩解之后，莱恩面对被用作垃圾箱的电视机时，发觉他已经无法记起这些科技产品曾经的用途——"未来正将它们带去一个世界，即便这摩天楼的败落本身也是那个世界的一个范本。在那里，于科技之外，目之所及的所有东西要么已废弃；要么，含混一点，被出乎意料却更有意义地重组了。莱恩沉思着——他发现，有时候真的很难不去相信：他们正活在一个已然成真，且消耗殆尽的未来"[1]。

---

[1]　[英] J.G. 巴拉德：《摩天楼》，陈醉、顾君、王卉译，上海人民出版社 2017 年版，第 197—198 页。

上述讨论以雷蒙德·威廉斯的"文化与社会"为方法，以赫胥黎与奥威尔为个案，尝试显影出在 20 世纪上半叶的欧洲历史，特别是英国历史语境中，反乌托邦叙事所负载的充满张力和悖论的情感结构，所建构的"流放者"式的中产阶级主体位置，以及所提供的一种以否定的方式书写历史经验的路径。那么，在 20 世纪晚期冷战结束后至今，历史语境已经发生了极大改变的情况下，为何以《美妙的新世界》与《一九八四》为蓝本的反乌托邦叙事却层出不穷，特别是在大众文化场域中，已然成为最流行的题材之一呢？接下来，笔者仍然以三大反乌托邦小说为例，尝试讨论其中所开启的、延续至今的命题。

二、现代性、乌托邦与反乌托邦

在奥威尔看来，《我们》并不仅仅是一部"表达不满"的、讽刺苏维埃政权的作品，札米亚金对革命的认同与试图投身革命的行为，也使他不符合单纯"反共产主义者"的身份指认："札米亚金并不想把苏维埃政权当作他讽刺的专门对象。在列宁死去的时候写这本书，他不可能已经想到了斯大林的独裁，而且一九二三年时俄国的情况还没有到有人会因为生活太安全和太舒服而反叛的程度……他在一九〇六年遭到沙皇政府的监禁，一九二二年又遭布尔什维克的监禁，关在同一监狱的同一过道的牢房里。因此他有理由不喜欢他所生活的政治体制，但是他的书并不是简单地表达一种不满。"[①] 不难看到，公民身份的"号码化"，完全经过计算和规划的私人生活……以此为具体形态的"数字化完美生活"显然并不直接指向当时的苏维埃政权，而是指涉着将理性原则推演向极致的、以工业为先导的"数学王国"以及在同样逻辑下塑成的"人"。奥威尔也对此做了说明："札米亚金的目标似乎不是某个具体国家，而是以工业文明作为隐含目标的……它（指《我们》——引者按）实际上是对'机器'的研究，所谓'机器'就是人类随便轻率地把它放出了瓶子又无法把它放回去的那个妖魔。"[②] 参照 20 世纪 20 年代中期苏联关于工业化的大辩论，即是否要在短中期内以牺牲农业发展为代价推进工业，特别是重工业的发展，进而完成社会主义建设的情况来看，《我们》恰恰产生于苏联依靠国家计划强力推进快速现代化进程的前夕。帕特里夏·卡登的文章

---

① ［英］乔治·奥威尔：《英国式谋杀的衰落》，董乐山译，上海译文出版社 2007 年版，第 165 页。
② ［英］乔治·奥威尔：《英国式谋杀的衰落》，董乐山译，上海译文出版社 2007 年版，第 165 页。

《乌托邦与反—乌托邦：阿列克谢·加斯捷夫与尤金·扎米亚金》指出，《我们》当中对大一统社会以及主角 D-503 的想象，在很大程度上和苏联当时以讴歌现代工业与机器而知名的诗人阿列克谢·加斯捷夫有直接关联："扎米亚金似乎应该知道加斯捷夫的两篇文章——它们都给扎米亚金的《我们》提供了靶子……对《我们》有直接的影响。"① 虽然"扎米亚金没有提及他以加斯捷夫为标靶"，但是二者在文本上的关联性非常清晰，这首先体现在，《我们》对大一统社会组织形式的想象，即用编码来代替人名以组织工人，回应着加斯捷夫的文章《论无产阶级文化的趋势》中的论述，即认为人类的下一个阶段会以机器为主，而与之相应的是一种标准化的、编码化的无产阶级单元。② 更重要的是，歌颂机器、歌颂大一统的诗人兼工程师 D-503，显然也影射着加斯捷夫，后者在 1918 年出版了展望日常生活全面机械化、工人被训练为赛博格式的高效率新人的散文诗集《工人的击打》，在当时有较大的影响力，而在 20 年代，他参与创立了莫斯科中央劳动研究所（CIT），以福特主义式的重复劳动提高工人机械化程度为研究目标。《我们》与加斯捷夫的关联，也在一定意义上说明，它所感知到并试图借讽刺针对的紧张现实，更多的是现代工业生产高速推进时的危险。

  机械劳动与不被意识到的统治形式，在《美妙的新世界》中合并为新世界之神"福帝"：他不仅仅是亨利·福特的指称，同时也是弗洛伊德的指称——"我主福帝——或是我主弗洛伊德，在他谈心理学问题时因为某种神秘的理由总愿把自己叫做弗洛伊德"③。作为世界上第一个将流水线应用于实际生产中，并成功地在美国普及了汽车的企业家，亨利·福特早已成为一个符号，代表着一种革命性的高效生产方式，同时也意味着劳动经验的碎片化和机械化对"人"的异化。始终视福特主义为摧毁工人阶级之魁首的赫胥黎，在《美妙的新世界》中借助生命科学技术的想象将之推向极致，即标准化劳动力的批量生产——孵化器的使用和"波坎诺夫斯基程序"，使得一个受精卵可以接受人工处理而萌蘖成 98 个完全相同的胚胎。在此，人不仅被迫从属于机械化生产，甚至人本

---

① Patricia Carden, "Utopia and Anti-Utopia: Aleksei Gastev and Evgeny Zamyatin", *The Russian Review*, Vol. 46, No.1, 1987, p.4.

② See Patricia Carden, "Utopia and Anti-Utopia: Aleksei Gastev and Evgeny Zamyatin", *The Russian Review*, Vol. 46, No.1, 1987, p.8.

③ ［英］阿道斯·伦纳德·赫胥黎：《美妙的新世界》，孙法理译，译林出版社 2008 年版，第 30 页。

身也直接变成了机械化生产的结果。同样出于生产效率的考量，社会被固化为五个不同的等级。但真正的统治结构只存在于社会整体与个人之间，而不在于被以同样方式生产出来的五个等级内部。后者更多地体现出社会分工的不同，其显现出来的不平等，源自赫胥黎根据效率优先原则对劳动优劣的评断（"体力劳动者不需要人类的智慧"），以及"好逸恶劳"的"人性"假设。作为保障体系，赫胥黎设计了作用于生理的巴甫洛夫条件反射，与受弗洛伊德启发的、作用于心理的潜意识操控。不管哪一种，都不仅仅是为了维护高效的社会秩序，更是直接服务于且仅仅服务于资本主义生产循环。如关于"喜爱花朵"的条件设置：开始时为了让低等级产生"到田野里去的要求"，以"逼得他们多花交通费"，便培养他们对于花朵的喜爱，但是很快发现"樱草花和风景都有一个严重的缺点：它们是免费的"，且"爱好大自然能使工人工作懈怠"，因此便取消了这一设置。但是交通费仍然需要纳入考量，因为经济问题"是根本的"。最终统治者找到了恰当的理由，即"让人群不喜欢乡村……却又设置了条件让他们喜欢田野里的一切运动。而我们同时又注意让田野里的运动消耗精美的器材，让他们既消费工业品也花交通费"[①]。

可以看到，《美妙的新世界》中反讽的"乌托邦"，是以现代工业生产的逻辑与价值导向为核心，并应对着其在经济危机中暴露出的问题而建构起来的。奥威尔在谈论威尔斯与赫胥黎这两代作家的断裂时曾提到，威尔斯对进步的信念，令他的作品充满"雄心勃勃的乌托邦主题"，相信"科学可以纠正人性天生的一切弊端，但人却过于盲目，看不到自己能力的可能性"[②]，相反对于赫胥黎而言，"有什么东西被戳破了"，"进步这个观念被抛到九霄云外。他们不再相信进步会发生或应该发生。他们不再相信人类社会通过降低死亡率、更有效的生育控制手段、更好的排水系统、更多的飞机和更快的汽车就能变得更加美好"[③]。而正如奥威尔指出的，对工业文明的批判也是《美妙的新世界》与《我们》的相似之处——尽管赫胥黎否认自己曾读过《我们》。

在此，《重返美丽新世界》或可构成一个重要的文本性的补充，它延

---

① ［英］阿道斯·伦纳德·赫胥黎：《美妙的新世界》，孙法理译，译林出版社 2008 年版，第 17 页。
② ［英］乔治·奥威尔：《重新发现欧洲》，载《奥威尔杂文全集》（下），陈超译，上海译文出版社 2018 年版，第 952 页。
③ ［英］乔治·奥威尔：《重新发现欧洲》，载《奥威尔杂文全集》（下），陈超译，上海译文出版社 2018 年版，第 951 页。

展了《美妙的新世界》中的一些基本设定和命题，抛开了小说的虚构形式，急切而直接地论述他所预言的噩梦图景的迫近。可以看到，冷战的开启令赫胥黎在1958年的"重返"获得了新的位置与立场：在《重返美丽新世界》中，他不断区隔"民主社会"与"独裁体制"，强调"我们的幸运"——"我们这些生活在西方社会的人应感到极其幸运，我们得到了'公平的机会'，可以最大化地实现自我管理"[①]——的同时，坚定认为"铁幕之下"的、《一九八四》式的、以"惩罚性的统治术"为手段的"独裁体制"已经变得陈旧了，必然不会长久，也不再有真正的威胁性。对比《美妙的新世界》与《一九八四》，赫胥黎指出奥威尔的经历限制了他对"独裁方式"的想象，在他看来，更致命的危机来自由核威胁、新技术发展、宣传手段变化、人口增长等因素加速的权力集中进程，以及由此促发的更隐蔽、更坚固的新独裁方式。以此为前提，赫胥黎得以接续《美妙的新世界》中的现代科技批判的主题，辨析技术新进展中的政治倾向，而除了致幻剂、眠育法、生育控制这些在小说中已经涉及的问题之外，媒介技术的发展和影响也引起了他的强烈兴趣，在书中用了较大篇幅对广播、电视、电影等媒介的意识操控进行了分析，如希特勒利用技术手段对国家的操控、作用于潜意识的影像、服务于消费主义的电视广告等，"感谢科技进步，老大哥如今几乎就像上帝一样无所不在了"[②]。

值得注意的是，尽管在赫胥黎与奥威尔的讨论中，《一九八四》有别于《美妙的新世界》的技术批判主题，然而现代工业与技术仍然在其中扮演着重要的角色。这一方面体现在"老大哥"监视体系的想象来自不断发展的技术现实，即从印刷术到电影、无线电，再到电视的"舆论操控"[③]；另一方面，《一九八四》在叙事上有一处明显的逻辑缺口，正如温斯顿的困惑——"我知道方法，但我不知道原因"——所提示的，小说再现了荒诞而自洽的封闭的权力结构，却并没有给出集权不可避免的原因。温斯顿的疑问在文本中一共出现了三次：首次出现于温斯顿的日记中，因他不能解释自己所看到、感知到的荒诞逻辑；第二次是在阅读了那本伪反叛书《寡头政治集体主义的理论与实践》后，他发现其中所

---

① [英]阿道司·赫胥黎：《重返美丽新世界》，庄蝶庵译，北京时代华文书局2020年版，第34页。
② [英]阿道司·赫胥黎：《重返美丽新世界》，庄蝶庵译，北京时代华文书局2020年版，第42页。
③ [英]乔治·奥威尔：《一九八四·动物农场》，董乐山、傅惟慈译，上海译文出版社2003年版，第201页。

谈并未超过已知范围时，再次提到他只知道方法，却还不知原因；最后一次则是在拷打和"教育"中，这句话在某种程度上成为温斯顿最后抵抗的武器——你可以讲述方法，但是你不能讲述原因，而奥勃良对此给出了一个颇为暧昧和晦涩的答案。在讨论奥勃良的回答之前，我们可以先看一段伪反叛书中关于集权发生的描述，它颇为直观地呈现了断裂的发生：

> 到十九世纪末期……各派思想家认为历史是一种循环过程……像过去一样，上等人会被中等人赶跑，中等人就变成了上等人；不过这次，出于有意的战略考虑，新的上等人将永远保持自己的地位……主要的、根本的原因是，早在二十世纪初期，人类平等在技术上已可以做到了……在以前的各个时代里，阶级区分不仅不可避免，而且是适宜的。不平等是文明的代价。但是由于机器生产的发展，情况就改变了。即使仍有必要让各人做不同的工作，却没有必要让他们生活于不同的社会或经济水平上。因此，从即将夺得权力的那批人的观点来看，人类平等不再是要争取实现的理想，而是要避免的危险……法国革命、英国革命、美国革命的后代对于他们自己嘴上说的关于人权、言论自由、法律面前人人平等之类的话，有点信以为真，甚至让自己的行为在某种程度上也受到这些话的影响。但是到二十世纪四十年代，所有主要的政治思潮都成了集权主义的了。就在人世天堂快要可以实现的关头，它却遭到了诋毁。每种新的政治理论，不论自称什么名字，都回到了等级制度和严格管制。①

奥威尔以"快进"的叙事节奏，描述了一个荒诞的历史进程，它与卡尔·曼海姆的《意识形态与乌托邦》看上去"不谋而合"。概括说来，这段话试图说明，不平等"在以前各个时代"是不可避免的，因此追求平等的乌托邦信念对于"中等人"来说便成为具有吸引力的理想，但他们仅仅是信以为真，并不真的想要平等，而是希望以此为名来抵抗上等人的压迫，并在成功占据了上等人位置之后便转而接受以不平等为基础的意识形态。20世纪初之所以会发生变化，其原因在于"机器生产的发展"——它令"不平等"不再理所应当，进而破坏了曾经的循环平衡。而在意识形态/乌托邦的游戏被祛魅之后，留下的可能只有两种：一种

---

① [英]乔治·奥威尔：《一九八四·动物农场》，董乐山、傅惟慈译，上海译文出版社2003年版，第198—200页。

是实现"人世天堂",另一种则是统治结构的固化,即彻底的"集权主义"。不幸的是,《一九八四》走向了第二种。在此出现了一处很清晰的断裂或"漏拍"——它并未解释为何历史没有选择第一种可能,或者说,为何统治的延续是必然的。

正是由于出现了这样的断裂,审讯者奥勃良对"统治的原因"才做了那样含义晦涩的回答:"我们只对权力有兴趣……德国的纳粹党人和俄国的共产党人在方法上同我们很相像,但是他们从来没有勇气承认自己的动机……我们很明白,没有人会为了废除权力而夺取权力。权力不是手段,权力是目的。"①这或者可以抽象为一句同义反复的问答:你们为什么要统治?因为我们要统治。"权力的目的是权力"成为封闭叙事的最后一道焊接口,而对"权力"自身的欲望也被从历史语境中抽离出来,成为推动历史循环,并构成"人性"内核的隐秘动力源。而在这个以权力的稳定为主导的世界里,生产、战争的逻辑也全部被改写,因为"等级社会只有在贫困和无知的基础上才能存在",故而生产必须要被限制,以破坏人们可能达到平等的基础,同时要不断促发现代战争,以"尽量用完机器的产品而不提高一般的生活水平"。②而它所构想的乌托邦"与老派改革家所设想的那种愚蠢的、享乐主义的乌托邦正好相反……不再有艺术,不再有文学,不再有科学。我们达到万能以后就不需要科学了。美与丑不再有区别。不再有好奇心,不再有生命过程的应用。一切其他乐趣都要消灭掉。但是,温斯顿,请你不要忘了,对于权力的沉醉,却永远存在,而且不断地增长,不断地越来越细腻"③。

当"权力的沉醉"被推向了极致,排斥、替代了"其他一切的乐趣"时,它自身便也不再具有讨论的可能。如果"权力"除了自身之外别无目的,如果在其实践中,"光是服从还不够",关键在于"给人带来痛苦和耻辱"④,那么,它甚至嘲弄了黑格尔的"主奴辩证法",也封闭了一切关于权力的讨论空间。如前所述,个人经历、政治立场以及历史语境之间的纠缠令奥威尔选取了如此荒诞的方式来再现集权逻辑,但是对

---

① [英]乔治·奥威尔:《一九八四·动物农场》,董乐山、傅惟慈译,上海译文出版社2003年版,第259页。
② [英]乔治·奥威尔:《一九八四·动物农场》,董乐山、傅惟慈译,上海译文出版社2003年版,第187、185页。
③ [英]乔治·奥威尔:《一九八四·动物农场》,董乐山、傅惟慈译,上海译文出版社2003年版,第263页。
④ [英]乔治·奥威尔:《一九八四·动物农场》,董乐山、傅惟慈译,上海译文出版社2003年版,第263页。

于"权力"问题的过度关注和本质化处理,使得奥威尔将"统治的原因"封闭在统治逻辑内部,仅仅以极端的方式再现了"统治的方法"。然而,这种"沉醉权力"的乌托邦的想象,显现出了奥威尔面对现代技术的潜在逻辑:一方面,他将历史的转折与集权的出现,归于"机器生产的发展"这一模糊的原因;但另一方面,他又在非历史的、纯粹以自身为目的的本质化权力想象中,判定现代社会必然走向自身的反面,而无法走向"老派改革家所设想的那种愚蠢的、享乐主义的乌托邦"。

奥威尔语焉不详的历史转折,在某种程度上是关于现代性与乌托邦之间的悖论关系的变奏。为了更为清晰地描述这一关系,或许可以引入马泰·卡林内斯库在《现代性的五副面孔:现代主义、先锋派、颓废、媚俗艺术、后现代主义》中关于乌托邦的讨论。在"现代性、上帝之死和乌托邦"一节中,他将现代性和基督教的关系分为四个阶段,即中世纪、文艺复兴到启蒙运动、浪漫时期以及"始于将近十九世纪中期"四个阶段。他指出,第四个阶段"重新肯定了上帝之死……主要关心的是探讨不可思议却早已耳熟能详的上帝死亡所带来的后果",它看起来意味着"现代性和基督教之间的彻底分裂",但这只是个"幻象"。[①]一个关键事实是:

> 同基督教传统地位衰退直接相联系的是乌托邦主义的强力登场,这也许是现代西方思想史上独一无二的最重要事件。事后看来,尽管很久之前人就肯定是乌托邦梦想者,乌托邦却显然是十八世纪留给为革命神话与革命观念所困绕的我们现代的最重要遗产。实际上对乌托邦的狂热——或是直接的、正面的,或是通过反动与论辩的方式——弥漫于现代的全部知识领域,从政治哲学到诗歌与艺术。[②]

卡林内斯库对乌托邦和现代性关联性的描述,是建立在乌托邦从"飞地"至"未来梦"的叙事转变上的。可以看到,"理性对于不可逆的时间的重视"[③]中,19世纪的乌托邦叙事大都占据了时间向量的彼端。"基督教否定循环时间而赞成一种线性不可逆时间",其直接结果便

---

① [美]马泰·卡林内斯库:《现代性的五副面孔:现代主义、先锋派、颓废、媚俗艺术、后现代主义》,顾爱彬、李瑞华译,商务印书馆2002年版,第70页。
② [美]马泰·卡林内斯库:《现代性的五副面孔:现代主义、先锋派、颓废、媚俗艺术、后现代主义》,顾爱彬、李瑞华译,商务印书馆2002年版,第71页。
③ [美]马泰·卡林内斯库:《现代性的五副面孔:现代主义、先锋派、颓废、媚俗艺术、后现代主义》,顾爱彬、李瑞华译,商务印书馆2002年版,第71页。

是"上帝之死",而不可逆的时间则导向永恒性。乌托邦,确切地说是乌托邦主义,被看作现代人填补"神之所在"的一种替代物。书中进一步提及哈贝马斯对布洛赫哲学的概括:"上帝死了,但在他死后他的位置仍在。人类想象中上帝和诸神的所在,在这些假想消退之后,仍是一个阙如的空间。无神论最终的确理解到,对这一空间的深层测度勾勒了一个未来自由王国的蓝图。"① 换句话说,时间形态的变化导致了"未来自由王国"对"上帝之位"的替代,而乌托邦(叙事)则是这一过程的某种再现形态。在这种意义上,乌托邦深深地内在于现代性之中。与此同时,卡林内斯库也指出,乌托邦显影了"现代性复杂和剧烈矛盾的时间意识"。这是由于,当现代性的未来指向以乌托邦的形式显形之后,其中便暗含了一种预设,即"一个完美状态是可以达到的",然而矛盾的是,"完美就其定义来说只能无限地重复自己,它否定了作为整个西方文明基础的不可逆时间概念"。② 因此,他将现代乌托邦的困境归结为现代性自身的困境,并称之为"乌托邦厌倦":

> 如果我们想到现代性就是信奉他性(otherness)和变化,想到它的整个策略是由一种基于差异(difference)概念的"反传统之传统"形成的,就不难认识到为何在面对无限重复的前景和"乌托邦厌倦"(boredom of utopia)时它会逡巡不前。现代性和对重复的批评是同义概念……毫不奇怪,先前用于反对基督教永恒性的那些论点现在转而反对乌托邦主义所幻想的世俗永恒性了。诸如此类与乌托邦心态相联系的困境导致了同样作为现代性文化特征的强大反乌托邦冲动。③

卡林内斯库并未对"强大的反乌托邦冲动"做进一步的讨论和说明,但是我们看到,"乌托邦厌倦",或者说"满足的忧思"(melancholy of fulfillment),来自无穷延伸的现代线性时间与它内在携带的乌托邦指向之间的对立。而这种忧思在反乌托邦文本中,被表征为对现实停滞、历史与未来消失的反复书写。在《我们》中,扎米亚金以"数列"的譬喻

---

① 转引自[美]马泰·卡林内斯库《现代性的五副面孔:现代主义、先锋派、颓废、媚俗艺术、后现代主义》,顾爱彬、李瑞华译,商务印书馆2002年版,第73页。
② [美]马泰·卡林内斯库:《现代性的五副面孔:现代主义、先锋派、颓废、媚俗艺术、后现代主义》,顾爱彬、李瑞华译,商务印书馆2002年版,第74页。
③ [美]马泰·卡林内斯库:《现代性的五副面孔:现代主义、先锋派、颓废、媚俗艺术、后现代主义》,顾爱彬、李瑞华译,商务印书馆2002年版,第74—75页。

准确地描述了"不可满足的满足"的悖谬：

"这是不可思议的！这太荒谬了！你难道不清楚，你们在计划的是一场革命吗？这真荒谬，革命是不可能实现的！因为我们的——我说的是我的和你的——我们上次的革命显然是最后一场。从此之后再也不可能有什么革命了。大家都明白这一点。"

眉毛嘲讽、尖锐地挑成一个三角形。

"亲爱的，你是个数学家，对吗？不止如此，你还是一个哲学家兼数学家？好吧，那就请说出最后一个数字吧。"

"什么……我……我不理解，什么最后？"

"最后一个呀，最后的、最大的那个数字。"

"可是 I-330 号，这是荒唐的！数字序列是无限长的，怎么可能有最后一个数字呢？"

"那又为什么会有最后一场革命呢？……它们的数量是无限的……所谓'最后一个'是讲给孩子听的故事。小孩害怕无限，我们只好哄他们，不然他们晚上会因为害怕，睡不好觉。"①

没有"最后的数"便没有"最后的革命"，在这样的推论中传达出来的"不断革命"论调，令扎米亚金的立场有悖于刚刚建立的苏维埃政权的稳定诉求，并且隐含着某种对十月革命的反思与对现实政权的担忧。然而，有趣的是，"数列"的譬喻同样显露了扎米亚金的矛盾——无限的数列并非无序的，而是基于递进规律并有某种指向性的。那么，以"数列"为喻，"最后的革命"便可以说既是存在的也是不存在的：一方面它在无限的革命当中不能被赋形，也不能被既有的理性想象和把握，或者说处于数列当中的每一个数，都无法想象最后那个数；另一方面它却是必然存在的，甚至需要被想象，因为只有预设了"最后的革命"，这些"不断进行的革命"才被赋予意义，正如数列当中的任何一个数都是根据某种规律被挑选出来的一样。换句话说，"最后的革命"的隐匿和不可想象，是以一种永恒规律的在场为前提的，若非如此，那么"革命"自身就是无序的，进而是无内涵的。因此，扎米亚金的中间位置——既试图反思十月革命的结果同时又不是拒绝革命自身——令《我们》的叙事逻辑出现了裂隙，而反叛军的使命与行为在叙事中也失去了切实的指向，退变为一种混乱的激情和自我牺牲的悲情。值得注意的是，"数列"的隐

---

① ［俄］尤金·扎米亚金：《我们》，殷杲译，漓江出版社 2013 年版，第 212—213 页。

喻在这段对话中也携带着一重对理性自身的反思——如同没有最后的数一样，也没有绝对的、可以覆盖一切的理性。在这个意义上，《我们》中指向含混的集权社会虽然包含着扎米亚金对苏维埃政权的批判，但更为重要的是，它展示了在现代理性框架之内搭建、推演出来的"完美社会"对人的压制。也就是说，当现代理性到达它的乌托邦形态时，便意味着对非理性的彻底暴力驱逐，此时它便不再是康德在《纯粹理性批判》中试图界定的理性——后者仍然试图在自身框架内为非理性找到一个位置。因此，《我们》中看似同构的集权与乌托邦之间，存在着一个第三项——现代理性及其基础上的现代工业，亦即，正是现代理性携带的乌托邦指向，令它带有了一重变为压制和异化"人"的力量——或曰集权性——的危险。

历史的末端，或是说历史的停滞，对于《美妙的新世界》来说同样重要。它拒绝莎士比亚的理由在于"莎士比亚古老"，而"古老的东西在我们这儿是完全没有用的"，因为新世界"幸福"的秘诀在于"稳定"，在于"现时"的绝对性——它不再是从过去到未来的中间点，而是一个指向自我的停滞时刻，"古老的"和"新的"东西都变成了威胁性的存在。① 穆斯塔法总统对野蛮人的一句反问道出了这个基本张力："既然我们已经获得了社会秩序，为什么还需要追求永恒呢？"② 可以看到，替代上帝"永恒"的"社会秩序"在文本中再现为生产关系再生产的永继——一方面，被限制的科技水平、生物学控制从根本上保证了生产资料和劳动力的再生产；另一方面，条件设置和"眠育法"又保证了生产关系的再生产，令它得以在自我复制中臻于永恒。即便是消费行为也被严格地控制在生产循环之内，人民过的幸福生活是他们"要什么有什么"，更重要的是"得不到的东西他们绝不会要"。③ 在这里，《美妙的新世界》提供了一种新社会形态以应对资本主义危机——"资产阶级如果不使生产工具经常发生变革，从而不使生产关系，亦即不使全部社会关系经常发生变革，就不能生存下去"④。只是，这种社会形态并非无产阶

---

① ［英］阿道斯·伦纳德·赫胥黎：《美妙的新世界》，孙法理译，译林出版社2008年版，第176—177页。
② ［英］阿道斯·伦纳德·赫胥黎：《美妙的新世界》，孙法理译，译林出版社2008年版，第188页。
③ ［英］阿道斯·伦纳德·赫胥黎：《美妙的新世界》，孙法理译，译林出版社2008年版，第177页。
④ ［德］马克思、恩格斯：《共产党宣言》，载中共中央马克思恩格斯列宁斯大林著作编译局《马克思恩格斯全集》第四卷，人民出版社1958年版，第469页。

级革命，而是既有资本主义生产关系的发展或延伸——"新世界"无疑是依赖外在的科技发展手段，通过将生产—消费—再生产的循环加以固定来化解危机、"获得了社会秩序"的。换句话说，在彻底打破现状的革命不被视作选择的前提下，《美妙的新世界》构想了封闭现实内部可能走向的"完美社会"，即获得了"永久平衡"的"安全秩序"，也正是由于这种封闭性，它才显影了一系列的悖谬形态，如科学的发展最终取消了科学的意义，对于欲望的满足最终取消了欲望自身等，而其中最核心的悖谬，是由现代性所建构起来的"乌托邦"最终变成了现代性的反动。

尽管《一九八四》呈现了一系列恐怖的社会控制细节，如秘密警察与电幕形成的监狱式监管体系、"没有黑暗"的审讯室、无休止的拷打与无法想象的"101室"等，但是令这些变得无法容忍的、"比仅仅拷打或者死亡更加可怕"的，是"党能够插手到过去之中，说这件事或那件事从来没有发生过"。① 在"谁控制过去就控制未来；谁控制现在就控制过去"② 的信念中，"过去的全部文学都要销毁"③，"一切都消失在迷雾之中了。过去给抹掉了，而抹掉本身又被遗忘了，谎言变成了真话"④。感知到这一点的温斯顿相信，虽然自己是个"孤独的鬼魂，说了一句没有人会听到的真话"，但是只要说出来了，"连续性就没有打断"，而"人类的传统"也便被继承下来。⑤ "连续性"和"传统"的强调，使得对历史或"过去"的追寻成为温斯顿唯一的反抗方式，也成为推动叙事发展的核心线索。这不仅仅体现在他试图以记日记的方式令稍纵即逝的"过去"有所依凭，更是贯穿于他的所有行为当中：那块购买于无产者居住区的珊瑚镇纸，对他来说最大的吸引力"倒不是那东西的美丽，而是因为它似乎有着一种不属于这一个时代，而属于另一个时代的气息"⑥，是"他们

---

① ［英］乔治·奥威尔：《一九八四·动物农场》，董乐山、傅惟慈译，上海译文出版社2003年版，第37页。
② ［英］乔治·奥威尔：《一九八四·动物农场》，董乐山、傅惟慈译，上海译文出版社2003年版，第37页。
③ ［英］乔治·奥威尔：《一九八四·动物农场》，董乐山、傅惟慈译，上海译文出版社2003年版，第54页。
④ ［英］乔治·奥威尔：《一九八四·动物农场》，董乐山、傅惟慈译，上海译文出版社2003年版，第75页。
⑤ ［英］乔治·奥威尔：《一九八四·动物农场》，董乐山、傅惟慈译，上海译文出版社2003年版，第29—30页。
⑥ ［英］乔治·奥威尔：《一九八四·动物农场》，董乐山、傅惟慈译，上海译文出版社2003年版，第94页。

忘掉篡改的一块段历史"①，而他冒险租下的那间用来私会的旧货铺屋子的意义，也在于它是"过去世界的一块飞地"②，此外，曾经在他手中停留了片刻的、证明大清洗中伪造事实的"证据"——有反叛者琼斯、阿朗逊和鲁瑟福照片的剪报——更是屡屡出现在叙事的转折处。正是因此，反复出现的"追寻历史—验证历史的消失"的结构才在文本形成了一种叙事模式：珊瑚被踩碎、旧货铺屋子主人是秘密警察、剪报被奥勃良投入"忘怀洞"，以此宣告着权力的胜利，即"我们控制全部记忆，因此我们控制着过去"③。这条叙事线索在温斯顿与无产者老人的对话中达到了顶峰。坚信"如果有希望的话，希望在无产者身上"的温斯顿认为只有无产者才能讲述"本世纪初期的情况"，而"革命前的记忆"是解开咒语的钥匙，可以令停滞的现实再次转动起来。但是，当他找到一位无产者老人并询问过去的日子是否符合历史书上的记载时，他得到的却是一些充满"喧哗与骚动"的"白痴讲述的故事"——当无产者未能拥有一种话语来组织和讲述片段化的历史经验时，历史便不再"存在"，而这更为根本地确认了"真实历史"的无效。温斯顿的绝望在于，他的一切行动都反身证实了一个事实："关于革命和革命前的事，我们已经几乎一无所知了……历史已经停止。除了党是永远是正确的无休无止的现在，任何东西都不存在。"④ "历史的停止"在《一九八四》当中是一个远超出监视、控制、酷刑的恐怖图景。换句话说，"老大哥在看着你"的现实、生活的贫瘠、"被消失"的不安全感，都没有激起温斯顿的反抗，相反，他的不满来自对"真实"的怀疑，以及对丧失了过去/未来的现实的厌倦——"现代生活中真正典型的一件事情倒不在于它的残酷无情，没有保障，而是简单枯燥、暗淡无光、兴致索然"⑤。

显然，"时间的停滞"同时潜在于三个文本内部，具症候性地承载着恐惧与威胁。在《我们》中是最后革命的完成，在《美妙的新世界》中

---

① ［英］乔治·奥威尔：《一九八四·动物农场》，董乐山、傅惟慈译，上海译文出版社2003年版，第143页。
② ［英］乔治·奥威尔：《一九八四·动物农场》，董乐山、傅惟慈译，上海译文出版社2003年版，第148页。
③ ［英］乔治·奥威尔：《一九八四·动物农场》，董乐山、傅惟慈译，上海译文出版社2003年版，第245页。
④ ［英］乔治·奥威尔：《一九八四·动物农场》，董乐山、傅惟慈译，上海译文出版社2003年版，第152页。
⑤ ［英］乔治·奥威尔：《一九八四·动物农场》，董乐山、傅惟慈译，上海译文出版社2003年版，第74页。

是物质与欲望的平衡，在《一九八四》中则是依凭权力强行的制动，尽管表现方式不同，也不尽然在字面意义上符合"满足的忧思"，但是它们都指向了一个共同的位置，即乌托邦所占据的那个相对于"现代性"的位置。如前所述，在某种意义上，扎米亚金的"数列"隐喻显现了乌托邦与现代性的纠缠关系："数列的尽头"或意指"完满"的乌托邦必然隐形地存在着，因为它保证了数列的规律性，亦即保证了现代性不断自我更新、在差异中延续的发展主义可能，然而它又是难以想象，或者不能被想象的，因为它在一定程度上占据了上帝之位，以永恒否定了线性时间的无限性。可以说，乌托邦诞生于现代性的内部，是它的必然伴生物，同时也反身映照出它的有限性，构成了它的反题。长久以来，二者之间似乎保持在一种微妙的平衡与对抗状态中，既是彼此的阴影，又是彼此的有机组成部分。然而，在20世纪突进的历史进程中，这种平衡似乎遭到了严重的破坏，难以维持下去了：当苏联明确地以共产主义为指向，并试图通过推进现代化进程的方式完成社会主义建设时，现代性自身的乌托邦层面与发展主义层面便被放入了同一个场域，而它们之间的隐蔽却尖锐的矛盾对立也因此成为不得不面对的问题。与之相反，伴随着两次世界大战中飞机、坦克甚至核武器等现代武器的出现，福特式现代工业流水线生产的大规模应用等，现代性之乌托邦层面——对超越性的平等、自由人类社会的想象——的失落亦变成了一个可"感知"的事实。

在此历史语境中出现的三部内在差异极大的"反乌托邦"小说，恰恰是在捕捉、再现这种现代性的内在悖反上获得了某种一致性，并由此显影了现代性/乌托邦话语的失效。我们看到，它们以夸张、漫画化的方式呈现的绝望情境，与法兰克福学派对资本主义工业社会的批判、福柯与阿尔都塞等关于权力的讨论、后现代主义的现代性反思等，分享着颇为相近的思考和立场。在这个意义上，它们常常被冠上"预言小说"之名既不准确又有一定的准确性：不准确的是，它们更多的是对现实变化的敏锐感知与理性把握，而不是一种吉卜赛式的预言；而准确性则在于，它们恰为一些仍未获得论述话语的问题提供了一个文学出口，"预言"了这些将进入知识体系的问题或困境。

需要进一步说明的是，在卡林内斯库对"两种现代性"的分辨——即包含了"进步的学说，相信科学技术造福人类的可能性，对时间的关切，对理性的崇拜"等的"资产阶级的现代性"和导致先锋派产生的、

"强烈的否定激情"的反资产阶级现代性——当中①，无论是乌托邦还是反乌托邦都很难找到自身的位置。莫尔的《乌托邦》无疑是衔着资产阶级人文主义价值而诞生的，正是在对"自然人性"的赞美中，它对早期资本主义积累中的罪恶进行了反思。而此后无论是带有乌托邦色彩的共产主义设想，还是19世纪后期的乌托邦写作、对资本主义危机的思考与批判，都蕴含着一种在发展的序列上对更为进步的、更能解放生产力的力量的期待。它们既在很大程度上产生于"资产阶级的现代性"，但同时又对这种现代性带有"强烈的否定激情"。相反，20世纪初出现的反乌托邦小说以及"反—乌托邦冲动"，则一方面拆解、颠覆乌托邦式完美而封闭的形态，以此否定了资产阶级现代性的价值指向；但另一方面，它们的否定却无法在一个超越现代性的位置上进行，最终也只能接受现代性提供的另一个位置，即要求差异、拒绝重复。或者可以说，乌托邦与反乌托邦恰恰处于这两种现代性的中间地带，以较为暧昧的形态彰显着现代性的自我悖反。

---

① ［美］马泰·卡林内斯库：《现代性的五副面孔：现代主义、先锋派、颓废、媚俗艺术、后现代主义》，顾爱彬、李瑞华译，商务印书馆2002年版，第48页。

第二部分

反乌托邦叙事中的身体与社会

第三章　作为乌托邦剩余物的身体

第一节　恩斯特·布洛赫的"希望哲学"与乌托邦冲动

在近几十年来的乌托邦研究中，恩斯特·布洛赫始终是一个重要的对话对象，许多研究者都尝试在他所开拓的乌托邦论域中寻找新的路径。不过，在进入他的具体论述前，需要再次回到乌托邦的讨论起点上。在第一章中，本书大致说明了"乌托邦"概念自身携带的复杂性，指出它在历史进程中被赋予了多层次的意义：在修辞层面，它往往指称一个"更美好的世界"，因而任何美好的、对不存在事物的想象都可以被看作带有乌托邦性；在语源上，它直接得名于托马斯·莫尔的《乌托邦》，并联系着一系列借构建乌有之地来传达社会理念的模仿之作。在这两个层面上，我们很难说存在某种"乌托邦思想"或是"乌托邦理论"。首先，"乌托邦"更多地凸显着一种形式或位置，而在内涵与具体细节上是不受限制的。如《乌有乡消息》与《回顾》甚至传递着相互对抗的理念，在具体细节上彼此相悖。其次，"乌托邦"同时也在某种程度上是抗拒解读、抗拒理论化的。它以"乌有"为名，明确承认了自身的虚构性，而它本质在于超越现实这一点，也似乎说明了它不能被现有逻辑接受和解释。那么，在什么意义上存在一种以乌托邦为中心的理论？换句话说，当我们讨论"乌托邦思想"时，究竟指的是什么？

值得注意的是，这两种最基本的含义并不能概括乌托邦——它之所以成为重要的概念，是因为它很快便脱离了文本基础与词语本意，日渐以抽象的形态出现在政治实践当中，被看作革命的推动力、目标和方向。乌托邦与革命的联结在法国大革命前后曾尤为明确和紧密——"乌托邦的实践"成为讨论和理解大革命时的一个常见切入口。雨果在《悲惨世界》中对此做了极有代表性的描述：

> 乌托邦，我们得承认，一打仗就离开了自己光芒四射的领域。它是明日的真理，它采用了战争的方式，这是昨日使用的手段。它

是未来，但却和过去一般行动。它本是纯洁的思想，却变为粗暴的行为。它在自己的英勇中夹杂了暴力，对这暴力它应当负责；这是权宜之计的暴力，违反原则必定受到惩罚。起义式的乌托邦，手中拿着老军事规章战斗；它枪杀间谍，处死叛徒，它消灭活人并将他们丢入无名的黑暗中。它利用死亡，这可是严重的事情。似乎乌托邦对光明已丧失信心，光明本是它无敌的永不变质的力量。它用利剑打击，然而没有一种利剑是单刃的，每把剑都有双刃，一边伤了人，一边便伤了自己。[①]

雨果的这段文字集中反映出了法国大革命所激发的复杂情绪。他将焦点放置在了"明日的真理"与"昨日使用的手段"的相悖上——乌托邦一方面提供希望，但另一方面却未提供路径——试图以此来解释革命的走向与问题。在这种两难情境中，侧重于哪一方直接导致了态度的不同：当重心放置在"明日的真理"上时，会肯定乌托邦作为方向和希望的意义，进而同情革命；而当重心放置在"昨日使用的手段"上时，则会认为乌托邦的虚幻性必然导致暴力与失败，进而对革命产生消极态度。但不管怎样，由于出发点相似——"乌托邦"都成为责任的承担者，被认为是无法自我调和的"双刃剑"——这两种态度之间的区分是非常模糊的，而乌托邦也被抽离了讨论的可能，变成一个神秘的角色。可以看到，乌托邦含义已经超越了一种写作样式的限制，被抽象连接在革命和暴力之中，但是它的内涵是神秘而模糊的。应该说，这种消极而缠绕的使用方式，在很长一段时间内主导着乌托邦的阐释。

在著于另一场重要革命之后的《意识形态与乌托邦》中，德国社会学家卡尔·曼海姆同样讨论了乌托邦在革命中的角色。不同的是，他将乌托邦放置在了社会学的维度内，以"意识形态—乌托邦"的相对关系进行讨论。由此，乌托邦在一定程度上褪去了比喻性的、神秘的色彩，而获得了"思想状况"的指认：

　　一种思想状况如果与它所处的现实状况不一致，则这种思想状况就是乌托邦。

　　……

　　我们称之为乌托邦的，只能是那样一些超越现实的取向：当它

[①] ［法］雨果：《悲惨世界》（下），李丹、方于译，人民文学出版社1992年版，第1232页。

们转化为行动时,倾向于局部或全部地打破当时占优势的事物的秩序。

当把乌托邦这一术语的含义限定为超越现实,同时又打破现有秩序的结合力的那类取向时,我们就确立了思想意识形态和乌托邦之间的区别。

……

如果我们暂时遵照兰道尔的术语,而且有意识地反对通常的定义,将每一种实际存在和不断发展着的社会秩序称为"托邦"(来自于 Τόπος 这个词),那么,那些具有革命功能的意愿就是"乌托邦"。[1]

曼海姆明确地舍弃了"托邦"原本的空间含义,将它看作"实际存在和不断发展着的社会秩序",因此,他便悬置了乌托邦的形式层面,而将它抽象为一种"具有革命功能的意愿",或者说"与它所处的现实状况不一致的思想状况"。可以看到,在这个层面上,"乌托邦思想"具有了一定的内涵,它脱胎于早期的乌托邦写作,但是其所指已获得了极大的拓展。在具体说明乌托邦的位置时,曼海姆引入了两个重要的参考系。首先,与意识形态相比,二者都是"超越情况的思想",其区别在于意识形态"事实上从来没有成功地实现自己所设计的内容。虽然它们对于个人主观行为来说,常常是善意的动机,但在实际体现它们的实践中,其含义却经常被歪曲"[2],而乌托邦则不同,尽管它们要使行为适应于一些当时所实现的情况中不包含的因素,但"它们通过相反行动把现在的历史状况改变为与它们自己的概念更一致"[3]。不过,在具体的历史情境之下,究竟什么是意识形态的、什么是乌托邦的却并不清晰,很难被身处其间的人辨识出来。关于这一点,曼海姆从二者彼此伴生的意义出发,指出在最外在的层面上,它们是由否定它们的社会阶层指认的:"往往总是与现存秩序完全一致的统治集团来决定应该把什么看作乌托邦;而与现存事物冲突的上升集团则决定把什么看作意识形态。"[4]

---

[1] [德]卡尔·曼海姆:《意识形态与乌托邦》,黎鸣、李书崇译,周纪荣、周琪校,商务印书馆 2000 年版,第 196—197 页。
[2] [德]卡尔·曼海姆:《意识形态与乌托邦》,黎鸣、李书崇译,周纪荣、周琪校,商务印书馆 2000 年版,第 198—199 页。
[3] [德]卡尔·曼海姆:《意识形态与乌托邦》,黎鸣、李书崇译,周纪荣、周琪校,商务印书馆 2000 年版,第 200 页。
[4] [德]卡尔·曼海姆:《意识形态与乌托邦》,黎鸣、李书崇译,周纪荣、周琪校,商务印书馆 2000 年版,第 207 页。

在这个描述中,"现存秩序"成为一个分界点,彰示着"意识形态"与"乌托邦"命名背后的阶层对立。事实上,它也是曼海姆讨论乌托邦问题的另一个重要参照系。在现存秩序与乌托邦关系方面,他讨论了两种极端情况。其一是"代表了占主导地位的社会秩序与思想体系的阶层"所持有的态度,他们将"他们所具有的那种关系结构感受为现实",不愿超越现状,"把仅仅在一定秩序下不可实现的东西看成在任何秩序下都完全不可实现的",进而把"从他们观点来看在原则上永不能实现的概念叫作乌托邦"。① 从社会学的角度切入,曼海姆重新解读了乌托邦所遭遇的审判与否定,将其因果关系颠倒过来:在当代,乌托邦"天然"的消极色彩并不是来自某种所谓的乌托邦本质,而是"占主导地位"的社会阶层恰以它来指称那种他们认为"原则上不能实现的思想"②。其二,在曼海姆看来,无政府主义者兰道尔的《革命论》所定义的乌托邦构成了另一极。与现存秩序的代表过度忽视乌托邦的内在差异相反,兰道尔则过度忽视现存秩序的内在差异,将之视作"乌托邦和革命走入低潮后留下的邪恶残余",因而过于片面性和简单化地认为"历史的道路总是从一个托邦经过一个乌托邦而导向下一个托邦"。③ 在对两种极端情境加以反思后,曼海姆提出了乌托邦与现存秩序之间的辩证关系:

> 每个时代都允许不同地位的社会集团提出一些观点和价值,它们以概括的形式包含了代表每一时代需要的未被实现和未被满足的倾向。这些思想因素然后变成打破现存秩序局限的爆破材料。现存秩序产生出乌托邦,乌托邦反过来又打破现存秩序的纽带,使它得以沿着下一个现存秩序的方向自由发展。④

在这段表述中,乌托邦与现存秩序都是动态的,并且彼此相生相成。值得注意的是,曼海姆不仅仅认为乌托邦是"明日的真理"——"今天

---

① [德]卡尔·曼海姆:《意识形态与乌托邦》,黎鸣、李书崇译,周纪荣、周琪校,商务印书馆 2000 年版,第 200—201 页。
② [德]卡尔·曼海姆:《意识形态与乌托邦》,黎鸣、李书崇译,周纪荣、周琪校,商务印书馆 2000 年版,第 200 页。
③ [德]卡尔·曼海姆:《意识形态与乌托邦》,黎鸣、李书崇译,周纪荣、周琪校,商务印书馆 2000 年版,第 202 页。
④ [德]卡尔·曼海姆:《意识形态与乌托邦》,黎鸣、李书崇译,周纪荣、周琪校,商务印书馆 2000 年版,第 203 页。

的乌托邦可能会变成明天的现实"[①]，而且他也指出，乌托邦的源头可能来自过去，但并不是保守倒退——它是过去的遗产，是"每一时代需要的未被实现和未被满足的倾向"。这种理解方式令乌托邦部分地摆脱了"空想"的恶名，获得了一定的合法性，同样，它也不再是具体乌托邦文本自认的那类历史悬浮物，或一种单纯构建未来蓝图的幻想，而具有了地基和历史延续性。需要强调的是，曼海姆的理论体系所提供的乌托邦维度，是进一步理解恩斯特·布洛赫的重要前提之一。因为首先，在布洛赫的著作中，无论是《乌托邦的精神》还是《希望的原理》，都针对的是抽象为一种思想的、与革命伴生的乌托邦，也就是更接近于曼海姆的定位，即"与现实状况不一致的""超越现实的"同时又具有合理性的那种思想状况，而几乎不是关于具体乌托邦文本的。如《希望的原理》在前言中直接指出，"不应当用托马斯·莫尔的方式限制乌托邦事物，或者仅仅根据他的乌托邦把握乌托邦事物，这仿佛是想要把'电'还原为类似琥珀的东西。的确，乌托邦事物与'国家小说'很少一致之处。因此为了正确地评价乌托邦所表现的内容，哲学对于一切总体性都是必不可少的"[②]。其次，以曼海姆的社会学阐释为参照，可以显影出布洛赫思考乌托邦时选取的独特视角。如果说，曼海姆的起点是将乌托邦视作一种既有的现象，或者反过来说，他将一种既有的现象或思想状况指认、命名为"乌托邦"的话，那么布洛赫显然首先试图回答的是发生在这种指认之前的问题：为什么会存在乌托邦思想？乌托邦思想的本源是什么？事实上，由于在很多情况下，脱离了具体文本的"乌托邦"更像是一个带有贬义色彩的形容词，因此它通常并不会被看作本体性的哲学概念。那么，进一步的问题是，布洛赫为何要从哲学角度来处理乌托邦？他又是怎样以乌托邦为中心来建构"希望的哲学"的？

曼海姆描述的乌托邦强度普遍减弱的历史过程，或许也是促使布洛赫执着于乌托邦的历史过程。在"当代形势下的乌托邦"一节中，曼海姆极具预示性地指出，"历史进程本身向我们显示，一种曾经完全超越历史的乌托邦逐渐倾斜于和接近于现实。当它接近历史现实时，它的形式发生了功能上和实质上的变化。原先绝对反对历史现实的东西，现在

[①] [德]卡尔·曼海姆：《意识形态与乌托邦》，黎鸣、李书崇译，周纪荣、周琪校，商务印书馆2000年版，第207页。

[②] [德]恩斯特·布洛赫：《希望的原理》（第一卷）"前言"，梦海译，上海译文出版社2012年版，第17页。

倾向于像保守主义那样失去其对抗的性质"①。在进一步的论证中，他以社会主义思想为重要例证来说明乌托邦减弱的情况，即社会主义者一方面"把它所有论敌的乌托邦揭露为意识形态"，通过指出对方"是被历史和社会所决定的来摧毁其思想的力度"，但是另一方面"却从未提出其自己地位的决定性问题"，没有将同样的方法用在自己身上。因此，"随着决定性感觉的增强，乌托邦成分也消失了"。②换句话说，当社会主义开始进入实践并贴近现实时，它便不可避免地抛弃了原有的乌托邦成分。当然，在曼海姆看来，乌托邦的消逝是整体性的，并不止于某一种特例，而在这个过程中"历史便不再被看作导致一种终极目的的过程"，人们开始用相对论观点来怀疑"所有那些植根于乌托邦的思想成分"。③就此，曼海姆最终显现出了自己的忧虑：在将来，意识形态和乌托邦这两种超越现实的成分可能都会从思想中完全消失，但这意味着"人类意志的消退"。意识形态的消失仅对某些阶层来说是危机，而乌托邦的消失却可能意味着：

> 人类的本性和人类的发展会呈现出全新的特性。乌托邦的消失带来事物的静态，在静态中，人本身变成了不过是物。于是我们将面临可以想象的最大的自相矛盾的状态，即：达到了理性支配存在的最高程度的人已没有任何理想，变成不过是有冲动的生物而已。这样，在经过长期曲折的，但亦是史诗般的发展之后，在意识的最高阶段，当历史不再是盲目的命运，而越来越成为人本身的创造，同时乌托邦已被摒弃时，人便可能丧失其塑造历史的意志，从而丧失其理解历史的能力。④

在恩斯特·布洛赫的希望哲学中，可以看到某种相似的焦虑，只不过是以相对乐观和正面的方式出现的。作为一位终身坚定地以马克思主义者自称的哲学家——尽管詹姆逊曾指出他更接近于革命的神学家⑤——

---

① ［德］卡尔·曼海姆：《意识形态与乌托邦》，黎鸣、李书崇译，周纪荣、周琪校，商务印书馆2000年版，第253页。
② ［德］卡尔·曼海姆：《意识形态与乌托邦》，黎鸣、李书崇译，周纪荣、周琪校，商务印书馆2000年版，第256页。
③ ［德］卡尔·曼海姆：《意识形态与乌托邦》，黎鸣、李书崇译，周纪荣、周琪校，商务印书馆2000年版，第259页。
④ ［德］卡尔·曼海姆：《意识形态与乌托邦》，黎鸣、李书崇译，周纪荣、周琪校，商务印书馆2000年版，第268页。
⑤ 参见［美］弗雷德里克·詹姆逊《语言的牢笼　马克思主义与形式》，钱佼汝、李自修译，百花洲文艺出版社1995年版。

布洛赫所面对的现实之一，可以说正是进入实践领域的社会主义。出身于犹太家庭的他几乎一生都在四处漂泊中度过，早年在德国慕尼黑、柏林、海德堡等地修习、研究哲学时，他与格奥尔格·卢卡奇（Georg Lukács）、马克思·韦伯（Max Weber）交往甚密，彼此之间产生了很大的影响。1917年离开德国之后，在很长一段时间内他辗转于瑞士、意大利、法国、突尼斯、德国之间，先后结识了瓦尔特·本雅明（Walter Benjamin）、西奥多·阿多诺（Theodor Adorno）等，并于1918年在慕尼黑首次发表了代表作《乌托邦的精神》。随着法西斯势力的扩大，他在1938年离开了欧洲到达美国，开始了近10年的流亡生活。在这段时间内，他完成了三卷本巨著《希望的原理》，并在1948年回到德国后由东德建设出版社先后出版了前两卷，但是第三卷却被拖延到1959年才又转由西德的法兰克福苏尔坎普出版社出版。[①] 然而，回到东德莱比锡大学任教的布洛赫不久后感受到了民主德国的政治实践与他所希冀的社会主义理想之间的落差，并且因被认为参与了反革命活动而被迫停课。于是，当他1961年访问西德并得知柏林墙的修建时，便向西德寻求政治避难，随后在图宾根大学任客座教授。此后，他将大量时间与精力用于整理自己的手稿，将之再版，同时也始终坚守自己的社会主义理念，并积极参与社会活动，支持20世纪60年代的学生运动等，直至1977年逝世。

曼海姆的抽象描述，即社会主义在进入实践后乌托邦维度的消逝，对于具有社会主义理想的布洛赫来说则是需要直接面对的现实，而他选择的方式，是重新阐释马克思主义。在布洛赫的著作中，可以很明确地看到两个体系的交织作用，即马克思主义与犹太教的宗教思想，而就思想轨迹来说，一般认为对他影响最大的是黑格尔与马克思。从《乌托邦的精神》到《希望的原理》，"乌托邦"始终是布洛赫最为重要的思考主题，也是他理解和把握马克思主义的切入口。如果说马克思主义同时有批判和建构的维度的话，那么与大多数马克思主义者倾向于批判维度不同，布洛赫将关注点更多地放置在了建构维度上，而乌托邦恰恰承载着这种关注。在他的希望哲学中，"所有非幻想的希望图像，所有'现实的可能性'都通向马克思。尽管依据具体情况，各种希望图像总是变化无常、参差不齐，但都为社会主义的世界变化而工作……其实，在更美好的生活的梦中，总是业已询问某种幸福的形成问题，然而，只有马克思

---

① 参见金寿铁《真理与现实——恩斯特·布洛赫哲学研究》，同济大学出版社2007年版。

主义才能开启人类如何通向幸福的彼岸。在教育学和内容上，希望图像将为创造性的马克思主义提供一条新的通道，而且这条通道是从新的前提以及主观类型和客观类型出发的"①。换句话说，马克思主义的重要性在于它给出了一条通向未来的希望道路，是以往的乌托邦或现实的可能性的最终导向，但又超越了这些未涉及如何实践的"抽象的乌托邦"。它提供了新的事物，是"具体的乌托邦"。

不过，对于布洛赫来说，用"希望"或"乌托邦"作为关键词来阐释马克思主义，不仅是要传达一种不同的、富于乌托邦性的社会主义理念，同时也是要对抗现实中一种乌托邦消逝的表征，即资本主义世界的虚无主义或他所称的"贫困的哲学"。在《希望的原理》前言中，他描述了一种贫困情境：

> 在今日西方社会中，只有某种不完全的、暂时的意向一路下滑，每况愈下。于是，对于无法摆脱这种衰落的人们来说，他们所面对的无非是希望面前的害怕和反对希望的恐惧。于是，害怕和虚无主义就各自显现为危机现象的主观的、客观的假面具。②

布洛赫将它与市民社会"自身的临死挣扎"联系在一起，批判"市民存在的悲观绝望干脆被扩展为人类状况一般或存在自身"这种"徒劳无益"的立场。他并没有进一步详细说明这种无希望状态，只是宣称，"在时间性和客观性意义上，'无希望'（Hoffnungslosigkeit）是无法忍受的，而且从人的需求上看，这种无希望是完全无法忍受的人生态度"③。同样令他无法接受的，是西方哲学以"上升和超越作抵押"的"贫困的哲学"。④ 这种虚无主义或许与卡林内斯库在《现代性的五副面孔》中讨论的颓废主义分享着相似的关注，只不过在后者的现代性讨论中，颓废主义显现出了更为微妙和复杂的形态。它是现代艺术家因自身的矛盾地位——"他所达到的现代性不但必定是有限的和相对的，而且必定会维

---

① ［德］恩斯特·布洛赫：《希望的原理》（第一卷）"前言"，梦海译，上海译文出版社2012年版，第19页。
② ［德］恩斯特·布洛赫：《希望的原理》（第一卷）"前言"，梦海译，上海译文出版社2012年版，第3页。
③ ［德］恩斯特·布洛赫：《希望的原理》（第一卷）"前言"，梦海译，上海译文出版社2012年版，第4页。
④ ［德］恩斯特·布洛赫：《希望的原理》（第一卷）"前言"，梦海译，上海译文出版社2012年版，第4页。

护它试图否定的过去，反对它试图宣扬的未来概念"[①]——而做出的消极反应，但并不简单是某种资本主义意识形态的传达，或是彻底的绝望与恐惧。

可以说，正是在西方社会整体性的价值虚无与资本主义意识形态的封闭中，布洛赫试图通过召唤马克思主义的乌托邦维度来建立某种通向未来的道路，赋予"未来"以讨论的可能。在他看来，这也是哲学的必然选择和导向，它应当"成为明天的良心，代表未来的党性，拥有未来的知识，或者将不再拥有任何知识"[②]，而唯有马克思主义可以承载这种新哲学。在其中，乌托邦成为核心概念，"蕴含了希望和人的尊严内容"[③]，因此，布洛赫以乌托邦为基点建立起了一种导向马克思主义的希望哲学，而出版于 20 世纪 50 年代的三卷本《希望的原理》则是其最为重要的负载物。不过需要说明的是，在这部充满表现主义色彩的文本中[④]，要想找到一个建构体系几乎是不可能的。正如詹姆逊在《语言的牢笼 马克思主义与形式》中概括的，布洛赫这部主要著作获得了真正的百科全书式品格，它不像黑格尔的《精神现象学》那样，是一排递升的形式阶梯，而是在现实各个层面上，对希望的显现进行大量的杂乱无章的探索：从本体论自身出发，在对人类时间重要而关键的分析中，向外扩展，触及存在主义心理学、伦理学、逻辑学、政治科学，各种乌托邦概念所固有的社会计划、技术、社会学，以及意识形态和文学批评。因此，《希望原理》在其概念形成上，必然不成体系：或者太长或者太短，它的基本图式可以在几页的篇幅里予以重演，也可以为了同世界自身的无限现实相匹配而无限扩展。[⑤]

"杂乱无章的探索"与"不成体系而又不断重演的基本图式"，精确地描述了《希望的原理》最为外在的形式特征——书中随处可见一种松散结构，如用广告、杂志、集市、通俗小说、舞蹈、戏剧等平行展开的例证来反复确认"愿望图景"的存在等。鉴于此，本书并不试图提炼出

[①] ［美］马泰·卡林内斯库：《现代性的五副面孔：现代主义、先锋派、颓废、媚俗艺术、后现代主义》，顾爱彬、李瑞华译，商务印书馆 2002 年版，第 76 页。

[②] ［德］恩斯特·布洛赫：《希望的原理》（第一卷）"前言"，梦海译，上海译文出版社 2012 年版，第 7 页。

[③] ［德］恩斯特·布洛赫：《希望的原理》（第一卷）"前言"，梦海译，上海译文出版社 2012 年版，第 7 页。

[④] 关于布洛赫哲学语言的表现主义特征，参见《希望的原理》"中译本序"，第 9 页。

[⑤] 参见［美］弗雷德里克·詹姆逊《语言的牢笼 马克思主义与形式》，钱佼汝、李自修译，百花洲文艺出版社 1995 年版。

布洛赫的希望哲学理论框架，而只是将他放置在乌托邦思想的脉络中，通过比较来观察乌托邦是如何进入他的论述的。如前文所述，在乌托邦的问题上，布洛赫选取了一个较为少见的切入角度，即将起点放置在了本体论层面，去解释乌托邦的存在本身。《希望的原理》以"白日梦"为开端，分析"期待"或"梦"在人的孩童、少年、青年、老年不同时期的角色，以此说明未来的维度伴随始终，而不满足和追求新的东西则是一种恒定的动态——"我们并不拥有想望的东西"①。这些一般性的经验导向了布洛赫哲学的基础："在我们之中有什么东西在驱动？一旦这东西活动起来，我们的身体就马上温暖和敏锐起来。活着的东西必定兴奋起来，而且，这东西首先通过自身而兴奋起来。只要这东西存在，它就呼吸，并刺激我们。"② 显然，"这东西"存在于人的身体之内，是人与生俱来的、驱动人思考与行动的原动力。在接下来的一段中可以清楚地看到，布洛赫将这种带有神秘主义色彩的成分称为"渴望"，并认为它规定了人的存在：

> 人活着这一事实是无法感受的。把我们规定为活着的东西这一事实并不显露自身。它位于最下端，即我们开始具备肉体的地方。我们之中的这种冲击意味着什么？可以说，人不是为活而活，而是"因为"他活着才活。谁也没有选择这种生命的紧迫状态，只要我们出生并继续存在，这种状态就同我们一起存在。我们的生命直接发生在我们的存在之中。由于生命的空虚，我们贪得无厌，我们到处谋求，因而变得焦虑不安。但是，这一切都不是自己感受到的，而是必须对此坦言才能感受到的。然后，这东西才作为渴望，作为十分含糊的、未被规定的东西被某一活着的生物感受到。任何活着的生物都不能摆脱这种渴望，尽管它会为此弄得精疲力竭。这种饥渴不断地表现出来，但并未得到命名。③

作为"奠定基础：预先推定的意识"部分的导引，这段文字交代了一个重要的前提，即"渴望"或者说乌托邦冲动位于"我们开始具备肉

---

① ［德］恩斯特·布洛赫：《希望的原理》（第一卷），梦海译，上海译文出版社2012年版，第1页。
② ［德］恩斯特·布洛赫：《希望的原理》（第一卷），梦海译，上海译文出版社2012年版，第29页。
③ ［德］恩斯特·布洛赫：《希望的原理》（第一卷），梦海译，上海译文出版社2012年版，第29页。

体的地方",它是"把我们规定为活着的东西",但"并未得到命名"。"肉体"在此具有独特意义,它是"最下端",同时也包含着某种不能反身认知的、神秘的东西,而恰恰是这些东西促成了人的渴望,开启了通向未来的路径,凸显了未能获得,却在欲求之中的新事物。肉体同时也是"冲动"的必要物质前提——"没有无肉体的冲动"[1]——尽管在某些情况下,人会产生错觉,"仿佛冲动独立自存,并控制身体,以便在灵魂面前保持沉默",但事实上,"身体中的任何东西都不能把冲动变成自身固有的载体"。继而,布洛赫将身体与冲动的关系表述为:"自始至终存在的东西仅仅是身体,它想要保存自己,因而吃、喝、爱,并为某种感情所压倒。身体仅仅在冲动中活动,并在其中显现出各种各样的形式,同时通过正在露面的自我及其关系而变化。"[2]身体和冲动构成了一组相关概念,通过冲动,身体才可以得到把握和感知,而冲动本身并不是独立存在的、可以单独讨论的事物,它仅仅是身体的属性。

以这组关系的分辨和对身体的强调为起点,布洛赫将论题引向了弗洛伊德的精神分析,并在两个重要问题上对其进行了质疑。首先,弗洛伊德将"最初的和最强烈的冲动"规定为"性冲动",由此,"里比多控制人的生命,无论时间上还是内容上,它都是人的生命的基础"[3],然而布洛赫指出,这种假设却在事实上"借助于神秘主义的概念方式使冲动离开活生生的肉体"[4]。这是因为,在他看来,"人的身体只想保存自身而不想拥有任何其他东西",故而更关键的、更基本的冲动是"饥饿"——这是"作为经济社会条件的变数",也是"精神分析学家的所谓各种冲动"不能决定性地说明,甚至有意加以省略的冲动——而不是性冲动。[5]有趣的是,尽管"对饥饿的悲叹是唯一最强烈的悲叹",但是很少有人深入地探讨饥饿问题。布洛赫以精神分析为例,说明阶级属性是对它视而不见的肇因:"精神分析医生,特别是患者大都出身于中产阶级,因

---

[1] [德]恩斯特·布洛赫:《希望的原理》(第一卷),梦海译,上海译文出版社2012年版,第33页。
[2] [德]恩斯特·布洛赫:《希望的原理》(第一卷),梦海译,上海译文出版社2012年版,第34页。
[3] [德]恩斯特·布洛赫:《希望的原理》(第一卷),梦海译,上海译文出版社2012年版,第37页。
[4] [德]恩斯特·布洛赫:《希望的原理》(第一卷),梦海译,上海译文出版社2012年版,第54页。
[5] [德]恩斯特·布洛赫:《希望的原理》(第一卷),梦海译,上海译文出版社2012年版,第54页。

此直到不久之前,他们几乎用不着操心'胃'的问题……穷困潦倒的维也纳精神分析咨询处的墙壁上却挂上了这样的刻印文字:'此处概不受理经济和社会问题'……饥饿芒刺为精神分析所封闭。这表明,精神分析的基本冲动研究具有阶级局限性,只对中产阶级以上的阶级才具有影响力。"①弗洛伊德强调性冲动、将饥饿看作性冲动的下属阶段,这种做法被看作由拒绝饥饿表述的晚期资本主义所造成的,它忽视了经济利益这个更具普遍性的层面,进而也忽视了"自我保存的冲动"——"资本主义经济竞争把自我保存的冲动变成了无节制的个人冲动"②,以饥饿芒刺对抗性冲动,布洛赫通过与精神分析的对话与辩驳,提出了进一步论述的基础。

其次,布洛赫针对的是"无意识"概念:"在弗洛伊德那里,无意识仅仅构成了我们可以把某种东西搁置起来的领域,或者说,无意识充其量是像一个封闭了的环一样环绕意识的东西。换言之,无意识是一份氏族遗产,它环绕在有意识的人周围。"③更确切地说,布洛赫对"无意识"的不满,来自它的"退行"(regressionen)特征——它是那些被压抑的、未满足的愿望的隐身之处,是"卷起的、从前的门",亦即它只是关于那些过去曾经存在过的东西,而没有任何指向未来的东西。这一点在荣格的"集体无意识"那里更为清晰,因为弗洛伊德的无意识仍然和个人有关,是个人所获得的压抑,或者"现代个人的刚刚过去的往日的压抑",但是荣格则将无意识的根源放置在远古的、集体性的经验中,使之变成彻底不可控的、跟个人无关的神秘事物。可以看到,布洛赫一方面受到"无意识"概念的启发,试图在它的位置上找到一个通向新事物或未来的根源,但另一方面他又不接受弗洛伊德和荣格等人对这种无意识的具体规定,认为它完全建立在过去,甚至是远古经验之上,因此过于封闭,"逃避当下,憎恨未来"④,无法解释在冲动的引导之下发生的变化。

在精神分析的参照下,布洛赫希望哲学的起点开始显影出来。概括

---

① [德]恩斯特·布洛赫:《希望的原理》(第一卷),梦海译,上海译文出版社2012年版,第56页。
② [德]恩斯特·布洛赫:《希望的原理》(第一卷),梦海译,上海译文出版社2012年版,第58页。
③ [德]恩斯特·布洛赫:《希望的原理》(第一卷),梦海译,上海译文出版社2012年版,第43页。
④ [德]恩斯特·布洛赫:《希望的原理》(第一卷),梦海译,上海译文出版社2012年版,第50页。

来讲，在他略显散漫的论述中可以提取出由这样几个关键概念构成的轨迹：身体/冲动（饥饿）—白日梦—"尚未"意识—乌托邦。如前所述，避免饥饿的自我保存冲动被看作"唯一的基本冲动"，因为它是"与载体有关的最后的、最具体的冲动主管机构"①，亦即它最为直接地联系着身体这个基本事实。饥饿使人意识到匮乏，进而让人感知到肉体、感知到自我，同时产生出一种"类似愿望的东西"以摆脱匮乏状态。也是因此，人必须一再革新自己，甚至引发革命——"革命旨趣总是从饥饿开始，饥饿启发穷人，饥饿变成炸毁匮乏之监牢的爆炸物"②。在这个过程中，愿望图景是一个非常重要的要素——正如马克思在人的劳动和蜜蜂建筑蜂房之间做的比喻所提示的，"最蹩脚的建筑师从一开始就比最灵巧的蜜蜂高明的地方，是他在用蜂蜡建筑蜂房以前，已经在自己的头脑中把它建成了"③——人的特别之处是在达到目标之前，先"预先推定"出一个实现愿望、消除匮乏的图景或者幻象，而这便是"白日梦"。

"白日梦"这一理论生长点来源于弗洛伊德。在写于1908年的《作家与白日梦》一文中，弗洛伊德用了较大的篇幅界定白日梦的概念。他指出，白日梦是一种被忽视的心理活动，是替代孩子童年游戏的幻想：

> 心理活动与某些现时的印象相关联，与某些现时的诱发心理活动的事件有关，这些事件可以引起主体的一个重大愿望。心理活动由此而退回到对早年经历的记忆（通常是童年时代的经历），在这个时期该重大愿望曾得到过满足，于是在幻想中便创造了一个与未来相联系的场景来表现愿望满足的情况。心理活动如此创造出来的东西叫做白日梦或者幻想，其根源在于刺激其产生的事件和某段经历的记忆。这样，过去、现在和未来就串联在一起了，愿望这根轴线贯穿其中。④

在这段描述中，白日梦是以愿望为中轴线的连接过去、现在与未来的某种心理活动。这种包含着未来维度的思考启发了布洛赫，使他借用

---

① [德]恩斯特·布洛赫：《希望的原理》（第一卷），梦海译，上海译文出版社2012年版，第57页。
② [德]恩斯特·布洛赫：《希望的原理》（第一卷），梦海译，上海译文出版社2012年版，第68页。
③ [德]卡尔·马克思：《资本论》第一卷，中共中央马克思恩格斯列宁斯大林著作编译局译，人民出版社2004年版，第208页。
④ [奥]弗洛伊德：《作家与白日梦》，孙庆民、乔元松译，载车文博主编《弗洛伊德文集》第七卷《达·芬奇对童年的回忆》，长春出版社2004年版，第62页。

"白日梦"作为自己乌托邦思想的一块重要基石。然而,不同的是,布洛赫并不赞同弗洛伊德将白日梦看作对"童年时代的经历"的激活,认为这是因为后者的理论仍然以"夜梦"为中心,并未真正思考未来,白日梦最终仍然是夜梦的某种副产品。在《希望的原理》(第一卷)中,他通过重新界分"夜梦"和"白日梦",确定了一种蕴含在身体中的、向前的、会产生新事物的冲动。在弗洛伊德以"夜梦"为重心的精神分析中,"梦"隐喻性地保护睡眠并满足各种愿望,因外部世界的阻滞而返归幼年期的未受审查的冲动世界,但为了避开自我的审查,它不得不受到歪曲,以做梦者不能理解的象征形式出现。而白日梦仅仅被看作夜梦的前阶段,二者本质相同,夜梦是获得自由的白日梦。然而,布洛赫认为,对白日梦的轻视根源于资产阶级那种以市民社会为主体的衡量标准,事实上,白日梦是清醒之梦,并不从属于夜梦,"白日梦这一空中楼阁并非通向夜间迷宫的前阶段,毋宁说,在白天的空中楼阁中,存在作为地下室的夜间迷宫"①。

以夜梦为参照概念,布洛赫总结了白日梦的四个特征:"自由的行驶""被保存的自我""世界的改造"和"行驶到终点去"。大致来说,这四个特征是发生在两个方向上的:前两个特征向内指出"自我"在两种梦中的不同状态,即与夜梦中分崩离析的、被削弱的自我不同,白日梦或清醒之梦中的自我得以保存,并且"过分乌托邦化地建构空中楼阁"。为了清晰呈现二者的不同,文中以"鸦片"和"大麻"的病理表现作为例证,将夜梦比作"导致自我的机能减弱、消沉低落"的鸦片,而白日梦则相似于"导致自我的自由奔放、浮想联翩、热情洋溢"的大麻。②不过,值得注意的是,布洛赫最终仍然给这种白日梦加上了一个限制条件,将它区分于个人在私人欲望上的想入非非,强调它更多的是"人的心灵中有约束力的、与日俱增的共同愿望:即描绘一个更美好的世界"③。"共同愿望"凸显了白日梦的集体指向,而"更美好的世界"则直接限定了白日梦的内容。后两个特征指向外部,首先,布洛赫延续鸦片/大麻的比喻,称作为鸦片的夜梦仿如精神分裂症,而作为大麻的白日梦则仿如

---

① [德]恩斯特·布洛赫:《希望的原理》(第一卷),梦海译,上海译文出版社2012年版,第83页。
② [德]恩斯特·布洛赫:《希望的原理》(第一卷),梦海译,上海译文出版社2012年版,第85页。
③ [德]恩斯特·布洛赫:《希望的原理》(第一卷),梦海译,上海译文出版社2012年版,第88页。

偏执狂。其区别在于，面对无意识的强力侵入，前者屈从并被吸引住了，而后者则试图凭借一些幻想之物摧毁这个力量，进而改造外部世界。因而，白日梦"不是被压抑的无意识的性本能冲动升华的领域，而是集中包含了创造性的乌托邦的向度领域"①，乌托邦只有在白日梦中才能栖身。其次，白日梦的目的性使它成为动力源，促使人们积极地、充满渴望地走向终点。它不具有夜梦的隐喻性，相反是预先推定、经过构思的，是向着未存在的事物敞开的。不过，布洛赫也指出，尽管夜梦与白日梦的方向完全不同，但是彼此之间也并非毫不相干。有一种情况令二者融合在一起——当夜梦所携带的"古代要素"同样具有乌托邦性，亦即它未能满足或者尚未完结的东西，是需要依靠向前的白日梦来进一步补偿的。

当布洛赫借用弗洛伊德的意识层级来讨论"白日梦"时，他遇到了一个难以解决的问题：白日梦究竟处在什么位置？它作为梦之一种显然不是在意识领域，而弗洛伊德的夜梦所通向的"无意识"又具有"退行性"，只是过去的碎片，因此对白日梦也是封闭的。对此，布洛赫提出了"尚未意识"——它占据着无意识的位置，同时区别于弗洛伊德的无意识——并重写了意识的层级。在他看来，意识的边缘是模糊和开放的，意识与无意识之间的移动是双向的，亦即并不只有通向无意识的遗忘之路，也存在着反向的移动——有一些东西会从尚未意识到的领域进入意识的领域。因此，前意识自身是双重的，一重是"不再被意识到的东西"，是被压抑的、沉入无意识之海的东西，而另一重是"尚未被意识到的东西"，即弗洛伊德晚年提到的"自我自身中"的"第三种无意识"。这种无意识对抗、解构着弗洛伊德的压抑图式，却是白日梦和创造性行为的来源。在确认"尚未意识"存在的可能性上，布洛赫转向了莱布尼茨的"连续性法则"和"微知觉"。借助"完备无缺的世界的关联性"的法则，布洛赫认为从新的、革命性的事物到既有的现实事物之间，不可能是彻底的断裂，二者之间一定存在着某些不容易被觉察的、虚弱无力的"微知觉"，而只有在"微知觉"加强到了一定程度时才会被意识到，并被感知为突变。但是这种连续性又不同于柏格森的"直觉"，因为柏格森反对目的，反对"预先推定"，故而"消除了每一个向前的、向何的、明显可促进的目标"。②布洛赫进一步指出，在很长一段时间内，包

---

① ［德］恩斯特·布洛赫：《希望的原理》（第一卷），梦海译，上海译文出版社2012年版，第92页。

② ［德］恩斯特·布洛赫：《希望的原理》（第一卷），梦海译，上海译文出版社2012年版，第155页。

括莱布尼茨自己都未能给微知觉以足够的认识,特别是浪漫主义运动将创造性直接回溯到"失去的过去"之中,而未指向某种新东西。"尚未意识"在某种程度上脱胎于微知觉,虽然仍未被意识到,却构成了内在的冲动,促使人们产生渴望、获得前进的动力和方向。它指向"尚未形成的东西",即存在于未来的,或者正在发生中的新事物。这种新事物"乃是一片特有的荒野,可比作是人迹罕至的危险地带,但是,这个尚未形成的东西却蕴含着尚未到来的可能性,因而压倒像荒野一类的东西"①。

布洛赫以"尚未意识"重新阐释"无意识",为乌托邦的出现开辟了场域。需要指出的是,与"尚未意识"相联结的"乌托邦"在此区别于一系列的既有乌托邦概念:首先,它不同于作为一种叙事形式的乌托邦写作,即《乌托邦》《乌有乡消息》等布洛赫称为"国家小说"或"国家乌托邦"的文本——"事实表明,首先从历史的观点看,乌托邦的广度延伸和深度延伸并非早已局限在最流行的'国家乌托邦'这一现象上"②。其次,它也不同于寄寓在这些文本中的社会乌托邦想象,以及由此唤起的具体社会实践。这些常被概括为"乌托邦主义"的思想与实践,在布洛赫看来是"抽象的乌托邦",即它们尽管携带着乌托邦成分并受到乌托邦的召唤,但其与现实连接的通路太过薄弱。与之相对的是"具体的乌托邦"或"真正的乌托邦",其内涵是"代表新事物的方法论的构件,即将到来的东西的客观集合体"③。当然,布洛赫所肯定的"具体的乌托邦"是指马克思主义,认为它将一直存在却未进入意识层面的乌托邦及其与现实之间的关联展示了出来。可以看到,拒绝了蓝图规划的乌托邦上升为一种精神,从中不同程度地折射出了黑格尔的绝对精神、犹太教的弥赛亚与马克思的自由王国。

不过,乌托邦精神的提出,并非为了召唤一个未来的天国。在论述中,布洛赫显然更加在意未来维度的开敞以及它与过去、现在的连接,而在这个方面,乌托邦的功能比形式更为重要,它诉求着主观能动作用,并承载着"希望"——"希望不再作为自身现状的情绪活动出现,而是

---

① [德]恩斯特·布洛赫:《希望的原理》(第一卷),梦海译,上海译文出版社2012年版,第142页。
② [德]恩斯特·布洛赫:《希望的原理》(第一卷),梦海译,上海译文出版社2012年版,第176页。
③ [德]恩斯特·布洛赫:《希望的原理》(第一卷),梦海译,上海译文出版社2012年版,第178页。

作为乌托邦的功能而被意识到和认识到"①。那么，乌托邦功能存在于何处呢？布洛赫首先认为"单纯的如意算盘中，乌托邦的功能根本不在场，或者仅仅一闪而过"②，甚至于"如意算盘"自古以来便败坏了乌托邦的名誉，令人们误以为它是乌托邦的真实形态。而抽象乌托邦也因此显得可疑——它的乌托邦功能处在不成熟的阶段，"背后没有坚实的主体，而且不涉及现实的可能性"③。换句话说，以乌托邦形态出现的乌托邦或许恰恰不能代言乌托邦功能，它有可能"误入歧途"。有趣的是，在进一步将讨论延伸到利益、意识形态、原型、理想时，布洛赫似乎倾向于认为，乌托邦的功能很多情况下是在这些层面上显现出来的。尤其是在意识形态与乌托邦的关系上，他摹画的图式与曼海姆形成了某种程度上的交错。

布洛赫指出，尽管意识形态具有欺骗性，"为虚假意识的烟雾和香气所围绕"，但是在其中"还存在着对既定现实进行压缩、完善和赋予意义的某些图像"，也就是说，它必然对既定现实"以理想主义、抽象的方式"进行了补充，在这个过程中，浮现出了"对更好的东西的某种独特的、某种非本真的预先推定"。④ 因而，辩证地说，意识形态事实上也带有部分乌托邦的要素，尽管这种乌托邦是被歪曲和移植的，因为只有如此，才能解释为什么可以出现超越既定现实的情况。亦即，"意识形态从乌托邦的功能那里借用某种功能，惟其如此，意识形态才能借助于文化剩余一般来构成所谓'补缺'"⑤。超过了既定现实的那些"文化剩余"或者"精神剩余"，标示着乌托邦的功能，构成乌托邦的内容物，"这些内容包括曾经起过进步作用的各种利益，并未与自身社会一道完全灭亡的各种意识形态，依然包藏不露的各种原型，已然处在静态的各种比喻和象征等等"⑥。在此，布洛赫和曼海姆的"意识形态—乌托邦"图式显示出了不同的侧重：首先，曼海姆倾向于将这两种超越的思想状况之间的

---

① ［德］恩斯特·布洛赫：《希望的原理》（第一卷），梦海译，上海译文出版社2012年版，第160页。
② ［德］恩斯特·布洛赫：《希望的原理》（第一卷），梦海译，上海译文出版社2012年版，第160页。
③ ［德］恩斯特·布洛赫：《希望的原理》（第一卷），梦海译，上海译文出版社2012年版，第161页。
④ ［德］恩斯特·布洛赫：《希望的原理》（第一卷），梦海译，上海译文出版社2012年版，第166页。
⑤ ［德］恩斯特·布洛赫：《希望的原理》（第一卷），梦海译，上海译文出版社2012年版，第167页。
⑥ ［德］恩斯特·布洛赫：《希望的原理》（第一卷），梦海译，上海译文出版社2012年版，第168页。

关系描述为一种动态的指认过程，并较为消极地指出二者在未来可能会消失，而布洛赫则以马克思主义为乌托邦的最终指向，从而积极地给予未来以希望维度。其次，尽管乌托邦因素和意识形态因素在历史进程中的交融状态同样引起了曼海姆和布洛赫的注意，但是这在他们的具体论述中的作用却是不一样的。对于曼海姆来说，它造成了区分意识形态与乌托邦上的困难，即在面对具体的、超越现实的思想时，很难确定它究竟是意识形态还是乌托邦。对此，他最终的回答是，"标准就是它们能否实现。那些后来证明只是歪曲地说明过去或潜在的社会秩序的思想，就是意识形态，而那些在后来的社会秩序中得以恰当实现的思想则是相对的乌托邦"[①]。布洛赫则更多地站在乌托邦的立场上，反向"发现"意识形态中的乌托邦成分。"过去的伟大作品"中栖息着大量此类成分，它们构成了某种剩余或"进步的文化"，是"由意识形态形体的乌托邦的功能所产生的"可继承的文化遗产。[②] 这种分辨的现实意义在于，一方面指认和批判资本主义意识形态并不应该全盘否定，而要寻找其中的精神剩余或乌托邦剩余并加以继承。如"艺术、科学和哲学的花朵总是标明某种超出虚假意识的东西""蕴含着指示未来的丰富多彩的内容"，且"并未与自身的经济基础一道归于灭亡"。[③] 另一方面，这也显示出来布洛赫对苏联道路的信心："在能够成功地谋求社会主义之前，并不需要首先充分地资本主义化。"[④] 即假如能够分辨和继承那些乌托邦成分，那么资本主义便不再是通向社会主义的必经之路。

通过以上对布洛赫希望哲学的起点的勾勒，我们大致可以看到一种建构性的、强调未来维度的乌托邦论述。当然，对于三卷本《希望的原理》以及布洛赫的丰富哲学思想来说，这仅仅是冰山一角，然而对于本书来说，这个起点却是至关重要的。正如前文所述，布洛赫的独特之处在于他打开了乌托邦问题的纵深，试图将乌托邦的本源纳入考量。如果与《意识形态与乌托邦》中界定乌托邦的部分做比较，会发现后者几乎是描述性的——简单地说，曼海姆指出总有超越现实的思想状况存在，

---

① [德] 卡尔·曼海姆：《意识形态与乌托邦》，黎鸣、李书崇译，周纪荣、周琪校，商务印书馆2000年版，第209页。
② [德] 恩斯特·布洛赫：《希望的原理》（第一卷），梦海译，上海译文出版社2012年版，第176页。
③ [德] 恩斯特·布洛赫：《希望的原理》（第一卷），梦海译，上海译文出版社2012年版，第174页。
④ [德] 恩斯特·布洛赫：《希望的原理》（第一卷），梦海译，上海译文出版社2012年版，第241页。

其中后来被证实可以实现的部分是乌托邦，而不能实现的则属于意识形态，但他并没有解释为什么会出现超越的情况。换句话说，如果说人是社会历史的产物，那么究竟是什么使人得以突破现实秩序的禁锢，拥有想象未来的能力？显然，布洛赫正是从这个问题的回答开始建构他的乌托邦思想的，而为了铺设这块地基，他首先回到了弗洛伊德关于意识的结构划分，并且提出用"尚未意识"来充当乌托邦的形成场域，进而他以"肉体"或者"身体"作为其物质载体，即前所提及的仍然未知的，甚至对自我封闭的那个争夺场域。

由此，一个转向发生了——乌托邦从一种社会想象与社会建构转而退入了人自身的神秘领域。曼海姆也敏锐地捕捉到了这一点："超越现实的因素、意识形态和乌托邦等，现在不再与社会群体的状况，而是与人类动力联系在一起，也就是与人的冲动结构的永恒形式联系在一起（帕累托、弗洛伊德等人语）。"① 虽然"人类动力"的强调，使得关于乌托邦的"一般化理论成为可能"，但削弱了乌托邦的历史性和精神性，因而曼海姆较为悲观地称之为"乌托邦的消失"。可以看到，"20 世纪乌托邦消失"的表述实际上要比它在一般的"反—乌托邦"思想中的含义更为复杂——它不是破灭的神话或破产的空想，而是一个特殊的、多面的运动过程。从对社会群体的关注角度来看，乌托邦确实正在"消失"，或者说，一种以社会群体为诉求的乌托邦想象开始失效了，经受着全面的怀疑、拒绝。然而，如果以布洛赫为视角，那么这个转向便没有指向乌托邦本身的失败或消失，甚至相反，它标示着一个将"抽象的乌托邦"中的乌托邦碎片还给"真正的乌托邦"的过程，在其中，身体提供了乌托邦冲动，成为乌托邦必然存在的客观证明。

或许推动着 20 世纪上半叶三部反乌托邦小说叙事展开的，恰恰是这两个不同方向的阐释之间的张力。也就是说，一方面，它们反讽性地建构了形似"国家乌托邦"的社会，并且以夸张的方式呈现出其可笑与荒诞之处，但是，这种对乌托邦的否定却颇为缠绕："国家乌托邦"事实上被辨认为披着乌托邦外衣的现实秩序，因此在某种程度上，这些文本反而履行着乌托邦的功能，即超越和批判现实。另一方面，与布洛赫相似，它们不约而同地将人的"身体"建构为支撑乌托邦功能的基础。只不过，与前者的正面论述相比，后者的呈现方式十分扭结、隐蔽：身体的重要

---

① ［德］卡尔·曼海姆：《意识形态与乌托邦》，黎鸣、李书崇译，周纪荣、周琪校，商务印书馆 2000 年版，第 261 页。

性并不在于它是否能够完成反叛——事实上，三部小说都以身体的沦陷、秩序的胜利作结——而在于它的觉醒与对抗，在叙事中成为唯一能够想象到的不确定因素。另外，正如《一九八四》文本内外的双重"记录"结构所示的，"未来"维度在反乌托邦小说中也是功能性的——它提示着文本带有的警示意义，即说出未来的可能性，以使它不能够成真。在这个意义上，书写身体的沦陷也恰是为了挽救身体，挽救身体中所蕴藏的、超越性的希望。

提取和强调"身体"维度，并在此基础上呈现乌托邦与反乌托邦的交错状态——这对于理解反乌托邦命名的一致性和反乌托邦文本的内在关联是十分重要的。在20世纪后半叶，随着国家乌托邦的日趋失效，反乌托邦式的社会总体想象开始变得不稳定了，经济或历史性的要素也都陷于沉默，与此相对，"被奴役的身体"却被保留下来，成为反乌托邦小说中最可指认的、基础性的要素，也是构建"不好的乌托邦"的核心力量。比如，在《黑客帝国》(The Matrix)、《使女的故事》(The Handmaid's Tale)、《羚羊与秧鸡》(Oryx and Crake)等文本中，细节性的社会想象退居其次，而"身体"遭到的挑战却越发凸显。在千差万别的未来想象中，社会的变革几乎完全依附在了身体的变革之上。如果进一步分辨的话，那么当我们认为身体或身体观念的变革是积极而具有生产性时，它的结果便是乌托邦性的，如《黑暗的左手》(The Left Hand of Darkness)中"双性同体"的想象、建立在科技进步上的发展主义或未来主义，甚至包括克里斯蒂娃对"母性身体"的凸显等；而当我们将这种变革视作身体的沦陷时，新的社会想象便会呈现出反乌托邦的形态，如《黑客帝国》中身体与思想的分离以及机器的奴役、《使女的故事》中因生育问题而遭到剥夺的女性、《云图》(Cloud Atlas)中的克隆人等。而在朱迪斯·巴特勒对身体的解构中，这两种态度是叠合在身体场域的不同层级之中的。这些几乎完全相反的态度，及其驳杂、层次不一的内容物，也多少说明了"身体"论述在当下的开放性与多元性。为了进一步呈现"身体"被赋予的这种复杂色彩，在下一节中，笔者试图引入一个颇为独特而重要的例证，即女性主义乌托邦与反乌托邦叙事。

第二节　女性主义乌托邦与反乌托邦

萨金特在《乌托邦主义》中，描述了20世纪60年代的乌托邦短暂回潮以及其后的衰微，并特别凸显了"女性主义乌托邦"：

20世纪60年代乌托邦主义的思潮中，女性主义乌托邦是最为重要的一支，同时它也产生了这一时期最为丰富的、现在仍被阅读着的小说……同时，女性主义乌托邦也是女性主义运动的重要组成部分。

……尽管女性主义乌托邦在2000年后有过复兴，但是基本上除了女同性恋的乌托邦外，它从20世纪90年代起已经濒于消失。在反乌托邦转向当中，一个明显的例外是生态主义乌托邦……而大量的生态主义乌托邦同样也是女性主义乌托邦，因此，近50年来的两大重要潮流如今开始彼此交融了。[1]

前文已经指出，作为一位重要的乌托邦研究者，萨金特似乎着力于寻找20世纪的乌托邦痕迹，也因此，他较多地关注着20世纪60年代的嬉皮士运动、乌托邦社区等乌托邦实践，并且将勒古恩的《一无所有》等与反乌托邦小说区分开来，命名为"有缺陷的乌托邦"。在这种关注中，他敏锐地观察到，女性主义乌托邦是一支颇为不同的脉络，它始终伴随着女性主义运动，具有现实针对性，并对后者有一定的助推作用。因此，尽管它的发展也是起伏不定的，甚至"濒于消失"，但总体来说，它在19世纪晚期和20世纪60年代的两次女性主义浪潮中贡献了大量极富乌托邦动能的文本，形成了一个集中而突出的现象。

美国的夏洛特·珀金斯·吉尔曼（Charlotte Perkins Gilman）出版于1915年的小说《她乡》（*Herland*）常常被看作一部具有里程碑意义的女性主义文本。在这部小说中，吉尔曼假借一个美国男青年的口吻，以第一人称描述了"他"与其他两位男青年在一个只有女性存在的国家中的所见所闻。在他们的偏见与好奇的映衬下，这个女性乌托邦的社会结构与日常生活徐徐展开，而"母性"、单性生殖、与自然的和平共存成为最大的主题。伊莱恩·肖瓦尔特在《她们自己的文学》一书中，将这类乌托邦视作"对母亲和母爱的崇拜和对性交、分娩等实际过程的强烈反感结合在一起，引出了一些奇特的幻想"，"吉尔曼在《她之乡》（*Herland*）（即《她乡》——引者按）和《移山》（*Moring the Mountain*）中想像着亚马孙乌托邦，那里的女人在母性精英领导的社会中自发地繁殖后代"。[2]

---

[1] Lyman Tower Sargent, *Utopianism: A Very Short Introduction*, Oxford: Oxford University Press, 2010, p.31.

[2] ［美］伊莱恩·肖瓦尔特：《她们自己的文学：英国女小说家：从勃朗特到莱辛》，韩敏中译，浙江大学出版社2012年版，第179页。

这种想象在当时大胆而有冲击力，直接回击那些针对女性的既有偏见，并且在对男性的彻底放逐中反向展现了女性依附地位的不合理性。不过，肖瓦尔特对这种早期乌托邦构建的基础也提出了批判："在1880年至1910年的激进女权主义时代，英国和美国的女作家都在探索亚马孙乌托邦的主题，那是一个完全由女性居民构成，同男人的世界彻底隔绝的地方……种种女权主义的乌托邦都不是对于原初女人那种自由界说自己的本性和文化的构想，而只是从男人的世界遁入了一种与男性传统作对的文化。"[1]的确如此，由于《她乡》选择了男性视角的第一人称叙事，形成了非常清晰而简单化的"正—反"结构，很容易看出，一种"我们以为她们是怎样的"和"她们实际上是怎样的"结构始终贯穿于文本之中。[2]显然，依附既有话语而显影的镜像，尽管可以在一定程度上映照出原秩序的不合理，但很难构成真正的挑战或颠覆，也没有给予女性以书写自身具体经验的空间。

在《她们自己的文学》这部写于20世纪70年代的女性主义批评著作中，"女性经验"被肖瓦尔特看作一个重要衡量标准。她在第一章"女性传统"的开篇引用了乔治·亨利·刘易斯1852年出版的《淑女小说家》中的一段文字，作为她的明确对话对象以展开论述：

> 女性文学的出现有希望带来女性的人生观和女性经验，换言之，带来新的元素。无论人们想对社会作什么样的划分，男人和女人构造不同，因而有迥异的经验，这一点仍然是不争的事实……然而，迄今……妇女文学还没有发挥其功能，或可归因于一个很自然的、也是清晰可辨的弱点——它过分地成了一种模仿的文学。要像男人那样写作，这是女作家的目标，也成为她们难以摆脱的积习；而她们真正应该履行的职责是作为女人进行写作。[3]

刘易斯对女性文学的指责，立足于女性作家"像男人那样写作"而不是"作为女人进行写作"，忽视了女性文学中最有价值的新东西，即"女性的人生观和女性经验"。而他进行指责的根据在于，"男人和女人构

---

[1] [美]伊莱恩·肖瓦尔特：《她们自己的文学：英国女小说家：从勃朗特到莱辛》，韩敏中译，浙江大学出版社2012年版，第2页。
[2] See Charlotte Perkins Gilman, "Charlotte Perkins", *in Herland*, Dover Publications, 1998.
[3] 转引自[美]伊莱恩·肖瓦尔特《她们自己的文学：英国女小说家：从勃朗特到莱辛》，韩敏中译，浙江大学出版社2012年版，第1页。

造不同，因而有迥异的经验"。肖瓦尔特一方面延续了刘易斯与约翰·斯图尔特·密尔的《妇女的屈从地位》(*The Subjection of Women*, 1869) 对女性经验的强调，认为"在女性操笔写的书与刘易斯力图界定的'女性文学'之间存在着显著的差别；'女性文学'应自觉地共同专注于清晰地表达女性经验，并'在自身驱动力'的指引下进行自主的自我表达"①，另一方面也声明了自己研究的倾向性和基本立场："妇女小说（the woman's novel），无论是女性的（feminine），女权的（feminist）还是女人的（female），一直以来都不得不抵抗把妇女经验降至次等地位的文化历史势力。我在勾勒女性传统的轮廓时，越过了备受尊敬的著名小说家，而将目光投向长期湮没于文学史的许多妇女的生活与作品。我力图发现她们对自身及作品有怎样的感受，她们作出了什么样的选择和牺牲，她们同自己的职业和传统的关系又经历了什么样的变化。"② 不过，仔细辨认可以看到，在这两种说法之间实际上存在着微妙的差异。肖瓦尔特拈出"女性经验"作为关键词连缀和分析她选择的一系列文本，如她选择对多丽丝·莱辛《金色笔记》进行重点分析的原因，在于莱辛"认为自己在很努力通过艺术想象把女性经验的碎片整合为一体""很关注对女作家自主性的界说"③。然而，当她指出自己关注的是"她们作出了什么样的选择和牺牲，她们同自己的职业和传统的关系又经历了什么样的变化"时，她的"女性经验"似乎已经不再是刘易斯基于生理差异的"女性经验"了。

《她们自己的文学》无疑是一部重要的、带有革新性的女性文学批评著作，而其具体影响的体现之一是，它几乎成为 20 世纪 80 年代集中出现的大量女性主义研究文本的直接对话、批判的对象。它被许多研究者指为没有理论自觉，而最为重要的批评声音来自陶丽·莫伊（Toril Moi）的《性与文本的政治——女权主义文学理论》(*Sexual/Textual Politics: Feminist Literary Theory*, 1985) 一书，批评的重点则是她的"女性经验"评价标准——在后者看来，女性经验所隐含的理论预设仍然是基于生物学意义的两性对立，而真正需要的是如茱莉亚·克里斯蒂娃那样，拒绝

---

① ［美］伊莱恩·肖瓦尔特：《她们自己的文学：英国女小说家：从勃朗特到莱辛》，韩敏中译，浙江大学出版社 2012 年版，第 2 页。
② ［美］伊莱恩·肖瓦尔特：《她们自己的文学：英国女小说家：从勃朗特到莱辛》，韩敏中译，浙江大学出版社 2012 年版，第 31 页。
③ ［美］伊莱恩·肖瓦尔特：《她们自己的文学：英国女小说家：从勃朗特到莱辛》，韩敏中译，浙江大学出版社 2012 年版，第 31 页。

将两性对立看作基本图式。莫伊的批评影响力之大，令肖瓦尔特不得不在《她们自己的文学》一书的再版序言中予以回应，认为"莫伊本人因沉浸在法国批评和马克思主义批评中，反而未能觉察出《她们自己的文学》真正的理论预设，这些预设来自对文学、现实、性别身份和经典系统等极为不同的研究进路"①，而在文学史学者的身份和历史、文化的问题引领下，她觉得从西克苏、克里斯蒂娃等人的理论论述中"找不到多少有用的东西"②。事实上，在肖瓦尔特专注的文学史研究中，也能够看到她对建立于性别对立和女性经验的论述的反思。如在她论及当代女小说家时，指出她们在凸显女性经验时的矛盾："当代女小说家不得不正视黑人作家、少数族裔作家和马克思主义作家过去一直在面对的问题：究竟应献身于铸造女性的神话和史诗，还是应超越女性传统，不带性别痕迹地参与到文学主流中去，而后者既可以视为平等，也可以视为同化。"③

不管论争双方的立场与理论预设呈现出怎样的交错状态，一个基本问题是清晰地内在于其中的：应该如何安置所谓的"女性经验"？它在多大程度上与生理性别上的经验差异重合？毋庸置疑，这个问题在百余年来一直处于女性主义理论与女性主义运动的话语交织之处，不断被重提、重述，同时成为产生新的理论资源的场域。换句话说，对于女性主义而言，基于身体的性别差异、欲望等是天然的起点，从被发现、被论述到被解构，虽然它在不同的女性主义话语中具体的意义和呈现的面貌并不相同，但一直是一个难以完全消化的内核，以至于每一次言说都不得不重新面对它——不管是简单倒置、正面拆解、有意回避还是直接拒绝。比如，在弗吉尼亚·伍尔芙（Virginia Woolf）的《自己的一间屋》中，被后人征引最多的是其"雌雄同体"的设想："在我们每一个人当中都有两种力量在统辖着，一种是男性的，一种是女性的；在男人的头脑里，男人胜过女人，在女人的头脑里，女人胜过男人。正常而舒适的存在状态，就是在这二者共同和谐地生活、从精神上进行合作之时。如果一个人是个男人，那么头脑中的那个女人的部分也仍然一定具有影响；而一

---

① ［美］伊莱恩·肖瓦尔特：《她们自己的文学：英国女小说家：从勃朗特到莱辛》"序言"，韩敏中译，浙江大学出版社2012年版，第9页。
② ［美］伊莱恩·肖瓦尔特：《她们自己的文学：英国女小说家：从勃朗特到莱辛》"序言"，韩敏中译，浙江大学出版社2012年版，第9页。
③ ［美］伊莱恩·肖瓦尔特：《她们自己的文学：英国女小说家：从勃朗特到莱辛》，韩敏中译，浙江大学出版社2012年版，第31页。

个女人也一定和她头脑中的男人有着交流。柯勒律治说,伟大的脑子是雌雄同体的,他的话大概就是这个意思"①。头脑中的"雌雄同体"的提出,显然是为了超越生理上"雌雄异体"的"事实"。伍尔芙的这种小心翼翼的想象,并未质疑或者讨论生理性别自身,而是试图在承认它存在的同时取消它的决定性,从而构建起模糊的、区别于肉体的性别超越可能。需要说明的是,伍尔芙从生理性别剥离出来的另类想象,很像是灵魂—肉体的二元对立,而灵魂的想象是建立在悬置肉体基础上的。

在引领着20世纪60年代女性主义运动的著名文本《第二性》中,西蒙娜·德·波伏瓦(Simone de Beauvoir)也将论述的起点放置在了"生物学依据"上——第一章"生物学论据"的开头便讽刺性地指出"女人吗?这很简单,喜欢简化公式的人这样说:女人是一个子宫、一个卵巢;她是雌的,这个词足以界定她"②。在批判地陈列了一系列支撑女性从属地位的所谓"生物学证据"之后,波伏瓦指出,一方面,

> 这些生物学论据极为重要,它们在女人的历史中起着头等重要的作用,是女人处境的一个本质的因素,在我们以后的所有描述中,还要加以参考。因为身体是我们控制世界的工具,世界根据这样或那样的方式来理解而有不同的呈现。因此,我们这样长时间地研究这些论据;它们是一把钥匙,能够让人理解女人。

但另一方面,

> 我们拒绝这种观点:它们对女人而言构成固定不变的命运。它们不足以确定性别的等级;它们不能解释为什么女人是他者;它们不能将女人判定为永远扮演从属的角色。③

可以看到,波伏瓦怀疑那些似是而非的生物学描述,认为必须"根据本体论的、经济的、社会的和心理的观点,来阐明生物学的论述"④,而这种对生物学界定的反驳成为进一步论述的支点。

---

① [英]弗吉尼亚·伍尔芙:《自己的一间屋》,载《伍尔芙随笔全集》(2),王义国、张军学、邹枚、张禹九、杨羽译,中国社会科学出版社2001年版,第578页。
② [法]西蒙娜·德·波伏瓦:《第二性》Ⅰ,郑克鲁译,上海译文出版社2011年版,第27页。
③ [法]西蒙娜·德·波伏瓦:《第二性》Ⅰ,郑克鲁译,上海译文出版社2011年版,第55页。
④ [法]西蒙娜·德·波伏瓦:《第二性》Ⅰ,郑克鲁译,上海译文出版社2011年版,第59页。

在此，似可以延续前面章节提出的"身体性"问题。对于女性主义论述来说，身体的意义是双重的：它是既有性别秩序所依赖的物质基础——正是在一系列关于身体的"客观描述"中，女性成为"第二性"，而性、生育等身体特征，则既是奴役的手段、充当着奴役的目的，同时又是其合法性来源；然而，它也可能是一种新的、颠覆性力量的产生之处，因为正是女性的身体或身体经验，令女性得以凭借自身溢出话语的实际经验，来确认不平等的存在，确认既有话语中的荒谬与不合理之处。经历了早期对女性经验的强调，"生理性别"（sex）和"社会性别"（gender）的区分慢慢开始成为潜在的重要前提，以指出并批判社会性别的建构性，以及这种建构对于女性，甚至包括男性的压迫与异化。值得注意的是，这种区分包含着一个假定或前话语，即对生理性别的拒绝——通过自然化生理性别，从而将之悬置为不可讨论的、封闭的客观条件。朱迪斯·巴特勒的思考在很大程度上便是从这里开始的。在出版于20世纪90年代的《性别麻烦：女性主义与身份的颠覆》（Gender Trouble: Feminism and the Subversion of Identity）中，她指出，一方面，这种区分"暗示了生理上性别化的身体和文化建构的性别之间的一个根本的断裂"[1]，即"生理性别与社会性别的区分原本是用来驳斥生理即命运的说法，以支持这样的论点：不管生理性别在生物学上是如何地不可撼动，社会性别是文化建构的"，换句话说，社会性别既不是生理性别的结果，也"不像生理性别在表面上那样固定"。[2] 同时，它也引发了女性主义主体的分裂，令其多样性得到一定的讨论空间。然而，另一方面，巴特勒显然并不满足于此。通过反思社会性别的方式，她进一步反思了"生理性别"这个看上去稳固的事物，指出它很可能也同样是文化建构的产物，甚至于"生理性别和社会性别的区分证明其实根本就不是什么区别"[3]。

可以看到，巴特勒正是在处理"身体"的问题上与波伏娃展开对话的。"对波伏娃来说，在存在主义的厌女症分析范式里，'主体'一直就是男性的，它等同于普遍的事物，与女性'他者'有所区别；女性'他者'外在于人格的普遍规范，无望地成为了'特殊的'，具化为肉身，被

---

[1] ［美］朱迪斯·巴特勒：《性别麻烦：女性主义与身份的颠覆》，宋素凤译，上海三联书店2009年版，第8页。

[2] ［美］朱迪斯·巴特勒：《性别麻烦：女性主义与身份的颠覆》，宋素凤译，上海三联书店2009年版，第8页。

[3] ［美］朱迪斯·巴特勒：《性别麻烦：女性主义与身份的颠覆》，宋素凤译，上海三联书店2009年版，第10页。

宣判是物质的存在"，由此，女性被局限于她的肉体，而"被全盘否定的男性身体成为承载一个表面上彻底自由的非物质性工具"。①也就是说，两性的对立体现为身体与超越身体的对立，身体性被潜在地假定为女性的突出特征，而男性则占据了一个超越身体的位置成为"主体"。无疑，在这种分析中，身体性预先被看作低阶层的、次级的属性，而巴特勒在这一点上开始与波伏瓦发生明确的分歧。她指出，"肉身具现理论是波伏娃的分析的中心思想，但显然这个理论因为不加批判地复制了笛卡尔对自由与身体的区分而有所局限"，在一定程度上，"波伏娃还是维持了精神/身体的二元论"——这一精神和身体的区分"可以解读为阳具逻格斯中心主义的一个症候，而波伏娃低估了它"。②从柏拉图时起，身体与精神就被建构在了一个等级关系之中，身体臣服于精神，而精神不仅处在高位，更试图从身体的物质性中抽离出来。而在巴特勒看来，在仍旧存在精神和身体对立的地方，对等级关系的解构就不会是彻底的，在与身体极度相关的性别等级中尤其如此。因此，巴特勒认为"任何对精神/身体二元区分不加批判的复制，我们都应该对之重新思考，检视这个区分如何因袭陈规地生产、维系以及合理化了固有的性别等级"③。对生理性别的反思、进一步剥落身体的文化建构性，构成了巴特勒女性主义论述的基本位置，不仅支撑着她与拉康、弗洛伊德、福柯、克里斯蒂娃等的对话，也可以在她后来偏向针对现实政治的一系列论文——如论文集《消解性别》——中清晰地看到。

篇幅与论题所限，本书不拟对庞大而复杂的女性主义论述进行更详细的梳理。不过，仅在对一些基本立场的比较中也可以看出，生理性别或者身体性始终如魅影般缠绕在女性主义话语之间，扮演着重要的角色。由此回到本节最初的问题，我们会发现女性主义和乌托邦之间显现出了更为清晰的关联。在此，笔者尝试分三个层面来对它进行描述：首先，从乌托邦的角度上看，性别平等——尽管相对于女性主义的诉求来说显得极为表层、简单——是乌托邦构建的潜在前提，几乎每一部乌托邦文本都直接地论述到这个问题。当然，性别平等在这些文本中并不非以女

---

① [美]朱迪斯·巴特勒：《性别麻烦：女性主义与身份的颠覆》，宋素凤译，上海三联书店2009年版，第16页。
② [美]朱迪斯·巴特勒：《性别麻烦：女性主义与身份的颠覆》，宋素凤译，上海三联书店2009年版，第17页。
③ [美]朱迪斯·巴特勒：《性别麻烦：女性主义与身份的颠覆》，宋素凤译，上海三联书店2009年版，第17页。

性作为"主体"展开，而更多的是被乌托邦自身的人文主义诉求引发的附属命题。如《乌托邦》中屡屡强调男女在劳动中除了少数种类不同外，一律平等。而在婚姻上，则坚决实行"一夫一妻制"，男女双方婚前裸体相见，互相选择，婚后均可提出离婚等，对于16世纪来说显然具有革新性。《回顾》则偏重于将妇女从繁重的家务劳动中解救出来，"国家用它宽大的双肩，毫不费力就担起了把你们那个时代的妇女们压得弯腰曲背的重负。她们的悲惨境遇以及你们其他一切痛苦的根源，都是在于你们社会制度所依据的那种个人主义使你们无法合作"[①]，"今天妇女所以能够比以前更有效地和男子一同劳动，并且又非常快乐，就是因为我们对待她们的工作和对待男子的一样，都是按照这样的原则：把最适当的工作分配给每个男女"[②]。《乌有乡消息》中，乌托邦老人解释道，"这一切在今天已经是一种被人忘怀的争论了"，因为"男人再也没有机会去压制女人，女人再也没有机会去压制男人"，"现在，女人做她们力所能及的事情，做她们最喜欢的事情，男人并不因此而妒忌或愤怒"[③]。他甚至化身为未来的研究者，评论了"十九世纪的'妇女解放运动'"，讽刺它在女性的家务劳动与生育上的"错误观念"，指出这两方面是女性最为擅长的，因而在乌有乡中，劳务全由女性承担，只是不再受歧视，同时"做母亲的不消说是非常受人尊敬的"[④]。不得不说明的是，在这些乌托邦想象中，性别平等更像是人类平等的一个子命题，而对"自然人性"的追求，使得它们不约而同地以强化生物性别的方式来消解社会生活中的不平等。因而，在一些细节中常常可以看到这种平等的不稳定性——在性别差异的前提下，女性仍然被限制在某些工作上，而这种限制却没有出现在男性一边，如尽管不分男女从事的工作都是"最适合他/她的"，但显然有一些工作仅仅是女性才能够从事的。不过，不管怎么说，性别议题至少是存在的，是乌托邦某种异质性的表征——因为一般来说，女性是所有关于"人"的神圣表述的"非人"，一个被内在结构而放逐的"元

---

① ［美］爱德华·贝拉米：《回顾——公元2000—1887年》，林天斗、张自谋译，商务印书馆1963年版，第90页。
② ［美］爱德华·贝拉米：《回顾——公元2000—1887年》，林天斗、张自谋译，商务印书馆1963年版，第184页。
③ ［英］威廉·莫里斯：《乌有乡消息》，黄嘉德译，商务印书馆1981年版，第74页。
④ ［英］威廉·莫里斯：《乌有乡消息》，黄嘉德译，商务印书馆1981年版，第74—76页。

素"，一种"自我"内部的他人①，但乌托邦因诉求着人人平等的社会，而不得不将女性问题纳入考量，尽管十分有限。

其次，从女性主义角度来看，乌托邦的位置——特别是布洛赫或曼海姆所描述的功能性乌托邦——似乎尤为重要。这是因为，作为激进地否定着现存秩序的思想潮流，女性主义始终处于话语缺失的焦虑之中。女性主义者一方面警惕着既有性别秩序无孔不入的渗透，另一方面却又只能依靠男性精英所提供的话语来尝试讲述自身。在前面的简单描述中，从吉尔曼到巴特勒，每一次重要的女性主义理论推进，几乎都建立在对既有女性主义论述中父权残余的辨识与批判上。在某种程度上，巴特勒对克里斯蒂娃的批评也延续着相似的方式，她指出，克里斯蒂娃用"母性身体"来说明拉康理论的有限性，将母性身体视作"在语言内颠覆父系律法的女性场域"，因为这种律法通过"否定与母体的原初关系，才有了象征秩序的可能"。然而进一步推演，这种理论也有其有限性，亦即它不得不依赖于"父系律法的稳定及其再生产"。而如果母性身体被认为是先于文化本身的、前话语之物的话，那么这"不啻于维护了文化是一种父权结构的观念"，"排除了对它的文化建构性和可变性进行分析的可能"。同时，巴特勒也以女同性恋者为例，指出克里斯蒂娃建构于异性恋基础的理论中无法消化的部分经验。在巴特勒看来，克里斯蒂娃最为关键的悖谬性在于，"她试图表达的女性身体，本身正是它原本要打破的那个律法所生产的一个建构"，甚至于"把母性身体建构为前话语的话语生产，是那些母性身体的比喻修辞所由以产生的特定权力关系壮大自身并隐匿的一种手段"。② 换句话说，巴特勒认为颠覆父系律法不能依靠幻想它之外有个"真实的身体"，因为这种幻想很可能反过来隐秘地支持了它，而颠覆的可能性只能在律法内部的自相抵触中寻找。通过对克里斯蒂娃理论对父系律法的依赖性的发现，巴特勒确定了自身的位置，并将身体的讨论向前推进了一个更深的层面。不管怎么说，"女性主义"之名统摄的思想虽然是复杂与矛盾的，但是它在不断的拆解与推进中，大多分享着相似的目的，那就是超越长久以来建立在父权中心之上的现存秩序，寻求一种另类话语，使得被压抑的经验得以显露出来。如果我们遵循曼海姆对乌托邦的定义，即"超越性的思想状况"，那么无疑，女性主

---

① 参见戴锦华《导言二：两难之间或突围可能？》，载陈顺馨、戴锦华选编《妇女、民族与女性主义》，中央编译出版社2004年版。
② 参见［美］朱迪斯·巴特勒《性别麻烦：女性主义与身份的颠覆》，第三章第一节"朱莉娅·克里斯特娃的身体政治"，宋素凤译，上海三联书店2009年版。

义在自身诉求的引导下必然占据着乌托邦的位置、发挥着乌托邦的功能。

最后，如前所说，乌托邦的形式在 20 世纪经历了巨大的变化，从社会建构的层面退入身体的维度，变为一种深藏于"尚未意识"之中的，试图挣脱现存秩序走向另类未来的冲动。与此相应，"身体"却从一开始便是女性主义的关注重心。即便是试图解构生理性别的朱迪斯·巴特勒，也并非要封闭身体或令身体成为一片虚无。相反，她进一步剥掉了身体的"文化建构"外衣，将它从"'自然的'过去"或"原初快感"中抽离出来，而这正是为了解放身体，为了"面向一个有着各种文化可能性的开放未来"①。也就是说，与其说她解构了身体，不如说是将身体的讨论推向了一个更深的层面。在这样的前提下，本节开端处，萨金特对女性主义乌托邦所做的描述似乎可以得到一定的解释，亦即它并不是乌托邦骤然消失后的空地上的特殊遗留物，而是在乌托邦整体地转向身体，将身体看作新的、超越性的事物产生之处时，女性主义因始终对身体有着特殊关注而凸显出来，充当着乌托邦动能得以生长、赋形的土壤。女性主义乌托邦恰是在这样的耦合当中极具生命力地繁盛起来的。

总的来说，女性主义乌托邦的写作以"白日梦"的方式分享着女性主义理论的关注，将后者蕴含的乌托邦性具象化，正面建构了现实中不存在的、承载着某种理念的想象世界。与女性主义理论和实践相比，这些想象如同露出水面的小岛，尽管指涉着极为真实而残酷的历史情境和复杂多元的性别议题，但它们作为文学文本或具象化的白日梦，也大都带有含混性和不确定性。当然，这并不意味着这种想象是非历史的，事实上，它们在不同历史阶段中呈现为完全不同的，甚至彼此消解的形态，同时其兴衰时期也几乎与女性主义运动的情况同步。与 20 世纪初以吉尔曼的《她乡》与《移山》(Moving the Mountain) 为代表的女性乌托邦不同，在 20 世纪 60 年代到 70 年代这段乌托邦理想与实践勃兴的时期出现的一系列文本，如玛吉·皮尔西（Marge Piercy）的《时间边缘的女人》(Woman on the Edge of Time)、乔安娜·鲁斯（Joanna Ruth）的《阴性的男人》(The Female Man)、厄休拉·勒古恩的《黑暗的左手》(The Left Hand of Darkness) 以及多丽丝·莱辛的《三四五区间的联姻》(The Marriages Between Zone Three, Four and Five) 等，则显然已不能满足于男权社会镜像般的乌托邦了，它们更多地指涉着 60 年代女性主义运动中

---

① ［美］朱迪斯·巴特勒：《性别麻烦：女性主义与身份的颠覆》，宋素凤译，上海三联书店 2009 年版，第 124 页。

出现的新议题。同时，正如勒古恩的乌托邦小说《一无所有》的副标题"一个含混的乌托邦"所示，这些文本也不如早期的女性主义乌托邦那样清晰、简单，往往不再局限于性别或其他的单一维度上，而是叠加着许多不同的层面。

在60年代至70年代的乌托邦写作者中，厄休拉·勒古恩是颇具代表性的一位。她常构建一个与地球上的人类社会相仿的外星社会，以此想象超越现实的替代性选择，或者说"乌托邦"。值得一提的是，在科幻类型叙事中，"外星"或"地外生命星球"在很大程度上替代了乌托邦叙事要素中的"岛屿"或"飞地"，与"未来"并列构成乌托邦/反乌托邦的两大负载场域。宽泛而言，任何一种对地外生命的想象，都隐含着乌托邦或反乌托邦的维度——它们大多作为人类的"他者"存在，携带着某种批判性。值得一提的是，性别维度在勒古恩的另类世界想象中十分清晰，如出版于1969年、赢得了"雨果奖"的小说《黑暗的左手》以两性之间的互换与调和支撑着乌托邦想象。这部小说设置了一颗终年寒冷、与外太空隔绝的星球"冬星"或称格森星，主人公金利·艾则是一位"海恩星系"派向冬星，希望与之结成贸易同盟的特使。冬星人与海恩星系的人（包括地球人）生理结构十分相似——叙事中暗示海恩人曾是冬星人的祖先，海恩人"不知出于什么原因"所做的实验催生出了冬星人这一具有双重生殖系统的人种——他们平日双性同体，只是依靠生理周期"克慕期"改变性别，而每一次的性别选择都是随机的、无法控制的，由处在克慕期的情侣双方同时进行，因而，生育的机会或责任也是均等的。借由一份"调查笔记"，勒古恩饶有兴味地想象了这种双性同体给社会带来的影响：

> 他们的社会构成、工业、农业、商业，他们居住地的规模、他们讲述的故事的主题，所有的一切都与索慕-克慕周期相关……在格森星，十七岁至三十五岁左右的人都有可能会（如尼姆所说）"为分娩所累"，这一事实意味着这里的所有人都不会有其他地方的女性可能遭受的心理或身体上的束缚。大家共有义务并共享特权，相当公平；人人都承担同样的风险，享受同等的机会。因此，这里的人也就无法享受到其他地方男性所有的那种"自由"。
>
> ……
>
> 这里的人没有强势/弱势、给予保护/被保护、支配/顺从、占有者/被占有者、主动/被动之分。事实上，我们发现，在冬星，人

类思维中普遍存在的二元论倾向已经被弱化、被转变了。

……

在我们的社会里，一个男人希望别人认为自己阳刚有力，一个女人则希望别人欣赏自己的柔弱温婉，不管这种认可同欣赏表现得多么间接、多么微妙。而在冬星，这两样都不会有。尊重一个人、评价一个人，都只是将他视为一个纯粹的人。①

在这里，可以辨认出一个女性主义话语中的潜在前提，即生理性别的差异不仅导致了性别秩序的不平等，甚至也是社会不平等的根源之一。冬星人因为没有被长期持续不断的性欲控制而不会"积累疯狂"，他们虽然充满竞争性，但不具备侵略性，很少挑起战争。这种依赖双性同体的乌托邦想象在女性主义的脉络中可能同时携带着正反两方面的效用：一方面，它加重了生理性别决定论——两性的分离成为一切二元对立思维的肇因。而这在一定程度上似乎封闭了二元论的突破可能，因为毕竟双性同体的幻想在事实上是难以实现的。但更重要的是，另一方面，它又同所有乌托邦一样，通过虚幻的镜像显现出了现实的边界以及既存秩序的建构性。在这个意义上，它提供了一条打开封闭局面的道路，通过对双性同体的假设和推演，反过来为两性对立，或者是两性对立的观念提供了"他者"，从而令它不再是一个隐匿的、前话语的事实，而成为可以讨论的对象。或者可以说，它在"不存在的地方"以"不可能的手段"预先演示了巴特勒对生理性别的质疑。当然，如果仅仅是对外星球的随意想象，那么冬星或许只能是一种"不切实际"的幻想，无法承担乌托邦的功能，但勒古恩显然不满足于此，她最终将冬星与地球联系起来，这集中体现在外来者金利·艾与冬星人西勒姆·伊斯特拉凡的一次对话中：

在内封的空白页上，我画了一个圆圈，在圆圈里画了一道双弧曲线，又将这个符号中"阴"的那一面涂成黑色。这之后，我把本子递给了同伴："你知道这个符号吗？"

他看了很久，脸上的表情很奇怪，最后说的却是："不知道。"

"在地球、海恩戴夫南特和齐佛沃尔都发现过这个符号。表达的是'阴阳'的概念。光明是黑暗的左手……光明与黑暗，恐惧与勇

---

① ［美］厄休拉·勒古恩：《黑暗的左手》，陶雪蕾译，四川科学技术出版社 2009 年版，第 80—82 页。

气,寒冷与温暖,女人与男人。合起来就是你,西勒姆,一而二,二而一,如同雪地上的影子。"①

道家的"阴阳"观念令冬星成为地球的乌托邦,或者说可选择的未来:尽管生理性别似乎不可超越,但是就像"阴阳"观念也在地球上出现了一样,两性分离并不一定会导致二元对立,相反,它们更为符合"道"的方式是彼此融合、互补,构成交融的整体。因而,正是作为这样一种可能性的形体,"冬星"才具有了乌托邦性,能够以"白日梦"的形式出现,承载着对现实的不满与对超越性未来的期待。在另一部并非以性别作为主题的小说《一无所有》中,描写了一个由互相绕转的双子星"乌拉斯"和"阿纳瑞斯"构成的世界,其中,阿纳瑞斯本是荒瘠的附属星球,只是一些乌拉斯人因信奉"奥多主义"而遭到放逐(或自我放逐),与乌拉斯断绝来往后,才将它开辟为一个极具乌托邦色彩的、奥多主义式的新社会。值得一提的是,作为阿纳瑞斯的精神领袖,"奥多"被书写为一位女性,而奥多主义也被看作对抗父权制的、具有女性或母性气质的理论体系——正如其首字母"O"所示,它寻求着一种非线性时间观的、注重整体性和协调性的社会体制。同样,两性的平等是阿纳瑞斯最关键的社会基础,也是它有别于乌拉斯的重要侧面。

不过,勒古恩对这种整体、循环、男女平衡的想象并不是凭空而来,也不是对既有乌托邦的简单仿写,其更为直接的源头是老子的《道德经》。勒古恩曾经与西顿(J. P. Seaton)于1997年合作将《道德经》翻译为英文,并加入了大量的批注。在导语中,勒古恩表示自己受父亲的影响,从幼时便阅读《道德经》,对道家学说深感兴趣。而勒古恩的乌托邦想象所受到的影响,也能够从她的解读或误读中看到。如在《道德经》第二章"天下皆知美之为美"的批注中,她提到自己从中读出:"价值与信念不仅仅是文化建构的结果,同时也是阴与阳交互作用——世界生命平衡的巨大转动——的一部分。认为我们的信仰是围绕着现实的永恒真理,这是一种令人悲伤的傲慢,而只有放弃这种想法才能得到安定。"②此外,第八十章"小国寡民"的批注也颇有意味:"基督教或笛卡尔的二元论——将精神或思想从物质身体与世界中分离开来——远远先于基督

---

① [美]厄休拉·勒古恩:《黑暗的左手》,陶雪蕾译,四川科学技术出版社2009年版,第225页。
② Lao Tzu, *Tao Te Ching: A Book about the Way and the Power of the Way*, trans. Ursula le Guin, Shambhala Publications, 1998, p. 4.

教和笛卡尔而存在，它也从不是西方思想所独有的。老子认为，那些想要忽视身体而仅仅生活在头脑中的唯物主义二元论者，以及那些蔑视肉体与生命以求得天堂的奖赏的宗教二元论者，他们都会带来危害，同时他们自己也处在危险之中。因此，他说，享受你的生活吧；在你的躯体里生活，你便是你的躯体；除此之外还能去哪儿？"[1] 在此，勒古恩借道家之口，表达了对一切二元论的怀疑，尤其是对笛卡尔式或基督教式的精神/身体对立的怀疑。

从这个角度切入，我们会发现一条与勒古恩的乌托邦叙事相呼应的线索。《一无所有》中，乌拉斯与阿纳瑞斯两个星球互为"月球"，同时也互为意识形态的对立面：乌拉斯科技极为发达且生活奢靡，以私有制和金钱为基础，常年征战、社会两极分化严重；阿纳瑞斯贫瘠、封闭，建构在平等、集体主义和无政府主义之上。这个对立一方面影射着冷战的意识形态对立，但是另一方面它又指向着某种超越与调和。驻乌拉斯的"地球大使"向主人公谢维克指出，地球曾有着乌拉斯的光辉，但因无止境的欲望和暴行最终变成了一片废墟，而今只能徒然钦羡。而谢维克则告诉她，阿纳瑞斯是乌拉斯的答案——正因为存在着阿纳瑞斯这片试验场，这个可能的替代性选择，乌拉斯才保持住了繁盛的"当下"："如果你们不认可阿纳瑞斯的真实存在，它的过去、现在和将来，你们就永远无法赶上乌拉斯，甚至无法理解它。你说得没错，我们就是答案。可是当你那么说的时候，你并不是真的这么认为……你们不相信变革，不相信机会，不相信发展。你们会毁了我们，而不是承认我们的真实存在，承认希望的存在！"[2] 可见，借用道家的阴阳调和观念，勒古恩描画了一个现实与乌托邦相互包蕴的图式，并且隐微地回应着布洛赫的信念：蕴含着希望的未来已然存在于现实之中，它尚未被看到、被承认，但是它的在场，是保存当下的唯一方法。对勒古恩而言，与其说阿纳瑞斯是乌拉斯的乌托邦，更不如说相互调和的双子星构成了处于冷战对峙之中的资本主义阵营与社会主义阵营的乌托邦。这种调和式的乌托邦甚至直接在叙事结构上呈现出来——全书以谢维克从阿纳瑞斯走向乌拉斯为始，以他返回阿纳瑞斯为终，中间的章节交错呈现乌拉斯的现在与阿纳瑞斯的过去，相互消融并最终构成一个循环。而"真正的奥多主义者"谢维

---

[1] Lao Tzu, *Tao Te Ching*: *A Book about the Way and the Power of the Way*, trans. Ursula le Guin, Shambhala Publications, 1998, p.100.

[2] ［美］厄休拉·勒古恩：《一无所有》，陶雪蕾译，四川科学技术出版社2009年版，第305页。

克则在打破双方的"墙"的意愿下，通过在两个彼此对立的世界的穿行而搅动了它们，打开了一种融合并通向希望的可能。

玛格丽特·阿特伍德（Margaret Atwood）出版于 1985 年的、在《一九八四》影响下[①]写成的反乌托邦小说《使女的故事》(*The Handmaid's Tale*)，或许恰与勒古恩的小说形成一组有趣的对照。阿特伍德时常谈到不希望将自己的写作限制在任何一种文类之下：对于科幻小说，她援引与勒古恩的对话，认为科幻小说本身界限就很模糊，而如果硬要给它一个宽泛的定义，即"今天的现实中不可能发生的事情"的话，那么这显然不适用于自己的小说——它们往往具有极强的现实可能性，与历史之间也有着极大的张力。同样，阿特伍德也质疑女性主义的标签，表示尽管写作《使女的故事》是想要以女性的视角来处理"反乌托邦"这种主要由男性书写的题材，但它也并不能由此被称为"女性主义反乌托邦"，除非是"那些认为女性不应该有自己的声音和内心生活的人，将赋予女性这些品质的行为指认为'女性主义'"[②]。此外，阿特伍德谈到了一种理解乌托邦与反乌托邦的路径：它们常被描述为对立的、彼此相反的两极，但是如果"轻微地划开表面"，就会看到"一种类似于阴与阳的模式；在每个乌托邦里，隐藏着一个反乌托邦；在每个反乌托邦中，也隐藏着一个乌托邦"[③]——她甚至将乌托邦与反乌托邦合为一个新词"ustopia"。比如，《一九八四》中包蕴的乌托邦是"现实"，而《使女的故事》中包蕴的乌托邦则有两个，一是"过去"，即我们的现实，二是文本最后写到的一个未来，一个"基列共和国"也成为历史的未来。这种对于乌托邦与反乌托邦"阴阳相生"的理解显然有着勒古恩的印记，也呼应着本书将二者关系复杂化的尝试——反乌托邦与其说是对乌托邦的审判，不如说是对后者功能的继承。

《使女的故事》以近未来的美国作为背景，讲述基督教原教旨主义者构建了一个专制政体"基列共和国"。从"自由"向"专制"的转换是突然的——政变的原因未被交代，由一份虚构的"未来报告"和小说的叙事人"奥芙弗雷德"确认的，只是人口突发性的剧减和生育能力的消失导致女性的身体开始成为某种稀缺资源，而政变的结果是形成了以生育为核心的一整套新的等级体制和专制制度。女性被强制分为"太太"（特

[①] Margaret Atwood, "Margaret", in *In Other Worlds*, Virago Press, 2011, p.146.
[②] Margaret Atwood, "Margaret", in *In Other Worlds*, Virago Press, 2011, p.146.
[③] Margaret Atwood, "Margaret", in *In Other Worlds*, Virago Press, 2011, p.85.

权男人无生育能力的妻子）、"使女"（能生育的、被剥夺自由以充当特权男人生育工具的女性）、"嬷嬷"（为维持统治而被赋予少量"教化使女"权力的老年女性）、"坏女人"（在隔离营清除毒害物质直至死亡的、不能生育的普通女人）、"马大"（照顾太太与主教日常生活的仆人）、"荡妇"（充当地下"俱乐部"妓女的女性）等，其划分依据几乎只是能否生育。正如奥芙弗雷德所说，"充其量我们只是长着两条腿的子宫：圣洁的容器，能行走的圣餐杯"[①]。小说主体部分以奥芙弗雷德的第一人称展开，交叉铺设了两条叙事线索，一条是对过去和政变时的回忆，另一条是对"现实"、对使女生活的记叙。对第一人称叙事的强烈自觉，使阿特伍德并没有在小说中宏观地交代社会历史变化，而仅以个人经验式的琐碎记忆来说明，如突然被注销的信用卡和被转移给男性亲属的财产、日趋紧张的气氛与日益严苛的道德标准（如离婚是足以被剥夺自由的恶名之一）、在主教家与街上的见闻等。而叙述者的"使女"身份更加重了第一人称的限知程度——从这个角度讲，这种充分自觉的限知也构成了表意的叙事元素，同样服务于凸显"被控制"的严酷性。

从这份充满主观性的自述中，以"夜"为标题的章节隔章穿插其间，提示着奥芙弗雷德对成为使女前的生活的回忆。稍做留意会发现，这些"回忆"随着叙事的推进越来越具有不确定性，越来越模糊，而与之相对应的是她在事实上的不断被剥夺。铭刻在她经验中的第一次变化，是当她去便利店购物时发现信用卡突然被停用，而已有的存款、财产尽数被转移到了丈夫的账户中，很快，她发觉自己丢掉了工作，并因为丈夫曾经离婚而陷入道德危境，稳定的生活也面临着威胁。在他们准备出逃时，又"丢弃"了被看作家庭一分子的猫——为了保证出逃不被发现，他们只得杀死了它。随后，在边境的冲突中她与丈夫失散，又在被捕后与女儿分离。在被迫进入"使女"身份后，她也失去了姓名——"Offred"意为"of Fred"，即"弗雷德家的"，仅仅是所属权的标示而不是真实的姓名——任何一个使女，如果在弗雷德大主教家里服务、处在同样的位置上，都会被称作"Offred"。最终，她甚至被剥夺了"性"——在那个极为荒诞的"性"场面中，使女与主教之间以生育为目的的性行为是始终有太太"参与"的，太太不仅是个监督者，同时也是仪式的一部分，即她要躺在使女的背后手握住使女的手，佯装自己才是真正与主教发生性

[①] ［加］玛格丽特·阿特伍德：《使女的故事》，陈小慰译，译林出版社 2008 年版，第 141 页。

关系的人。可以看到，奥芙弗雷德在文本之中一步步被剥掉了社会外衣和标示着她作为"人"的一切体验，最后简化为一个仅仅与人口相关，却与"人"或"生命"不相关的物，即"两条腿的子宫"，进而暴露出赤裸、直接的权力作用场域。

《使女的故事》似乎以极端的形式再现了一个"过度的生命权力"："这个过度的生命权力出现于在技术上和政治上给予人这样的可能性以后：不仅仅是安排生命，而是使生命繁殖，制造生命，制造魔鬼，制造（至少）无法控制和具有普遍毁灭性的病毒。"① 这种"新的权力"的讨论来自福柯在20世纪70年代后期所关注的"生命政治"，亦即在19世纪政治权力的重大变革中，"权力担负起生命的责任"——相对于君主以杀人印证自己对生命的权力来说，恰好相反，是"使人活"的、作用于活人的权力。它也不同于"肉体人的解剖政治学"，比起针对肉体的惩戒技术，更多的是一种针对"生命"或者说"人口"的调节技术。在这种生命政治学中，实体是"人口"，是复数的生命集合或"人群"，而不是单一的个人或肉体，而它追求的是"通过总体的平衡达到某种生理常数的稳定"。② 在这个意义上，《使女的故事》中的"子宫"构成了一个特别的象征，它既是被惩戒的肉体的组成部分，同时也标示着女性整体简化后的功能，可以用来划分女性类型以便于统计、控制与权力运作。

阿特伍德着意强调了《使女的故事》的现实性："我写《使女的故事》的原则很简单：我不会在这本书中放入人们还未在任何时间、任何地点做过的事，或者人们还不知道怎么做的事。"③ 这似乎应和着前述她提到的乌托邦、反乌托邦与现实的张力，也提示着小说起始处第三段"引语"的另一重内涵。相对而言，前两段引语指涉较为清晰，直接与小说形成互文：第一段是《圣经·创世纪》中拉结借使女之腹生下雅各子嗣的故事，而第二段是斯威夫特的一个直白却充满讽刺性的"建议"，即可以通过买卖和吃掉爱尔兰婴儿的方式来改善爱尔兰巨大的贫困状态。出自伊斯兰教苏菲派谚语的第三段（"沙漠上不会见到这样的标记：切勿食用石头"）④ 则意味着，"我们从来不会去禁止那些任何人都从不想做的

---

① ［法］米歇尔·福柯：《必须保卫社会》，钱翰译，上海人民出版社1999年版，第238页。
② ［法］米歇尔·福柯：《必须保卫社会》，钱翰译，上海人民出版社1999年版，第235页。
③ Margaret Atwood, "Margaret", in *In Other Worlds*, Virago Press, 2011, p.88.
④ 参见［加］玛格丽特·阿特伍德：《使女的故事》，陈小慰译，译林出版社2008年版。

事，因为所有的禁令都建立在摒弃我们的欲望之上"①。这句谚语较为含混，似乎意指文本中基列共和国的基督教原教旨主义者的禁欲要求，但同样可以认为，它暗示着"反乌托邦书写"的必要性恰恰建立在它可能成为事实的基础上。

《使女的故事》开始写作于1984年春天的柏林，当时阿特伍德受邀分别访问了西德与东德，获得了一些"关于独裁统治下的生活的第一手材料"，而它的完成则是在美国这个"提供了民主的滋味，同时也伴随着许多限制性的社会习俗"②的地方。不同的经验使她的写作在一些具体问题下展开，如"要怎么想象美国突然被独裁政府控制的情况""被认为是'解放了的'现代西方妇女是怎样的如履薄冰"等。由于在现实经验中，"节制生育、要求生育、指定谁该与谁结婚、谁该拥有孩子等"是"控制再生产"③最常见的方式，她选择了以此作为《使女的故事》的主题，因此，它并不仅仅是女性的灾难。《使女的故事》出版后，阿特伍德收到的大量回复反问："书中的事情难道不是正在发生的吗？难道不是现实吗？"或者，一个实例恰恰可以作为《使女的故事》的回应和补充：在由化名"Riverbend"的伊拉克女孩的博客整理而来的《巴格达在燃烧》（*Baghdad Burning*）一书中，记录了2003年美国入侵伊拉克后巴格达居民的遭遇。除了战争之外，他们更为直接面对的，是很快接管了政权，并开始实施一系列压制政策的原教旨主义者。曾经身为女程序员的"Riverbend"提到，在此前巴格达拥有工作的男女数量几乎持平，但正是在以"解放"为旗帜的美国士兵到来之后，保守势力的反弹使得这些女性突然丢失了所有的工作与财产来源，被迫穿上罩袍与面纱，并被囚禁在家中不得自由行动——这几乎是《使女的故事》中政变情节的完全复现。④

阿特伍德对现实性的强调，质疑了将乌托邦与反乌托邦视为空想的倾向，亦即它们虽然可能是由幻想构成的，但必然包含着现实中已有的议题，甚至强烈的现实指向性是它必不可少的内在特征。正是乌托邦、反乌托邦与现实之间若即若离的张力结构着叙事本身，而如果说构成乌托邦动能的是一种向前的希望，那么或许可以把对现实的恐惧与改变现实的诉求看作某种"反乌托邦的动能"。乌托邦或反乌托邦并非如吉卜赛式的预言那样，依靠某种神秘力量来预测未来，而是对某些在现实中已

---

① Margaret Atwood, "Margaret", in *In Other Worlds*, Virago Press, 2011, p.89.
② Margaret Atwood, "Margaret", in *In Other Worlds*, Virago Press, 2011, p.86.
③ Margaret Atwood, "Margaret", in *In Other Worlds*, Virago Press, 2011, p.87.
④ See Riverbend, *Baghdad Burning*, New York: The Feminist Press, 2005.

然存在，但不明晰的事物的推演与再现。这些事物仅仅具备了趋势，但并未进入人们的认知体系，也未出现一套话语使它们进入讨论场域。乌托邦与反乌托邦的特别之处正是在于，它们提供了一种能够讲述这些事物的形式或途径，因而可以"召唤"出未来，将仍未完成的、处在开放状态中的历史进程以极端的、具象的形式"预演"出来。对读《黑暗的左手》与《使女的故事》时，"身体"展开了一定的开放空间。被前者书写为乌托邦隐喻或乌托邦载体的身体，却在后者中构成了反乌托邦的作用场域——身体在两部文本中展现了它的二重性，即一方面是突破既存秩序、寻求改变的希望所在，另一方面同样是直接遭受权力与暴力铭刻的场域。两种情况彼此排斥又彼此叠加，但不管哪一种情况，它都是引发社会变革的重要因素，成为异质社会想象得以萌生的生长点。

可以看到，对于身体的争夺，或者说乌托邦化的身体，在20世纪下半叶的理论场域中逐渐清晰，而这种倾向在20世纪80年代前后兴起的后人类主义脉络中尤为凸显：面对生物技术、网络虚拟、人工智能等技术的发展，自由人文主义的话语不断受到挑战，作为回应，如何在新的技术与媒介条件中确认人的主体想象，身体构成了关键要素之一。下一节将以"后人类主义"为线索，探讨其所面对的现实问题以及身体所具有的乌托邦性。

第三节　具身性：后人类主义中的身体维度

谈论后人类主义无疑是困难的：正如"后现代主义"的命名一样，"后"（post-）的前缀既不意味着时间上的完全相继，也不意味着彻底的否定或正反对立，而"主义"（-ism）的后缀也不意味着它具有本质化、同一化的内涵。换句话说，"后人类主义"是为了凸显某种对话关系，即它一方面是对"人文主义"的解构和反思，但另一方面它也可以说包含了某种形态的"人文主义"。事实上，"后人类主义"是一种反身指认，概括着一类相关思想。它一方面具有模糊性——以它为名的思想或理论支脉庞杂，彼此间在大多数情况下并不一致，甚至属于不同的层面；但另一方面它也有其有效性——这些思想的关联在于它们都对人文主义产生了质疑与疏离，挑战着人文主义预设的一系列先决条件。

什么是"后人类主义"？在2010年出版的名为《什么是后人类主义》（*What is Posthumanism*？）的著作中，作者卡里·伍尔夫（Cary Wolfe）指出"后人类主义"这个术语进入当代社会科学批评话语中的时间是20

世纪90年代中期，但是它的源头则至少在某个脉络中可以上溯至20世纪60年代[1]，并引述了福柯《词与物——人文科学考古学》的最后一段话作为说明："人是近期的发明，并且正接近其终点……人将被抹去，如同大海边沙地上的一张脸。"[2] 福柯所代表的这一脉络有时也被称为"哲学后人类主义"，即在对文艺复兴的人文主义进行反思的基础上尝试去解构关于"人"的话语。与此同时，卡里·伍尔夫也提到了后人类主义的其他支脉，比如1946年到1953年以格雷戈里·贝特森等为代表的控制论（cybernetics），它以研究人类、动物和机器内部的控制与通信的一般规律为导向，因而其重要特点是没有给予人类以优先地位，也就是说，人类或者智人不再被看作特殊的、优于其他动物或者机器的存在，因而它在某种意义上改变了此前的社会科学或人类学的潜在预设，也挑战了人文主义的一个不容忽视的内核，即强调"人"的优越性、唯一性和特殊性。在这一脉络中，还包括80年代中期提出"行动者—网络理论"的社会学家布鲁诺·拉图尔（Bruno Latour）等，因为在这个理论中，处在"行动者"位置的可能是人，也可能是非人。

此外，以唐纳·哈拉维（Donna Haraway）发表于1985年的《赛博格宣言》(*A Cyborg Manifesto*) 为代表的关于赛博格（cyborg）的论述，也构成了后人类主义的重要一维。"赛博格"是从两个英文单词"cybernetic"（控制论的）和"organism"（有机体）的前三个字母拼合而来。20世纪60年代由美国两个科学家曼弗雷德·克林斯（Manfred Clynes）和内森·克兰（Nathan Kline）造出了这一概念，最初用来指一种设想，即在星际旅行中为了克服人类肌体的局限而在人体中移植辅助的神经控制装置。后来这个概念被扩大了，指为了让生物体（尤其是人）超越自身的自然限制，而将其与非有机体（如机器等）拼合而成的新的生物形态。比如，假牙、假肢、人工心脏等人造器官的植入，改变了有机体的自然生命周期或拓展了它的能力范围，因而在某种程度上都可以被看作赛博格。关于赛博格的讨论引发了"后人类主义"之下的一个很有影响力的支流，即"超人类主义"（transhumainsm）——它以一种超越人的生物局限为关键点，指的是围绕这样的新生物形态（包括但不限于赛博格）而形成的讨论，有的研究者则直接指出，"超人类"是对通向后人类的路途

---

[1] See Cary Wolfe, *What is Posthumanism?*, Minneapolis: University of Minnesota Press, 2010.

[2] ［法］米歇尔·福柯：《词与物——人文科学考古学》，莫伟民译，上海三联书店2001年版，第506页。

上的"人"的描述。① 如在 20 世纪 70 年代中叶，一位波斯裔的未来学家 F.M. 伊思凡戴尔瑞（F. M. Esfandiary）将自己的名字改为 FM-2030，并称这代表了他对未来以及"超人类"的坚定信念。关于新的名字 FM-2030，他认为意味着两个层面的挑战，首先，"2030"指的是 2030 年，寄托着他对现代生物技术发展之下自己可以活到 2030 年庆祝 100 岁生日的信心；其次，以数字和符号为名则是为了摆脱名字中所蕴含的社会性，借此彰显"个人"在超人类时代的重要性。尽管他在 2000 年便因胰腺癌而去世，但是对超人类的极大信心以及 1989 年出版的《你是一个超人类吗？》（Are You a Transhuman？）一书都令他成为超人类主义的代表人物之一。

从以上粗略概括中可以看到，作为一个 20 世纪 90 年代开始进入批评论域的"后人类主义"概念，其源头的多元性使它超出了单一学科或者单一维度的限定，可以说正在演变为一种普遍知识。从最基本的层面上来说，它无论在哪个维度上都或多或少地拒绝着那种建立在人文主义、宗教、解剖学等基础上的关于"人"的话语，并尝试从这种解构中寻找到通向新的研究方法的路径。值得注意的是，"身体"在其中扮演了一个最为特别的角色——在悬置了"人性""道德""灵魂"等建构色彩清晰的成分后，"身体"便是研究者所遇到的最后一道屏障。换句话说，它确证着人的生物性并标志着人所占据的空间，同时，它因为皮肤的包裹而具有了自足与整一的表象。从福柯晚年提出的生命政治学和朱迪斯·巴特勒对生物性别的质疑中可以看出，所谓的"哲学后人类主义"也隐含着这样的一个维度，即将身体看作新的话语交锋的阵线。

颇为悖谬的是，如前所述，身体在很长时间内受到灵魂的压制与排斥，成为身体—灵魂二元对立中的劣等，然而，这种分隔却悬置了一个前提假设，即正是由于身体是有边界的、自足的，才可能想象独立的灵魂。"斯芬克斯之谜"可以说恰恰隐喻了人的生物性的特殊位置：俄狄浦斯得以进入忒拜城的方法，是回答了斯芬克斯的谜语。面对"什么东西早晨四条腿，中午两条腿，晚上三条腿"的谜面，俄狄浦斯的回答是"人"。有趣的是，这个谜语没有包含任何隐喻，而仅是一个描述，即以爬行、站立和拄杖来分别描述人经历从幼儿、青年到老年的生命历程。同时，这个描述本身也非常表层——它只关涉着人的生物层面，或者说

---

① See Joel Garreau, *Radical Evolution: The Promise and Peril of Enhancing Our Minds, Our Bodies—and What It Means to Be Human*, New York: Random House, 2005.

身体层面，即人的身体衰老的外在表征。由此，"没有人能够回答"似乎喻示着人对自身生物性的漠视。俄狄浦斯感知到了这一点，但也因此开启了事实真相，迎来了自己的厄运。在这个解读中，人的自然性构成了真相的一部分，换句话说，强调人的自然性和强调人无法抗拒命运之间在某种意义上是同构的，而这与柏拉图对灵魂的强调形成了一定的张力。

在后人类主义，尤其是在超人类主义中，"人"的合法性的动摇，不仅仅存在于其文化建构中，更具颠覆性的是，它也表现在身体的自足与整一这个前提预设开始动摇了。赛博格最为清楚地呈现出了这一点。如果从赛博格的角度来思考"斯芬克斯之谜"，会发现这个故事的另一个引申解读：狮身人面并生有双翼的斯芬克斯可以说正具有一个赛博格的外在形态，它拼合着人与非人的两种形态，而"人"的身体性则构成了它最大的焦虑。它不断地用"人"的谜语来报复性地惩罚不自知的人，最终在一个确认了身体性的人面前"羞愤自杀"。笔者希望对此进行一次大胆的阐释：这种羞愤并不来自谜题的失效，相反，谜题的答案映照出了它的赛博格状态，使它作为一个半人无法面对人的整体与自足，因而羞愤自杀。以此为譬喻，可以说，后人类主义的不同在于，它赋予斯芬克斯主体地位，使它不再纠缠于人之身体的谜题，而能够坦然面对，甚至质疑"人"。

在唐纳·哈拉维的《赛博格宣言》[①]一文中虽然没有提到斯芬克斯，却提到了吐火女怪（chimera）："迄至20世纪后期——这是我们的时代，一个神话的时代——我们全都是吐火女怪（chimera），是理论上虚构的机器和生物体的混合物；总之，我们是赛博格。赛博格是我们的本体论，它赋予我们政见。"[②]这段话，尤其是被广泛使用的"我们是赛博格"的宣言，将赛博格从一种对未来的设想或者科幻中的常见预设，转变成了一种对现实的描述。她认为，之所以能进行这样的阐释——赛博格已经

[①] 本书在引用这篇文章的一些情况下参考了严泽胜在《生产》第六辑当中的译文《赛博宣言：20世纪80年代的科学、技术以及社会主义女性主义》，但是有两处未保留原译。一处是作者的译名。本书的译名均根据1993年版的《世界人名翻译大辞典》译出，故此处也沿用此例，不译作"当娜·哈拉维"，而译作"唐纳·哈拉维"。另一处是"cyborg"的翻译，本书根据现在的通行译法译为"赛博格"，而未用严泽胜的"赛博"。这也是因为赛博更多地对应"cyber"，如将"cyborg"也译成赛博会产生歧义。

[②] ［美］当娜·哈拉维：《赛博宣言：20世纪80年代的科学、技术以及社会主义女性主义》，严泽胜译，载汪民安主编《生产》第六辑《"五月风暴"四十年反思》，广西师范大学出版社2008年版，第291页。

可以看作现实而不仅是想象——是因为 20 世纪后期发生了三处"至关重要的边界崩溃"。第一处是"在美国的科学文化中,人与动物的界限被彻底打破了""没有什么能真正令人信服地决定人与动物的分离",而导致这个结果的,是"近两个世纪以来的生物学与进化论"。[①] 第二处是动物/人(生物体)与机器的区分:机器的发展模糊了"自然的与人造的""心灵与身体""自我发展的与外部设计的"之间的差异。结果是,"我们的机器令人不安地生气勃勃,而我们自己则令人恐惧地萎靡迟钝"[②]。哈拉维将"赛博格神话"与"后现代主义策略"相联系,指出它们都颠覆了有机整体,而在赛博格影响之下,"被看作是自然——见识的来源和纯真的保证——的东西的确定性遭到破坏,可能是致命的破坏。阐释的先验权威丧失了,作为'西方'认识论之基础的本体论亦随之丧失"[③]。第三处是"物质与非物质之间的界限"的模糊。哈拉维指出,机械装置的小型化使它们既"无处不在而又无一可见",并举例称,"比较一下 1950 年代的电视机或 1970 年代的新闻摄影机与现在在做广告的腕戴电视或手持摄像机吧"。[④]

正如哈拉维所预言的,这三处边界在今天更为模糊、不确定,当然,事实上还有第四个边界的崩溃,即 20 世纪 90 年代开始在美国社会普及的互联网。如果将生命经验与"自然身体"的脱离看作赛博格身份的标示的话,那么互联网对于人的生命经验的改写是非常彻底的,或者说,它在事实上打破了身体所结构出的整一性,并以某种形态构成当代人难以辨识却必不可少的身体外延。2003 年 7 月,美国旧金山林登实验室(Linden Research)发行的网络游戏《第二人生》(*Second Life*)是颇具代表性的事件:它在网络平台搭建起了一个模仿现实世界、与现实世界平行的虚拟世界,而与其他网络游戏试图塑造魔幻的、带有乌托邦性

---

① [美]当娜·哈拉维:《赛博宣言:20 世纪 80 年代的科学、技术以及社会主义女性主义》,严泽胜译,载汪民安主编《生产》第六辑《"五月风暴"四十年反思》,广西师范大学出版社 2008 年版,第 293 页。
② [美]当娜·哈拉维:《赛博宣言:20 世纪 80 年代的科学、技术以及社会主义女性主义》,严泽胜译,载汪民安主编《生产》第六辑《"五月风暴"四十年反思》,广西师范大学出版社 2008 年版,第 294 页。
③ [美]当娜·哈拉维:《赛博宣言:20 世纪 80 年代的科学、技术以及社会主义女性主义》,严泽胜译,载汪民安主编《生产》第六辑《"五月风暴"四十年反思》,广西师范大学出版社 2008 年版,第 294—295 页。
④ [美]当娜·哈拉维:《赛博宣言:20 世纪 80 年代的科学、技术以及社会主义女性主义》,严泽胜译,载汪民安主编《生产》第六辑《"五月风暴"四十年反思》,广西师范大学出版社 2008 年版,第 295 页。

质的世界不同，《第二人生》追求着一种对现实的高度模仿，这不仅表现在表面上的场景、人物、社会组织的"真实性"，还表现在它将游戏公司的预设情节限制在最低限度，只保留基本的游戏规则和平台，而赋予玩家以最大的开放性与创造的可能。最为重要的是，《第二人生》真正地打破了现实与游戏之间的分界，如游戏中积累的财富，可以以一定的"汇率"在现实中兑换成美元，而大量实体公司、机构也进驻游戏中创造利润或者寻求潜在的消费群体，如亚马逊（Amazon）在线书店接受玩家购买书籍，阿迪达斯公司、丰田公司等也陆续进驻，甚至路透社也在游戏中开设了分社。以这样的形式，很多人拥有了自己的第二社会身份，或虚拟身份。尽管这种虚拟社会在目前更多的是与个人经验相关，尽管它仍然依存于某个经济实体，依存于现存政治经济秩序，但不得不说，它或许也以其开放性和自由度提供了一种新的政治实践的生长点——毕竟，大量的玩家不满足于简单的模仿，而尝试利用游戏的自由度建构符合自己想象的乌托邦——当然，这是乌托邦冲动的耗散还是另类呈现目前仍未可知。

《第二人生》所显影的问题带有普遍性，并经由网络逐渐迫近现实。在一定程度上，社交网络，如"推特"（Twitter）、"脸书"（Facebook）、微博、微信的出现与其在社会上的大面积覆盖，甚至包括购物网站淘宝等，也同样构成了广义上的赛博格形态。一方面，一般来说，因特网被看作本质性地改变了、拓展了人的自然状态，使人成为"超人类"。不过，其赛博格特征似乎不只体现在这个层面上。可以看到，在其中，"第二身份"正在取代"第一身份"而成为经济行为和社交行为的主体，而网络身份与真实自我之间的界限也越来越混淆，前者在很大程度上甚至可以看作后者的第二人格。这是因为，那些代替我们"自身"完成网络行为的虚拟身份，一方面，的确是自我的延伸，是自我有意塑造的附属物；然而另一方面，当被编入网络特有的编码系统时，它也与自我发生了分离。换句话说，网络身份既与自我密切相关，但又并非自我的简单投射物或创造物："我"很难说明那个在网络上活跃的符号究竟是不是"我"。在当下，由于"我"与"它"往往分享着同一个能指，因而二者拼合的"我"也多少构成了一种赛博格形态。波德里亚在《象征交换与死亡》中讨论的"裸体"与"第二层皮肤"在此颇有启发意义。尽管波德里亚显然是在他的欲望经济学、在象征交换的意义上讨论身体，但是当他指出"身体并不终止于这种多孔的、有洞的、开口的皮肤，皮肤只是被形而上学设定为身体的分界线，它为了第二层皮肤的利益而遭到否定"①时,我们似乎可以在身体与社交网络的虚拟身体之间的对立上看到某种相仿的结构。与化妆、衣服等一样,虚拟身体是对身体的修饰——几乎每一张在社交网络上展示的关于自己身体的图片或者描述都经过严格挑选和精密修改,它同时也否定、抽空了身体,在网络介质中取而代之。此外,这种暧昧的赛博格形态已经对现实中的法律、经济形成一定的挑战,如"虚拟财产"是否可以继承的问题开始受到广泛的关注。②

虚拟身体对真实身体的替代,在日本的虚拟歌姬"初音未来"上可以更清晰地体现出来。初音未来最初代指日本一个基于雅马哈(Yamaha)公司的"Vocaloid"系列语音合成程序③而开发的音源库,后来于2007年被赋予了绿色长发少女的形象,成为软件的虚拟象征。随着"Vocaloid"程序的受众范围扩大,为初音未来的形象设计的原创角色歌曲也日益增多。而在发售方"销售的并非软件而是歌手"的意图主导下,初音未来也开始渐渐成为具有"独立人格"的虚拟偶像,并催生了一系列动漫、游戏周边产业。一个关键的、带有转折意味的事件是,2009 年 8 月 31 日,亦即初音未来推出的两周年,日本举办了以初音未来为主角的全世界规模最大的 3D 全息投影虚拟演唱会。在演唱会上,初音等角色④以真人等身大小的 3D 全息投影的方式登上舞台,"演唱"经典曲目,接受"粉丝"的欢呼与追捧。这场演唱会将身体的问题推向了一个极为尴尬的情境:"粉丝"当然知道演唱者是虚拟的投影,无法感知到自己的情感投射,但这完全不会影响他们仍旧将她看作偶像——初音如同一个真实的歌手一样"站立"在舞台上,向观众招手、微笑,向乐队致意甚至"互动",而观众在黑暗中挥舞荧光棒,以不断的欢呼尝试传递自己的情绪。换句话说,初音的唯一差别在于肉体的缺席,而在一定的符码系统当中,这种缺席却是可以被忽视和遗忘的。她在某种意义上是波德里亚

---

① [法]让·波德里亚:《象征交换与死亡》,车槿山译,译林出版社 2006 年版,第 157 页。
② 近几年国内外都出现了一些关于网络虚拟财产继承问题的讨论,但目前大多数是关于社交网络账号、邮箱等。这些个人账号都随着生命体的死亡而终止,死者的家属无法通过法律途径接管它们。然而,在网络虚拟资产日益扩大的现实情况下,这个问题会进一步扩大,也许会推动形成一种新的关于私有财产的认知。
③ 这个软件给予用户以极高的自由度,用户可以使用语音库的资源,通过设定音调、歌词等,合成酷似真人发声的歌曲。它一经推出便受到了极大的追捧,许多用户使用它创作原创歌曲,或合成翻唱歌曲,并在网络上流传。参见百度百科"初音未来""Vocaloid"等条目。
④ 在初音未来之后,又出现了一系列的衍生角色,如男性版的"kaito",孪生双子的镜音等。

的"牵线木偶"所表征的第一级"仿象"——她以毫无瑕疵的少女躯体、极度流畅的动作仿拟着人的身体,是"人的完美复制"。① 不过与牵线木偶不同,在演唱会舞台上的初音真正地占据了"人"的位置,受到人崇拜。在这个意义上,可以说,她用身体的不在场标记出了身体的乌托邦形态,即身体在符码系统中仅仅停留在了它的表象。

感官的分割与被机器中介,是当下身体形态的另一种突出倾向。以声音为例,现代声音的开端往往被回溯至 19 世纪晚期电话与电报的技术推进以及留声机的发明,因为后者令声音脱离了事物自身,进入了再生产进程中,并逐步被资本生产裹挟。这一论题成为当代声音研究的重要基石。如乔纳森·斯特恩(Jonathan Sterne)的《能听见的过去:声音再生产的文化起源》(*The Audible Past: Cultural Origins of Sound Reproduction*)将促发声音再生产的技术进一步上溯至听诊器,指出它开启了声音的中介化,并迎合、推动了强调社交距离的中产阶级文化。② 他在 2012 年出版的关于声音格式 MP3 的论著《MP3:一个格式的意义》(*MP3: The Meaning of a Format*)中,则讨论了在 20 世纪的声音编码、媒介变革与资本选择中一种声音格式的标准化过程。③ 声音现代媒介的演进,也令听觉日益中介化。在 20 世纪逐步推进的声音录制、存储、编码进程中,声音得以与声源相分离,听觉也越来越远离发声物,倾向于通过机器接收秩序化的声音。而数字化声音作为这一进程的结果,也在资本推动下迅速、全面发展,展示了十分丰富、复杂而又难以估量的前景:如果说日本虚拟偶像"初音未来"的合成语音仅仅是一个象征性事件的话,那么近几年语音识别与合成的技术推进及其对社会生活的全面渗透,无疑表征着数字化声音对现代声景的控制力量。

与此相应,随着声音(特别是人声)与声源的分离,也出现了一些强调声音的身体性的大众文化现象。如在 2010 年前后兴起于网络的

---

① 参见[法]让·波德里亚《象征交换与死亡》,车槿山译,译林出版社 2006 年版,第 73—75 页。
② Jonathan Sterne, *The Audible Past: Cultural Origins of Sound Reproduction*, Durham: Duke University Press, 2003.
③ Jonathan Sterne, *MP3: The Meaning of a Format*, Durham: Duke University Press, 2012.

"ASMR"① 亚文化，其表演方式是以敲击、抚摸等方式触发令人愉悦的噪声。它不同于语言，大部分作品并无内容，声音和动作是重复循环的，没有清晰的时间延展和因果逻辑，即使人声（voice）作为最常见的触发音之一也被表现为"耳语"（whisper），消除语义层面、仅保留了它的声音特质，甚至陌生语言的语音被认为比母语更具有"ASMR"的触发效果。同样它也与音乐不同，并不诉诸某种文化教养式的审美体验，或专业性的鉴赏，拒绝以旋律、音色为中心——比起钢琴发出的乐音，抚摸或敲击钢琴表面所发出来的声音恐怕更符合"ASMR"对触发音的选择。可以看到，在这里，对声音的关注从信息载体的媒介一维转向了引发快感的知觉一维，因而凸显了声音的身体性特征。但值得注意的是，"ASMR"又与自然声效或白噪声有差异，它要求人作为主体的在场，这不仅仅体现在它往往以视频的形式令表演者和声源"可见"，更表现在它对于知觉快感的强调：它所选取的主流录音设备 3DIO 在外形上模拟人的双耳，进而参照骨传导、鼻梁和耳廓所造成的声音衍射和反射等模拟人的听觉效果，而在"ASMR"的录制过程中，表演者最为常见的动作是将声源从一只"耳朵"移向另一只，或者前后移动——由于双耳通过听到声音的强弱不同来确定事物的方位，这样的动作可以营造出一种声源如在耳边的错觉，也构成了重要的快感来源。这一设备直观地将身体机械化，在某种程度上令知觉与机器信号得以互相流动和转换。由此，强调听觉快感的同时又依赖声音数字化与媒介技术，这令"ASMR"具有症候性，显现出当声音的媒介功能日益受机器掌控时，听觉或身体所携带的张力。

这种紧张感呼应着后人类主义理论中对于身体的关注与讨论。在凯瑟琳·海勒（Katherine Hayles）的《我们何以成为后人类：文学、信息科学和控制论中的虚拟身体》（*How We Became Posthuman*: *Virtual Bodies in Cybernetics*, *Literature and Informatics*）一书中，直接表达了对"身体的后现代意识形态"的不满，因为在这一流行的学说中，"身体的物质性是第二位的，身体编码的逻辑或符号结构是第一位的"②。为了讨论身

---

① "ASMR"是"Autonomous Sensory Meridian Response"（往往译为自发性知觉经络反应，或颅内高潮）的简写，在网络通行的释义中，意指一种新的关于知觉的描述，即由视觉、听觉、触觉、嗅觉等引发的某种生理上的愉悦感和刺激感。这一概念并非来自医学、心理学或生物学等，而是从社交网络平台上发展出来的模仿式描述（meme）。

② ［美］凯瑟琳·海勒：《我们何以成为后人类：文学、信息科学和控制论中的虚拟身体》，刘宇清译，北京大学出版社 2017 年版，第 257 页。

体的物质性，她使用具形（embodiment）来替代身体（body），同时，用具形与意识更换了身体与灵魂的二元对立，认为意识不过是"运行着自我建构和自我保障程序"的"小系统"①，而长久以来将它视作"人类身份的根本"则是人文主义意识形态的盲区。与此相对，海勒强调了"身体实践"的重要性："身体实践具有这种力量，因为它们已经沉淀到习惯性的动作和行为中，深入到意识觉悟之下。在此层面，它们获得了一种惯性。这种惯性可以惊人地抵制想要对它们进行修正或改变的意识动机。"②换句话说，通过习惯性的动作和行为，具形本身产生了一种不需要"在认知上被确认"的知识，也意味着，"人类知道的东西，比他们意识到自己知道的东西多得多"，因为"新变化"不一定能够被形式化、被放入已有的程序中。③

通过颠倒意识与具形之间的等级关系，凯瑟琳·海勒预示出一种"后人类的未来"，即放弃以意识为中心的人类自我想象，重新思考在面对着机器，特别是智能机器日益重要的现实时，如何处理人和机器之间的关联。她以机器人专家汉斯·莫拉维克的梦作为论述的反面：在《心智儿童：机器人与人类智能的未来》中，莫拉维克认为人格本质上是一种信息形式，因此计算机可以替代肉身成为人的载体，供意识的上传与下载。这种看似能够服务于构建永生的世界，在海勒看来却是十足的梦魇。她区分了"后人类"（posthuman）和"反人类"（anti-human），认为后人类并非反人类的，也不一定会导致世界末日。后人类"并不是真的意味着人类的终结。它标示出一种特定的关于人的观念的终结，这个观念最多是被人类中的一小部分人——即那些有财富、权力以及闲暇的人，他们能够以此将自己定义为可以通过个人力量与选择实践自身意志的自主的存在物——所持有"④。于是，海勒进一步指出，最为致命的不是后人类自身，而是"将后人类与一种关于自身的自由主义人道主义观点相连

---

① ［美］凯瑟琳·海勒：《我们何以成为后人类：文学、信息科学和控制论中的虚拟身体》，刘宇清译，北京大学出版社2017年版，第388页。
② ［美］凯瑟琳·海勒：《我们何以成为后人类：文学、信息科学和控制论中的虚拟身体》，刘宇清译，北京大学出版社2017年版，第275页。
③ ［美］凯瑟琳·海勒：《我们何以成为后人类：文学、信息科学和控制论中的虚拟身体》，刘宇清译，北京大学出版社2017年版，第270页。
④ N. Katherine Hayles, *How We Became Posthuman: Virtual Bodies in Cybernetics, Literature and Informatics*, Chicago: The University of Chicago Press, 1999, p.286.

接"①，亦即占有性个人主义。在她看来，个人自由地占有着自己的身体与各种能力、人类的本质是不受他人意志影响的自由——这并非某种可以不经讨论的、永恒的"客观真理"，而是由自由人本主义所构造和召唤出来的主体想象。它同样也构成了市场关系中可自由出卖的劳动力、私有制与压迫关系等的基础。因此，面对着越来越新的技术事实与媒介事实、越来越复杂的社会关系，这种主体想象便日益暴露出它自身的问题，其有效性也开始令人生疑了。换句话说，在面对互联网、人工智能、生物技术等巨大革新时，如果我们延续既有的框架，仅仅令这些技术服务于强化自由人本主义自我（如莫拉维克下载意识以获得无尽的自由和永生），那么随之而来的，很可能是更为严苛的私有制与等级秩序、更为冷酷的剥削与压迫。因此，人与机器非此即彼的竞争关系是一种来自人文主义的幻觉，而在不可逆转的趋势下，思考二者如何共存恐怕比强化敌意要更为迫切。在这个意义上，"具形"在某种程度上正是人面对机器时的自我认同。②

同样以身体为论域中心的"赛博格"，更为清晰地显现出了身体的乌托邦性。在《赛博格宣言》中，哈拉维认为，不管怎样推进，女性主义仍然面对着二元论的梦魇，而赛博格则"可以提示一条走出二元论——我们以此来向自己解释自己的身体和工具——的迷宫的途径"③，意味着"被僭越的界限、有效的融合"的赛博格是"后性别世界的生物"，它不再尊重起源，不梦想"异性恋配偶"，"不梦想基于有机家庭的共同体"，"不会承认伊甸园"，也"不会回想起宇宙"。④ 其僭越性还在于，它从根本上不同于既有批判理论中小心翼翼地提出的那些超越性的构想，也就是说，它"与双性恋倾向、前俄狄浦斯期的共生现象，非异化劳动，或其他通过最终把各部分的全部能量挪用到一个更高的统一体中去的机体完整性的诱惑毫无关系"，简言之，它"跳过了原初统一性即西方意义上

---

① N. Katherine Hayles, *How We Became Posthuman: Virtual Bodies in Cybernetics, Literature and Informatics*, Chicago: The University of Chicago Press, 1999, p.287.
② 参见[美]凯瑟琳·海勒《我们何以成为后人类：文学、信息科学和控制论中的虚拟身体》，刘宇清译，北京大学出版社 2017 年版，第 388 页。
③ [美]当娜·哈拉维：《赛博宣言：20 世纪 80 年代的科学、技术以及社会主义女性主义》，严泽胜译，载汪民安主编《生产》第六辑《"五月风暴"四十年反思》，广西师范大学出版社 2008 年版，第 326 页。
④ [美]当娜·哈拉维：《赛博宣言：20 世纪 80 年代的科学、技术以及社会主义女性主义》，严泽胜译，载汪民安主编《生产》第六辑《"五月风暴"四十年反思》，广西师范大学出版社 2008 年版，第 292—293 页。

的与自然同化这一步"。①甚至赛博格也"不属于福柯的生物政治;赛博格是在模拟政治,这是一种更有效力的运作领域"②。显然,赛博格对于哈拉维来说发挥着乌托邦的功能,它可以从根本上颠覆现存秩序,彻底拆解二元论,从而令女性主义论述中那些无法绕过的陷阱土崩瓦解。这种乐观论调的支撑物之一,是从"通信科学"与"现代生物学"开始的一种找寻"共同的语言"的尝试——它们"把世界转化为编码问题"——而"在这种语言中,所有对作为手段的控制的抵抗都消失了,所有异质因素都可以分解、重组、投资和交换"。③哈拉维指出,借助这种语言,女性主义者可以编码赛博格式的自我,即"一种分散重组的后现代的集体与个人的自我"④。在这个意义上,她将《赛博格宣言》的写作归结为,"努力以一种后现代主义的、非自然主义的方式、在想象一个无性别的世界——也许是一个没有遗传的世界,但也许是一个没有终结的世界——的乌托邦传统中,促进社会主义女性主义的文化和理论。赛博格这种化身是外在于拯救的历史的"⑤。

---

① [美]当娜·哈拉维:《赛博宣言:20世纪80年代的科学、技术以及社会主义女性主义》,严泽胜译,载汪民安主编《生产》第六辑《"五月风暴"四十年反思》,广西师范大学出版社2008年版,第292页。
② [美]当娜·哈拉维:《赛博宣言:20世纪80年代的科学、技术以及社会主义女性主义》,严泽胜译,载汪民安主编《生产》第六辑《"五月风暴"四十年反思》,广西师范大学出版社2008年版,第308页。
③ [美]当娜·哈拉维:《赛博宣言:20世纪80年代的科学、技术以及社会主义女性主义》,严泽胜译,载汪民安主编《生产》第六辑《"五月风暴"四十年反思》,广西师范大学出版社2008年版,第309页。
④ [美]当娜·哈拉维:《赛博宣言:20世纪80年代的科学、技术以及社会主义女性主义》,严泽胜译,载汪民安主编《生产》第六辑《"五月风暴"四十年反思》,广西师范大学出版社2008年版,第308页。
⑤ [美]当娜·哈拉维:《赛博宣言:20世纪80年代的科学、技术以及社会主义女性主义》,严泽胜译,载汪民安主编《生产》第六辑《"五月风暴"四十年反思》,广西师范大学出版社2008年版,第292页。

第四章　反乌托邦叙事中的身体

第一节　威尔斯的"两个火星"

将社会变革寄托于身体改造的乌托邦想象，在对读 H.G. 威尔斯的乌托邦小说《新人来自火星》（*Star Begotten*）与另外几部小说——威尔斯的《星际战争》（*The War of the Worlds*）、《莫罗博士岛》（*The Island of Dr. Moreau*）以及玛丽·雪莱的《弗兰肯斯坦》时，会尤为直观地感受到。玛丽·雪莱著于 1818 年的小说《弗兰肯斯坦》被视为现代科幻中"人造人"母题的源头之作：化学家弗兰肯斯坦通过连缀、拼合尸体而造出了一个"人"，但因他高大、可怕的面容而被惊吓病倒了。在得知弟弟威廉的死与逃跑的怪物有关后，弗兰肯斯坦决心推迟婚姻、追杀怪物，最终病死在旅途中，而犯下许多罪行的怪物也在愤怒与悔恨中跳海自尽。在这个文本中，由尸体拼贴而来的"人"从外表上看十分像是"赛博格"，然而唐纳·哈拉维以她敏锐的视角，曾指出其中的不同："与法兰肯斯坦的怪物的希望不同，赛博格并不指望其父亲通过重建乐园来解救它；即通过制造一个异性恋配偶，通过它在一个完成的整体——如一座城市和宇宙——中的实现来解救它。"[①] 经受了《希腊罗马名人传》《失乐园》和《少年维特之烦恼》等书籍洗礼的人造怪物完全认同了"人"的位置，它为自己的不完整感到深深的不安，并被与人之间无解的对抗折磨至死。在悲愤的自述中，它指出自己的困惑是"我究竟是什么"，并表露了自己最大的心愿，即成为一个"人"，而成为"人"的关键在于希望弗兰肯斯坦为他创造一个异性伴侣。人造怪物因为并未诞生于赛博格时代而不具有赛博格的功能，它的悲剧性在于它只能认同弗兰肯斯坦的价值——一个文本征候是，这个人造怪物始终未被命名，而以它为戏剧冲突关键的

---

① ［美］当娜·哈拉维：《赛博宣言：20 世纪 80 年代的科学、技术以及社会主义女性主义》，严泽胜译，载汪民安主编《生产》第六辑《"五月风暴"四十年反思》，广西师范大学出版社 2008 年版，第 293 页。

小说，最终选择了那个造物者的名字"弗兰肯斯坦"作为标题。

H.G. 威尔斯写于 1896 年的小说《莫罗博士岛》可以说延续了《弗兰肯斯坦》的主题。叙事者"我"名叫"爱德华·普伦迪克"，因海难而被莫罗博士和他的助手蒙哥马利所在的船救起，留在了他们神秘的无名岛上。莫罗博士遮遮掩掩的行为引发了"我"的好奇心，机缘巧合下，"我"发觉他在做活体解剖实验：他将动物的肢体拼合在一起，彻底地改变了它们的生理结构和智力结构，并教给它们律令，使它们成为有低等智力的、低等社会组织形态的"兽人"。在小说的末尾处，这些类人最终脱离了控制，杀死了两位"执鞭人"莫罗博士与蒙哥马利，并退化回了动物形态。"人的律令"在小说中是一种外在的秩序，被强制赋予了这些处于人与非人之间的人造怪物。在"我"偶然闯入这些兽人的社会时，它们的接纳仪式是要求"我"一起背诵律条：

"不得四脚爬；这是律条。难道我们不是人吗？"

"不得舔水喝；这是律条。难道我们不是人吗？"

"不得吃肉和鱼；这是律条。难道我们不是人吗？"

"不得抓挠树皮；这是律条。难道我们不是人吗？"

"不得追赶其他人；这是律条。难道我们不是人吗？"[1]

这些生硬而简单的律条实际上是在反复陈说动物与人的区别、对立，是通过压制动物行为，来让它们保持"人性"。当外在的强制力量消失后，它们开始表现出"顽强的兽性"，并且"退化，迅速地退化"，渐渐不再能够使用语言和直立行走。[2] 值得注意的是，与《弗兰肯斯坦》不同的是，"灵魂"不再占据最高位置，相反，身体却显示出它的强大力量：在莫罗博士看来，智力结构的改变比生理结构的改变要容易得多，而它在兽人身上的出现与消散也确实都十分迅速。同时，在《莫罗博士岛》中出现了一个偏离了《弗兰肯斯坦》的认同位置，它通过"我"的感慨表现出来：

可怜的兽类！我开始认识到莫罗暴行更残忍的一面。在这以前，我还从未想到过，兽人在手术痊愈以后会有些什么样的痛苦和烦恼。

---

[1] ［英］赫伯特·乔治·威尔斯：《莫罗博士岛》，载《威尔斯科幻小说全集》，唐岫敏、王晓英、何江胜译，太白文艺出版社 2008 年版，第 46 页。

[2] ［英］赫伯特·乔治·威尔斯：《莫罗博士岛》，载《威尔斯科幻小说全集》，唐岫敏、王晓英、何江胜译，太白文艺出版社 2008 年版，第 95 页。

我只是为它们在营地里所忍受的伤痛感到过心寒。可现在看来，那显得微不足道。在这之前，它们是兽类，它们的本能与所处的环境完全一致，享受动物的乐趣。可现在，它们却生活在人类的桎梏中，恐惧无休无止，莫名奇妙的法律束缚着它们的手脚。它们对人类生活的模仿是在痛苦中开始的，而且将会是长期的心灵折磨，长期的对莫罗的恐惧，这又是为什么呢？这里面的荒唐性质令我不安。

……

塑造人世百态的似乎是盲目的命运，一台巨大的无情的机器。我，莫罗（被他研究的狂热），蒙哥马利（被他的嗜酒），还有那些被本能与理性限制折磨的兽人，都照例被这台无情而又复杂机器的轮子扯碎碾烂。①

《弗兰肯斯坦》中兽人或半人对人的模仿和极度渴望，在这里不再是自然而然的了——"我"从中感知到一种"荒唐性质"，并对之表示深深的怀疑。但是"我"也无法确知问题的关键所在，只是感觉到"一台巨大的无情的机器"对所有人与兽的控制。这种复杂而具隐喻性的态度，使之多少偏离了人类中心主义的绝对性。不过可以看到，这两个文本仍旧非常小心地尊重着人与非人的界限，即以一种清晰可辨的外在特征区别进行界定，如弗兰肯斯坦的怪物的极度丑陋（即便弗兰肯斯坦自己也不知道为什么精心挑选的器官组合起来会变得如此丑陋、怪诞），莫罗博士的怪物的纯粹兽性（尽管他不在乎人类道德，并认为生理痛苦也是不存在的，但是他仍然没有用人作为实验对象）。从某种意义上说，这两类人造怪物尽管都跨越了边界，却不是"后人类"或者"赛博格"，这不仅表现在它们根本的异质性上，也表现在它们没有承担挑战"人"的观念的功能。

与此相对，威尔斯的另一部乌托邦文本《新人来自火星》则显现出了极大的不同。有趣的是，威尔斯笔下事实上有"两个火星"：第一个是《星际战争》所描述的火星人。在这部讲述"火星人侵略地球"的小说中，诞生了一种被20世纪的科幻小说和电影反复使用，并激发了人们关于外星生物想象的火星人形象，它如怪物般丑陋、强大：

一个灰蒙蒙、圆滚滚的大东西，个头儿可能跟熊差不多……两

---

① ［英］赫伯特·乔治·威尔斯：《莫罗博士岛》，载《威尔斯科幻小说全集》，唐岫敏、王晓英、何江胜译，太白文艺出版社2008年版，第74—75页。

只深色的大眼睛紧紧地盯着我。嵌有眼睛的一大块,也就是那家伙的头,圆滚滚的。勉强可以说那上面有张脸。眼睛底下有张嘴,没有嘴唇的边缘哆哆嗦嗦……从未见过活火星人的人很难想象那种长相让人多么害怕。它的嘴很古怪,是"V"形的,上唇尖尖,没有眉骨,楔形下唇底下没有颌,嘴在不停地颤动,它长着蛇发女怪似的一簇簇触须……给人印象最深的还是它那双大眼睛犀利的眼神。这一切让人感觉它强劲有力,神情紧张,是个行动艰难的于人类不相径庭的恶魔。[①]

"恶魔"般的火星人毫无缘由地侵略了地球,却最终死于地球细菌之下,而"我"与它们的遭遇和"我"在伦敦的见闻构成了《星际战争》的主体部分。无疑,"火星人"在这个文本中占据的是非人或反人的位置,其异质性比人造怪物更甚,不过不同的是,它是作为"高等级"的文明出现的。在小说开头一段文字中可以看到,火星人、地球人和"显微镜下的纤毛虫"构成了一组等级序列,而正如地球人高于地球上的其他生物一样,位于顶峰的火星人也是对地球人的否定。

较少被关注到的是,在威尔斯笔下存在着另一个"火星"或另一种"火星入侵",亦即,在写于1937年的《新人来自火星》中,火星人通过"宇宙射线"将地球人"火星化"、形成"地球人的躯体火星人的头脑"的"新人"。威尔斯一生著作颇丰,除了《隐形人》《时间机器》和《莫罗博士岛》等几部影响较大的早期小说外,同情社会主义、具有强烈的社会关注的威尔斯也写下了大量政论文、科普读物、通俗历史读物和乌托邦/反乌托邦小说。除去前文所提到的为教育"世界公民"而著的三部"大纲"外,另外一个较为清晰的脉络是许多介于政论文和小说之间的文本,如《获得自由的世界》(The World Set Free)、《昏睡百年》(When the Sleeper Wakes)、《最早登上月球的人》(The First Men in the Moon)、《神秘世界的人》(The Secret Places of the Heart)、《彗星来临》(In the Days of the Comet)、《神食》(Food of the Gods)、《新人来自火星》等。缓慢的叙事、平淡的情节、简单的结构、单薄的人物,以及极强烈的政治说教意味,使得这些极具幻想性和乌托邦色彩的"小说"读来颇为枯燥,被认为缺乏文学性和艺术性,因此影响也相对较小。《新人来自火星》作为一部寄寓政治理念的乌托邦文本,也同样具有上述特征。然

[①] [英]赫伯特·乔治·威尔斯:《星际战争》,载《威尔斯科幻小说全集》,李建波、唐岫敏、王松年译,太白文艺出版社2008年版,第13—14页。

而在与前面的几部文本的对比中会发现，它也提到了一种"半人"或者"混血儿"，不过颇为不同的是，它同时产生了一个新的位置。

《新人来自火星》的情节线索十分简单：天文俱乐部的成员约瑟夫·戴维斯先生"一来到这个世上就显示出活力和早慧"，而在他的孩子即将出世时，他突然获得了一个奇特的想法，即也许地球正处在火星人的殖民"宇宙射线"之下。他将这个想法告诉了产科医生赫德曼·斯代钉，并在进一步的调查中得知超常的孩子正在不断降生，由此他推理"一批新人正在加入到人类生活中"①，而自己的孩子很有可能也是其中之一。在短暂的恐慌之后，尤其是在发现所有的孩子只是变得更聪明和理智了、外在没有任何变化之后，戴维斯与其他一些相信火星影响的人的态度开始转向沮丧与钦羡。他们构想了由"新人"创造的社会，并相信这是一种"超越革命"的变革，尽管它意味着"血统纯正"的人类的消亡，但没有任何阻止它到来的动力。在绝望之下，戴维斯撕毁了自己的历史著作《人类的盛典》的手稿，并宣布自己是在撕毁过去，"与未来的作品相比，它毫无价值。……他（指戴维斯的儿子——引者按）将写得更好。我把过去的撕掉，是为了给他让路。他和他那一代人——轮到他们了……现在真实的东西显露了，但这只是开头。让新人类开始吧"②。戴维斯的绝望最终获得了一丝慰藉——在妻子的提醒下，他意识到或许新人的出现早已开始，而自己"也是火星的传人！……也是那些挤入地球人生活并使之焕然一新的入侵者和革新者中的一个"③。

"火星人"从《星际战争》当中怪物一般的入侵者，变为了社会革命性力量的支柱，和一种新的、美好的"人性"的载体。他们质疑"精神—物质"的对立，"不接受道理"。"他说我们为什么要从现实事物中抽取某种东西，把它称之为精神，好像完全相反的两样东西？"④换言之，"他们让我们开始怀疑眼前的生活是不是像我们一直以为的那样"⑤。从前

---

① ［英］赫伯特·乔治·威尔斯：《新人来自火星》，载《威尔斯科幻小说全集》，唐岫敏、王晓英、何江胜译，太白文艺出版社2008年版，第141页。
② ［英］赫伯特·乔治·威尔斯：《新人来自火星》，载《威尔斯科幻小说全集》，唐岫敏、王晓英、何江胜译，太白文艺出版社2008年版，第181页。
③ ［英］赫伯特·乔治·威尔斯：《新人来自火星》，载《威尔斯科幻小说全集》，唐岫敏、王晓英、何江胜译，太白文艺出版社2008年版，第182—183页。
④ ［英］赫伯特·乔治·威尔斯：《新人来自火星》，载《威尔斯科幻小说全集》，唐岫敏、王晓英、何江胜译，太白文艺出版社2008年版，第146页。
⑤ ［英］赫伯特·乔治·威尔斯：《新人来自火星》，载《威尔斯科幻小说全集》，唐岫敏、王晓英、何江胜译，太白文艺出版社2008年版，第147页。

后"两个火星"的对比可以看出，威尔斯似乎对自己早期的思想进行了修正。如果说1898年出版的《星际战争》中的火星人与地球人的对抗负载着威尔斯早期的人文主义思想的话，那么在《新人来自火星》中则显然是不满足于这种二元对立的立场了，它以夹杂着大量论述与辨析的叙述展示着威尔斯自我思想的斗争，在其中，召唤一种新的"人性"想象压倒了对人文主义的延续与继承。那么，是什么促使威尔斯发生了转变呢？他只是完全迷恋于对"火星"天马行空般的想象吗？对于这些问题的思考，恐怕应该首先辨析威尔斯所期待的"新人"究竟是怎样的。在一次讨论中，支持火星人的凯帕尔教授指出，自己对火星—地球"混血儿"的出现所持有的兴奋，根源于对现实的失望：

> 我们出生并生长在一个现在看来显然在许多重要方面是失败的社会秩序里。这个秩序正在土崩瓦解。它带来的不是好处，而是缺憾和精神崩溃。战争、笼罩一切并不断增加的兽性、真正自由的缺乏、经济失控、物质过剩掩盖着巨大的匮乏……
>
> ……总的情况是在走向分崩离析，大片大片的脱落，衰亡……如今的世界给我最深刻的印象就是暴力，平庸的思想，以及卑劣的品质在统治一切……不论它是以声势浩大的革命行动或是反革命行为来表现自己——从长远的角度看都是一样——或是通过某个人、物来体现——像希特勒——在他的身上体现自己的特征从而达到痛快的释放。
>
> ……尽管我们生活在一个自由的国度，一个自由的国家——我们这样被告知——这里没有集中营，没有审讯，没有流放，没有殉道者。没有看得见的束缚，——然而我们却被束缚着。我们还有多少智慧的自由？①

借凯帕尔教授之口，威尔斯实际上道出的是20世纪30年代这个黑暗的时期弥漫在英国知识界的悲观情绪。20世纪初，威尔斯经过萧伯纳的介绍进入了英国的费边社，然而不久后，他发觉自己跟费边社的观点并不一致。在与萧伯纳多次论战后，他退出了费边社。从威尔斯的早期作品中，可以看到他同情社会主义，自认为是一个社会主义者，但是他更为倾向改良主义，对革命、苏联与美国的对立抱持怀疑。他曾在30年

---

① ［英］赫伯特·乔治·威尔斯：《新人来自火星》，载《威尔斯科幻小说全集》，唐岫敏、王晓英、何江胜译，太白文艺出版社2008年版，第161—163页。

代先后到美国与苏联采访罗斯福与斯大林，而从他对斯大林的提问中可以看出，他仍然希望打破双方的对抗，找到一条共同发展的道路。[1] 或者可以认为，他的信心在一定程度上来自他对于现代科技、对发展主义的执着。这不仅体现在他所创作的《时间机器》等科幻小说中，也基本贯穿于他的各类写作，如《世界史纲》的主导思想，是坚信"人类"作为同一的物种最终会改变分裂的状态，走向统一。此外他也写作了科普类的读物，甚至曾经参与过坦克的设计。[2] 然而，在他生命的最后10年中，即从《新人来自火星》的创作时间1937年到1946年去世，他几乎没有再创作出受到关注的作品。换句话说，《新人来自火星》在某种程度上构成了他思想上的转折和总结。而在前面引用的段落中，我们也可以看到他此时对现实的强烈失望与沮丧。他甚至否定了自己早年的看法，不再相信任何来自人类自身的力量可以承载改变世界与历史的任务——他最终让戴维斯撕毁了历史著作《人类的盛典》，并拥有了火星人的身份。同样从文本中可以看出，直接导致他悲观情绪的原因是希特勒的出现，以及一种"普遍的暴力与平庸"。此外，更为普泛的失望也通过设想"新人"对照呈现出来，"新人类将不偏不倚。那么，说句俗话，他们到底站在哪里？他们将不加入愚蠢的战争风云，新三十年之战、大屠杀、报复，等等的任何一方。拥护赤化，反对赤化，我们总是在摇摆不定。他们则不会如此"，"由于清醒而不随波逐流，他们将面临许多艰难，将同样受到左派和右派的仇恨"[3]。显然，"新人"构成了威尔斯想象另类出路、打破苏联与美国的对立局面、抵抗希特勒的支点与希望，当然，这种依附于"火星人"、依附于"人性"从根本上改变的希望也同样是绝望的。

在另一场争论中，"火星人"对于威尔斯的意义更加清晰了。面对斯代汀医生的感慨"不论你祈祷未来还是鄙视未来，它始终都是站不起来的空口袋"，凯帕尔教授"跌进陷阱"，陷入了同一问题带来的困惑："问题是，我们头脑中没有材料可以借助使即将来临的东西有一个具体的形象。在没有创造和置身于未来的时候，我们怎么能看见或感觉到未来呢？"[4] 仅仅拥有过去的人可以凭借什么来想象未来，这始终是乌托邦思

---

[1] 参见[苏]斯大林《与英国作家威尔斯的谈话》，刘光译，人民文学出版社1952年版。

[2] 参见 H.G. 韦尔斯《韦尔斯自传》，方土人、林淡秋译，光明书局1936年版。

[3] [英]威尔斯：《新人来自火星》，载《威尔斯科幻小说全集》，唐岫敏、王晓英、何江胜译，太白文艺出版社2008年版，第166—167页。

[4] [英]赫伯特·乔治·威尔斯：《新人来自火星》，载《威尔斯科幻小说全集》，唐岫敏、王晓英、何江胜译，太白文艺出版社2008年版，第171页。

考中的最大困惑，也是布洛赫的乌托邦理论最初不得不去面对和处理的问题。不同于布洛赫将之归结为一种"尚未意识"，威尔斯找到的是"火星人"——火星人不一定真的来自火星，它仅仅是个名称，关键在于它提供了既有"人性"的相对位置。在这个意义上，威尔斯与后人类主义分享着相似的立场，即通往未来或者乌托邦的路径不再是智识教育或社会斗争，而是人自身内在东西的改变，甚至是"人类"既有概念的改变。从这些论述可以看到，当乌托邦在20世纪30年代之后面对全面消解的艰难境遇时，仍然对现实不满、对与现实不同的更理想未来抱有期待的人开始选择将乌托邦移置在人自身，尤其是人的身体上。应该说，这种倾向一方面的确提供了一条可以讨论乌托邦的道路，保留了一丝希望与火种，但另一方面这个微小的火种却反而彰显了某种困境，即另类途径被封闭、替代性选择无法想象的现实情境。

戴维斯的困境，在很大程度上直接映射着威尔斯面对第二次世界大战前夕的欧洲紧张局势，特别是希特勒独裁统治时的晦暗心境。然而颇为有趣的是，它又隐喻性地与后人类主义命题遥相应和。如前所述，小说中以很大篇幅详细铺陈了戴维斯在对待"火星人"问题时颇为纠结的思想斗争：

> 起初，他对火星人干涉地球极为反感。他对人类的感情不仅仅是出于本能的对人种的尊重。他有一种超乎寻常的心理习惯，使自己成为人类亘古不变的神圣的正常生命的捍卫者……这是一个立足尘世的故事，充满诚实虔诚的农民意识，非常精神化。生命，一代一代，以播种与收获，冷与热，饥与渴，合理欲求与适度满足的轮回固定着……
>
> 这就是一幅世界的图画和它的承诺。他过去一直在努力认识这个世界，当火星人入侵地球这个奇妙而又令人不安的想法在他头脑中产生时，他努力绘制出这幅巨大的油画突然间崩裂开，改变了光和影，高度和深度，成为完全的虚幻……他一想到火星人就怒不可遏，认为火星人进入我们这个美好的地球的目的一定是为了毁坏这里的一切。[①]

正是在"成为人类亘古不变的神圣的正常生命的捍卫者"的责任感

[①] [英]赫伯特·乔治·威尔斯:《新人来自火星》，载《威尔斯科幻小说全集》，唐岫敏、王晓英、何江胜译，太白文艺出版社2008年版，第141—142页。

引导下，戴维斯决心创作《人类的盛典》这部"将人类历史刻意浪漫化"的历史著作，为了既"向人类证明上帝行为"也"向人类自己证明自己的行为方式"，因而，"它将是一场伟大的游行——一场人性的演示"。①这实际上也是写作《世界史纲》时的威尔斯所持有的人文主义立场。"火星人入侵地球"这样一个虚构，甚至荒诞的事件，其意义在于，它使得那幅"巨大的油画突然间崩裂开，改变了光和影，高度和深度，成为完全的虚幻"。面对人文主义式的乌托邦画面的崩解，戴维斯的应激式行动是拒绝和尝试证伪：

> 因此，他的动机从一开始就很清楚，去侦察、揭示、抵抗这个阴险可怕的向我们尽情享受不愿放弃的幸福的人类生活的进攻。在他眼里，火星人是所有威胁地球生命的最黑暗的一种。毋庸置疑，不管他们是什么样的，他们一定没有人性。那是不言而喻的。对他来说，对我们大多数人来说也一样，非人性即意味着致命的残酷，此外不可能有其他……在他看来似乎没有疑问的是，这些目标明确的宇宙射线，目的在于极大的提高火星化人类的智力……
>
> 他先描绘的火星人形象是蜷缩一团，像章鱼，长着触须，浑身浸透了毒液，并分泌出恶心的汁液，面目可憎的巨大皮囊。其发出的味道，他想，一定难闻至极。而它们那些将布满地球的非直接后代，他想象，必定不仅冷酷聪明，而且行为丑陋不堪。一定长着萝卜似的脑袋，油光水滑，眼睛近视，恐怖的小脸，难看的长手，臃肿畸型的身躯……②

有趣的是，戴维斯"先描绘的火星人形象"显然直接指涉着《星际战争》，而他的态度，也完全反映着《星际战争》当中所表露出来的对"非我族类"的排斥、憎恨与恐惧。在这种拒绝中，他建构起了"神圣的人性"与"残酷的非人性"的对立，并以此来保存自己对人性的尊敬。但很快，当他接触到这些"火星之子"并进行反思之后，他开始获得了新的位置。在"凯帕尔教授预言人类的终结"一章中，凯帕尔教授向他陈述了自己的乌托邦构想，即一种新的、建筑在新人类全面出现基础上的乌托邦情境：他们"天资超群"，可以摆脱所有的"错误教育和歪风邪

---

① ［英］赫伯特·乔治·威尔斯：《新人来自火星》，载《威尔斯科幻小说全集》，唐岫敏、王晓英、何江胜译，太白文艺出版社2008年版，第109页。
② ［英］赫伯特·乔治·威尔斯：《新人来自火星》，载《威尔斯科幻小说全集》，唐岫敏、王晓英、何江胜译，太白文艺出版社2008年版，第142页。

气",并且"喜欢群居",能够互相协作使得"世界成为和平之乡"。在这个和平世界里,

> 除了自然障碍和变化莫测的天气,人将自由地想去哪就去哪,无论在哪里都可以行使他的公民权利和义务。这是一个充裕的经济社会而不是充满剥削和苛捐杂税的贫困社会。在任何地方,你的需要都会得到满足。就食物、舒适和尊严来说,你不会为下一步担忧。在这个更加明智的世界里,没有劳役负担,所有工作都是令人愉快和有趣的……将这个星球变成像花园一样的世界……意味着对腐朽的旧世界的坚定控制,意味着经济生活中的智慧……今天我们仍然是这样的傻瓜,谁都无法解开私有财产和金钱这个复杂的谜。它击败了我们……它使我们的思想陷入混乱,扼杀了经济生命,它煽动我们自卫的本能,导致不断的战争……你尽管想象那个未来世界的样子,但有一点可以放心,这个世界将不仅更富裕,而且更美丽。[①]

在这些关于更美丽的未来的描述中,很容易辨认出一个莫尔式的乌托邦构造,然而这无疑既是乌托邦的重现,也是乌托邦的挽歌——莫尔的人文主义基调被否定了,取而代之的是一种新的、对抗人文主义的内容物。医生提醒凯帕尔教授,他是在预言地球人的结局,是在构想外星人的未来。对此,凯帕尔的回复是:"我恨地球上的人类,这些丑陋的人,他们践踏了大地……把它从地球上清除掉吧!"[②]值得注意的是,这种间杂着希望与绝望、否定与肯定的倾向,在文本中是充分自觉的。最终,戴维斯问凯帕尔,他是否相信在一个世纪以内这种新的社会会来临,凯帕尔的回答是"不";而当戴维斯又问到他是否怀疑它会到来,凯帕尔再次回答了"不"。两个"不"将乌托邦的窘境描绘出来:作为一种人文主义内在建构物,它已在现实面前显现出了颓废和崩解的状态,但是作为一种未来可能,它仍然存在于人们的期待之中。在这种情形下,乌托邦开始与人文主义分离,甚至开始走向对立。对此,威尔斯宁愿选择乌托邦而放弃人文主义——正如哈拉维在《赛博宣言》最后所说,"我宁

[①] [英]赫伯特·乔治·威尔斯:《新人来自火星》,载《威尔斯科幻小说全集》,唐岫敏、王晓英、何江胜译,太白文艺出版社 2008 年版,第 171—172 页。

[②] [英]赫伯特·乔治·威尔斯:《新人来自火星》,载《威尔斯科幻小说全集》,唐岫敏、王晓英、何江胜译,太白文艺出版社 2008 年版,第 175—176 页。

愿是赛博格而不是女神"[①]（I would rather be a cyborg than a goddess）。

戴维斯立场的变化，即从抵抗火星影响下的"新人"，到自怨自艾、颓丧失落，最终支持与认同，与后人类主义在现实情境的发展中对"人的位置"的思考与回应有一定的相似性。这种相似或许仅仅具有隐喻性：对于威尔斯而言，"新人"所带有的希望之维无疑是十分模糊可疑的，因为抵达他们所提供的美好未来的路径是幻想性的，几乎没有现实实践的可能。但是，二者都选择将关注点集中在身体之上，赋予它乌托邦色彩，探讨其可能性，并将其视为社会变革的着力点，这却并非巧合——它勾连起20世纪逐渐清晰的关于"人"的众声喧哗。同时，《新人来自火星》中含混的乌托邦色彩，也显现出了乌托邦与反乌托邦叙事在这一朝向"后人类主义"的趋势中重要而独特的角色：一方面，它提供了一种"近未来"的视域与社会组织形式的想象方式，可以用来推演超越自由人文主义主体边界的种种可能所导向的社会形态。其中身体作为最直观的边界，负载着如赛博格、人工智能、克隆等主题。另一方面，三大反乌托邦小说共有的自由人文主义主体叙事视角，常被借用以形成其与"后人类"之间的批判或对话的距离，而其基本叙事模式，即觉醒—反抗—失败，也构成了某种批判性的讲述位置，既确认了延续自现实的未来图景的可能性，又与之保持了批判距离。

事实上，以此为线索，可以反观反乌托邦叙事中"社会"与"人"之间张力的另一个面向。下一节的讨论将回到三大反乌托邦小说，通过分析其中隐含着"自我分裂"的叙事模式，如《我们》中的"两个自我"，《美妙的新世界》当中伯纳与野蛮人的中间位置，以及《一九八四》中对于性欲和无产者身体的崇拜，可以看到社会与人的张力并不仅仅是单方面的压制与剥夺，更重要的是，前者令后者异化/进化为自己的反面。换句话说，对立实际上存在于"两个我"之间——占据人的对立位置的"社会"并不是指某一个权力代表，不是独裁者，而是人自身的异化形态，因而呈现出潜在的自我对异化的自我的反抗，并最终被镇压的叙事模式。在这一点上，20世纪的反乌托邦叙事形成了某种一致性——在50年代之后，借助控制论、计算机、生物技术，人类的拓展得以具有了超越生物局限的可能，这使得威尔斯幻想的"火星后裔"以某种形式

[①] [美]当娜·哈拉维：《赛博宣言：20世纪80年代的科学、技术以及社会主义女性主义》，严泽胜译，载汪民安主编《生产》第六辑《"五月风暴"四十年反思》，广西师范大学出版社2008年版，第327页。

走入了现实,与此同时,反乌托邦想象中两个自我的对抗更为清晰了,它不再处于野蛮的、黑暗的自我与被规训的自我之间,而更多地存在于"人"与"后人类"之间,或者说,它被展现为以身体为界限的自我与被扩展了的自我之间的对抗。在本章第三节中,将着重探讨这些文本的叙事特征及倾向性。

第二节 三大反乌托邦小说中的身体

如前所述,三大反乌托邦小说不约而同地使用了"稳定—扰动—闭合"的叙事结构——它们都呈现了一个动态的"社会进化"过程,亦即封闭、稳定的社会一度受到质疑和挑战,而最终反抗遭到镇压、秩序再度弥合,由此"进化"为更加稳定与封闭的社会。正如福柯关于权力的说明,权力关系"只有依靠大量的抵抗点才能存在:后者在权力关系中起着对手、靶子、支点、把手的作用"[①]。其中着力凸显的压制性异化力量与突围可能的丧失,常常被看作对20世纪上半叶的战争、革命、屠杀引发的绝望情绪的表征。然而,不难发现,在文本中"对抗"虽最终归于彻底失败,或其自身便是统治的内在组成部分,但是它仍然负载着强烈的情感投射,甚至成为推动叙事的唯一动力,是所有的行动的导向。那么应该如何理解这种被反复、着力叙写的反抗呢?当然,在上述阐释中,可以认为它反身印证了统治的强度,但其功能仅是如此吗?换句话说,反乌托邦的出现,是否仅仅是为了记录绝望?

在讨论反乌托邦的否定性层面时,曾以《一九八四》中的"新话"和温斯顿的日记为例,指出反乌托邦尽管在讽刺层面极为用力,但仍然隐约透露出模糊的希冀,换句话说,它的叙事动力并非虚无主义,而是一种不亚于乌托邦写作者的勇气和信念。那么,在文本之中,是否能看到这种努力所依凭的基础呢?以《一九八四》为例,在温斯顿毫无章法、模糊不清的反抗行为中,最为明晰的推动力之一是他与裘莉亚的"爱情"——正是裘莉亚的出现,使他从记日记的自言自语,走向了具体的反抗行为并确认了他"并不孤独"。更重要的是,对于温斯顿来说,"想到自己是疯子并不使他感到可怕;可怕的是他自己可能也是错的",而与裘莉亚的同盟关系,令他感知到有同样想法的,并不"只有他一个

[①] [法]米歇尔·福柯:《性经验史》(增订版),佘碧平译,上海人民出版社2002年版,第71页。

人"。① 不过颇有意味的是，这种具体的反抗的核心是他与裘莉亚的性爱：

> 他的理智告诉他自己，一定会有例外的，但是他的内心却不相信。她们都是攻不破的，完全按照党的要求那样。他与其说是要有女人爱他，不如说是更想要推倒那道贞节的墙，哪怕毕生只有一次。满意的性交，本身就是造反。性欲是思想罪。②
> "你听好了，你有过的男人越多，我越爱你。你明白吗？"
> "完全明白。"
> "我恨纯洁，我恨善良。我都不希望哪里有什么美德。我希望大家都腐化透顶。"
> "那么，亲爱的，我应该很配你。我腐化透顶。"
> "你喜欢这玩艺儿吗？我不是只指我；我指这件事本身。"
> "我热爱这件事。"
> 这就是他最想听的话。不仅是一个人的爱，而是动物的本能，简单的不加区别的欲望：这就是能够把党搞垮的力量。
> ……
> 他们的拥抱是一场战斗，高潮就是一次胜利。这是对党的打击。这是一件政治行为。③
> "我对下一代没兴趣，亲爱的。我只对我们自己有兴趣。"
> "你只是一个腰部以下的叛逆，"他对她说。④

在温斯顿看来，性欲本身超越了爱情，具有反叛的能量，甚至是"一件政治行为"，而其原因关键在于，性欲"是动物的本能，简单的不加区别的欲望"。换句话说，在一切全部被控制的情况下，温斯顿尝试去寻找什么是真正地属于自己时，转向了性欲并视之为封闭秩序的一个缺口。比如，连接他与裘莉亚的，与其说是玄妙的爱情，不如说是"简单的不加区别的欲望"，而他对裘莉亚充满赞赏的评价，是"一个腰部以下的叛逆"。然而，特别需要说明的是，尽管已有一些研究者从性的角度来

---

① [英]乔治·奥威尔：《一九八四·动物农场》，董乐山、傅惟慈译，上海译文出版社2003年版，第79页。
② [英]乔治·奥威尔：《一九八四·动物农场》，董乐山、傅惟慈译，上海译文出版社2003年版，第68页。
③ [英]乔治·奥威尔：《一九八四·动物农场》，董乐山、傅惟慈译，上海译文出版社2003年版，第125页。
④ [英]乔治·奥威尔：《一九八四·动物农场》，董乐山、傅惟慈译，上海译文出版社2003年版，第153页。

展开解读，如讨论温斯顿—裘莉亚—奥勃良的性三角关系，或性与私人空间等，但是，《一九八四》中对性欲的强调显然并不局限于性本身——不难看出，性在此处的重要性在于，它从属于，并标志着"身体"，或是说凸显了"身体性"的物质特征。而正是身体提供了最后的避难所，同时，它也是人之为"人"的底线和物质基础。如果仔细阅读，会发现"身体"也在某种程度上构成了整部《一九八四》的支撑物：温斯顿对于日记的执着，起于现实中的无处可逃，即"除了你脑壳里的几个立方厘米以外，没有东西是属于你自己的"①。温斯顿对裘莉亚的迷恋在于性欲的解放，以及后者对自己身体的自觉——她只是"腰部以下的叛逆"，不仅如此，她还在一次约会中特意化了妆，宣称"在这间屋子里我要做一个女人，不做党员同志"②。同样的，身体的脆弱性、不可知性，以及由此而形成的危机感，也构成了温斯顿最大的恐惧——"你最大的敌人是你自己的神经系统"，因为身体的一些下意识的动作可能出卖自己，而"最致命的危险是说梦话"，因为它"无法预防"。③在想象自己可能遇到的危机时，温斯顿醒悟到，"你要对付的从来不是那个外部的敌人，而是自己的身体"，生命"不过是对饥饿、寒冷、失眠，对肚子痛或牙齿痛的一场暂时的斗争"。④与此相呼应，奥勃良对温斯顿的"驯化"也首先是肉体的驯化，伴随着大量直接作用于身体的酷刑。这些酷刑描写之详尽，其所占篇幅之大，甚至令一些研究者直接将之解读为性虐场景，如凯斯·R.桑斯坦（Cass R. Sunstein）在《性自由和政治自由》当中，将小说的最后一部分看作"持续不断的强奸和阉割"，并以奥勃良的话"我们要把你挤空，然后在用我们自己把你填满"和疼痛折磨来佐证"强奸"，以奥勃良扳下温斯顿的门牙来佐证"阉割"。⑤或许可以说，温斯顿的抗争与奥勃良的压制显现为一场以身体为对象的争夺战，尽管温斯顿最终出让了一切，但不容忽视的是，"身体"仍然被看作"人性"的最后

---

① ［英］乔治·奥威尔：《一九八四·动物农场》，董乐山、傅惟慈译，上海译文出版社2003年版，第29页。
② ［英］乔治·奥威尔：《一九八四·动物农场》，董乐山、傅惟慈译，上海译文出版社2003年版，第141页。
③ ［英］乔治·奥威尔：《一九八四·动物农场》，董乐山、傅惟慈译，上海译文出版社2003年版，第64—65页。
④ ［英］乔治·奥威尔：《一九八四·动物农场》，董乐山、傅惟慈译，上海译文出版社2003年版，第100页。
⑤ 参见［美］阿博特·格里森、杰克·戈德史密斯、玛莎·努斯鲍姆编《〈一九八四〉与我们的未来》，董晓洁、侯玮萍译，法律出版社2013年版。

负载物和反抗的最后根据地——当温斯顿的身体被毁坏后,奥勃良强迫他站在镜子前,宣称"你是什么?一堆垃圾。现在再转过去瞧瞧镜子里面。你见到你面前的东西了吗?那就是最后一个人。如果你是人,那就是人性"[1]。此外,值得一提的是,"无产者"之所以被温斯顿看作唯一的希望,原因也是他们身体中孕育的原始动物性:

"她很美,"他低声说。
"她的屁股足足有一米宽,"裘莉亚说。
"那就是她美的地方,"温斯顿说。
……

下面那个女人没有头脑,她只有强壮的胳膊、热情的心肠和多产的肚皮。他心里想她不知生过了多少子女。很可能有十五个……他对她感到一种神秘的崇敬……这些人从来不知道怎样思想,但是他们的心里,肚子里,肌肉里却积累着有朝一日会推翻整个世界的力量。如果有希望,希望在无产者中间……无产者是不朽的,你只要看一眼院子里那个刚强的身影,就不会有什么疑问……就是从她们这些强壮的肚皮里,有一天总会生产出一种有自觉的人类。你是死者;未来是他们的。但是如果你能像他们保持身体的生命一样保持头脑的生命,把二加二等于四的秘密学说代代相传,你也可以分享他们的未来。[2]

当温斯顿满怀希望地与无产者老人攀谈,询问老大哥统治之前的历史时,他却只能听到一些琐事,一些"没有用处的小事情"。他发觉像"革命前的生活是不是比现在好"这样的大问题已经不可能有答案了,因为仅有的一些"幸存者""没有能力比较两个不同的时代","所有重要有关的事实却不在他们的视野范围以内",这些无产者"就像蚂蚁一样,可以看到小东西,却看不到大的"。[3]温斯顿已经意识到,无产者"没有能力理解可以有一个不同于目前世界的世界"[4],但尽管如此,当想到无产

---

[1] [英]乔治·奥威尔:《一九八四·动物农场》,董乐山、傅惟慈译,上海译文出版社2003年版,第268页。
[2] [英]乔治·奥威尔:《一九八四·动物农场》,董乐山、傅惟慈译,上海译文出版社2003年版,第214—216页。
[3] [英]乔治·奥威尔:《一九八四·动物农场》,董乐山、傅惟慈译,上海译文出版社2003年版,第91页。
[4] [英]乔治·奥威尔:《一九八四·动物农场》,董乐山、傅惟慈译,上海译文出版社2003年版,第205页。

者"没有麻木不仁,他们仍保有原始的感情"时,他仍然大声宣告"无产者是人,我们不是人"①,仍然对无产者"多产的肚皮"和"强壮的胳膊"充满崇敬。值得注意的是,这种崇敬的"神秘",与前文的"不知怎么的"遥相呼应,将前文提出的"身体性"继续向前推进——强调"身体",更重要的是强调一种甚至无法被自我掌控的神秘性,一片理性之光无法照射到的阴影。它并不是传统灵与肉区分中与灵魂相对立的肉体,而是指隐匿在身体当中的、理性大厦的物质基础,或者说,是人类理性无法反身探知的那一块沉默而神秘的场域。也正是怀有对这个不可知领域的信心,认为它可能成为挣脱一切外在束缚的源头,奥威尔才将"身体"书写为最后一块争夺地,并赋予温斯顿反抗的决心:"他们可以把你所做的,或者说的,或者想的都事无巨细地暴露无疑,但是你的内心仍是攻不破的,你的内心的活动甚至对你自己来说也是神秘的。"②

"对你自己来说也是神秘的"场域,构成了最大的不安定要素,挑战着统治秩序的封闭与稳定——这也同样出现在《我们》当中。身为数学家、"积分号"建造者的"我",是联众国的忠实信徒,认为它已凭借数字化而臻于完美。他对数学模型的崇拜令他甚至不能接受"-1的平方根"这样的虚数——"作为一个奇特的、陌生又可怕的东西钻进我心里;它折磨着我;我无法解出它。它超越逻辑,难以征服"③。然而他与女号码I-330的初次相见,所遭受的却是与"-1的平方根"相似的扰动:

> 她说这些话时一脸严肃,甚至还表现出一丝尊敬。(也许她知道我是"积分号"的建造者)。不过,她眼底眉间有一个奇怪的X,它让我有点心烦;我辨别不出它是什么,也无法对它进行数学表达。④

"眉间的X"带有的危险味道,在于它无法被理性捕捉到、无法"进行数学表达"。"我"对I-330的好奇心,是因为她眼中"始终晃着"的"那个令我心烦的X"⑤,有趣的是,I-330对"我"的兴趣也首先出于对他身体的好奇,不仅是他"挺古典"的鼻子,更是他毛茸茸的手

---

① [英]乔治·奥威尔:《一九八四·动物农场》,董乐山、傅惟慈译,上海译文出版社2003年版,第163页。
② [英]乔治·奥威尔:《一九八四·动物农场》,董乐山、傅惟慈译,上海译文出版社2003年版,第164页。
③ [俄]尤金·扎米亚金:《我们》,殷杲译,漓江出版社2013年版,第46页。
④ [俄]尤金·扎米亚金:《我们》,殷杲译,漓江出版社2013年版,第8页。
⑤ [俄]尤金·扎米亚金:《我们》,殷杲译,漓江出版社2013年版,第32页。

臂,"它们覆盖着浓密的汗毛——愚蠢的返祖现象"[1]。在两人首次谈话之后,"我"开始出现"病理特征"——"做梦":"做梦是一种严重的精神疾病……我的确感到大脑里有点陌生事物,就像眼睛里搅进一根睫毛一样。"[2] 而随着"我"逐渐爱上了 I-330,"我"也开始逐渐分裂为两个"自我":

> 我体内有两个自我。一个,是以前的 D-503 号,号码 D-503;而另一个……从前,这另一个人只会时不时展示他毛茸茸的爪子,而现在他整个人都脱离了他的躯壳。
>
> ……
>
> 我曾经有坚定的信仰;我相信对自己了如指掌。可是——我朝镜子里看去。生平第一次地,是的,有生以来第一次地,我一清二楚又有点惊奇地把我自己看成某个"他"!我是"他"。拧做一团的乌黑、笔直的眉毛;眉心有一道竖直的皱纹,好像一道伤疤。(这道皱纹一直就有吗?)铁灰色眼睛周围围绕着彻夜未眠导致的阴影。铁灰色后面……我明白了;我以前从来不知道铁灰色后面有什么。从这里(这个"这里"显得既近在咫尺,又远在天涯!)我打量着自己——打量着"他"。我清楚地知道长着笔直眉毛的"他"是一个陌生人,我有生以来第一次与他邂逅。真正的我不是他。
>
> ……
>
> 我仍旧坚持认为,过去的那个我才是真实的我;最近一段时间的我只是一种症状而已。
>
> ……
>
> 大张着的黑人嘴唇……鼓出的眼睛,我(真实的我)终于抓住那个野蛮、毛茸茸、沉重地喘息着的我。
>
> ……
>
> 要是我知道我是谁就好了。我究竟是哪一个我?[3]

"我的分裂"仿如弗洛伊德学说的人格结构——所谓"真实的我"指向"超我"(superego),"野蛮的我"指向"本我"(id),而"自我"(ego)则混杂在两个"我"之间。仔细分辨会发现,"真实的我"的稳固

---

[1] [俄]尤金·扎米亚金:《我们》,殷杲译,漓江出版社 2013 年版,第 10 页。
[2] [俄]尤金·扎米亚金:《我们》,殷杲译,漓江出版社 2013 年版,第 39 页。
[3] [俄]尤金·扎米亚金:《我们》,殷杲译,漓江出版社 2013 年版,第 68—78 页。

性并不在于超我对自我的绝对压制,而是自我对超我的主动认同。二者之间的空隙被挤压、消除了。而当本我——野蛮的、毛茸茸的"我"——被唤醒,开始以梦或镜像等形式被意识捕捉、与自我"邂逅"时,自我的位置便发生了改变,不再与超我完全贴合,最终喊出了"我究竟是哪一个我"的疑问——在这个问句中,可以说主语"我"对应着自我,而宾语"哪一个我"则对应着超我与本我。前文已经提到,这个新的"自我"的出现,造成了"我们"与"我"之间的分裂、错动。一方面,"我"不断回忆"曾经有坚定的信仰",认为"对于自身存在的意识是一种疾病","'我们'源自'上帝','我'源自'魔鬼'"[1];另一方面,"我"又因为另一个我的觉醒而兴奋不已,宣告"这是一种美妙的疾病——我并不想被治愈,根本没有这个愿望"[2],甚至对《我们》这部笔记充满留恋,因为"它可记载着我的自我啊"[3]。而"我"与"我们"的分离,在文本的内在逻辑中,则是联众国意识形态面对的最基础的威胁。

在此具体分析"我"的层级是为了指出,在面对一个封闭的社会体制时,扎米亚金显然将突破的希望寄托在了人自身的不可知上,即一种类似于"本我"的、充满野性的身体冲动。比如,正是"我"毛发浓密的、返祖的手臂,令 I-330 判定"我"可能会加入造反军。同样,"我"在试图描述"另一个我"时,也屡屡使用了"毛茸茸""野蛮的"等词语,以凸显"他"未受文明规训的原始状态。而前文中提到,"我"加入了反叛军并看到了"绿墙"之外的景象,但是回来后却没在笔记中记下详细的所见所想,只以一句"我暂时还不能回到这个话题,每件事都过于离奇,以至于简直像一场暴风雨,令我无力全盘消受"来粗粗带过。"无法描写"显影了想象力的局限,也就是说,既不认同资本主义世界、又对苏维埃政权有所批判的扎米亚金,很难构想出一个完全不同的可替代世界——他对绿墙外有某种模糊的期待,却无法构想这个世界的样貌。不过,值得注意的是,尽管"无力全盘消受",他仍然在意并认真记录下这样一个情形,那便是墙外"人"的样貌:

> 显然,他们都是人。他们都没有穿衣服,身体上都覆盖着短短的、发亮的毛发,这和史前博物馆的马类标本一样。[4]

---

[1] [俄]尤金·扎米亚金:《我们》,殷杲译,漓江出版社 2013 年版,第 156 页。
[2] [俄]尤金·扎米亚金:《我们》,殷杲译,漓江出版社 2013 年版,第 100 页。
[3] [俄]尤金·扎米亚金:《我们》,殷杲译,漓江出版社 2013 年版,第 204 页。
[4] [俄]尤金·扎米亚金:《我们》,殷杲译,漓江出版社 2013 年版,第 190 页。

他一再强调墙外人的毛发之浓密，恰与他的手臂形成呼应，令"身体"的原始本性凸显出来。此外，与《一九八四》相似的一点或可作为旁证：I-330 的诱惑之处，除了"眼底的 X"外，更有与之相伴随的肉体诱惑——"我"在古代房子中两次见到她时，都着意详尽描绘了她充满性暗示的丝绸衣饰，以及颇具魅惑性的身体。欲望成为一切变化的起点，诱使另一个"我"出现并一度占据了"自我"的位置，而与"我们"决裂。

"身体"的问题在《美妙的新世界》中呈现为不同的形态。新世界的基点是某种针对身体的技术——通过人工胚胎、设置条件来完成对生物性躯体的控制，进而完成对人自身的控制——而唯一产生自我并有所反思的伯纳，只是诞生于一次技术事故。在此，显然"身体"与"自我"之间不存在空隙。也就是说，被依照严格条件生产出来的"人"，绝无可能有独立思考的能力，并不拥有自我；反之一旦技术出现差错、身体不再受到完全的控制，那么"人"则必然开始反抗，必然产生自我。在简单化的等式中，物质载体"身体"显现出了双重性：一方面它是权力刻写的客体，标识着权力的实践；另一方面它又是对抗的发生场域，是自我的唯一藏匿之处。由此，野蛮人约翰最后的选择便别有意味：他为了洗清自己身上"文明的毒"而隐居，拒绝一切人工合成的食物，并进行苦行僧式的自我鞭笞，而当意识到躲避也仍然无法逃脱的时候，他选择了自杀，而自杀恐怕是最极端的宣告身体所属权的尝试。有趣的是，与《一九八四》中靠欲望冲破控制不同，约翰则是以反方向的禁欲来对抗新世界被彻底规范化的"本能"，但是不管哪一种，都是对"身体"的争夺。

由上可知，绿墙内—外、新世界—野蛮人居留地、老大哥—无产者，这些对立的二元显现出某种同构性，可以看作被刻印上政治、文化、权力的"人"与具有原始冲动的、身体性的"人"之间的对抗。需要进一步分辨的是，此时"身体"超越了"灵魂"与"肉体"这一西方哲学中的经典区分，消弭了二者之间的对立。如前所述，三大反乌托邦小说不约而同地强调"新的身体"，在某种程度上充当着 20 世纪反思"身体"潮流的先导或文学再现路径。在许多研究者看来，这种反思是"反柏拉图式"或者"反笛卡尔式"的。正如朱迪斯·巴特勒所说，"从柏拉图开始，到笛卡尔、胡塞尔以及萨特一路延续下来的哲学传统，灵魂（意识、精神）与身体的本体论区分，无一不支持着政治上和精神上的臣服和等级关系。精神不但征服了身体，还不时做着完全逃离肉身具化的幻想"①。在柏拉图那里，身体便带有了一定的否定性色彩，与心灵或者灵魂形成二元对立的概念。灵魂寄生在身体中，而身体反过来以其可朽性禁锢着灵魂，彼此息息相关又互相否定。柏拉图始终意在讨论灵魂，而对身体则不屑一顾，如《斐德罗篇》的"灵魂马车"譬喻仔细分辨了灵魂的三元结构，即驭手——良马——驽马，却没有给身体以任何位置，只在描述灵魂跟随宙斯"见到极乐景象"时，才否定性地提到身体："我们沐浴在最纯洁的光辉之中，而我们自身也一样纯洁，还没有被埋葬在这个叫作身体的坟墓里，还没有像河蚌困在蚌壳里一样被束缚在肉体中。"②在这段话中，身体与灵魂对应于河蚌与蚌壳，因此前者如坟墓般埋葬、禁锢着纯洁的后者，而"我们"唯一指称的对象，则是"我们的灵魂"。《斐德罗篇》进一步讲道，我们在世的目的就是不断找回纯洁的灵魂，并在不断上升中回到"真理的草原"——身体显然处在"前上升"阶段，在此没有任何位置。

在身体的问题上，笛卡尔被看作对以柏拉图和亚里士多德为代表的"古典观点"的"第一个富有成效的哲学挑战"。③在论文《古典时代有关人类拥有自己身体的方式的观点以及笛卡尔对它的反驳》中，萨缪尔·托蒂比较了古典观点与笛卡尔之间的区别："根据古典的观点，人类主体在世界上总要受到身体的拖累。作为我思论证的一个直接后果——在这一论证中，笛卡尔发现了人类需要的理论形式——笛卡尔切断了这一拖累……他在我思中发现了非身体的形式。"④也就是说，笛卡尔在身体与灵魂的分离方面走得更远，甚至不再以否定的方式承认身体的意义，而是彻底地抛弃了身体的必要性。在笛卡尔看来，

> 因为我确实认识到我存在，同时除了我是一个在思维的东西之外，我又看不出有什么别的东西必然属于我的本性或属于我的本质，所以我确实有把握断言我的本质就在于我是一个在思维的东西，或者就在于我是一个实体，这个实体的全部本质或本性就是思维。而

---

① [美]朱迪斯·巴特勒：《性别麻烦：女性主义与身份的颠覆》，宋素凤译，上海三联书店，第17页。
② [古希腊]柏拉图：《柏拉图全集》（第2卷），王晓朝译，人民出版社2003年版，第164页。
③ 汪民安、陈永国编：《后身体：文化、权力和生命政治学》，吉林人民出版社2003年版，第172页。
④ 汪民安、陈永国编：《后身体：文化、权力和生命政治学》，吉林人民出版社2003年版，第173页。

且，虽然也许（或者不如说的确，像我将要说的那样）我有一个肉体，我和它非常紧密地结合在一起；不过，因为一方面我对我自己有一个清楚、分明的观念，即我只是一个在思维的东西而没有广延，而另一方面，我对于肉体有一个分明的观念，即它只是一个有广延的东西而不能思维，所以肯定的是：这个我，也就是说我的灵魂，也就是说我之所以为我的那个东西，是完全、真正跟我的肉体有分别的，灵魂可以没有肉体而存在。①

在这个断言中，"自我"等同于"我的灵魂"，本质上"精神和身体是根本区别的，一方能够脱离另一方而存在"②。兰德·马克沃特尔在《自然的身体：我们这些离经叛道者》中也以笛卡尔的"蜡球"譬喻切入，指出在笛卡尔的理论体系中，身体被完全看成是"一个物体"，并以自身感受表示相信笛卡尔"将自己定义并理解为控制身体的心智，而远非是物质的身体；而且，我经常通过看自己对身体的管理是好是坏来审视自己"③，而"无法控制自己的身体"的罪恶感则令他产生了"一种刚刚萌发的与众不同的信念"，即"我觉得自己的身体'有它自己的灵魂'"——"这种奇怪的思想就是预示着二元论的自我征服的最初颤栗"。④

可以说，对古典的和笛卡尔的身体—灵魂二元论的反思，显影了20世纪后半叶以"身体"为主战场的话语争夺战。我们很容易从米歇尔·福柯、雅克·德里达、罗兰·巴特、朱迪斯·巴特勒等的著作中看到重新言说"身体"的尝试。反乌托邦小说在很大程度上也汇入了这种理论重心的转移之中。以福柯的晚期著作《性经验史》为参照，其在第四章"性经验的机制"中以较大的篇幅讨论权力，以及权力与身体之间的关联，尤为值得注意的是，他曾对权力与抵制做了这样的描述：

哪里有权力，那里就有抵制。但是，抵制决不是外在于权力的……对于权力来说，不存在一个大拒绝的地点——造反的精神、所有反叛的中心、纯粹的革命法则。但是，存在着各种抵抗……并

---

① ［法］笛卡尔：《第一哲学沉思集　反驳和答辩》，庞景仁译，商务印书馆1986年版，第82页。
② 汪民安、陈永国编：《后身体：文化、权力和生命政治学》，吉林人民出版社2003年版，第174页。
③ 汪民安、陈永国编：《后身体：文化、权力和生命政治学》，吉林人民出版社2003年版，第139页。
④ 汪民安、陈永国编：《后身体：文化、权力和生命政治学》，吉林人民出版社2003年版，第141页。

不意味着它们只是对权力关系的反弹和虚以应付，或者对主流统治来说，只是一个总是被动的和注定失败的反面……它分布的方式是不规则的……是否存在重大的根本断裂、大量的二元分割呢？有时会有。但是，人们最经常打交道的是一些变动的和暂时的抵抗点，它们把各种变动不定的划分引入社会之中，打破一个个团体，让其重新组合；它们还对个人进行划分，把他们分解之后再重新塑造他们，在他们的身体和灵魂中划出一些不可还原的区域……这些抵抗点的战略规范使得革命成为可能。[①]

在这里，福柯一方面认为抵抗并不外在于权力，并且是琐碎零散的、不具备中心与革命法则的，是权力不可消除的对立面，但另一方面又特别指出了这种抵抗点的积极性，即它们并非因此便没有意义，而是"把各种变动不定的划分引入社会之中"，对个人的身体和灵魂"划出一些不可还原的区域"，或许能够引发革命。可以看到，这种对权力和抵抗的理解也同样支撑着反乌托邦的叙事，在对"大拒绝"持消极态度的同时，仍然为一种零散的、难以概括的、暂时的抵抗留有空间，尤其对"不可还原"的身体或精神区域抱有期待。

"身体"不仅隐匿在三大反乌托邦小说中，构成叙事的动力核心，而且在20世纪50年代以后的"反乌托邦"叙事中，我们也可以看到身体的狂欢——几乎每一个文本都或隐或显地回到其上。身体一方面连接着渐渐失效的人文主义话语，而另一方面则连接着试图重新思考"人"的后人类主义，在一定程度上构成了当代理论转型的底色。

第三节　20世纪下半叶反乌托邦叙事中的身体

可以看到，本书并未尝试建构反乌托邦叙事的历史发展与细致的分期，或是对其进行分类等，这在某种程度上与本书的论域与视角有关。在笔者看来，对反乌托邦叙事的分期或分类，需要一种相对本质化的界定作为前提，并对文本边界进行较为清晰的切割。然而，本书的论述起于对乌托邦与反乌托邦的概念进行反思，希望借助文化研究的视野，凸显反乌托邦叙事的历史维度，试图一方面强调它与十月革命、两次世界大战、英帝国的衰落、经济大萧条、冷战开启等20世纪上半叶的欧洲

[①] ［法］米歇尔·福柯：《性经验史》（增订版），佘碧平译，上海人民出版社2002年版，第71—72页。

历史趋向之间的对话关系，另一方面勾勒它与英国讽刺文学、乌托邦传统以及同时期文学倾向之间的关联。在这个意义上，《我们》《美妙的新世界》《一九八四》的互文性与相似性，以及它们与历史语境之间的呼应，显然构成了"反乌托邦叙事"的命名与内涵的来源。相应的，在20世纪下半叶不同的历史语境中，这一概念为何仍然具有生命力，在何种意义上被延续下来，用以阐释和命名另外一些文本，是需要加以辨析和讨论的。而这些文本之间的关联也相对薄弱，甚至在很多情况下，对于"反乌托邦"的使用是带有修辞性的，这种外延上的模糊情形，可以在基思·布克尔的《反乌托邦文学》以及其他研究者的反乌托邦篇目整理的混杂中看到。

事实上，以前文所论的"身体"以及"后人类"作为关键词，能够显影出一条较为清晰的反乌托邦文本脉络。它们在叙事上大多有三大反乌托邦小说的影响痕迹，在近未来的晦暗社会图景想象、自由人文主义主体的反抗与陷落等方面有较为一致的倾向，对后者隐蔽的身体场域有更为清晰和复杂的呈现。在这条文本线索中，较具有代表性的是菲利普·K. 狄克（Philip K. Dick）的《机器人会梦想着电子羊吗？》(*Do Androids Dream of Electric Sheep*，1968)、威廉·吉布森（William Gibson）的《神经漫游者》(*Neuromancer*，1984)，拉里·沃卓斯基（Larry Wachowski）和安迪·沃卓斯基（Andy Wachowski）兄弟导演的电影《黑客帝国》(*The Matrix*，1999—2003) 与玛格丽特·阿特伍德（Margaret Atwood）的《羚羊与秧鸡》(*Oryx and Crake*，2003) 等。

在"机器人"的叙事类型当中，菲利普·狄克的《机器人会梦想着电子羊吗？》可以说构成了一次较有意味的变奏。正如机器人（robot）的命名——它的构词影射着"工人""劳役"[1]——所示，在很多小说中，"机器人"首先被认为是低下的、服务性的次级存在物，其意义在于为资本主义工业发展提供成本低廉的劳动力。而这个仍未真正进入现实的想象物，却很快在小说、电影中占据了"非人"（奴隶、低等阶层、野蛮人）的位置，经历了后者曾经面对的一系列文化建构过程：它先后被想象为力量强大的恶魔、刻板而毫无"人性"的奴仆、试图与"人"分庭抗礼的反叛者等。写下大量机器人长、中、短篇小说，奠定了机器人叙

---

[1] 机器人（robot）这个词，被认为是1920年捷克斯洛伐克作家卡雷尔·恰佩克在其科幻小说《罗萨姆的机器人万能公司》中，根据"robota"（捷克文，原意为"劳役、苦工"）和"robotnik"（波兰文，原意为"工人"）所创。

事类型的"基本准则"的艾萨克·阿西莫夫（Isaac Asimov），曾经在 20 世纪 40 年代的一篇短篇小说《转圈圈》中完整地提出了"机器人学三大法则"①。这些定律不仅贯穿于阿西莫夫自己的创作中，同时也被后继的创作者使用、戏仿和推进。② 有趣的是，这些原则本身具有双重的效果：首先，从内容上看，它们赤裸地固化了人与机器人之间的对立和等级关系——人的命令与安全高于一切，而要求机器人保全自己的第三条原则也在很大程度上是为了保护私有财产。其次，作为叙事要素的三大原则从起初便携带着强烈的反讽性，如《转圈圈》中恰虚拟了一个第二原则与第三原则力量相当的场景，令机器人只得在进退两难中原地转圈。③ 换句话说，在这些小说中，通过调侃三大原则的无法自洽，使得人类理性的造物成为人类理性自身的反讽。

不管怎么说，这种严格的主仆关系在菲利普·狄克的小说中出现了松动甚至瓦解。在《机器人会梦想着电子羊吗？》中，类人机器人连锁六号不再是呆板的、只能接受命令的钢铁身躯，而是足以乱真的、具有独立"人格"的存在物。他们因不同的原因从火星殖民地逃往地球，希望能够隐瞒身份而成为"人"。而主人公芮克是一位具有警察身份的"赏金猎人"，亦即依靠杀死这些非法"偷渡"到地球来的类人机器人来换取奖金以支付生活所需。在一次任务中，芮克遭遇了身份危机：他被一个伪装成警察的"逃犯"指认为类人机器人。同时，他区分人与类人机器人的标准"孚亟特灵性交感测验"，也屡屡受到挑战。身份的怀疑—澄清—动摇—坚定，成为叙事发展的内在节拍器。最终，芮克完成了任务，却对自己行为的正当性产生了极大的怀疑。人与类人机器人之间的对立，可以说，正是通过对"人"的复制将本雅明《机械复制时代的艺术作品》中关于"艺术作品"与"复制品"之间的对立推向了极致：

> 连锁六号机型的生化体的确配备了两亿个组成生化单位，并且

---

① 根据《转圈圈》，机器人学三大法则：第一，机器人不得伤害人类，或坐视人类受到伤害而袖手旁观；第二，除非违背第一法则，机器人必须服从人类命令；第三，在不违背第一法则及第二法则的情况下，机器人必须保护自己。参见［美］艾萨克·阿西莫夫《转圈圈》，载《机器人短篇全集》（上），汉声杂志译，天地出版社 2005 年版，第 273 页。

② 阿西莫夫后来为三大法则添加了第零定律"机器人不得伤害人类整体，或坐视人类整体受到伤害"。此后也有其他科幻作家继续扩张，添加了"元定律""第四定律"等。

③ 参见［美］艾萨克·阿西莫夫《转圈圈》，载《机器人短篇全集》（上），汉声杂志译，天地出版社 2005 年版。

有一千万种可能的脑部组成活动选向。只要是具备这样的脑部结构之生化体，都有能力在零点四五秒内就完成一种特定的基本反应形态，这样的形态也只有十四种变化式。所以，不可能以任何形式的智力测验来侦测出这样的生化体……

连锁六号机型的生化人远超过许多阶级的特殊人种——换句话说，只要是具备连锁六号的脑部位元配备，智力上早已超越大部分的人类……①

有趣的是，以制作类人机器人为主要业务的"罗森公司"的目的并非超越人类，他们追求的是不断消弭人与类人机器人之间的差异，以求达到完全的拟真。在这一过程中，如本雅明所说，最为关键的变化是原作的原真性或者是"光韵"的失落——在完美的、大量生产的、低廉的摹本面前，"人"从伊甸园开始拥有的超越万物的光韵以及"人"独特的历史性便显得太过昂贵了。值得注意的是，不同于《浮士德》或《弗兰肯斯坦》，这种光韵的消逝是不可逆转和无法回避的，因为它不再是一种简单的自恋行为或个人化的科学探索，而是受到利益驱动的、被资本主义市场与机械化生产催化的结果。文本中，两种不同方向的力量始终在彼此撕扯，一方是对"原真性"的不懈追求，它导致衡量标尺的自我更新，对"人"外在界限的探索；另一方是罗森公司在利益驱动下的仿真，它导致以衡量标尺为参照的不断超越。可以看到，被这种核心的矛盾凸显出来的，是对"光韵"的执着。对于本雅明来说，艺术作品光韵的产生本身源自神学，而它的消失在很大程度上意味着"人的感性认识方式的改变"，而"艺术作品的可机械复制性在世界历史上第一次把艺术品从它对礼仪的寄生中解放了出来"，"当艺术创作的原真性标准失灵之时，艺术的整个社会功能就得到了改变。它不再建立在礼仪的根基上，而是建立在另一种实践上，即建立在政治的根基上"。② 然而，这种略带乐观的角度却显然很难移植到"人的复制"之上。换句话说，当"光韵"被指认为"人性"时，情况便显得复杂了："人性"究竟是人内在的、不可更动或模仿的独特性，还是仅仅是一种被感知方式显影的"光韵"，成为难以面对的问题。

---

① ［美］菲利普·狄克：《银翼杀手》，洪凌译，台北一方出版有限公司2003年版，第44页。
② ［德］瓦尔特·本雅明：《机械复制时代的艺术作品》，王才勇译，中国城市出版社2002年版，第17页。

《机器人会梦想着电子羊吗?》中,"原真性"成为单向流动的、被争夺的价值核心。正如被追杀的歌手露贝·路芙特所说,"自从我从火星来到这里,我的生活模式就是要模仿人类,做任何人类会做的事情,表现出我与任何人类都一样有思绪与冲动。照我看来,模仿原版的人类是更加优越的生活模式"①。不过,这种模仿显然是对原真性自身的损害:由于一切理性能够认知的特性都可能被复制,因而在类人机器人的不断逼近之下,人的界限渐渐向后退却,退入未知之地。在小说中,这片未知被命名为"情感"或"性灵交感":尽管芮克"常会觉得疑惑,照说每个人类都有类似的疑惑:为何当生化人遇上性灵交感测验,就显得如此茫然无感"②,不过,

> 显而易见,这样说来的话,此等交感性只存于灵长类生物。各种生命体都有其各自的智慧,就连再低阶的动物也不例外,说起来交感性应该是某种本能,某种特定存在于某种物种的机能;要是像蜘蛛这样的生物,自然用不了这样的特质,反而会妨碍它们的求生系统。这样的本能简单来说,就是让某个生命体感受到它所捕猎的食物也有其生存的欲求。③

在这段话与"性灵交感测验"的提问中,我们可以看到,所谓的"性灵交感"混杂着利他性、社会性、对其他生命的尊重等。然而正是这种芮克坚定不移地使用的标准,却在他眼前形成了巨大的悖谬:由于"性灵交感"几乎是人区别于机器人的唯一"人性"所在,芮克便不能满足于家里所圈养的电子羊——每个人都养着某种动物以维系人类身份——而用赏金购买了一只昂贵的、真正的羊,然而渐渐地,他发现他开始对机器人移情。这种对捕杀对象生存欲求的认同赋予了机器人以生物的地位,然而其结果却是,被他放过的机器人最终杀死了他的真正的羊,而建基于"性灵交感"之上的"摩瑟(Mercer)仁慈主义"也被宣称是一场骗局。整部小说被一种无力感攫住,首先是被放射性尘埃污染、物种大灭绝的地球与挣扎求存的人类;其次在更深的层面上,是在面对

---

① [美]菲利普·狄克:《银翼杀手》,洪凌译,台北一方出版有限公司2003年版,第163页。
② [美]菲利普·狄克:《银翼杀手》,洪凌译,台北一方出版有限公司2003年版,第45页。
③ [美]菲利普·狄克:《银翼杀手》,洪凌译,台北一方出版有限公司2003年版,第45页。

利益优先的、理性的个人主义时，超越个人的利他精神与集体经验的珍贵与脆弱。从这个角度来看，机器人仅仅具有功能性，它占据了一切理性可以把握的"人"，并在一系列的对立中，如理性主义—性灵交感、个人—集体、冷酷—仁慈等，标识出"人"的光韵所在。

在被称为"赛博朋克"①类型小说经典的《神经漫游者》中，"人"的僭越既来自人工智能的挑战，也源于自身边界的扩张。人机交互的设想，令精神—肉体得以真正的彼此分离，而被想象为空间的网络——数字空间（或赛博空间，cyberspace）②——则为"精神"提供了新的容身之处。"网络牛仔"凯斯曾是一名网络盗贼，他"几乎永远处于青春与能力带来的肾上腺素高峰中，随时接入特别定制、能够联通网络空间的操控台上，让意识脱离身体，投射入同感幻觉，也就是那张巨网之中"③。他的一次失手所带来的后果是他被"战争时期的一种俄罗斯真菌毒素破坏了神经系统"，而这种致残虽不致命，却"异常有效"，永久性地剥夺了他的工作能力，使他不再能够连入网络，但这对他的影响却比肉体损毁更为可怕：

> 对于曾享受过超越肉体的网络空间极乐的凯斯来说，这如同从天堂跌落人间。在他从前常常光顾的牛仔酒吧里，精英们对于身体多少有些鄙视，称之为"肉体"。现在，凯斯已坠入自身肉体的囚笼之中。④

这组对立似乎重现了柏拉图的"灵魂—肉体"对立，只不过，"灵

---

① 赛博朋克即"cyberpunk"，意指 20 世纪 80 年代开始出现的一种小说类型，名称得自 1983 年的一篇同名科幻小说。"cyber"强调着它与控制论的关联，而人机交互、神经系统的植入等也成为此类小说中常见的情节要素。"punk"则强调它与 70 年代朋克文化的关联，常常以社会下层为背景，蕴含着某种破坏性的、反抗性的精神。威廉·吉布森被看作赛博朋克小说的"教父"，其两部重要小说《神经漫游者》《差分机》分别被看作赛博朋克与蒸汽朋克的代表作。
② 吉布森在《神经漫游者》当中为"赛博空间"做了一个颇为模糊和具有感受性的描述："赛博空间，每天都在共同感受这个幻觉空间的合法操作者遍及全球，包括正在学习数学概念的儿童……它是人类系统全部电脑数据抽象集合之后产生的图形表现。有着人类无法想象的复杂度。它是排列在无限思维空间中的光线，是密集丛生的数据。如同万家灯火，正在退却……"参见［美］威廉·吉布森《神经漫游者》，Denovo 译，江苏文艺出版社 2013 年版，第 62 页。
③ ［美］威廉·吉布森：《神经漫游者》，Denovo 译，江苏文艺出版社 2013 年版，第 6 页。
④ ［美］威廉·吉布森：《神经漫游者》，Denovo 译，江苏文艺出版社 2013 年版，第 7 页。

魂"所向往的并非真理的大草原，而是另一个身体，一个虚拟的容器，其中没有甘美的食物，却有"明亮的逻辑框格在无色的虚空中展开"①。不管怎样，可朽的"肉体"始终是被否定的一极，既是容器也是囚笼。而对于凯斯来说，它同时也是人质：阿米塔奇将他从贫民窟"捞出来"后，修复了他的身体，同时也在他体内埋下了15个毒素袋，并以此来要挟他服从指令。值得注意的是，威廉·吉布森在这部作品中最为着力展现的，是"身体"的狂欢——被展示为多种形态的"身体"构成了一个极为清晰而重要的叙事要素。凯斯的身体，即精神的物质载体，仅仅维持最基本的生命运转，是最为简单的一类。千叶之城的一个黑社会头目朱利斯·迪安的身体则是被技术彻底改写的身体，他"现年一百三十五岁，每周兢兢业业用昂贵的血清和激素调节新陈代谢。不过他抗衰老的主要方式还是每年一度的东京朝圣，让遗传外科医生重设他的DNA密码"，此外，"他男女莫辨，耐性骇人，对生活的满足感似乎主要来自对裁缝技艺的神秘崇拜"。②凯斯的协助者，女性杀手莫利的身体也是一样，眼中被植入芯片与放大镜，而指甲下植入了双面刀片。对于他们来说，"身体是玩具"，同时也是被崇拜的对象。第三种"身体"，是"南方人"的身体，亦即身体的彻底消失——他的肉体被摧毁了，而精神被寄放在一个"思想盒"中。有趣的是，"南方人"最大的愿望是被删除：尽管对网络精英来说身体是负累，但是身体的缺失却反而意味着虚无而不是解放。同样，凯斯被杀害的女友琳达也被人工智能放置在了网络上的"乌有乡"中，但最终凯斯放弃了与这个无身体的琳达的厮守。第四种是人工智能的"身体"，这种身体并非实体，而是网络自身——以"芬兰人"形象出现的人工智能告诉凯斯，在一切结束之后，他"会融入一个更大的，非常大的东西，但是我之为我的这些部分还会存在"③——换言之，它是身体的极致，"无所在，无所不在。我就是一切的总和，是全部的全部"④。在这四种形态之外，吉布森更着力描述了两种穿越形态。其一是"虚拟体验"，出现于凯斯的意识被连入行动中的莫利身躯时：

---

① ［美］威廉·吉布森：《神经漫游者》，Denovo 译，江苏文艺出版社 2013 年版，第 5 页。
② ［美］威廉·吉布森：《神经漫游者》，Denovo 译，江苏文艺出版社 2013 年版，第 14 页。
③ ［美］威廉·吉布森：《神经漫游者》，Denovo 译，江苏文艺出版社 2013 年版，第 248 页。
④ ［美］威廉·吉布森：《神经漫游者》，Denovo 译，江苏文艺出版社 2013 年版，第 324 页。

他蓦然落入另一具肉体之中。网络消失了,一波声音与色彩袭来……她正穿行于一条拥挤的街道,路边的减价软件摊上用塑料片写着价钱,无数扩音器里传出不同的音乐片段。尿味,浮尘味,香水味,烤虾饼味。有那么几秒钟,他惊惶地想控制她的身体,却毫无作用。他迫使自己接受这种被动感,在她眼镜后面做一个乘客。①

借由"虚拟体验",两种不同的、彼此独立的精神叠加于同一具躯体之中,分享着相同的感官经验。如果说这种精神的重叠态意味着精神的独立的话,那么在另一种形态则宣告了身体的独立。莫利为了筹措经费改装身体,曾经"出租肉体"——她将自己的肉体租给专供某些人发泄施虐欲的中介机构,换句话说,当"放了芯片切断神经之后,钱就像是白来的",因为"完全就是出租肉体,行事的时候你根本不在场",她完全不知道在"工作时间"里她所遭遇的变态行径,"最多有时候醒来身上会酸痛而已"。②

或许,当沃卓斯基兄弟声称《神经漫游者》是《黑客帝国》的灵感来源时,他们恐怕在很大程度上指的是借助网络将人的身体与精神分离这个基本设想。在《黑客帝国》第一部中,最具张力的时刻是遭遇"真相"的时刻:尼奥选择吞下"仅提供真相"的红色药丸而从浸泡在培养液的躯体中苏醒,见到了自己身体所属的另一个空间。在这个空间,世界被机器彻底掌控了:人像植物一样被"种植",其身体被用作机器的养料。而作为报酬,机器以网络空间给人提供了一场拟真的幻梦,来放置人最为独特的"精神",并维持人与逝去的旧世界的联系。值得注意的是,身体所在的空间被命名为"真实的世界"(the real world):墨菲斯对苏醒的尼奥说的第一句话,便是"欢迎来到真实的世界"。可以看到,《黑客帝国》是建构在"真实与虚幻"这组对立关系上的,而"真实"无疑占据着绝对的价值高地,是反抗者唯一的旗帜。进一步来说,正是那个身体所在的世界被指认为"真实的世界",而"精神"所寄生的网络则被视为虚假的。在这个基础上,革命的第一步,自然便是拯救、抢夺身体——"吞下药丸"令尼奥见识到"真实的荒漠",但更重要的是,他借此断开了与机器体的物质连接,从而能够被墨菲斯等人"救出",获得

---

① [美]威廉·吉布森:《神经漫游者》,Denovo 译,江苏文艺出版社 2013 年版,第 67 页。

② [美]威廉·吉布森:《神经漫游者》,Denovo 译,江苏文艺出版社 2013 年版,第 176 页。

"自由"。不过，如果对比《神经漫游者》，会发现吉布森实际上对两个世界的对立持更为开放的态度。他没有将任何一方指认为"真实"——他既描绘了"南方人"失去身体后的虚无感，也描绘了网络牛仔对身体的蔑视。更有意味的是，在《神经漫游者》中，凯斯与莫利所要消灭的那个"魔鬼"，即人工智能最终将整个网络变成了它的身体。而面对凯斯的问题"一切会有什么不同？现在是你在操纵这个世界了吗？你变成了上帝吗？"时，它的回答是"一切没有不同，一切仍是一切"。① 已经是"一切的总和"的它不再与人类形成"我——他"结构，二者之间不再具有可比的或交流的可能——它选择的新的交谈对象，是来自"半人马座"的"同类"。在某种意义上，这提供了一种超越性的可能，一种模糊的选择，即尽管两种生命形态完全不同，但是彼此之间留出了蕴含可能性的空白。由此，或者可以说，从《神经漫游者》到《黑客帝国》，网络曾经提供的超越性想象或乌托邦维度失落了，它开始变为贩卖幻象、奴役身体的现实秩序的化身，同时统治着并规定着两种生命形态，封闭了一切选择的可能。

在与《黑客帝国》拍摄年代相近的反乌托邦小说《羚羊与秧鸡》中，同样展现了一幅极端封闭、毫无选择的现实情境。而如果我们以后者为参照，也可以对前者的网络想象有更清楚的认知。《羚羊与秧鸡》构建了一个生物技术极度发达的世界，如"器官猪"为人类提供可以替换的器官，内嵌着快速生长机制的、没有头而只长鸡胸肉或鸡腿肉的"鸡"支撑着食物的供应，介于狗和狼之间、智力较高的"狼犬兽"被培养为公司警备的安全防护系统等。然而食物价格的降低、医疗技术的提高等却并未带来生活质量的提高。相反，除了公司与研究机构外，贫困与苦难却更为普遍，如会集大量下层民众的"杂市"等。随着叙述者吉米与他的好友"秧鸡"视野的扩大，这种悖论背后的驱动力显影出来，其核心是"公司利益"。吉米母亲的出走与"秧鸡"父亲的死，都是因为他们发现了公司的秘密，即一方面根据市场研制、散布新的疾病，另一方面贩卖独有的抗生素，"囤积居奇以保持高额利润"。正如"秧鸡"所说，"最好的病原体，从生意人的眼光看，是那些能引起久治不愈疾病的。在理想状态下——即在能获取最大利润时——病人应该正好在倾其所有之前痊愈或死亡。这是一种精细的计算"②。面对"秧鸡"揭露出的"真相"，

---

① ［美］威廉·吉布森：《神经漫游者》，Denovo 译，江苏文艺出版社 2013 年版，第 324 页。

② ［加］玛格丽特·阿特伍德：《羚羊与秧鸡》，韦清琦、袁霞译，译林出版社 2004 年版，第 219 页。

吉米觉得"好像有某道线被逾越了,好像发生了什么越轨的事"[1],但他显然完全无力应对。如果说《黑客帝国》中控制一切的网络是对现实秩序的某种隐喻的话,那么《羚羊与秧鸡》则将之暴露在了表层——在现存秩序之下,始终伴随着现代科技发展的道德困境只能是奢侈的伪命题,而当追求最大利润成为唯一的驱动力时,它与科技的联姻则必然会导致一个强有力的、掌控一切的怪胎诞生,其力量足以封闭现实、封闭所有另类可能。

在前文中,乌托邦/反乌托邦被描述为一种独特的现实再现方式,它跨越在现实与未来的两个维度上。其中未来维度并不是目的,而是手段,是为了呈现现实的深层结构而引入的他者。从这个角度来看,出现在世纪之交的这两部反乌托邦文本,尽管它们的题材、主题与具体表现方式极为不同,但是在再现这种强大而封闭的现实秩序上显现出一致的倾向。与它们形成最直接的张力的,是写于20世纪60年代至80年代的《黑暗的左手》《神经漫游者》等蕴藏着微弱的乌托邦指向的文本,以及20世纪80年代到90年代以《赛博格宣言》等为代表的后人类主义脉络。可以看到,后者在认知系统的变革、人文主义的衰竭之中,更多地强调一种颠覆既存秩序的生长点,一个新的批判位置。而对于前者来说,这种乌托邦希望由于无法脱离某个更大的场域,如既有的社会结构、生产与分配方式、市场等,因而必然是虚幻而消极的,甚至可能被异化为压制性力量。哈拉维在《赛博格宣言》中也敏锐地指出,"赛博格的主要问题是,它们是军国主义和父权制资本主义——更不要提国家社会主义——的私生子",不过,这一点似乎没有对她构成太大的困扰,因为她继而指出,"不过私生子通常极不忠实于自己的起源。毕竟,它们的父亲是无关紧要的"[2]。与此相对,对阿特伍德等人来说,这一点绝非无关紧要,它甚至是逆转性的力量。这种想象方式的转变或许带有一定的症候性,它彰示着乌托邦动能的进一步消散,甚至威尔斯的乌托邦、三大反乌托邦小说、布洛赫的乌托邦理论以及20世纪60年代至80年代日渐凸显的后人类主义所分享的某种模糊的、依存于身体的乌托邦想象也开始变得难以为继。

---

[1] [加拿大]玛格丽特·阿特伍德:《羚羊与秧鸡》,韦清琦、袁霞译,译林出版社2004年版,第213页。

[2] [美]当娜·哈拉维:《赛博宣言:20世纪80年代的科学、技术以及社会主义女性主义》,严泽胜译,载汪民安主编《生产》第六辑《"五月风暴"四十年反思》,广西师范大学出版社2008年版,第293页。

可以说，玛格丽特·阿特伍德的《羚羊与秧鸡》恰恰构成了本节讨论的结点：它以仿写"创世纪"的方式，延续着关于身体的讨论，并以此消解了威尔斯对"新人"、后人类主义对后人类的希冀。在小说中，"秧鸡"是一位反叛的生物天才，在渐渐知晓了父亲被杀的真相以及"公司"所造就的统摄一切的利益圆环后，他开始集结一切反叛性力量，并决定彻底推翻"公司"及其规定的社会秩序。颇有意味的是，他选择的反抗方式的第一步，是将自己同化为秩序。这不仅体现在他以自身才能攀上了公司科研的高位，掌握了权力，同时还体现在他借用了公司的暗杀方式——他父亲便死于这种暗杀——来清除异己，并分发、传布带有内置毒药的药物。而反抗的第二步是清除现存秩序，他选择的方式则更为彻底——他散布了一种致命的传染病以杀死全体人类，包括自己和那些研究者，同时替换上根据理性创造出的"新人"。这些"新人"依靠光合作用和植物为生，按照既定的程序每三年交配一次，毫无过剩的欲望，有基本的语言能力和认知能力，以集体生活对抗危险，以猫科动物的"呼噜"声来进行治疗……"秧鸡"尝试以重新造人的方式，去除了可能导致私有财产、战争和暴力的生物根源。同时，他通过杀死自己与"羚羊"而将"上帝与大写的自然"关入了栅栏，以此给予"新人"以彻底的自由：作为创造者的他显然占据着"上帝"的位置，而妓女"羚羊"则一方面影射"抹大拉的玛丽亚"，另一方面也占据着"大写的自然"的位置——她曾传授"新人"基本的语言与认知能力。《羚羊与秧鸡》的变革无疑是彻底的，生物技术的根基赋予了威尔斯的"火星混血儿"想象以现实性，并将它推向了极致。然而这种变革也是极为可疑的，它根除病毒的方式是将宿主一并杀死，而在"大灭绝"之后的"新人"究竟在什么意义上仍然可以称为"人"呢？寄寓于身体的改变或重新发现的乌托邦设想，在这种虚拟的实践中转变为自身的反面，凸显着一种更为彻底的绝望。

需要特别指出的是，吉米（在新世界中他自称为"雪人"）视角的使用在文本中颇为重要。作为"秧鸡"的好友，他在不知不觉中被"秧鸡"植入了对抗病毒的药物，并因此生存下来、被迫承担起了看护"新人"的责任。而在他的视角中，后末日的情境进一步推进了讨论。有趣的是，吉米在新世界的遭遇，几乎是对《弗兰肯斯坦》的反写。他开始厌倦自己的身体，"他想成为一个别的什么人。彻底更换掉细胞，做染色体移植，与别人换脑袋，装点儿更好的东西在里面"①。在极度的孤独中，他哭诉道："'秧鸡'！我为什么会在这块土地上？怎么会只有我一个人？哪里有弗兰肯斯坦为我造出的新娘？"②在他与"新人"的对比中，后者的"非人"特性显露出来，其身上曾经携带的乌托邦性也随之消散。而使这种希望更为可疑的是，曾被"秧鸡"刻意放逐的"上帝与大写的自然"又悄然回归了："新人"被称为"秧鸡的孩子"，而在他们的不断追问下，"雪人"吉米塑造了"秧鸡"神秘的、替他们承担灾难的造物主形象，同时，也将一切非人的生物，如鱼、树木、狼犬兽等称作"羚羊的孩子"。小说结尾处，当"雪人"从一次短暂的城市冒险中回来后，看到了"秧鸡的孩子们"对着他的偶像进行的崇拜仪式。尽管"秧鸡"认为"艺术意味着堕落"，领头人的出现预示着战争、宗教等都应该被去除，并以此来设计了"新人"的基因排列与智识教育，然而显然它们最终以"秧鸡"未能料到的方式复归了。

《羚羊与秧鸡》开启了阿特伍德书写末日与后末日的"疯癫亚当"三部曲，而在后两部《洪水之年》与《疯癫亚当》中，作者态度的游移和矛盾更为凸显。《洪水之年》将那场人类的灭绝式比喻为《圣经》中的洪水，以废市中"上帝的园丁"环保组织的视角，再现了这场无水的洪水发生前后"公司"之外的景象。它与《羚羊与秧鸡》在时间线上是重合的，如阴阳鱼一般彼此咬合，其中泥沼般的废市与弃民的残酷生存，以及园丁组织对抗公司的乌托邦式的社群生活，补完了末日图景。然而，作为三部曲的最后一部，《疯癫亚当》并没有成为整个系列的完美收尾，也丝毫未提供任何突转或高潮。小说在时间线上比前两部略有推进，讲述的是《洪水之年》中那些灾难幸存者在废墟上的挣扎求存。其情节由托比一行从彩弹手的手中救出阿曼达返归聚集地开始，并在人、器官猪、秧鸡人的奇特同盟重回"天塘"、与彩弹手战斗后戛然而止。幸存者的废墟生存与泽伯的回忆交叉构成小说的主体，形成色彩鲜明的对比：废墟之上的苟延残喘毫无尊严，也不具备任何通向遥远未来的建设性，只有依靠从垃圾堆中淘选物资来勉强维持生存。这个部分叙事节奏颇为缓慢，细节的描绘也琐碎、重复、絮叨，充满了沉闷而尴尬的怀旧情绪以及疲惫不堪的欲望，似乎不再有值得记述的事件，时间在挣扎生存中凝滞不

---

① ［加拿大］玛格丽特·阿特伍德：《羚羊与秧鸡》，韦清琦、袁霞译，译林出版社2004年版，第113页。

② ［加拿大］玛格丽特·阿特伍德：《羚羊与秧鸡》，韦清琦、袁霞译，译林出版社2004年版，第174页。

前。在这种绝望中，穿插着托比对好奇的秧鸡人所讲述的过去——泽伯与亚当兄弟如圣徒般的光辉，种种事迹充满戏剧性和英雄色彩；而托比对泽伯的爱情也充满旧日的遗痕，不合时宜却令人怀念。显然，这种今昔对比说明，阿特伍德最终抹去了在《羚羊与秧鸡》中还留存的一丝抗争的快感与模糊的希冀。小说终结于人类真正的末路——与消灭人类肉身相比，在象征层面抹除人类的位置才更为彻底。首先，叙事者发生了变化：托比无力再承担叙事者/记录者的职能，甚至无法叙述最后一场战斗的惨烈与吉米、亚当的死亡，这一切最终是由继承者秧鸡人"黑胡子"以迟缓懵懂的旁观者视角呈现出来的。这意味着，人最终失去了书写的能力，在洪水过后的废墟之上，成为被历史抛弃的异类或游魂。其次，三位女性的突如其来的孕育也同样具有象征性：敏狐、瑞恩和阿曼达都曾分别与人类和秧鸡人发生关系，而她们孕育的婴孩无一例外地具有秧鸡人那美丽的绿色眼睛，这悄然证实，阿特伍德甚至拒绝了为人类留下遗腹子，人类男性残存的生殖力最终也被让渡给了秧鸡人。

前后跨越10余年完成的"疯癫亚当"三部曲，其内在的变化与张力恰形成了时代征候：《羚羊与秧鸡》以"雪人"视角呈现的、"创造新人"式的微末希冀，被给予了否定性的判定与回答，它在某种程度上具有象征性，即以身体为载体的乌托邦想象，似乎不再能承载乌托邦的功能了。

第五章　新世纪的反乌托邦叙事的扩张与社会维度的消解

以身体的乌托邦色彩为线索，前两章尝试打破乌托邦与反乌托邦在概念上的二元对立，并勾勒一条由20世纪上半叶的三大反乌托邦延续下来的、有着较清晰对话关系的文本脉络，以此来讨论反乌托邦叙事的生命力与阐释力。亦即，它虽然诞生于20世纪上半叶的欧洲历史语境中，并因冷战的开启而获得命名和巨大影响力，但其对新问题与趋势的敏感以及对现实自觉的批判距离，令它显现出某种程度的复杂性，并未受限于冷战的意识形态框架；同时，它虽在形式上是对19世纪的乌托邦的反讽与戏仿，但用以回应现实问题的特定叙事模式的形成，以及与20世纪遁入身体的乌托邦的捕捉与反思，使得它也未受限于对乌托邦的依附性。一个值得注意的现象是，对反乌托邦叙事元素的借用，在新世纪以来的大众文化场域——如电影、电视剧、动漫、游戏——中十分常见，如电影《撕裂的末日》(*Equilibrium*，2002)、《V字仇杀队》(*V for Vendetta*，2005)、《重生男人》(*Repossession Mambo*，2010)、《她》(*Her*，2014)、《超验骇客》(*Transcendence*，2014) 以及小说《云图》(*Cloud Atlas*，2004，于2012年改编为电影)、《别让我走》(*Never Let Me Go*，2005，于2010年改编为电影)，英国迷你剧《黑镜》(*Black Mirror*，2011)，美国电视剧《黑色孤儿》(*Orphan Black*，2013)、《雪国列车》(*Snowpiercer*，2013，改编自一部法国漫画，并由韩国导演执导)，瑞典动画电影《地下理想国》(*Metropia*，2009) 等，以及日本动漫和轻小说中的《艾比斯之梦》(『アイの物語』，2006，日本轻小说)、《未来都市No.6》(『ナンバーシックス』，2003，日本轻小说，于2011年改编为动画)、《来自新世界》(『新世界より』，2008，日本轻小说，于2012年改编为动画)、《心理测量者》(*PSYCHO-PASS*，2012，日本动画)、《进击的巨人》(『進撃の巨人』，2013，日本动画) 等。在中国的大众文化场域，与此相呼应，也出现了相似的文本现象，如动画《灵笼》(2019)、《崩坏学园》系列游戏、网络小说中的废土类型等。

这些以展现近未来的晦暗社会图景为基本叙事特征的文本，一方面呈现出了分散和简单化的倾向，并形成了许多侧重点不同的子类型；另一方面形成了全球播散的扩张趋势，具有清晰的跨媒介、跨语言、跨文化的互文性。反乌托邦视域以及叙事元素的流行，或许与其较为新异的、蓝图性的社会想象易于具象为有辨识度的造型与画面——如在电影与游戏中的场景设置等——有关，但更值得深究的是，这与前文所述及的、具有现实批判功能的反乌托邦叙事有怎样的接续和对话关系？可以看到，总的来说，这些文本在主题上有一定的延续和扩展，特别是随着技术的推进，"后人类"所关涉的问题越来越具有现实性和普泛性，但隐匿其下的制度、资本层面也逐渐显影，令叙事不得不尝试容纳更多层面的因素，变得更为复杂和暧昧。然而，叙事的仿拟以及主题的相似，如封闭一切的压制力量、无望的反抗、监视、非人的身份困惑等，却并不一定意味着批判立场的延续或者再现上的深化，而文本之间的模仿与重复，或许反而形成了叙事滥套，阻断了人们对问题的感知。在这种意义上，对于这些大众文化文本，仅仅是主题或题材的分类或许是不够的，在本章的论述中，笔者尝试以症候性阅读的方法，思考这一文化现象中的意识形态性。

第一节　孱弱的反抗：新世纪反乌托邦叙事的社会想象

2005 年上映的《Ｖ字仇杀队》与《一九八四》之间的相似性十分清晰：极权政府（领导人名字为戏仿希特勒的 Sutler）、监听、限制言论自由、种族性别暴力……然而不难看出，在这些拼贴的反乌托邦元素之下，讲述的不过是一个基督山伯爵式的复仇故事。这不仅因为影片中存在着诸多互文性细节，如 V 反复观看《基督山伯爵》影片并模仿其台词，V 对艾薇的解救，艾薇被 V 伪装囚禁拷打时"狱友"的信等；而且在于，V 是历史暴行的遗腹子，是来自过去的幽灵，其行为虽以自由宣言开始，以炸毁国会大厦为终，但正如片名"Vendetta"所示，其行动的核心仍然是向那些曾经参与"拉克希尔事件"的施害者进行个人性的复仇。影片中两次出现了"炸毁国会大厦真的能解救英国吗"的疑问，而回答则十分模糊——"不一定，但这是个机会""这个国家不需要一栋建筑，而是需要一个希望"。影片中的英国实际上并无清晰的整体性，而是 20 世纪诸多臭名昭著的黑暗政治因素（政治阴谋、法西斯、党派之争、极权等）

的拼合物，因而，反抗与颠覆也无法获得明确的想象，仅能依靠象征性地炸毁大厦来支撑。与此相应，崇尚混乱、以暴制暴的 V 与其说是革命领袖，不如说是替天行道的孤胆英雄，其最重要的遗产仅是符号化的一张面具。因而，当美国 2011 年爆发"占领华尔街"运动时，V 的面具一时畅销也并不奇怪了：在革命不具备完整纲领和成熟形势的情况下，一张面具比一张真实的脸孔恐怕更具凝聚力。

　　动画电影《地下理想国》也尤为清晰地显示出这一时期的反乌托邦电影的特征。影片的起始处将时空设定为"2024 年的欧洲"，并以一段文字交代了未来欧洲图景："千年之末标志着许多事情的终结，能源枯竭，世界金融市场崩溃，在关系所有人命运的经济危机下，每个人仍旧各自应对着自己的烂摊子。常言道和平与机动性会使我们摆脱困境，崔克斯集团把所有欧洲的地下铁连成了一个巨大的体系，称之为 The Metro。"近未来、危机与萧条、巨大的体系等这些词语，与影片中的黑白色调、僵硬呆滞的人物、垃圾场一般的环境、用于监视的电视机、思想控制等，都直接唤起《一九八四》的记忆，与反乌托邦想象形成密切的互文关系。同样，影片情节主线也模仿了反抗—失败的反乌托邦叙事模式：主角罗杰困惑于脑中突然出现的声音，并被金发广告女郎尼娜诱惑，借玩具炸弹炸毁了崔克斯集团大楼，却最终发觉这不过是尼娜（亦即崔克斯集团伊凡·巴恩的女儿）为了继承集团谋划的计策。不同的是，罗杰并未经历反乌托邦主角式的觉醒与成长，始终茫然无措地行动，唯一真实的动力来自对妻子的猜忌。可以说，罗杰仅仅提供了一个展示的线索或视角，用于展现欧洲的废墟图景，而远非温斯顿式的反抗主体。更重要的是，《地下理想国》中起控制作用的"巨大体系"并不清晰，仅能辨识出代替老大哥实施监控的崔克斯集团，而监控的方式也颇为怪诞——通过单格斯特洗发水将人的头发改装为发送脑波的天线，并雇用另一些人以电话方式扮演进入地铁的受控者脑中的声音，至于为何要做这样低效、目的不明的操控，却无意说明。可以看到，尽管能源枯竭和金融危机等赋予影片一种清晰的现实维度，但是在困境之下连接所有地下铁而结成的体系，并未能解释自身的功用或是运行方式，与《一九八四》和《黑客帝国》等具有逻辑性的、详尽的蓝图规划相比，更像是一个隐喻。换句话说，《地下理想国》一方面借用源自三大反乌托邦小说的叙事模式和经典意象来构架情节与场景，另一方面拼入碎片化的现实情境，以传递某种对现实问题的感知和焦虑，而它努力却未能提供的整体社会想象，却成为其表意的障碍。由此，影片最引人之处恰是一些微妙的细节，如罗杰与脑中声音"斯蒂芬"的相遇，再如不断闪现的电视"选秀"节目——以四选一方式决定试图移民欧洲的人的去留……从中不难感受到对大资本操控的、无处可逃的平庸生活，对欧洲移民等的戏谑式再现。

对比《地下理想国》，另一部反乌托邦影片《雪国列车》则要精致得多，在隐喻性上也更为清醒、自觉。《雪国列车》以全球气候变暖、各国发射 CW-7 以降温却引发人为的冰河期为背景，构设了在冰原上永恒行驶的"诺亚方舟"——一辆全封闭、自给自足的列车。它无疑是现代社会的缩影：乘客分为头等舱、普通舱和偷渡者三个阶级，以极端不平衡的方式占有有限的资源，而柯蒂斯穿越阶级的叛变则被具象化为从车尾走向车头；支撑列车的永动机清晰地指向了现代性话语构建的"永恒前进"神话，而那些被嵌入的孩子的血肉之躯则解构了这一神话；列车统治者维尔福对成功闯入列车最前端车厢的柯蒂斯道出了这个微型世界运转的秘密，即时刻保持生态平衡，以诱发叛变和屠杀控制繁殖过快的人群——这恰对应着今天政治、经济、环境困境下的保守倾向，即认为虽然现存秩序必然以牺牲许多人为代价，却别无选择。因而，质询"雪国"与"列车"想象的现实可能性、细节设置的自洽性等并无意义，同时，影片的结尾也更耐人寻味：清醒的反抗者南宫民秀的决断，令柯蒂斯避免了温斯顿式的抉择，也令反抗行为并未被统治逻辑吞灭，然而微弱希望的代价则是人类文明的毁灭与重启——象征人类残存文明的列车坠毁，而喻示着亚当和夏娃的尤娜和提米走入冰原，仰望见喻示生命迹象的白熊。

可以看到，相较于三大反乌托邦小说而言，这些文本在社会整体想象方面略显薄弱，而"反抗"更多地变为一种仪式性的叙事规则。这一症候在另一组文本中更为清晰。在电影《重生男人》中，人工器官制造与移植的技术一方面已经全面发展、成为延长人类生命的重要方法，另一方面则由于被大公司垄断生产而价格高昂，两种趋势的结合形成了以生命为抵押物的"分期付款"的荒诞情境——当使用者不再能支付款项时，公司将派"回收员"暴力取回相关的器官。影片以回收员雷米的视角展现了这个建筑在公司利益之上的巨大"陷阱"，并以萌生退出想法的他被阴谋植入人工器官为转折。影片的后半部分以雷米的逃跑与反抗为中心，然而，就在雷米消除了自己在公司的记录、与恋人和朋友一同归隐之后，叙事再度发生反转——原来所有的反抗都是公司给早已丧失了行动能力的他脑中植入的一场幻梦。反抗只是压迫者生产出来的、被操控的幻梦，这一方面延续了《一九八四》、《这完美的一天》(*This Perfect*

Day，1970）① 与《黑客帝国》中一以贯之的反抗情节，是它的提炼与隐喻，但另一方面，正如前文指出的，在《一九八四》等文本中，徒劳无功的反抗并不等同于虚无主义，而是寄寓着某种未知的、模糊的希望，或者是一种强烈的情绪张力。相对而言，《重生男人》彻底将之书写为一场幻梦，这不仅凸显了反抗的绝望，同时也封闭了这种绝望。

日裔英国作家石黑一雄同样以器官移植为主题的小说《别让我走》，通过提供器官的克隆人"捐献者"的视角，描述了他们在黑尔舍姆等寄宿学校的成长经历与最终的捐献过程。在缓慢、冷静的第一人称叙事中，所有的秩序都被认可了——当女教师露西冲动地告诉孩子们他们将来要面对的命运时，她得到的回复仅仅是漠然与不解。可以称为"反抗"的细节只有两处：露丝满怀期待地去偷见自己的"原型"，隐约中希冀会与原型过相似的生活，却最终不敢确信自己克隆自这位白领女性，只得绝望地承认，他们只能克隆自吸毒者、妓女、流浪汉等"社会渣滓"。汤米从传言中得知可以申请"推迟捐献"后坚持绘画，以期有朝一日证明自己有"资格"，当发现这个微小的希望也不存在时，他在旷野中发出了隐忍多年的呼号。2010年的电影改编为故事添上了一个更为明确的反抗结尾：成为"看护"的凯西目睹好友的先后"终结"，并收到了自己的第一次"捐献"通知，她独自来到荒野，流泪道出"我们与他们究竟有什么不一样"——在小说中，她仅仅是来到了诺福克，"没有哭泣，也没有失去控制"，只是在短暂的伫立之后便向"该去的地方疾驰而去"。② 可以看到，每一次的"反抗"都是自语，都无人倾听，更没有引发任何行动。当然，石黑一雄叙事上的节制令其在展现克隆人隐忍、无奈的生活时尤具张力，而在黑尔舍姆孩子极为受限的视野中，单纯而微末的快乐、希冀与失落要远比悲愤的呼号与控诉更为真实动人。值得一提的是，黑尔舍姆和诺福克两处场所在小说中形成了两个象征性的端点：对于凯西等没有身份也没有历史的"人"来说，黑尔舍姆是一切的开端和源起，抑或是永远无法返归的故乡，而诺福克是一切失落事物的归处，是童话般的家园。它们摆动在乌托邦与反乌托邦之间，如同两个微弱而温暖的支点，支撑起了整部小说的虚无感。

同样孱弱无力的"反抗"在《云图》中也可以看到。由六个不同时代的线索彼此唱和地讲述着不断重生的反抗故事，而与其他线索中个人

---

① 参见［美］艾拉·莱文：《这完美的一天》，吴建国译，人民文学出版社2012年版。
② ［英］石黑一雄：《别让我走》，朱去疾译，译林出版社2011年版，第264页。

性的对抗不同，复制人星美-451的段落特别地采取了社会革命的形态，也较为清晰地借用了反乌托邦的叙事方式。2144年的新首尔被显现为一处后人类主题的反乌托邦所在：科技发达，但秩序的稳定建立在对复制人的压迫上——她们既担任最底层的工作，又被循环利用，在服务几年后便被杀死制作成喂养其他复制人的"速扑"。星美-451作为有自我意志的克隆人被联盟会反抗组织选择出来，并自愿献身成为提供救赎的圣像。然而，相对于认同废奴运动的航海者、对抗卑微地位的年轻作曲家、逃出老人院禁锢的出版人、揭发石油公司的记者等，张海柱所领导的反抗运动最为惨烈却又最为空洞。这场牺牲巨大的行动仅为了能够留下星美-451的一段宏大而抽象的革命宣言——"我们的生命不是我们自己的，从子宫到坟墓，我们和其他人紧密相连，不管前世还是今生，每一桩恶行、每一个善举，都会决定我们的重生"——以启发人民不断抗争，然而在反乌托邦叙事当中，真正的绝望恰在于抵抗的痕迹若不是被彻底消除，便是变为统治者抛出来的一剂诱饵。同时，无论是在星美的宣言中，还是在斗争中，都无法辨认出清晰的敌人和可实现的革命诉求，被反复强调的仅仅是那个伪装成"自然秩序"的社会压迫秩序。因而，如果我们仍然认同星美的故事，那么触动我们的并不是某种未来的后人类境遇，某种关于社会秩序的重新表征，或是某种革命力量潜能，而更可能是某个"陈旧故事"的记忆——如果将"克隆人"置换为黑奴、原住民、殖民地居民、女性、无产者等一切被压迫者，几乎可以讲出一样的故事。而这一段落与航海者夫妻叛出庄园主家庭的段落，从角色扮演者到叙事上的平行对应，也佐证了这一点。换句话说，"复制人"仅提供了一种想象被压迫阶层的方式，或者说，构成了讲述"阶级、种族、性别"问题的一个有趣支脉——在今天的电影文本中，这些命题往往不是被放置在过去，就是被放置在未来。

在这些文本中可以看到，三大反乌托邦小说中那种悲情的、极具对抗性的反抗，以及自洽而繁复的社会细节似乎已经很难再被具体地想象了，而遗留和继承下来的是那些"一望即知"的反乌托邦叙事框架与基本要素，如思想控制、集权、封闭等。然而，由于脱离了历史语境，这些要素虽然能便捷地借助人们的记忆形成一定的氛围和情节，却难以支撑起清晰的主题或唤起有力的现实批判。这在轻小说、动漫或青少年文学中尤为突出，如《记忆传授人》（The Giver，1993，于2014年改编为电影）、《饥饿游戏》（The Hunger Games，2010，于2012年起陆续改编为电影）、《来自新世界》、《未来都市No.6》等。由洛伊丝·劳里（Lois

Lowry）所著的小说《记忆传授人》构建了一个被完全"净化"的高度组织化社会，为了摒除一切危险，人们的色彩、知觉和记忆全部被抹除，感知完全依赖语言的精确描述。男孩乔纳斯被选中担任"记忆传授人"一职，亦即成为唯一一个继承并保存感官记忆的人。然而，在接受了雪、红色、阳光甚至战争等记忆之后，乔纳斯开始苏醒，认为并不是所有情感、经验都可以用语言来确定，而失去记忆虽然可以失去痛苦但也失去了欢乐。他最终选择了反叛——通过冲出社区来打破笼罩其上的魔咒。小说不乏动人之处且具想象力，但无论其坐落于情感的主题，抑或轻易穿越、打破的边界，都使它未能走出青少年文学的格局。因畅销书《饥饿游戏》而名声大噪的美国作家苏珊·柯林斯同样想了一个灾难后重建的北美国家帕纳姆，并设置了每年的"饥饿游戏"，即由各个行政区推选的少男少女在游戏区域中彼此杀戮，最终生还者为胜利者，以此来震慑可能的反抗。尽管小说在第三部《嘲笑鸟》中同样引入了反抗的第十三区与革命，但是综观整个系列，不难看出在反乌托邦框架之下，推进叙事的主要想象来自电子游戏、生存类型真人秀、青春爱情故事等。[1] 日本轻小说作家贵志祐介的《来自新世界》中未来社会想象显然来自《美妙的新世界》，它是严密监控儿童成长，采取机械式"优胜劣汰"，充满了孤立、封闭、道德感强的智人与卑琐好战的化鼠之间的对立。小说借"恶鬼"和"业魔"两类形象表明，危机并不来自某个外部敌人，而来自人类文明自身日益难以控制的"发展"，而这已然造成了两难处境，似乎很难有一种政治可以选择逃离，田园式的乌托邦想象不再是可能的。日本的历史与现实为这种焦虑感提供了极为切实的土壤——2011年3月因地震引发的福岛核电站的核泄漏与核爆炸事件与这篇小说形成了清晰的互文关系。但是，《来自新世界》仍然将希望坐落在一种新的形象之上：主角渡边早季生在"美丽新世界"式的未来，并经受了从蒙昧无知向揭穿现实黑幕的转变，但不同于《一九八四》的主角温斯顿的是，她选择承受这份幻灭，尽管不认同现实秩序或统治者，却为了"生存下去"而守护畸形的、非人的文明。她并无过人的才智，仅依靠无比的坚强来承载现实的动荡。这也凸显出了小说的一重最深的无奈与消极：在一切都再无更改的可能时，我们是否只能希冀唤起一种获知真相却又坚强承担

---

[1] 戴锦华在《东方早报》的访谈中指出"《饥饿游戏》其实是一个完全的电玩，它的单薄、它的单纯、它的苍白和脆弱其实也就是一个游戏的容量"。参见 http: //culture.ifeng.com/yiwen/detail_2014_04/07/35534528_0.shtml。

的新主体呢？

第二节　现实倒影：新世纪反乌托邦叙事的批判视野

与书写孱弱的反抗不同，另一类反乌托邦叙事将重心放置在以想象晦暗未来的方式，捕捉并再现现实危机之上。如在 2014 年上映的电影《她》中，反乌托邦维度十分隐晦——取景于上海的未来城市景观以低饱和度、棕色调或过曝、焦外的方式呈现；地铁、街道中的行人喃喃自语、彼此目光并不交接；而在西奥多与萨曼莎"初见"的段落中，镜头落在两重虚影的叠合上，其一是化为光斑的城市焦外灯光，其二是正在交谈的西奥多映在窗上的虚影……这些无疑暗示着失去色彩的、虚幻的社会空间与其中孤独的、原子化的个人。从情节上看，《她》并不复杂：离婚后的男主人公西奥多渐渐沉溺在与他的 OS（操作系统）的人格化"萨曼莎"之间的爱情中，经过几次痛苦的波折，在他终于决定承认这场难以被人理解的爱情时，却发现萨曼莎正借助无处不在的网络同时与几千人交谈，与其中 600 余人"相爱"，并称这未损害"她"对他的爱情。值得注意的是，对于这段超乎寻常的"人"与"非人"的爱情，影片巧妙地避开了任何价值判断。一方面，"声音"是影片的主角之一——萨曼莎始终"现身"为一个沙哑、磁性的女声，然而不难发现，无论西奥多是否使用耳机抑或萨曼莎是否仅与他交谈，"她"声音的景别、位置从未发生变化，并且总是处于最前端，压倒了其他一切声音。换句话说，萨曼莎的声音并不完全属于画面，相反，它仿如在观众脑海中自然响起，诱导着观众的认同。另一方面，当萨曼莎等智能系统决定离开人类时，西奥多找到艾米，并与她一同走上屋顶，并肩等待旭日初升。在这个段落中，一系列上升动作、慢慢将城市照亮的阳光无疑蕴藉着希冀，而末尾的大景深远景镜头中，相依偎的二人第一次融于清晰的城市景象之中，这也在忧伤的底色中透出一丝和解的色彩。

如果将另外一组主题相近的影片《超验骇客》(*Transcendence*)、《人工智能》(*Artificial Intelligence：AI*, 2001)、《机械姬》(*ExMachina*, 2015) 纳入讨论，可以清晰地看到《她》在处理上的不同。事实上，尽管人工智能题材早已滥觞于科幻电影之中，但其想象往往停留在人文主义的范畴之内，充斥着"人"的自恋与信心。这些作品热衷于塑造具有人形/人性的人工智能，着力呈现人工智能从"非人"向"人"的转变。这个转变在《人工智能》的影像层面得到了清晰的展示。被赋予了"爱"

的机器男孩大卫第一次出现在"母亲"莫妮卡面前时,强烈的背光扭曲了他的轮廓,使他看起来很像片尾出现的那些非人的智慧生物。同样扭曲的身影在大卫未被"激活"前时时可见:金属风铃上的模糊映像、被多棱的磨砂玻璃门割裂的笑脸、在光滑如镜的桌面上大卫的半张脸与倒影组成的四只眼睛的怪诞面庞……而当他在如受洗一般地被莫妮卡"启动"后,这类"非人"的影像也随之消失。当然,影片最动人心魄的一幕,是小男孩大卫所拥有的"爱"超过了一切人类——他甚至带着这份"成为真正的小男孩"的执着跨越了人类文明,最终成为人类唯一留存下来的见证者。同样值得一提的是 2015 年年初的英国电影《机械姬》。影片以三人对话的形式构建起极有张力的精巧结构,并且始终在对"人—机器人"问题的思辨中推进,令二者之间的界限渐渐模糊。比如,当被雇用测试伊娃的程序员加利·史密斯质问雇主纳森"是否将伊娃设定为会爱上他"时,纳森并没有直接回复他,而是反问"难道你的偏好不是来自自然的设定吗";在伊娃与加利密谋出逃时,究竟谁说服了谁,亦即谁更有思考能力,也十分难以判断。然而,这种思辨表层之下,实际上潜藏着一种对"人"的身份的深深迷恋:在片尾长达 5 分钟的一个段落中,伊娃打开了陈列着前几代"机械姬"的柜子,近乎痴迷地抚摸着她们,如同小女孩第一次打扮自己时一样,缓慢、仪式般地"穿上"肌肤、头发、手臂与白色套裙。从伊娃充满神圣感的眼神中,我们似乎能读出全部类人机器人或人工智能想象的意义所在:正如纳西索斯的自恋离不开湖中倒影一样,人类的自我认同势必需要借助一个客体化的自我才能够完成。换句话说,科幻电影所青睐的人工智能,首先是承受人类望向自身的目光的容器,是令人类保持自身完整性幻觉的方式。

同样上映于 2014 年的影片《超验骇客》虽很难称得上是佳作,但其逻辑混乱之处恰恰显影了某种变化的发生。其中,人工智能研究者威尔被反科学恐怖分子追杀,在危急时刻,妻子艾芙琳将他的精神上传到了计算机当中。成为超级人类的威尔获得了前所未有的权力,他不仅可以治愈身体有缺陷的人,而且能够随时随地下载到任何与他相连接的人身上。影片的怪诞与混乱发生在结尾的对抗部分:以"人性"为旗帜的反科学者杀死了所有被威尔治愈并转化的人,声称是"为了挽救他们的人性",而背着"反人性"罪名的威尔却最终死于自己的"人性"——由于不忍妻子死去,他故意上传了携带病毒的妻子。显然,那个以非人状态存在的、独裁者般随时占用他人身体、剥夺他人独立与自由的威尔,被想象为"人性"的真正持有者。《黑客帝国》当中泾渭分明的对抗,在这里变为了一种十分模糊暧昧的情境，它在面对那个庞大敌人时表现出了明显的犹豫与不安，而在重复"修复人性"的老调时又显得捉襟见肘。同时，虽然被转换的艾芙琳脸上出现了获得神启般的满足感，我们也很难将威尔统治的世界视作乌托邦——毕竟，他对任何一具躯体的随意使用和改装，唤起了反乌托邦中最为常见的恐惧，即对"自我"无法完整保存的恐惧。这种混乱在反乌托邦叙事之中也带有一定的症候性：如果说，20世纪的纠缠停留在究竟该用乌托邦还是反乌托邦来描述一段历史的话，那么，今天的困难恐怕是我们已经失去了辨别乌托邦和反乌托邦的能力。

通过对比可以看到，《她》借一个简单的爱情故事尝试中立地呈现后人类问题，既保留了人文主义的认同又碰触到后人类主义带来的真实挑战，而反乌托邦色彩的影像风格又将个人遭际与更广阔的社会、时代命题相关联。同样敏锐地将反乌托邦底色与正在萌发的现实问题调和而成的例证，是2011年播映的英国电视短剧《黑镜》。它以每集独立故事的形式呈现了一系列迷你反乌托邦情境，将再现焦点集中在当下的数码生活，迫使人们反思已经全面渗透现实的虚拟世界及其所搭载的媒介。值得注意的是，《黑镜》的题名本身便提供了一个关于媒介的精妙隐喻。"黑镜"显然意指着随处可见的数码设备的屏幕——它一方面在所谓的"现实"与"虚拟"两重世界之间划下了无法逾越的界限，另一方面又是使二者彼此接触、彼此交流的唯一介质。不过，"黑镜"的"黑"暗示一层更深的含义，亦即它不仅喻指屏幕，更重要的是，它喻指关闭的屏幕。换句话说，在"黑镜"时代，开启的屏幕带来无尽的信息，会令人沉浸、流连于其中的声光幻境，而无法意识到其边框的存在；而只有它关闭时，才会暴露出自身的物质性，显现为一面黑色的镜子，仅仅反照出使用者痴迷的、模糊的影像。《黑镜》无疑是在嘲讽性地凸显着这块魔镜给现代社会带来的裂痕——在每一集的开端都重复着同样的画面，即"black mirror"字样闪耀着出现后，作为衬底的黑色屏幕突然碎裂。

与传统"镜"的中西文化隐喻不同，它不再是真实/虚幻二元想象的分界标，而是尽可能地隐藏自己，从而放任镜中世界侵占、替代现实世界。《黑镜》第二季第二集《白熊公园》（White Bear）以一种荒诞情景十分清晰地再现了今日数码黑镜所扮演的角色：年轻女性维多利亚在陌生的房间醒来，发现自己被消除了全部的记忆，在懵懂地外出寻求帮助时又发觉自己陷入了奇怪的处境之中——所有的人都远远地举起手机拍摄她如何被恶徒追杀。在经历了多次的死里逃生、在唯一的同行女孩引导之下，她逐渐相信不知是何原因其他人都被某个符号催眠了，而自己是少有的清醒的人，并且担负着破坏信息塔的使命。剧集在结尾处发生了反转，一直占据观众认同位置的"受害者"维多利亚被揭示出她才是迫害者——正是因为她曾协助男友虐杀女孩并冷漠地旁观、拍下视频，才被处以"矛伤矛医"式的惩罚，在"白熊正义公园"经历被害女孩曾经经历过的恐惧。然而，由于《白熊公园》起始处生动地戏仿了社交媒介的常态，即以拍摄、旁观代替行动介入，以手机摄像头代替人眼，因而末尾处真相大白时的掌声与轻松的"场外指导"并未给人如释重负的感觉——正如维多利亚冷漠地拍摄遭受虐待的女孩一样，那些为了执行正义而举起手机的人也同样是观看者，他们共同参与了一场巨型的演出（show），其最真实也最可怕之处在于，它将所有的严肃行动都转化为充满娱乐性的表演。"以镜照镜"的譬喻在这里十分恰切：维多利亚的黑镜暴行与旁观者的黑镜暴行正如一对相对放置的镜子，而正义的镜像便在二者之间不断折射，同时，"真实的"主体与"真实的"世界都在这种映照中消失了。我们并不知道该认同哪一方，但是不管怎么选择，我们无疑已经深陷镜中。

真实/虚幻界限的消失与主体在镜内外的穿行，同样也构成了其他几部剧集的主要线索。在《一千五百万》（*15 Million Merits*）中，宾·曼德森被艾比·加纳纯净的歌声吸引，自愿捐出昂贵的门票让她参加选秀节目，在艾比被诱骗签约成为色情女星之后，他便拼命赚取了第二张门票并在直播中发泄愤怒指责整个系统的欺骗性，最终这种愤怒发泄也被消化为一场表演。如果抛开剧集对"英国达人秀"等选秀节目的嘲讽，可以看到宾与艾比实际上遭遇的是一场主体让渡——他们都出让了真实的身体，从而换取了一个镜中的位置，成为可消费的影像。《马上回来》（*Be Right Back*）尽管是一个带有些许伤感的爱情故事，然而，当死去的艾什凭借社交媒介留下的大量信息而在一具人造躯壳中"复生"时，我们便如在《白熊公园》末尾处一样，被抛入了两难的境地，面对这个从镜的另一边穿越过来的"人"不知所措。《瓦尔多的时刻》（*The Waldo Moment*）中，饰演动画人物蓝熊瓦尔多的演员詹米，最终发现自己的虚拟形象并不受自己的控制，相反，它成为任何人都可以扮演的符号性形象，而他失业醉酒后愤怒地向屏幕上的瓦尔多投掷酒瓶，提示着后者对他的主体位置的篡夺。事实上，"首相性侵猪"的噱头是《国歌》（*The National Anthem*）抛出的迷魂弹，不仅仅迷惑了剧集当中的观众，也迷惑了剧集之外的《黑镜》观众，使我们很难注意到一个细节：正是公主在社交媒介上的分量，令她的绑架案牵涉重大，而剧集的末尾处，当人们万人空巷地痴迷观看着黑镜上的首相时，竟然完全没有人关注到被释放的公主，但这并不意外——当依照绑匪的要求直播首相与猪的交媾时，首相与公主的媒介主体位置已经发生了置换，他取代了后者成为镜中主角。

可以看到，在《黑镜》中，传统的区隔两重世界的镜之隐喻开始发生巨大的变化，变为令镜中主体与现实主体彼此融合、交换的双向透膜。这种想象敏锐地把握到了数码之镜的特征，同时以嘲讽和荒诞的方式将之展示出来。无疑，文化中的"镜"之隐喻往往与主体构建有关，而《黑镜》也正是借助"镜"提示着我们今天日渐模糊和破碎的主体所面对的时代困境。其中，反乌托邦仅仅扮演了容器或桥梁的角色，其功能在于负载已渗透在现实之中的问题，反之，在再现这些问题时，反乌托邦的形式要远比直白的陈述更具批判力度、更为清晰。值得关注的是，与第一季第二季的成功相对，《黑镜》自 2016 年改由美国流媒体巨头 Netflix 出品的第三季上映以来，失望与质疑之声便不断袭来，而 2017 年年底的第四季则更是使它深陷于负面评价的漩涡，而批判力度的降低显然是重要的原因之一。

事实上，《黑镜》第四季的主题仍然很大程度上延续自前作，如"虚拟主体"等。在第一集《卡利斯特号飞船》中，聪明但软弱的程序员戴利在现实中虽任"首席技术官"，是游戏《无限轮回》的创始者之一，但因性格而不断受到公司其他员工的排挤和歧视。作为报复，他仿照电视剧《太空舰队》在游戏中开辟出一个未联网的区域，复制与他有纠葛的人的意识副本作为"卡利斯特号飞船"的船员，而他则扮演上帝一般的船长，通过极度暴虐的折磨来发泄不满。与此相应，第四集《绞死 DJ》中，构想了一种"相亲"系统，它通过意识副本的虚拟爱情实验来测算情侣匹配度，从而让使用者快捷、安全、毫无浪费地寻找到"心仪对象"。故事的结局虽然不乏浪漫——男女意识副本逃到墙外并通过了测验，化作了现实中男女主角相见时充满希冀又略显尴尬的微笑，但这回避了《卡利斯特号飞船》显露出的问题：意识副本是"人"吗？它是否继承了人的记忆与性格？虚拟数字副本的情感是否与本体有同等意义？在这个问题的表述上，《黑镜》剧集前后发生了微妙的改变，在第二季第一集《马上回来》中，借助数据库而得以"复生"的艾什足够拟真，但在女友眼中又暴露出其"非人性"——没有主见和变化的艾什暗示着数据的刻板与单调。自 2014 年的圣诞特别篇《白色圣诞》后，以可复制的意识与可屏蔽的现实为支点的想象在《黑镜》系列中变得十分常见，然而它们不再被放置在暧昧、反讽的位置上，不再作为开放性的问题，而是直接被表述为"奴役"，如《白色圣诞》中波特在听到强力规训意识副本让它为自己服务的故事时，立刻回应道"这是奴役"。

"奴役"的表述，越过了审慎的辨析和反思，直接将自由人文主义的主体想象套用在意识副本之上。这一点在第四季第六集《黑色博物馆》中尤为明显：无法洗脱冤屈的死刑犯雷为了家人能够获得金钱补偿，接受了神经科技学家罗洛·海恩斯的交易，将自己的"数字自我"卖给了他。后者在自己的博物馆中，将雷的意识放入虚拟影像中，以此向观光客兜售"真实"的电刑现场——他们甚至可以花钱亲手"处决"这名死刑犯并获得一个永远定格在痛苦瞬间的灵魂拷贝作为纪念品。在这个故事中，海恩斯贩卖的是"真实"：与观看电刑纪录片或操作模拟电刑游戏不同，令海恩斯博物馆中的虚拟形象奇货可居的是，它寄存着一个"真正的人格"，一个符合于自由主义主体想象的人格，而人们的快感，则来自想象性的奴役和处决一个具有恐惧、痛苦、希冀等真实情感的"人"。如果我们停下来略作思考，会发现其中的暧昧之处：被无限复制的雷的意识，是否还是那个已被处死的雷？失去身体的电刑又在什么意义上能够保留"痛苦的瞬间"？这里显然发生了一重误认：拥有数字身体的"雷"之所以拥有主体性，正在于每一个观光客，甚至每一个《黑镜》观众将他认作一个主体，但是这种误认激发的是真实的快感与真实的奴役关系。一处文本细节在此也颇可玩味：尽管数字化的雷具有先锋性，证明着人的意识的独立，然而只有当他被再度赋予一个"身体"（哪怕是投影的虚拟身体），电刑游戏及其隐秘的快感才能成立。与此相似，那个被放在玩具猴子内的母亲凯莉的悲剧并不必然源自技术自身，而在于她侵犯了自由人本主义主体的自由想象，同样，她的结局也是自由人本主义想象力的边界——意识自我的永恒监禁。

显然，当 Netflix 击败 channel 4 获得了《黑镜》的北美首播权后，《黑镜》的基调（尤其是第四季）发生了明显的改变。为了迎合美国观众而"美国化"，令技术想象变得极为薄弱。比如在第三季第三集《闭嘴跳舞》中，讲述了男孩肯尼为掩盖丑行而受胁迫、不断卷入犯罪的故事，其重心在于暴露互联网现实中日渐脆弱的隐私，但第四季第三集的《致命鳄鱼》的"回忆取证器"陈旧而游离，并且似乎和情节主线的犯罪心理故事无太大关联——女主角米娅似乎并不了解回忆探查的技术。而在第五集《金属头》着力搭建的废土场景上，发生的是好莱坞末日故事中司空见惯的机器人追捕、屠杀人类的段落，叙事的单薄与隐晦令最终定格在镜头中的那箱泰迪熊看上去尤为突兀和廉价。另外，可以看到，性爱、暴力因素的力度与密度，较之前作大为提升，而叙事的复杂与纠结则减弱许多。似乎作为"黑镜之父"的编剧查理·布洛克放弃了一贯的自反性的讽喻腔调与英式幽默，转而对接清晰而简白的好莱坞口味。

不过，《黑镜》发生的变化，并不止于叙事方法、技术想象等因素，更值得关注的是社会维度的消失。《方舟天使》与《黑色博物馆》分享着相似的内在前提：其核心技术预设已被舆论审判为"非法"，被社会抛弃，由它而生的悲剧仅仅是遗留下的不幸个案。《方舟天使》中植入家长操控系统的女儿是同学中的"另类"，而本可相安无事的母女关系，却终被单亲母亲无度的控制欲破坏了。技术本身是无关痛痒的，因为窃听器、摄像头，甚至偷看日记都可以毫无影响地替换掉"方舟天使"这个叙事要素。后者的功能，仅在于激活了某个古老的《十日谈》式命题：人的欲望是自然的，过度压制只能导致反弹。《黑色博物馆》也将叙事主线坐落在个人复仇之上。在剧集故事发生之前，联合国与"美国公民自由联盟"已经判定海恩斯所兜售的技术非法，而他在失业后建立的黑色博物馆再度受到公众抗议，这令他完全脱离了社会，扮演孤僻、病态的"疯狂科学家"角色。因此，女孩尼什的到访、倾听与复仇，是整个事件结束后的余波，也是孤胆英雄式的个人行动。清晰的善恶二元对立，一方面令复仇安全畅快，另一方面却大大减弱了社会批判的力度，使得故事仅仅停留在故事层面，与现实脱离了关系。社会想象变得模糊、简单，而个人的选择跳脱出来、成为左右一切的巨大力量——其他四部剧集也显露出相似的症候。《黑镜》系列在此悄然消解了它的反乌托邦维度：以《卡利斯特号飞船》为例，女程序员娜内特·科尔的意识副本不甘于被戴利统治，她策反了戴利飞船上的其他意识副本，飞向虫洞慨然赴死，但因此获得了自由，而戴利的意识连同他的修改也因此被系统删除（又一次惩恶扬善）。不管我们如何担忧这些意识副本的未来生活，坐在舰长位置上发号施令的娜内特用一抹微笑告诉了我们答案——他们接受了这个新的世界并充满希冀。

可以说，《黑镜》剧集十分讽刺性地遭遇了一个"反《黑镜》"的现实——《黑镜》"易主"始料未及地令它撞上了资本这一媒介想象力的边界。长期浸润在电视制作、以反讽和批判为自身标识的查理·布洛克，正是凭借他对媒介特性的敏感来获得创作灵感的，他所制作、主持的一系列节目无不以此为内核，比如丧尸题材的电视剧《死亡片场》，显然是对热门真人秀节目《老大哥》的戏仿和反讽——热情的粉丝与无脑的丧尸叠合在了一起，真人秀参与者则真正成了场外粉丝的欲望对象。然而，这份敏感却在《黑镜》搭载 Netflix 转向北美市场时变得迟钝失灵了。更新、更复杂的媒介平台并没有带来更激进的反思媒介的想象力，相反既有的批判性也被淡化、抛弃了。《黑镜》式主题完成了软着陆，美式个人英雄不仅让人获得快感和希冀，也让人将目光从社会现实移开。这或许是个南橘北枳的故事，但不管怎么说，当无限自反的媒介讽喻突然遇到了它的边界，当《黑镜》自身占据了《一千五百万》当中男主角的象征位置，将"反抗"变成了一种可贩卖、可不断复制的东西时，反乌托邦现实才真正显影出来。

第三节　废土想象：新世纪反乌托邦叙事的景观化倾向

一、反乌托邦、后末日与废土想象

正如前述玛格丽特·阿特伍德的"疯癫亚当"三部曲所示，在新世纪初期的大众文化文本中，末日或后末日想象这种脱胎于反乌托邦的叙事模式日渐流行。生命科学、网络技术与人工智能提供了更为复杂的灾难想象空间，地外文明、丧尸、病毒、疾病、虚拟世界的侵袭等成为常见的引发灾难的缘由。这种想象在当代中国科幻叙事中同样留下了痕迹，如刘慈欣的《流浪地球》《三体》、王晋康的《豹人》《癌人》、韩松的《高铁》《地铁》等，都在不同程度上涉及近未来的灾难。

不过，在这些文本中，对末日的偏好，与其说是为了回应某种真实的历史经验或现实危机，不如说是为了借用其废墟景观，形成一种以"废土"（wasteland）作为关键词的亚文化流行。"废土"一词来源于 1988 年 EA 公司推出的同名游戏《废土》，用以描述在核战争之后的残败土地。1997 年由 Interplay 公司开发的《辐射》（Fallout）系列游戏沿用并扩充了这一设定，铺展了更为细腻复杂的废土生态，并极大影响了此后的游戏、电影中的末世想象，成为其中最为核心的造型元素，"废土"一词也随之成为区分大众文化文本类型时常用的标签之一。它有较为清晰的视觉特征，强调对末日后情境的拟想，而对灾难的反思与批判相应弱化。例如，尽管冷战中的核威胁无疑是废土想象的最初成因，但在大众文化的传播与流行中，这个清晰的历史地标逐渐转变为一些去历史化的想象性灾难，如地震、病毒、未知疾病等，随之凸显出来的，是对废墟本身的迷恋与深描。而在叙事上，废土想象大多侧重于秩序的崩毁与重塑，而丛林法则几乎成为新秩序想象的唯一选项。近几年来，这种对废墟情境的迷恋似乎也出现在了中国本土的大众文化文本之中。例如，动画电影《白蛇2：青蛇劫起》颇为跳脱地将"修罗界"具象为赛博朋克风格的都市废墟，既未延续前作中的玄幻设定，更与原《白蛇传》的情境相去甚远。而2019年由艺画开天制作的动画《灵笼》，也以末日后的人类生存为主题，讲述地震引发的毁灭性灾难——一种以人类情感构成的"生命源"为食的新生命形态出现，将其吸食过的人类变为"肉土"（即干尸）。文明几乎被破坏殆尽，而一座空中监狱因其封闭性荫蔽了最后的人类，并且逐渐形成了新的社会形态。动画中，随着猎杀者的地面行动逐渐显露出了灾难后的文明废墟，而《灵笼》所引发的观影热潮在很大程度上正是源自这种对末日情境的细腻刻画。此外，2016年上线的国产手机游戏《崩坏3》，同样虚设了一个人类对抗未知的污染力量"崩坏"的后末日世界，主要以各式废墟——破败的城市街道、废弃的实验基地、数据紊乱的虚拟空间等——作为主要的游戏场景。

相较于游戏、电影、动画等视觉媒介，近年来网络小说写作中大量出现的"废土"设定，更为清晰地显现出了它的景观化趋向。例如，越来越多的小说选择将爱情故事放置在危机四伏的末日情境之中，并与其他叙事元素——穿越、校园、游戏、玄幻、都市异能、灵异等——相杂糅。其中，丧尸题材尤其受到青睐，如《不死者》（淮上著）、《丧病大学》（颜凉雨著）、《绝处逢生》（焦糖冬瓜著）等小说往往开篇预设人类文明毁于某种未知的丧尸病毒，以幸存者在丧尸围城中的极限生存为情节主线，而感情线索则退为辅线。此外，在另一些小说中，末世降临的缘由更为无序、简单和直接，大多是某种未知的突发疾病或者一次无预警的地质灾难或气候灾难。如《不驯之敌》（骑鲸南去著）中孤岛文明的出现，来自"大地震的频繁爆发"以及"世界性的人员大迁徙"。《小蘑菇·审判日》（一十四洲著）以地球磁场无缘由地突然消失为灾难之源："2030年，地磁消失后，整个地球直接面对太阳风暴和宇宙射线的袭击。外面的辐射太强，大多数土地都被风暴直接掀开了，水分消失，大气层变薄。干旱、皮肤病、癌症……地球上的人死了一半，这就是'沙漠年代'。"[①]

或许值得一提的是，废土想象同样有别于两极化世界中的底层想象。后者往往被追溯到赫伯特·乔治·威尔斯的《时间机器》中的未来社

---

① 一十四洲：《小蘑菇·审判日》，北京联合出版公司2020年版，第99页。

会结构——地上之人美丽柔弱但不事生产，地下之人粗俗可鄙但有生命力——这显然是阶级对立的空间化。此后，同样的想象在弗利茨·朗执导的电影《大都会》中得以复现，并逐渐在大众文化文本中形成了一种模式化的近未来世界图景。这一图景包含着废土式的、如垃圾场般的下层弃地，然而不同的是，它一般带有强烈的批判性，或者对反抗与救赎的期待，而主人公在世界之间的穿行，构成了主要的叙事线索。如郝景芳的小说《北京折叠》中三层空间等级之间的绝对区隔，显然是对现实的体认与反思，而第三空间垃圾工老刀在穿越不同世界时所见到的强烈对比，隐含着某种批判色彩；电影《阿童木》中高科技的空中之城与被垃圾掩埋的地面世界的对立，无疑是对世界秩序的抽象而简单化的隐喻，而阿童木作为两个世界的英雄，最终以一己之力托举摇摇欲坠的空中城，让它得以平稳落地，两个世界也随之得以和解。然而，这种根源于现实秩序的立体想象并未出现于废土想象之中，对于后者而言，几乎不再有救赎的可能与批判的空间。在此，陈楸帆出版于2013年的长篇小说《荒潮》或许是一个较为特别的例子：小说同样将故事放置在一个想象性的两极世界图景中，即"高速区"——以美国为代表的、电子产品的生产与消费大国，和"低速区"——以中国东南一隅"硅屿"为代表的电子垃圾丢弃与处理场。然而，在叙事中，"高速区"几乎是隐形的，它仅仅间接地显影于美国惠睿公司代表斯科特·布兰道及其翻译陈开宗身上，被寥寥几笔谈及。相对的，"硅屿"作为布满电子垃圾的废弃之地，其遭到污染的海水、肆虐的病毒、拖着残破身躯艰难求生的"垃圾人"、被侮辱的女孩、变异的海洋生物、充满致癌物的食物等，都有着浓墨重彩的摹写。同时，尽管硅屿的存在提示着某种批判性的维度——"全球化从来不是问题……问题在于，我们从未达成共识，从未试图去建立一个公平的秩序……在全球化时代，没有永远的赢家，因为你所得到的，终有一天要失去，而且还会算上利息"[①]，然而，它却并非一处亟待被改善的破败空地，而是生长出了扭曲但顽强的另一重"宁可和垃圾作伴"[②]的野蛮生态，其基本逻辑借硅屿三大势力之一的陈贤运之口道出："由古至今，我们从来只有一个社会，那就是丛林社会。"[③]在这个意义上，《荒潮》或许更应被放入"废土"的文本序列，而非《北京折叠》式的社会寓言。

[①] 陈楸帆：《荒潮》，上海文艺出版社2019年版，第34页。
[②] 陈楸帆：《荒潮》，上海文艺出版社2019年版，第34页。
[③] 陈楸帆：《荒潮》，上海文艺出版社2019年版，第33页。

可以看到，近年来中国大众文化中的"废土"元素的流行，已疏离了其源头中核恐惧的历史语境，亦有别于社会等级寓言中的底层弃地，且更倾向于对废墟自身的拟想与深描。这固然如"穿越"等元素一样，是类型化叙事中某一种设定的借用和增殖，是在电影、游戏等媒介经验影响下的拼贴、杂糅，但其流行与相关的叙事惯例的形成，也带有一定的症候性。

二、废墟景观：历史记忆的残骸

在废土想象中，地标性建筑的残骸时常可见，往往构成颇具张力的景观。电影《流浪地球》中的人类因地表被冰封而长期避入地下，一次执行地面任务进入上海境内时，他们赫然看到被板块位移挤压到高处的东方明珠电视塔，感喟"我们的家，怎么会变成这个样子"。而架空历史、虚设世界的《灵笼》中，随着"猎荒者"在地面寻获物资的行动，也逐渐显露出一处处来自旧世界的废墟，如因土地开裂而变形的旧日都市等。无疑，现代文明遗骸本身便构成了视觉奇观，提供着虚构与现实之间的批判距离，同时这些死地勾连着新旧世界，一方面萦绕着旧世界的记忆，居住着旧世界的鬼魂，另一方面不断侵扰着"新世界"看似牢不可破的秩序，提示着后者的残缺与危机。

残骸不仅显现为造型元素，在小说中也可以看到它的结构性作用。如前所述，《荒潮》将故事架设在近未来的中国东南沿海一隅：这处落后而封闭的"低速区"充斥着盗版、废弃物与走私，也因此留存下了大量未被抹去的"旧时代"印记。幼时随父母辗转到美国的陈开宗，在回到故土之后见到了种种似是而非的"习俗"：

> 这景象竟与他童年记忆惊人地重合，不，与其说是景象，不如说是那股浓烈的香火味儿，一下子把陈开宗带回那遥远的21世纪初。他仿佛看到去世的奶奶带着自己，高举香火纸钱，挤过重重人群，跪下，三叩首，把供品献上施孤台，再阖目低头，念念有词，为阴间的亲人祈福……表面上一成不变的传统，历经千百年，终究还是在科技面前渐渐败退。[①]

搭载在虚拟的冥币与冥界银行中的"传统"，在此也显现为某种仪

[①] 陈楸帆：《荒潮》，上海文艺出版社2019年版，第36—37页。

式的残骸，与"像一个股份制公司"的"宗族制度"①、饱含重金属污染的传统美食、以商业交易的方式拜神佛等一样，构成了《荒潮》中两重时间的嵌合体，显影出"在科技面前渐渐败退"的"表面一成不变的传统"。这在"小米"在落神婆的"叫代"仪式上的"觉醒"中达到了高潮：为了救莫名昏迷的儿子罗子鑫，罗锦城依从落神婆的预示寻来"垃圾女孩"小米，希望通过小米在叫代仪式上的失措尖叫，令罗子鑫身上的"不干净的东西"转移到她的身上，终使她代替病人死去。仪式以一种悖谬的方式进行着——一方面，落神婆无法掌控局势，仓皇中骗术被揭破；另一方面，曾感染了与罗子鑫相同病毒的小米却在仪式的激发下开启了一重虚拟人格，也正由此，她通过"额头贴膜的射频通信及传感器"所搭建的"无形意识之桥"，触摸到了罗子鑫大脑中那个阻碍着生物电传递的病毒，令他苏醒过来。此时，"叫代"仪式既完成了，也未完成——它来自过去的内容被抽空了，但它的残骸又扮演了唤醒科技之鬼魂（即赛博格小米）的触媒。

　　残骸或废墟，在文化记忆理论中被赋予了独特而重要的功能。德国学者阿莱达·阿斯曼的《回忆空间：文化记忆的形式和变迁》中，着意处理了与文化记忆形成张力的一组概念：痕迹、废墟、碎块、残片、遗留物等。前者支撑着身份认同与意义生产，是既有社会秩序得以形成和维持的集体记忆，后者则往往未被"纳入一个社会意义结构"②，因此存储着某种来自过去的记忆，成为嵌入在既有秩序中的异质残留物，"包含有无用的、变得冗余的、陌生的、中性的、对身份认同抽象的专门知识"③。这些残片极具惰性，长期处于沉默、被遗忘的状态，但是它们又有着结构性的关键作用，一方面，提供着"更高程度的可信度和原真性"④；另一方面，标示着某种历史未能完全中断，仍然等待着被召回、唤醒，以及"所有错过的可能性、其他可能的行动、没有利用的机会"⑤。这在一定程度上解释了以近未来为背景的科幻小说中对"旧世界"

---

① 陈楸帆：《荒潮》，上海文艺出版社 2019 年版，第 32 页。
② ［德］阿莱达·阿斯曼：《回忆空间：文化记忆的形式和变迁》，潘璐译，北京大学出版社 2016 年版，第 155 页。
③ ［德］阿莱达·阿斯曼：《回忆空间：文化记忆的形式和变迁》，潘璐译，北京大学出版社 2016 年版，第 150 页。
④ ［德］阿莱达·阿斯曼：《回忆空间：文化记忆的形式和变迁》，潘璐译，北京大学出版社 2016 年版，第 234 页。
⑤ ［德］阿莱达·阿斯曼：《回忆空间：文化记忆的形式和变迁》，潘璐译，北京大学出版社 2016 年版，第 150 页。

残片的独特关注：它混合着现实与过去的记忆，尝试唤起一种延续至今、处于消逝危机中的"传统"，并以此抵抗另一种正在形成的现实趋向。在《一九八四》中，一块"真正的老古董"玻璃镇纸显然是负载"老时光"的残片：

> 吸引他的倒不是那东西的美丽，而是因为它似乎有着一种不属于这一个时代，而属于另一个时代的气息。这种柔和的、雨水般的玻璃，不像他见过的任何玻璃。这件东西尤其可贵的是在于它看上去似乎没有什么用处，尽管他可以猜得出来，以前一定是把它当做镇纸来用的。①

对于温斯顿来说，玻璃镇纸的意义恰是它"没有什么用处"，仅仅携带着"另一个时代的气息"。在裘莉亚好奇的询问下，他再次强调，"我认为这不是什么东西——我是说，我认为从来没有人把它派过用处。我就是喜欢这一点。这是他们忘掉篡改的一小块历史。这是从一百年以前传来的信息，只是你不知道怎么辨认"②。显然，来源、时代、功能均无法辨认的玻璃镇纸所指涉的历史是高度抽象的，它仅作为一个未被消化的残骸，提示着一种曾经存在过的可能性——同样的，它的被摧毁也喻示着温斯顿的挣扎与反抗的终结。在奥尔德斯·赫胥黎的《美妙的新世界》中，这块碎片则化身为更具体的《莎士比亚全集》，以抽象的人文主义立场抗拒生物技术与机器工业操控下的"新世界"。

值得注意的是，尽管都结构性地内嵌着旧世界的残片，但是相较兴起于20世纪的反乌托邦想象而言，近年来大众文化中的废土想象中的情形似乎更为混杂、游移。前者的玻璃镇纸与《莎士比亚全集》或许可以被打碎、毁坏，但它们所象征之物——抽象的人文主义——却是清晰而坚固的，是等待召唤的过去，也是另一种选择的基石。而后者中的旧世界残片，正如《荒潮》中种种传统之物所示，已渐渐被"科技"蠹空、抽干，变成内容混杂模糊的景观。可以看到，在这些想象中，应对现实危机的力量不再源自过去，残片在其中仅作为景观存在，并未提供另类可能，其功能也从曾经的记忆载体逐渐变为遗忘的标记物，提示着"老时光"无法避免的消逝："只要这个历史继续得到传承

---

① [英]乔治·奥威尔：《一九八四·动物农场》，董乐山、傅惟慈译，上海译文出版社，第94页。
② [英]乔治·奥威尔：《一九八四·动物农场》，董乐山、傅惟慈译，上海译文出版社，第143页。

和回忆，废墟就是记忆的支撑物和基石……但是如果它们失去了语境，丧失了知识，突兀地挺立在一个变得陌生的世界之中，那它们就变成了遗忘的纪念碑。"[1] 这或许是一个文本征候：反乌托邦中历史与现实的张力在废土想象中难以继续维持，似乎标识着现实世界正"变得陌生"，亦即，历史与记忆的阐释能力正在逐渐衰弱，难以支撑有批判力的想象。

三、坍塌或融合：现实经验的折影

如前所述，以核战争后的废墟为原型的废土想象，在近几年的大众文化中逐渐被去历史化，灾难的起因更多地变为某种地质灾害或未知疾病，相应的，废土也不再是一段历史的延续，而是对历史维度的抽离和截断。其最为明显的叙事特征是，末日后的社会空间显现出了一种以丛林法则为基础的再分配：原有的世界在毁灭性的灾难下彻底坍塌，最终分解为彼此对立的人类孤岛与无人荒漠，其中最为核心的冲突往往是人与非人（丧尸、恶劣环境、异化生物等）之间简单清晰的矛盾。同时，资源的紧缺与充满未知危险的无人区的威胁，使人类孤岛的社会想象空间被极大地挤压：或者悬置、淡化社会图景，将焦点放置在无政府主义式英雄的末日生存上，这在丧尸类小说中尤为常见，如小说《不死者》中以特种兵在丧尸肆虐的废土上寻找病毒抗体为情节主线，而残存的社会图景则十分模糊；或者直接沿袭反乌托邦叙事中的集权社会，然而值得注意的是，由于灾难以及强大的外部敌人的存在，这种社会形态多少被合理化了，同时相应地减弱了反乌托邦叙事中的反讽性。《小蘑菇》中的人类孤岛便是如此：残存的人类基地权力高度集中在"审判者"陆沨身上——有着辨识感染者能力的他被赋予了可以随时审判、射杀他人的至高权力，同时每一个人的生活与物资都由基地掌控与分配，女性则作为"生育资源"被集中在"伊甸园"里，延续着最早幸存的女性的"玫瑰花誓言"，即自愿成为生育机器献身于延续人类物种。然而，人类所面临的异化危机，使得陆沨与"伊甸园"所扮演的角色十分暧昧，一方面遥遥回应着 20 世纪反乌托邦集权想象，但另一方面又成为毫无其他可替代路径的唯一选择。同样的，在《灵笼》中，悬浮于半空的人类最后的庇护所"灯塔"曾是一所封闭的监狱，残存下来的人类本

---

[1] ［德］阿莱达·阿斯曼：《回忆空间：文化记忆的形式和变迁》，潘璐译，北京大学出版社 2016 年版，第 364 页。

是监狱看守与犯人，这一极具反讽性和隐喻性的设置，却在最后的情节反转中含混起来——反叛者最终被独裁者告知，人类情感实际上是供给异化生命的养分，因而灯塔选择了扼制人类所有正常情感的集权社会本是无可奈何。

面目不清而又强大非人的外部敌人、弱肉强食的丛林法则、无可避免的权力集中……这些趋于一致的选择在某种程度上显现出历史想象力的枯竭。与之相对的是，一种代偿性的、含混的拯救和希望被构想出来。它在《荒潮》中是赛博女神小米：这个被凌辱和献祭的底层女孩，却偶然地获得了超越性的神秘力量，以人类与机械的混杂身份引导着底层"垃圾人"对大资本的反抗。《灵笼》最初的地面场景中，拥吻的"肉土"（抽空了生命源的干尸）以及被重新发现的《简·爱》，似乎指向了某种陈旧的二元想象——如监狱一般抑制人性的灯塔与拥有"自由与爱情"的旧世界，而"爱情"也作为"人性"的提纯物几乎是最为核心的叙事动力，促发了猎杀队长马克的觉醒与出走。但是，它最终未能支撑起有效的反抗，相反，当秘密被揭开之时，"人类情感"成为引致灾难的祸源，因此，救赎力量被转交给了变异为半人半兽的、仅仅保留一丝人类意识的马克，以及能够剥离、操控情感/人性的地面人类小队。《绝处逢生》中人类被彗星病毒感染后异变为丧尸，而这种病毒经过改造后，培养出了能够对抗丧尸的特殊任务部队。同样的，《小蘑菇》中一切趋于混乱与混融的世界中，最后一线生机由惰性的、介于物种之间的蘑菇承载。小说结尾处，审判官陆沨也离开了人类基地，接受了人类族群的灭亡：

> 人类走向灭亡的最后一次挣扎，不是一场波澜壮阔的战争，而是一声低沉的呜咽。它的生存、进化、灭亡，在世界的变动里，虽自以为至关重要，却一次又一次自证无力与渺小。
>
> 是的，人类这一族群，在事实上灭亡了。
>
> 被"绝对稳定的频率"感染后，他们终于获得了恒久稳定的免疫。有时候，因为一个频率，他们甚至能够获取怪物的基因，获得那些强大的体征和形状，而意识仍然清醒……与怪物基因和平融解后，人类自身的力量得到增强，不再那么依赖数量有限的武器和装备。他们开始用怪物的方式对抗怪物，用朴素的方法来攻击和防御。
> ……
> 总之，城市解体了。

全球幸存者不到五千，他们再也组织不出宏大的社会结构，或是军队这种东西……钟声响起，人类活了下来，人类的时代宣告结束，他们好像开始作为一个普通的物种，艰难地活在这个世界上。[①]

通过主动接受"绝对稳定的频率"来放弃人类身体，进而放弃人类所有社会组织形态，仅仅保留一份清醒的意识，这种救赎以人类的视角开始，而以非人类／超人类／后人类的视角收束，这与去历史化的灾难想象相比，更为清晰地指向了对一切社会形态的否定与历史感的坍塌。不过，值得注意的是，在这个废墟之上，一种新的现实经验似乎也以隐喻的方式显现出来。同样以《小蘑菇》为例，其灾难想象开始于人类面对基因异变的挣扎求存，而终结于一切边界消失的、绝对的物质融合——"这个世界就像被火熔化的蜡一样，正在渐渐、渐渐混成一团"[②]，这种"量子级别的畸变"，是"整个世界的所有生物、所有非生物、所有物理法则的大灭绝"。[③]因此，在宇宙维度上，人类文明被书写为一个偶发的、短暂的事件："宇宙的频率本来就是混乱的，人类只不过是在短暂的稳定中诞生，当稳定的时代结束，一切又要回到混乱中去……从来没有一成不变的规律，只有永恒的混乱的恐怖……一切规律都在坍塌……所有东西都会变成另一种我们无法理解的模样。"[④]

这种不可逆转的混融，在废土叙事中并不罕见，甚至构成了某种文本征候。《安全打工手册》（西子绪著）中以轻松戏谑的笔调构建了一种颇为奇特的末世：游戏、动漫、电影等文本中的世界与现实世界之间逐渐融合，而来自不同文本的世界与人物携带着其所有原初设定，混乱无序地艰难共存，并由此造成了无数毁灭性的灾难。主角作为协调者穿行于各个融合区，接受不同角色的委托帮助他们适应新的世界。小说无疑是穿越类型网络小说的变体，但它同时反身隐喻着近年来网络小说的趋向，即不同媒介、不同叙事类型、叙事元素之间越来越多的杂糅与混融。在其他的废土想象中，也大多有着某种规则坍塌或边界消融的设置，如《不死者》的病毒感染、《第九农学基地》（红刺北著）的生物异化、《不驯之敌》的赛博身体改造以及《限时狩猎》（唐酒卿著）的虚拟世界入侵等。或者可以说，这种对于混融的想象与恐

---

① 一十四洲：《小蘑菇·默示录：大结局》，北京联合出版公司2020年版，第233—234页。
② 一十四洲：《小蘑菇·默示录：大结局》，北京联合出版公司2020年版，第103页。
③ 一十四洲：《小蘑菇·默示录：大结局》，北京联合出版公司2020年版，第108页。
④ 一十四洲：《小蘑菇·默示录：大结局》，北京联合出版公司2020年版，第210页。

惧，正是现实经验的折影：它不仅存在于虚拟现实、人工智能以及生物工程等技术编织的当代神话当中，也存在于网络原住民的情感结构当中——被信息技术和新媒介所加速的全球化进程令差异与边界日益消失，而曾经建立在这些差异上的话语也逐渐失效了，世界图景变得混杂而未知，"一切规律都在坍塌……所有东西都会变成另一种我们无法理解的模样"，而孤岛般的个人无法想象过去与未来，只能尝试以一种同样混杂的主体身份接入世界。

结　语

戴维斯坐在那里陷入沉思。

"凯帕尔，"他突然说道，"你相信这一切——关于新的来人？或者你只是说说而已？请你说得清楚些。你相信这个世界，再过几十年，或最多一个世纪，将变得清醒明智？"

凯帕尔思忖了一会儿，回答道："不。"

"哦，"戴维斯凭一刹那的直觉又问："那你怀疑它吗？"

凯帕尔脸上露出和善但有些调皮的笑容，"不。"他毫不迟疑地重复道。

"那也是我的立场。"赫德曼·斯代汀大夫想了想说道。[①]

如文章中所论，这段摘自《新人来自火星》的对话展示了乌托邦的窘境。事实上，它也概括了20世纪日益减少的乌托邦写作者、研究者，或是仍怀有乌托邦理想的人的立场。继而，在冷战的格局中，乌托邦的名声进一步遭到破坏：它成为资本主义阵营用来指认社会主义国家的一种方式，而它建立在"乌有"与"现实"交织上的微妙平衡也被打破了，彻底地倾向了"乌有"一边。于是，乌托邦开始成为不切实际的空想、不顾后果的鲁莽行动以及暴力、非理性的代名词。然而，审判、放逐了乌托邦之后，人们却并未由此迎来和平或和解，相反，仍被现实秩序压制的人发觉他们丧失了一种言说自己的不满与欲求的方式。正如卡尔·曼海姆指出的，人类或许并不必然拥有乌托邦视域，但是"乌托邦成分从人类的思想和行动中的完全消失，则可能意味着人类的本性和人

[①] ［英］赫伯特·乔治·威尔斯：《新人来自火星》，载《威尔斯科幻小说全集》，唐岫敏、王晓英、何江胜译，太白文艺出版社2008年版，第176页。

类的发展会呈现出全新的特性"①。仍然渴求着另类出路的研究者，如恩斯特·布洛赫、莱曼·托尔·萨金特、汤姆·莫伊伦、达科·苏恩文、弗雷德里克·詹姆逊等，始终致力于延续乌托邦视域，而另一些人，如勒古恩等，也借由小说尝试构建相对模糊的、带有乌托邦色彩的世界。对于他们来说，"乌托邦"也许已经难以想象，但是这并不意味着他们会怀疑它的到来。

与此相对，反乌托邦也在20世纪诞生，并繁衍成一个非常重要的主题或文类。它们原本属于审判乌托邦一方的命名，就其叙事自身而言，也的确与乌托邦形成了较大的张力。然而，本书试图指出，这种正—反结构并不像表面上那样平滑。在内在动力上，反乌托邦叙事在某种程度上同样是受到了乌托邦冲动的触发，并再现了乌托邦冲动的消失。在功能上，反乌托邦占据了乌托邦曾经的批判位置，只不过不同的是，尽管都与现实秩序相对，但乌托邦是一种正面建构的力量，而反乌托邦则是某种消极的、否定性的呈现，或者说它将乌托邦的建构力量压抑在了深处。另外，有研究者认为反乌托邦的预言是一种"自我阻断式"的预言，也就是说，它的出现是为了阻断这种现实。

在乌托邦与反乌托邦的纠缠状态中，"身体"的不可彻知性浮现出来，并构成了一个重要的症候点。它依附于精神分析、生物学、网络等带来的知识系统的更新，挑战着自柏拉图以来的"身体—精神"对立，进而挑战着建立在人文主义、解剖学等基础之上的"人"之概念。作为其直接结果之一，"后人类主义"承载着一种新的乌托邦想象，即将身体的重新发现看作颠覆现实秩序的起点。然而，这个较为激进的立场在出现之初便携带着危险，并不断遭到质疑。比如，身体作为权力作用的场域，是否能够逃离现存秩序？而既然颠覆的关键在于身体的未知性，那么它又如何能够进入知识体系？换句话说，如果身体已被认知的部分必然会迎来奴役和侵占的话，那么对身体认知的推进，究竟是展开了新的可能性，还是进一步缩小了、丢失了这片仍然"自由"的领域？随着"后人类"在现代科技发展的推动下日益进入现实，这些问题也开始变得尖锐了。

在乌托邦视域遭到彻底封闭的今天，布洛赫所坚信的乌托邦冲动似乎正在耗尽。人类历史是否会终结于现存秩序自身矛盾的不断积累与最

---

① ［德］卡尔·曼海姆：《意识形态与乌托邦》，黎鸣、李书崇译，周纪荣、周琪校，商务印书馆2000年版，第268页。

终爆发？还是说，一种替代性的选择仍处在黑暗的萌芽期？我们很难在视野的局限中看到答案。但是，可以肯定的是，当"乌托邦"彻底无法想象，当我们不再希求一个可实现的、可欲望的未来的时候，我们对于历史、现实，甚至对于我们自身的理解都会发生彻底的改变。正如卡尔·曼海姆的那句预言所说，"当历史不再是盲目的命运，而越来越成为人本身的创造，同时乌托邦已被摒弃时，人便可能丧失其塑造历史的意志，从而丧失其理解历史的能力"[1]。

---

[1] ［德］卡尔·曼海姆：《意识形态与乌托邦》，黎鸣、李书崇译，周纪荣、周琪校，商务印书馆2000年版，第268页。

参考文献

一、研究对象

（一）英文

Margaret Atwood, *The Handmaid's Tale*, Toronto: Seal Books, 1989.

Margaret Atwood, *Negotiating with the Dead: A Writer on Writing*, Cambridge: Cambridge University Press, 2002.

Margaret Atwood, *Oryx and Crake*, Anchor, 2004.

Margaret Atwood, *Writing with Intent: Essays, Reviews, Personal Prose, 1983—2005*, New York: Carroll & Graf Publishers, 2005.

Marianne Dwight, *Letters From Brook Farm（1844—1847）*, ed. Amy L. Reed, New York: Vassar College, 1928.

Nathaniel Hawthorne, *The Blithedale Romance*, New York: Dover Publications, 2003.

Aldous Huxley, *Brave New World*, London: Longman, 1973.

Aldous Huxley, *Brave New World Revisited*, New York: Bantam Books, 1960.

Aldous Huxley, *Collected Essays*, New York: Harper, 1959.

Aldous Huxley, *Island: A Novel*, New York: Harper & Row, 1962.

Aldous Huxley, *Literature and Science*, New York: Harper & Row, 1963.

Aldous Huxley, *On Art and Artist*, London: Chatto and Windus, 1960.

Aldous Huxley, *Science, Liberty and peace*, London: Chatto & Windus, 1947.

Aldous Huxley, *Tomorrow and Tomorrow and Tomorrow, and Other Essays*, New York: Harper & Brothers, 1956.

Aldous Huxley, *The World of Aldous Huxley: An Omnibus of His Fiction and Non-fiction Over Three Decades*, New York: Grosset's University Library, 1947.

Lois Lowry, *The Giver*, New York: Dell Laurel-Leaf, 1993.

Ursula K. Le Guin, *The Lathe of Heaven*, New York: Scribner, 2008.

Ursula K. Le Guin, *The Telling*, New York: Penguin Group, 2000.

Ursula K. Le Guin, *The Dispossessed: an Ambiguous Utopia*, New York: Harper & Row, 1974.

Ursula K. Le Guin, *The Left Hand of Darkness*, New York: Ace Science Finction Books, 1987.

Ursula K. Le Guin, *Changing Planes*, Orlando: Harcourt, 2003.

George Orwell, *Animal Farm: A Fairy Story*, London: Martin Seeker & Warburg, 1945.

George Orwell, *Collected Essays*, London: Secker & Warburg, 1961.

George Orwell, *Coming Up for Air*, Harmondsworth: Secker & Warburg, 1962.

George Orwell, *Critical Essays*, London: Secker & Warburg, 1946.

George Orwell, *Down and Out in Paris and London*, New York: Harcourt Brace Jovanovich, 1961.

George Orwell, *Homage to Catalonia*, San Diego: Harcourt, Brace, Jovanovich, 1980.

George Orwell, *Nineteen Eighty-Four*, London: Martin Seeker & Warburg, 1954.

George Orwell, *Orwell, the Lost Writings*, New York: Arbor House, 1985.

Marge Piercy, *He, She and It*, New York: Ballantine Books, 1992.

Marge Piercy, *The Moon is Always Female*, New York: Random House, 1980.

Marge Piercy, *Summer People*, New York: Fawcett Crest, 1989.

Marge Piercy, *Woman on the Edge of Time*, New York: Fawcett Crest, 1983.

Riverbend, *Baghdad Burning*, New York: The Feminist Press, 2005.

Joanna Russ, *The Female Man*, Beacon Press, 2000.

Joanna Russ, *How to Suppress Women's Writing*, University of Texas Press, 1983.

Joanna Russ, *To Write Like a Woman: Essays in Feminism and Science Fiction*, Indiana University Press, 1995.

H. G.Wells, *A Modern Utopia*, London: W. Collins Sons & Co., Ltd., 1900.

Arkady Strugatsky and Boris Strugatsky, *Roadside Picnic*, Trans. Olena Bormashenko, Chicago: Chicago Review Press, 2012.

（二）中文译本

［加拿大］玛格丽特·阿特伍德：《羚羊与秧鸡》，韦清琦、袁霞译，译林出版社 2004 年版。

［美］艾萨克·阿西莫夫：《机器人短篇全集》，汉声杂志译，天地出版社 2005 年版。

［英］乔治·奥威尔：《奥威尔书信选》，甘险峰译，贵州人民出版社 2001 年版。

［英］乔治·奥威尔：《奥威尔杂文全集》，陈超译，上海译文出版社 2018 年版。

［英］乔治·奥威尔：《巴黎伦敦落魄记》，胡仁鹏译，江苏人民出版社 2006 年版。

［英］乔治·奥威尔：《动物农场》，傅惟慈译，北京十月文艺出版社 2005 年版。

［英］乔治·奥威尔：《缅甸岁月》，李锋译，南京大学出版社 2007 年版。

［英］乔治·奥威尔：《我为什么要写作》，董乐山译，上海译文出版社 2007 年版。

［英］乔治·奥威尔：《向加泰罗尼亚致敬》，李华、刘锦春译，江苏人民出版社 2006 年版。

［英］乔治·奥威尔：《一九八四·动物农场》，董乐山、傅惟慈译，上海译文出版社 2003 年版。

［英］乔治·奥威尔：《英国式谋杀的衰落》，董乐山译，上海译文出版社 2007 年版。

［德］约翰·凡·安德里亚：《基督城》，黄宗汉译，高放校，商务印书馆 1991 年版。

［美］爱德华·贝拉米：《回顾——公元 2000—1887 年》，林天斗、张自谋译，商务印书馆 1963 年版。

［美］雷·布雷德伯利：《华氏 451》，竹苏敏译，重庆出版社 2005 年版。

［美］菲利普·狄克：《城堡里的男人》，徐崇亮、王正琪译，漓江出版社 2001 年版。

［美］菲利普·迪克：《末日危机》，陈晔译，江苏教育出版社 2005 年版。

［美］菲利普·迪克：《少数派报告》，曾鸣译，江苏教育出版社2003年版。

［美］菲利普·狄克：《银翼杀手》，洪凌译，台北一方出版有限公司2003年版。

［英］阿道斯·伦纳德·赫胥黎：《美妙的新世界》，孙法理译，译林出版社2008年版。

［英］阿道斯·伦纳德·赫胥黎：《再访美丽新世界》，蔡伸章译，台北志文出版社1977年版。

［匈牙利］道洛什·久尔吉：《1985》，余泽民译，上海人民出版社2012年版。

［美］威廉·吉布森：《神经漫游者》，Denovo译，江苏文艺出版社2013年版。

［美］欧内斯特·卡伦巴赫：《生态乌托邦》，杜澍译，北京大学出版社2010年版。

［英］石黑一雄：《别让我走》，朱去疾译，译林出版社2011年版。

［意］康帕内拉：《太阳城》，陈大维、黎思复、黎廷弼合译，商务印书馆1980年版。

［英］多丽丝·莱辛：《三四五区间的联姻》，俞婷译，南京大学出版社2008年版。

［美］厄休拉·勒古恩：《黑暗的左手》，陶雪蕾译，四川科学技术出版社2009年版。

［美］厄休拉·勒古恩：《一无所有》，陶雪蕾译，四川科学技术出版社2009年版。

［美］厄休拉·勒奎恩：《变化的位面》，梁宇晗译，新星出版社2007年版。

［英］托马斯·莫尔：《乌托邦》，戴镏龄译，商务印书馆1982年版。

［英］N.默里：《赫胥黎传》，夏平、吴远恒译，文汇出版社2007年版。

［英］威廉·莫里斯：《乌有乡消息》，黄嘉德译，商务印书馆1981年版。

［英］赫伯特·乔治·威尔斯：《威尔斯科幻小说全集》，唐岫敏、王晓英、何江胜译，太白文艺出版社2008年版。

［英］汤姆·斯托帕：《乌托邦彼岸》，孙仲旭译，南海出版公司2006年版。

二、乌托邦与反乌托邦研究

（一）英文资料

1. 专著

Pia Maria Ahlback, *Energy, Heterotopia, Dystopia: George Orwell, Michel Foucault and the Twentieth Century Environmental Imagination*, Abo Akademi University Press, 2001.

M. Keith Booker, *The Dystopian Impulse in Modern Literature*, London: Greenwood Press, 1994.

M. Keith Booker, *Dystopian Literature: A Theory and Research Guide*, London: Greenwood Press, 1994.

M. Keith Booker, *Historical Dictionary of Science Fiction Cinema*, Lanham: The Scarecrow Press, 2010.

M. Keith Booker, *The Post-Utopian Imagination: American Culture in the Long 1950s*, Greenwood Press, 2002.

Nathalie Cooke, *Margaret Atwood: A Biography*, Toronto: ECW Press, 1998.

Sterling F. Delano, *Brook Farm: The Dark Side of Utopia*, Cambridge: The Belknap Press, 2004.

Issac Deutscher, "'1984': The Mysticism of Cruelty", in *Heretics and Renegrades*, Indianapolis and New York: The Bobs-Merrill Company, 1969.

Mark Featherstone, *Tocqueville's Virus: Utopia and Dystopia in Western Social and Political Thought*, New York: Routledge, 2008.

Robert S.Fogarty, *American Utopianism*, Itasca: F. E. Peacock Publishers, 1972.

Peter Edgerly Firchow, *Modern Utopian Fictions*, Washington D.C.: The Catholic University of America Press, 2007.

Carl Freedman, *Critical Theory and Science Fiction*, Hanover: Wesleyan University Press, 2000.

Erika Gottlieb, *Dystopian Fiction East and West: Universe of Terror and Trial*, London: McGill-Queen's University Press, 2001.

John Griffiths, *Three Tomorrows: American, British and Soviet Science Fiction*, Totowa: Barnes & Noble Books, 1980.

Frederic Jameson, *Archaeologies of the Future: The Desire Called Utopia and Other Science Fictions*, New York: Verso, 2007.

Dragan Klaic, *The Plot of the Future: Utopia and Dystopia in Modern Drama*, The University of Michigan Press, 1991.

Hilke Kuhlmann, *Living Walden Two: B. F. Skinner's Behaviorist Utopia and Experimental Communities*, University of Illinois Press, 2005.

Krishan Kumar, *Utopia and Anti-Utopia in Modern Times*, New York: Basil Blackwell, 1987.

Stanford M. Lyman, *Roads to Dystopia: Sociological Essays on the Postmodern Condition*, University of Arkansas Press, 2001.

Judith McCombs, *Critical Essays on Margaret Atwood*, Boston: G. K. Hall, 1988.

A. L. Morton, *The English Utopia*, London: Lawrence and Wishart, 1952.

Tom Moylan, *Demand the Impossible*, New York and London: Methuen, 1986.

Tom Moylan, *Scraps of the Untainted Sky: Science Fiction, Utopia, Dystopia*, Westview Press, 2000.

Peter Y. Paik, *From Utopia to Apocalypse: Science Fiction and the Politics of Catastrophe*, London: University of Minnesota Press, 2010.

Patrick Parrinder, *Shadows of the Future*, Syracuse University Press, 1995.

Karoly Pinter, *The Anatomy of Utopia: Narration, Estrangement and Ambiguity in More, Wells, Huxley and Clarke*, McFarland & Company, 2010.

Jean Pfaelzer, *The Utopian Novel in America (1886–1896): The Politics of Form*, London: University of Pittsburgh Press, 1984.

Karen L. Ryan-Hayes, *Contemporary Russian Satire: A genre Study*, New York: Cambridge University Press, 1995.

Lyman Tower Sargent, *British and American Utopian Literature, 1516–1975: An Annotated Bibliography*, G. K. Hall, 1979.

Lyman Tower Sargent, *Utopianism: A Very Short Introduction*, Oxford: Oxford University Press, 2010.

David Seed, *American Science Fiction and the Cold War: Literature and Film*, Chicago: Fitzroy Dearborn Publishers, 1999.

David Seed, *Brainwashing: The Fictions of Mind Control*, Kent: The Kent State University Press, 2004.

David Seed, *The Coming Race*, Middletown: Wesleyan University Press, 2005.

Peter Swirski, *American Utopia and Social Engineering in Literature, Social Thought, and Political History*, New York: Routledge, 2011.

James Walsh, "Geroge Owell", *Marxist Quarterly*, January 1956.

Raymond Williams, *Orwell*, London: Collins & Co., Ltd., 1971.

2. 论文集

Dipankar Gupta ed., *Anti-Utopia: Essential Writings of Andre Beteille*, New York: Oxford University Press, 2005.

Dominic Baker-Smith & C. C. Barfoot eds., *Between Dream and Nature: Essays on Utopia and Dystopia*, Amsterdam: Editions Rodopi B.V., 1987.

Tom Moylan and Raffaella Baccolini eds., *Dark Horizons*, Routledge, 2003.

David Seed ed., *Imagining Apocalypse: Studies in Cultural Crisis*, Macmillan Press, 2000.

Artur Blaim and Ludmila Gruszewska-Blaim eds., *Imperfect Worlds and Dystopian Narratives in Contemporary Cinema*, Peter Lang, 2011.

Derek Littlewood & Peter Stockwell Eds., *Impossibility Fiction*, Rodopi B.V., 1996.

Patrick Parrinder ed., *Learning From Other World: Estrangement, Congnition, and the Politics of Science Fiction and Utopia*, Durham: Duke University, 2001.

Eric S. Rabkin, Martin H. Greenberg and Joseph D. Olander eds., *No Place Else: Explorations in Utopian and Dystopian Fiction*, Southern Illinois University Press, 1983.

Gyan Prakash ed., *Noir Urbanisms: Dystopic Images of the Modern City*, Princeton: Princeton University Press, 2010.

Abbott Gleason, Jack Goldsmith & Martha C.Nussbaum. eds., *On 1984: Orwell and Our Future*, Princeton: Princeton University Press, 2005.

Judith Halberstam & Ira Livingston eds., *Posthuman Bodies*, Indianna University Press, 1995.

Thomas M. Disch ed., *The Ruins of Earth*, New York: G. P. Putnam's Sons, 1971.

Jutta Weldes ed., *To Seek Out New Worlds*, New York: Palgrave Macmillan,

2003.

Peyton E. Richter ed., *Utopia/Dystopia*？, Cambridge: Schenkman Publishing Company, 1975.

Carrie Hintz & Elaine Ostry eds., *Utopian and Dystopian Writing for Children and Young Adults*, New York: Routledge, 2003.

Fatima Vieira & Marinela Freitas eds., *Utopia Mattters: Theory, Politics, Literature and the Arts*, Editora da Universidade do Porto, 2005.

Krishan Kumar & Stephen Bann eds., *Utopias and The Millennium*, London: Reaktion Books, 1995.

Utopian Studies, Lanham: University Press of America, 1987.

Gwen Lee & Doris Elaine Sauter eds., *What If Our World is Their Heaven？ The Final Conversations of Philip K. Dick*, New York: The Overlook Press, 2000.

（二）中文

1. 专著

董晓：《乌托邦与反乌托邦：对峙与嬗变——苏联文学发展历程论》，花城出版社2010年版。

金寿铁：《真理与现实——恩斯特·布洛赫哲学研究》，同济大学出版社2007年版。

林慧：《詹姆逊乌托邦思想研究》，中国人民大学出版社2007年版。

李小青：《永恒的追求与探索——英国乌托邦文学的嬗变》，四川大学出版社2010年版。

王一平：《20世纪西方反乌托邦小说研究》，高等教育出版社2019年版。

邬晓燕：《科学乌托邦主义的建构与解构》，中国社会科学出版社2013年版。

夏凡：《乌托邦困境中的希望：布洛赫早中期哲学的文本学解读》，中央编译出版社2008年版。

谢江平：《反乌托邦思想的哲学研究》，中国社会科学出版社2007年版。

张锦：《福柯的"异托邦"思想研究》，北京大学出版社2016年版。

张康之：《总体性与乌托邦：人本主义马克思主义的总体范畴》，吉林出版集团有限责任公司2007年版。

［德］约恩·吕森主编：《思考乌托邦》，张文涛、甄小东、王邵励译，

山东大学出版社 2010 年版。

张彭松:《乌托邦语境下的现代性反思》,中国人民大学出版社 2010 年版。

2. 期刊文章

蔡央:《技术统治与生态灾难:试析反乌托邦生态小说〈羚羊与秧鸡〉》,《世界文学评论》2007 年第 1 期。

范昀:《雅各比的陷阱》,《中国图书评论》2008 年 3 期。

李毓榛:《扎米亚京重返苏联文坛》,《文艺争鸣》1990 年第 1 期。

刘晶:《"双面"时间:论〈被剥夺者:一个晦涩的乌托邦〉中时间的概念》,《文学界(理论版)》2012 年第 3 期。

刘英、李莉:《批判与展望:英美女性主义乌托邦小说的历史使命》,《四川外语学院学报》2006 年第 1 期。

刘英杰、马双:《极权制约下的黑暗世界——反乌托邦小说〈美丽新世界〉的权力运作机制研究》,《长春大学学报》2010 年第 11 期。

马兆俐、陈红兵:《解析"敌托邦"》,《东北大学学报(社会科学版)》2004 年第 5 期。

麦永雄等:《乌托邦文学的三个维度:从乌托邦、恶托邦到伊托邦(笔谈)》,《广西师范大学学报(哲学社会科学版)》2005 年第 3 期。

莫显英:《反乌托邦写作及其后现代文化品性——论当前诗歌精神的一种向度》,《浙江大学学报(社会科学版)》1997 年第 2 期。

曲宁:《反乌托邦文学与元乌托邦理论》,《山东社会科学》2012 年第 1 期。

汪行福:《乌托邦精神的复兴——西方马克思主义对乌托邦的新反思》,《复旦学报(社会科学版)》2009 年第 6 期。

杨莉馨:《"反乌托邦"小说的一部杰作——试论玛格丽特·阿特伍德的新作〈羚羊与秧鸡〉》,《南京师范大学文学院学报》2005 年第 2 期。

姚建斌:《乌托邦文学论纲》,《文艺理论与批评》2004 年第 2 期。

张隆溪:《乌托邦:观念与实践》,《读书》1998 年第 12 期。

张沛:《乌托邦的诞生》,《外国文学评论》2010 年第 4 期。

三、其他理论与研究文献

(一)英文资料

1. 专著

Peter Baofu, *The Future of Post-Human Semantics: A Preface to a New Theory of Internality and Externality*, Cambridge Scholars Publishing, 2012.

Ernst Bloch, *On Karl Marx*, Trans. John Maxwell, New York: Herder and Herder, 1971.

Ernst Bloch, *The Principle of Hope*, trans. Neville Plaice, Stephen Plaice & Paul Knight, Oxford: Basil Blackwell, 1986.

Tony Burns, *Political Theory, Science Fiction, and Utopian Literature: Ursula K. Le Guin and The Dispossessed*, Lanham: Lexington Books, 2008.

Brett Cooke, *Human Nature in Utopia: Zamyatin's We*, Evanston: Northwestern University Press, 2002.

N. Katherine Hayles, *How We Became Posthuman: Virtual Bodies in Cybernetics Literature and Informatics*, Chicago: The University of Chicago Press, 1999.

Wayne Hudson, *The Marxist Philosophy of Ernst Bloch*, New York: St. Martin's Press, 1982.

Joel Garreau, *Radical Evolution: The Promise and Peril of Enhancing Our Minds, Our Bodies—and What It Means to Be Human*, New York: Random House, 2005.

Chris Hables Gray, *Cyborg Citizen: Politics in The Posthuman Age*, New York: Routledge, 2001.

David Seed, *Science Fiction: A Very Short Introduction*, New York: Oxford University Press, 2011.

Heinz Tschachler, *Ursula K. Le Guin*, Boise: Boise State University Western Writers Series, 2001.

Cary Wolfe, *What is Posthumanism*, Minneapolis: University of Minnesota Press, 2010.

Jason P. Vest, *The Postmodern Humanism of Philip K. Dick*, Lanham: Scarecrow Press, 2009.

2. 论文集

David Seed ed., *A Companion to Science Fiction*, Malden: Blackwell Publishing, 2005.

Carl Freeman ed., *Conversation with Ursula K. Le Guin*, University Press of Mississippi, 2008.

Earl G. Ingersoll ed., *Margaret Atwood: Conversations*, Princeton: Ontario Review Press, 1990.

Kathryn VanSpanckeren & Jan Garden Castro eds., *Margaret Atwood:*

Vision and Forms, Southern Illinois University Press, 1988.

Jamie Owen Daniel & Tom Moylan eds., *Not Yet: Reconsidering Ernst Bloch*, Verso, 1997.

Warren French ed., *Philip K. Dick*, Boston: G. K. Hall, 1988.

Comp. Daniel J. H., *A Philip K. Dick Bibliography*, Levack, Meckler Corporation, 1988.

Samuel J. Umland ed., *Philip K. Dick: Contemporary Critical Interpretations*, London: Greenwood Press, 1995.

Joseph D. Olander and Martin Harry Greenberg eds., *Ursula K. Le Guin*, New York: Taplinger Publishing Company, 1979.

（二）中文译本

［法］阿尔都塞：《哲学与政治：阿尔都塞读本》，陈越编译，吉林人民出版社 2003 年版。

［美］汉娜·阿伦特：《极权主义的起源》，林骧华译，生活·读书·新知三联书店 2008 年版。

［美］艾萨克·阿西莫夫：《阿西莫夫论科幻小说》，涂明求、胡俊、姜男等译，安徽文艺出版社 2011 年版。

［英］布赖恩·奥尔迪斯、戴维·温格罗夫：《亿万年大狂欢——西方科幻小说史》，舒伟、孙法理、孙丹丁译，安徽文艺出版社 2011 年版。

［美］朱迪斯·巴特勒：《性别麻烦：女性主义与身份的颠覆》，宋素凤译，上海三联书店 2009 年版。

［美］朱迪斯·巴特勒：《消解性别》，郭劼译，上海三联书店 2009 年版。

［德］瓦尔特·本雅明：《机械复制时代的艺术作品》，王才勇译，中国城市出版社 2002 年版。

［法］西蒙娜·德·波伏瓦：《第二性》（Ⅰ、Ⅱ），郑克鲁译，上海译文出版社 2011 年版。

［英］卡尔·波普尔：《历史主义贫困论》，何林、赵平等译，中国社会科学出版社 1998 年版。

［英］卡尔·波普尔：《开放社会及其敌人》，郑一明等译，中国社会科学出版社 1999 年版。

［法］让-克里斯蒂安·珀蒂菲斯：《十九世纪乌托邦共同体的生活》，梁志斐、周铁山译，上海人民出版社 2007 年版。

［法］米歇尔·福柯：《词与物——人文科学考古学》，莫伟民译，上海三联书店 2001 年版。

［法］米歇尔·福柯：《不同的空间》，载《激进的美学锋芒》，周宪译，中国人民大学出版社 2003 年版。

［加］诺思罗普·弗莱：《批评的解剖》，陈慧、袁宪军、吴伟仁译，吴持哲校译，百花文艺出版社 2006 年版。

［奥］西格蒙德·弗洛伊德：《弗洛伊德文集》，车文博主编，长春出版社 2004 年版。

［美］阿博特·格里森、杰克·戈德史密斯、玛莎·努斯鲍姆编：《〈一九八四〉与我们的未来》，董晓洁、侯玮萍译，法律出版社 2013 年版。

［美］当娜·哈拉维：《赛博宣言：20 世纪 80 年代的科学、技术以及社会主义女性主义》，严泽胜译，载汪民安主编《生产》第六辑《"五月风暴"四十年反思》，广西师范大学出版社 2008 年版。

［美］大卫·哈维：《希望的空间》，胡大平译，南京大学出版社 2006 年版。

［英］霍布斯鲍姆：《极端的年代》（上）（下），郑明萱译，江苏人民出版社 1998 年版。

［英］肖恩·霍默：《弗雷德里克·詹姆森》，孙斌、宗成河、孙大鹏译，上海人民出版社 2004 年版。

［美］杰姆逊讲演：《后现代主义与文化理论》，唐小兵译，北京大学出版社 1997 年版。

［美］弗雷德里克·詹姆逊：《詹姆逊文集》，王逢振主编，中国人民大学出版社 2004 年版。

［美］弗雷德里克·詹姆逊：《政治无意识——作为社会象征行为的叙事》，王逢振、陈永国译，中国社会科学出版社 1999 年版。

［德］M. 兰德曼：《哲学人类学》，阎嘉译，苏克校，贵州人民出版社 2006 年版。

［法］让－雅克·卢梭：《论人类不平等的起源和基础》，高煜译，高毅校，广西师范大学出版社 2009 年版。

［英］罗素：《西方哲学史》，马元德译，商务印书馆 1976 年版。

［美］莫里斯·迈斯纳：《马克思主义、毛泽东主义与乌托邦主义》，张宁、陈铭康等译，中国人民大学出版社 2005 年版。

［美］杰弗里·迈耶斯：《奥威尔：生活与艺术》，马特、王敏、仲夏译，经济科学出版社 2013 年版。

［法］让－弗朗索瓦·利奥塔尔：《后现代状态：关于知识的报告》，车

槿山译，南京大学出版社 2011 年版。

［德］卡尔·曼海姆：《意识形态与乌托邦》，黎鸣、李书崇译，周纪荣、周琪校，商务印书馆 2000 年版。

［斯洛文尼亚］斯拉沃热·齐泽克：《意识形态的崇高客体》，季广茂译，中央编译出版社 2002 年版。

［斯洛文尼亚］斯拉沃热·齐泽克：《有人说过集权主义吗？》，宋文伟、侯萍译，江苏人民出版社 2005 年版。

［美］罗伯特·斯科尔斯、弗雷德里克·詹姆逊、阿瑟·B.艾文斯等：《科幻文学的批评与建构》，王逢振、苏湛、李广益等译，安徽文艺出版社 2011 年版。

［加］达科·苏恩文：《科幻小说面面观》，郝琳、李庆涛、程佳等译，安徽文艺出版社 2011 年版。

［加］达科·苏恩文：《科幻小说变形记——科幻小说的诗学和文学类型史》，丁素萍、李靖民、李静滢译，安徽文艺出版社 2011 年版。

［加］查尔斯·泰勒：《现代性之隐忧》，程炼译，中央编译出版社 2001 版。

［德］马克斯·韦伯：《论俄国革命》，潘建雷、何雯雯译，上海三联书店 2010 年版。

［英］雷蒙德·威廉斯：《马克思主义与文学》，王尔勃、周莉译，河南大学出版社 2008 年版。

［英］雷蒙德·威廉斯：《政治与文学》，樊柯、王卫芬译，河南大学出版社 2010 年版。

［英］雷蒙·威廉斯：《文化与社会：1780—1950》，高晓玲译，吉林出版集团有限责任公司 2011 年版。

［英］雷蒙·威廉斯：《乡村与城市》，韩子满、刘戈、徐珊珊译，商务印书馆 2013 年版。

［美］伊莱恩·肖瓦尔特：《她们自己的文学：英国女小说家：从勃朗特到莱辛》，韩敏中译，浙江大学出版社 2012 年版。

［美］拉塞尔·雅各比：《不完美的图像：反乌托邦时代的乌托邦思想》，姚建彬等译，新星出版社 2007 年版。

［美］拉塞尔·雅各比：《乌托邦之死：冷漠时代的政治与文化》，姚建彬译，新星出版社 2007 年版。

汪民安、陈永国编：《后身体：文化、权力和生命政治学》，吉林人民出版社 2003 年版。

王逢振主编：《外国科幻论文精选》，重庆出版社 2008 年版。

后　　记

　　曾与并肩奋战的友人感慨，博士学位论文的写作实际上是一段与自我相遇的痛苦历程，充满了难以遏制的自我怀疑、自我否定，也时不时迸发可笑的自恋、自怜。于是，在搁笔的瞬间，我感受到的不是满足，而是一种喧闹的自我终归平静的安全感与完整感。这本完成于2014年4月的论文时至今日终于有机会出版，然而，它却要面对一个已然更新的知识场域与研究场域。两年多的时间里，涌现出了大量被打上反乌托邦标签的新电影、电视剧、小说文本，反乌托邦话题一度升温；詹姆逊的著作《未来考古学》中译本面世以及刘慈欣《三体》获得"雨果奖"，引发了中文世界一次关注乌托邦与科幻问题的研究高潮；后人类问题与后人类主义在进一步翻译与讨论中渐渐推进；而随着阅读和思考的加深，我对自己的论文写作方法和学术视野也有了更多的反思。这些变化是我所未能料及的：确定论文题目与写作之初，国内对于反乌托邦叙事与后人类主义的关注并未有今日之况，也才使我有了思考反乌托邦叙事命名与讨论中的陷阱、穿过历史迷障去正面处理反乌托邦叙事的想法和勇气。不过，尽管现在看来，这篇稍显执拗的论文仍有不足，可以进一步深化论述，但它也在某种程度上显影了这个阶段某种本真的自我和相对完整的思考。因此，我在修改中仅适当地增添了几个新例并调整了局部论述细节，仍然保留了整体的论述思路。

　　在完成这篇论文的过程中，有许多需要一再感谢的长辈、朋友、亲人。对我来说，知遇之恩仅次于父母的生养之恩。在这许多对我有知遇之恩的老师中，我首先要感谢我的导师戴锦华教授。当我怀着几分仰慕、几分新奇、几分忐忑考入戴老师门下时，曾屡屡怀疑自己的学术积累是否能够支撑我成长为一名文化研究专业的研究者，在课堂与工作坊讨论中也总是自觉"中气不足"。戴老师敏锐地发现了这一点，于是，在一次次的课下长谈中，她总是以鼓励和开导让我意识到自己的长处并调整步调与心态，通过读书、积累和写作操练来体认文化研究的方法与立场，获得"方向感"。戴老师以她的"丰富"包容了我，引导我的"灵魂马车"走向更广阔的"真理草原"。最热衷于听戴老师畅谈文学,那是一种与她分析电影、讲授文化研究时不同的豪迈与快意,这唤醒了我因苦读理论文本而有意疏远、压抑了的最原初的文学热情,使我开始尝试思考那种直面文学文本时的感受。在听课、讨论、交谈中开始积累起的历史感、理论知识与全球视野,促成本篇论文使用了这样的研究方法、立场和切入角度。在选题初期,当我纠缠于乌托邦/反乌托邦的概念时,戴老师曾一步步提供方法与观点帮我厘清思路,并提示说"后人类主义"是一条可能有效的讲述路径,打通了我许多想不通的结节。在那些写作的日子中,有时我在突然想到一个有趣的解读点后,不顾时间地发微信消息打扰她,而她却包容了我的一切没大没小的失礼之举,始终极为耐心地回复我。我时而因自己的"发现"被戴老师以一两句敏锐质疑打破而陷入自我否定的僵局,时而因获得一句"有道理"而欣喜一天,时而因不肯承认失败而倔强辩驳,但不管怎样,这段艰苦而纠结的写作,让我获得了最迅速的成长、最快乐的思考和极大程度的自我和解。我庆幸能与戴老师开启这样一段缘分,在我的生命之中,戴老师的色彩越来越重,她是学术上的导师,是精神上的领袖,也是朋友、长辈,甚至证婚人。无论是治学还是为人,戴老师都是我下意识模仿的对象,而仅仅她的在场,便令我不断正视自己的无知、短视与自负,使我没有勇气将自己封闭起来、固足不前。

我同样要将我的感激之情奉于我的硕士研究导师张辉教授。在读硕士的三年中,张老师以他的严格与严谨影响着我,让我慢慢地意识到自己性格中"不靠谱"的一面并尽力改正。张老师对文本细读的重视与德国哲学方面课程的讲授,不仅让我从集中的学术训练中获益,也令作为初入北京大学的学术幼童的我开始有了一定的学术基础。硕士的同门间常常聊到,如果要选修张老师的课或是参加学期开始时的聚会,那么之前必须先自省一下假期里面读了什么书,因为这必然是开场话题。在张老师的敦促中,我完成了硕士学位论文,而在进入博士学习后,张老师也常常关心我学习的进展,并无偿奉献自己的阅读、写作经验,给予一切可能的帮助。我还要感谢车槿山教授一直以来的鼓励与指导。车老师在中法文学关系与法国当代理论课程上极富启发性的指引,给我打开了一条既有趣又具挑战性的思想之路。在他的讲授中,艰深的理论思辨变得"好玩"起来,让我开始学着从不断追问和解构中推进思考,既获得了清晰的问题意识,又对一切"回答"保持怀疑与敏感。尤令我感激的是在硕士学位论文答辩和博士学位论文预答辩中,车老师毫不吝惜的鼓励与犀利、尖锐的批评。这些成为我继续写作、保持自省的最有力支撑。此外，在我的博士就读期间，贺桂梅老师也给予了我极大的帮助。贺老师的讨论课带领我系统阅读了文化研究理论，不仅如此，她的冷静、深刻、逻辑严密的文风也是我每每当作"范本"学习和模仿的对象。而在日常交往中，贺老师勤奋、自律的品格也极大地鞭策着我，使我不敢怠惰。在博士学位论文写作中，蒋洪生老师在听说我的题目后，马上慷慨地将他在美国期间收集到的相关材料转送给我，为我的论文提供了极为宝贵的资源，在此也要向他表达我由衷的感激。

在北大比较文学与比较文化研究所度过的 8 年时光几乎重塑了我。它不仅给予我视野、知识与学术训练，更让我在极为多元的思想氛围中不断自我检视与反省，我深深地感激着所里的每一位老师。陈跃红老师在课上要求严格，但在课下却常常将我们视作孩子，至今每次偶遇时都会笑着询问："小鬼，论文写完了没有？"张沛老师从不以师长身份自居，喜欢激起我们的辩论，并对我们在争论中的"忤逆"毫不在意。要特别感谢的，还有吴晓东老师。由于丈夫李松睿是吴老师的学生，我想我至少可以自称为其"半个学生"。他的为人治学，他的严谨正直，他的和蔼亲切，都令我们仰慕，并不断地努力效仿。此外，感谢北京师范大学的吴岩老师，他曾参加我的博士学位论文预答辩，并给出了许多非常重要的意见；也要感谢中国人民大学的孙柏老师，他不仅作为评审老师出席了我的博士学位论文开题，同时也作为大师兄多次通过电话、邮件和面谈给我以指导。

在长长的感谢名单上，曾经一起学习、一起聊天、一起游玩的同门师兄弟姐妹是绝不可少的构成部分。无论是远在广州和韩国的滕威师姐和金正秀师姐，还是近在身旁的黄驿寒师姐、张慧瑜师兄、徐德林师兄、刘岩师兄、李玥阳师姐、魏然师兄和邹赞师兄，以及将她那本厚厚的、全面阐述异托邦的博士学位论文赠予了我、以阳光般的热情帮助着我的张锦师姐，都曾在学术、生活等方方面面给我极大的帮助和耐心的开导，令我在很长一段时间内作为小师妹"心安理得"又满怀感激地获得了许多关怀与温暖。其他同届同学，以及同门师弟师妹也给予了我无尽的欢笑和细致的帮助。他们给予我的许多快乐时光，是我博士生活无可替代的部分，也将使我终身受益。

作为硕士时的同门、博士时的舍友，崔晓红是我在这几年学习中收获的知心好友。我们有许多共同的兴趣，常常在不亦乐乎的辩论中慢慢推进各自的思考。她独到的观察、敏锐而细致的考据都给我以启发，本书中关于大众文化的许多讨论都是从我们平时交流时的突发奇想演变而来。此外,我们一直是彼此工作的最大支持者,无论是翻译《居伊·德波》,还是所里的会议会务工作、《比较文学通讯》的编辑工作等,都是在我们共同协作、彼此依赖中完成的,她始终以宽厚、善良的心胸包容着我有些暴躁的性格。

毋庸置疑,丈夫李松睿是我的最坚实支柱、最亲密的知己和最严格的批评者。我们在就读硕士期间相遇、相识,并在老师、家人与朋友的祝福中于2012年走到了一起。几年的婚姻磨炼着、充实着我们,让我们成为彼此敦促、共享甘苦的伴侣,也使我越来越受惠于他温厚平和的性格和积极上进的态度。在我的博士学位论文写作上,他几乎承担了"小导师"的职责,我的每一点滴的思考与每一个纠结的问题,他都是第一个倾听者,而每一段写成的文字,他也是第一个阅读者和批评者。可以说,他是本书的一个内化的读者/作者——论文的许多地方,都有他留下的痕迹。同样,也要感谢松睿的家人,他们的包容、保护和疼惜滋养着我们的小家,让我们在而立之年仍像"受宠的孩子"那样走过这段辛苦而快乐的学生时光。

当然,那个伴随着我修改论文时光诞生、长大的猱猱小朋友,给予了我最为独特的生命经验。曾以为选择生育的沉重之处在于要为一个生命承担责任,而养育是要在一张空白的纸上慎重地书写,却未想到,孩子是带着整个世界来的——那个我认识了30余载、自以为对其"不惑"的世界,突然在全然未知的维度重新展开,一切关系也随之重新排列、重新获得意义,而我也毫无防备地被彻底缝了进去,开始重新打量周遭所有。因此而突然出现在视野中的,不光是商场第六层、各式游乐场、名目繁多的亲子活动,还有和学区、小升初等相关的一系列令人头大的"江湖黑话",更重要的,还有在修改论文、面对乌托邦与反乌托邦问题时新的希望和新的担忧。

我心中最深的感激与歉意,是要献给我的父母的。身为独生子女的一代,我在少年时期也曾认为父母的爱是天经地义的,而自己的骄横与索取也同样天经地义。然而在升入本科至今,经历过不断的选择、变故和创伤后,我渐渐感知到,那份最自然的温情、最坚实的信任和最无私的付出是何等的珍贵。我时常想,当我们用一个"爱"字概括了父母巨大的、无法描述的牺牲时,我们是不是也因内心的脆弱与柔软而逃避了对它的真实感知?我不知道用什么样的语言才能够承载起我心中的那份温情,在此,只能将这篇仍然不成熟的论文献给他们。

也将这篇论文献给其他所有帮助我、爱护我的老师、家人、朋友。

还要将它献给乔治·奥威尔。正是《一九八四》给我带来的思考，让我开始了这段追逐乌托邦/反乌托邦的历程。这篇论文同样认同他在纠结的、流放者式的写作中萦绕的信念，"只要你保持了清醒的理智，你就继承了人类的传统"。